KB247722

을 유 세 계 문 학 전 집 · 144

말테의 수기

을 유 세 계 문 학 전 집 · 144

말테의 수기

DIE AUFZEICHNUNGEN DES MALTE LAURIDS BRIGGE

라이너 마리아 릴케 지음 · 김재혁 옮김

❖ 을유문화사

옮긴이 김재혁

고려대학교 독문학과를 졸업하고 쾰른 대학교에서 수학했다. 고려대학교 대학원에서 릴케 연구로 박사 학위를 받았다. 독일 튀빙겐 대학 방문 교수를 역임했다. 1994년 『현대시』로 등단하였으며 시집으로 『내 사는 아름다운 동굴에 달이 진다』, 『아버지의 도장』(세종도서 우수 교양 도서), 『딴생각』이 있다. 저서로 『릴케와 한국의 시인들』(세종도서 우수 학술 도서), 『릴케의 시적 방랑과 유럽 여행』(세종도서 우수 교양 도서), 『서정시의 미학』이 있고 『노래의 책』(대산문화재단 번역 지원), 『푸른 꽃』, 『넙치』, 『베를린 알렉산더 광장』, 『두이노의 비가』, *Gedankenspiele*(한국문학번역원 번역 지원) 외 다수의 번역서가 있다. 서정시학상을 수상했다. 고려대학교 독문과 교수를 역임하고 현재 명예 교수로 재직하며 핵심 교양 '한국 시 속에 살아 있는 독일 문학'을 강의하고 있다. 국제릴케학회 정회원이다.

을유세계문학전집 144
말테의 수기

발행일 · 2025년 10월 30일 초판 1쇄
지은이 · 라이너 마리아 릴케 | 옮긴이 · 김재혁
펴낸이 · 정상준 | 펴낸곳 · (주)을유문화사
창립일 · 1945년 12월 1일 | 주소 · 서울시 마포구 서교동 469-48
전화 · 02-733-8153 | FAX · 02-732-9154 | 홈페이지 · www.eulyoo.co.kr
ISBN 978-89-324-0544-5 04850 978-89-324-0330-4(세트)

- 이 책의 전체 또는 일부를 재사용하려면 저작권자와 을유문화사의 동의를 받아야 합니다.
- 책값은 뒤표지에 있습니다.
- 잘못된 책은 구입하신 곳에서 바꾸어 드립니다.

차례

일러두기

각주 작성에 사용한 텍스트는 다음과 같다.
William Small, *Rilke-Kommentar zu den Aufzeichnungen des Malte Laurids Brigge*,
University of North Carolina Press, Chapel Hill, 1983.

9월 11일 툴리에가(街)*에서

그래, 이곳으로 사람들은 살기 위해 오지만, 내 생각에는 오히려 여기서 죽어 가는 것 같다. 거리에 나가 보았다. 여러 병원을 보았다. 비틀거리며 쓰러지는 사람을 보았다. 사람들이 그 주위에 모여들었고, 덕분에 나머지는 신경 쓰지 않아도 되었다. 임신한 여자를 보았다. 그 여자는 높고 따뜻한 담벼락을 따라 힘겹게 발걸음을 옮기면서 가끔 담벼락을 더듬었다. 마치 담벼락이 아직 그대로 거기에 있는지 확인하려는 것 같았다. 그래, 담벼락은 여전히 거기에 있었다. 그 너머에는 뭐가 있지? 나는 손에 든 지도를 살펴보았다. 조산원이었다. 다행이다. 사람들이 그녀의 해산을 도와주겠지. 그럴 거다. 조금 더 가니 생자크 거리가 나왔고, 거기엔 둥근 지붕의 큰 건물이 있었다. 지도에는 발-드-그라스 군인 병원이라고 적혀 있었다. 그걸 꼭 알아야 할 필요는 없었지만 안다고 해서 나쁠 것도 없다. 골목길에서 사방으로 냄새가 퍼지기 시작했다. 분간할 수 있는 대로 요오드포름, 감자튀김 기름, 그리고 불안의 냄새가 났다. 여름이 되면 도시마다 냄새를 풍긴다. 그다음 나는 청맹과니나 다름없는 건물을 보았다. 지도에는 나오지 않았지만, 현관문 위에는 '간이 숙박소'라고 또렷하게 쓰여 있었다. 출입구 옆에는 요금표가 붙어 있었다. 요금표를 읽어 보았다. 그렇게 비싸지는 않았다.

그리고 또 뭘 보았지? 서 있는 유모차 안의 아이를 보았다. 몸은 통통했고 얼굴은 푸르스름했으며 이마에는 종기 하나가 톡 불거져 있었다. 종기는 아물어서 아프지 않아 보였다. 아이는 잠들어 있었으며 열린 입으로는 요오드포름과 감자튀김, 불안의 냄새를 호흡했다. 뭐, 그게 다였다. 중요한 것은 살아 있다는 것이다. 그것이 중요했다.

창문을 열어 놓지 않고는 잠을 잘 수가 없다. 전차가 땡땡 종을 울리며 내 방을 가로질러 마구 달린다. 자동차들이 내 위를 타고 넘어간다. 문이 쾅 닫힌다. 어디선가 유리창이 쟁그랑 소리를 내며 떨어진다. 큰 유리 조각들이 껄껄 웃고, 작은 조각들은 낄낄대는 소리가 들린다. 이어 느닷없이 집 안의 다른 쪽에서 뭔가 희미하게 쿵 하는 소리가 들려왔다. 누군가가 계단을 올라오고 있다. 다가온다, 쉬지 않고 다가온다. 드디어 와서 서 있다가, 오래 서 있다가 지나가 버린다. 그리고 다시 거리 쪽이다. 어떤 여자애가 찢어질 듯 소리를 지른다. "아이참, 그만해, 제발." 전차가 몹시 흥분한 듯 달려와 그 여자애의 목소리를 덮치고, 모든 것을 덮치고 지나간다. 누군가가 소리친다. 사람들은 빠른 걸음으로 걸어간다, 앞서거니 뒤서거니 하면서. 개가 짖는다. 개가 짖는 소리라니, 정말 안심이다. 새벽녘에는 닭 우는 소리도 들린다. 더할 나위 없이 마음이 편해진다. 그러다가 나도 모르게 잠이 든다.

이것은 소리들이다. 그러나 이곳엔 이보다 더 무서운 것이 있다. 바로 정적이다. 내 생각엔 큰불이 났을 때 가끔 바로 그와 같은 극도의 긴장된 순간이 찾아드는 것 같다. 물줄기는 뚝뚝 떨어지는데, 소방관들도 이젠 사다리를 기어오르지 않고, 아무도 움직이지 않는다. 위쪽 벽면의 검은 건물 장식이 소리 없이 앞으로 밀려 나오고, 안에서는 불길이 타오르고, 높은 담벼락이 소리 없이 기운다. 모두 서서 어깨를 잔뜩 움츠린 채 미간을 찌푸리고서 끔찍한 일격을 기다린다. 이곳의 정적이 그렇다.

나는 보는 법을 배우고 있다. 왜 그런지는 모르겠지만, 모든 것이 내 안으로 깊숙이 파고 들어와 여느 때 같으면 멈추었던 곳에 이르러서도 좀처럼 멈추지 않는다. 나는 전에는 몰랐던 내면을 갖고 있다. 이제는 모든 것이 그곳을 향해 간다. 거기서 무슨 일이 벌어지는지 나도 모른다.

오늘 나는 편지를 쓰다가 내가 이곳에 온 지 겨우 3주밖에 되지 않았다는 사실을 깨달았다. 다른 곳에서의 3주라면, 이를테면 시골에서라면 하루 정도로 여겨졌을 터이지만 이곳에서는 몇 년처럼 느껴졌다. 이제 앞으로는 편지도 쓰지 않겠다. 변해가고 있는 내 모습을 뭣 하러 남에게 말한단 말인가? 내가 변하면 나는 이제 과거의 내가 아니다. 그리고 내가 예전의 내가 아니라면 나를 아는 사람이 없는 것 또한 너무나 당연한 일이다. 그리고 낯선 사람들에게, 나를 모르는 사람들에게 어찌 편지를 쓴단 말인가.

앞에서 말했던가? 나는 보는 법을 배우고 있다. 그래, 이제 시작 단계에 있다. 현재로서는 별로 대단치 않다. 하지만 내게 주어진 시간을 잘 이용해 보려 한다.

이를테면 나는 이런 생각은 단 한 번도 해 본 적이 없다. 이 세상에 얼마나 많은 얼굴들이 있는지 말이다. 이 세상엔 사람도 많지만, 얼굴의 수는 그보다 훨씬 많다. 사람마다 얼굴을 몇 개씩 갖고 있기 때문이다. 여러 해 동안 한 얼굴만 달고 다니는 사람들도 있다. 그러다 보면 얼굴은 닳고 너절해지고 주름투성이가 되어 여행을 하며 줄곧 끼고 다녔던 장갑처럼 헐렁해지기 마련이다. 이 같은 사람들은 인색하고 단순한 부류의 사람들이다. 이들은 얼굴을 바꾸지도 않으며 단 한 번도 얼굴을 씻는 법이 없다. 그대로가 좋다고 그들은 주장한다. 그렇다고 그들에게 어찌 반대의 것을 보여 줄 텐가? 물론 여기서 의문이 생긴다. 그들 역시 여러 개의 얼굴을 가지고 있으니 나머지 얼굴들은 어떻게 할까? 나머지 얼굴들을 그들은 고이 간직해 둔다. 자식들에게 넘겨줄 모양이다. 아니면 그들이 기르는 개들이 그 얼굴들을 쓰고 외출을 할 수도 있다. 그렇다고 안 될 까닭이 있나? 얼굴은 얼굴일 뿐인데.

또 다른 사람들은 겁날 정도로 빠르게 얼굴을 이것저것 바꿔 달아서 금세 해어지게 만든다. 그들은 처음에는 얼굴이 얼마든지 있다고 생각한다. 하지만 마흔이 안 되어 어느새 마지막 얼굴이다. 비극이 아닐 수 없다. 그들은 얼굴을 아낄 줄 모른다. 때문에 그들의 마지막 얼굴은 일주일이 채 안 돼 너절해져 구멍이 숭숭 뚫리고 곳곳이 종이처럼 얇아진다. 그러다가 점차 밑바닥이 드러난다. 그러면 얼굴도 아닌 것이 나오고, 그들은 그것을 달고 돌아다닌다.

그런데 그 여인은, 그 여인은 말이다. 그 여인은 몸을 잔뜩 웅크린 채 양손에 얼굴을 파묻고 있었다. 노트르담데샹 거리의 모퉁이에서였다. 그 여인의 모습을 보는 순간, 나는 발걸음을 죽여 살살 걷기 시작했다. 불쌍한 사람들이 뭔가 생각에 잠겨 있을 땐 방해해서는 안 된다. 어쩌면 그 사람들의 머리에 무슨 생각이 떠오를 수도 있을 테니.

거리는 텅 비어 있었다. 텅 빈 거리는 그냥 심심했던지 내 발 밑에서 발걸음 소리를 휙 낚아채더니 그것을 이리저리 데리고 다니며 마치 나무로 된 신발로 그러는 것처럼 딸각딸각 소리를 냈다. 순간 그 여인은 화들짝 놀라 얼굴을 휙 들었다. 어찌나 빨리, 격하게 움직였던지 그녀의 얼굴은 두 손에 그대로 남아 있었다. 나는 그녀의 손에 들려 있는 얼굴을, 그 텅 빈 거푸집을 보았다. 그녀의 두 손에서 찢겨 나온 것을 보지 않으면서 그 두 손만 쳐다보는 일은 이루 말할 수 없이 힘들었다. 얼굴의 안쪽을 보는 일은 끔찍했다. 그러나 얼굴이 떨어져 나간 상처투성이의 맨머리를 보는 것은 더욱 끔찍한 일이었다.

　　나는 두렵다. 일단 두려운 생각이 들면 두려움을 쫓기 위해 뭔가 해야 한다. 이곳에서 병이라도 걸리면 정말 끔찍한 일이다. 그리고 누가 나를 디외 병원에 입원시키는 날엔 보나 마나 나는 거기서 죽고 말 거다. 그 병원은 시설이 좋아서 사람들이 아주 많이 찾는다. 때문에 넓은 광장을 쏜살같이 내달려 그 병원으로 향하는 수많은 마차 중 하나에 치일 각오를 하지 않고는 파리 대성당의 정면을 바라볼 수도 없을 지경이다. 끊임없이 종을 울리며 달려가는 것은 조그만 합승 마차들이다. 죽어 가는 소시민 하나가 곧장 그 병원으로 머리를 향하고 있다면 아무리 사강 공작이라 하더라도 타고 가던 마차를 멈추어야 할 것이다. 죽어 가는 사람들은 막무가내이기 마련이니, 만약에 마르티르 거리에서 고물상을 하는 르그렁 부인이 시테 광장으로 마차를 타고 올 경우엔 온 파리가 마비되고 말 것이다. 이 막무가내의 소형 마차에는 묘한 호기심을 유발하는 젖빛 유리가 끼워져 있어서 그 안에서 벌어지는 지극히 황홀한 고통을 상상할 수 있다. 그 정도야 수위(守衛)의 상상력으로도 얼마든지 따라잡을 수 있다. 좀 더 많은 상상력을 가지고 다른 방향으로 상상력을 전개해 보면 추측은 무한대로 늘어날 것이다. 나는 또한 무개 마차가 도착하는 것도 보았다. 보통 요금으로 움직이는 시간 병산 무개 마차다. 임종의 순간을 위해 2프랑만 받는다.

이 훌륭한 병원은 아주 오래됐다. 이미 클로비스왕이 다스리던 시절에도 그 병원의 몇 개의 침상에서 사람들이 임종을 맞았다. 지금은 559개의 침상에서 사람들이 죽어 가고 있다. 마치 무슨 공장 같다. 생산이 이처럼 엄청나다 보니 개개의 죽음은 별로 그렇게 훌륭하게 치러지지 않는다. 하지만 그런 것은 주목의 대상이 되지 못한다. 대량이다 보니 그럴 수밖에 없다. 오늘날에도 그렇게 잘 마무리된 죽음을 마련할 수 있는 사람이 있을까? 아무도 없다. 죽음을 섬세하게 치를 만한 역량이 되는 부자들조차도 이제는 무관심, 무신경해지기 시작했다. 자기만의 죽음을 갖겠다는 소망은 이제는 점점 더 진귀해지고 있다. 조금만 더 지나면, 그런 죽음은 자기만의 삶만큼이나 드물어질 것이다. 아, 이젠 모든 것이 다 미리 준비되어 있다. 사람은 이 세상에 나와서 이미 준비된 삶을 찾아 걸치기만 하면 된다. 떠나고 싶어 하거나 떠날 수밖에 없다 해도 이제 그렇게 힘들일 필요가 없다. "자, 여기, 당신의 죽음이 있습니다, 선생."
그저 자기에게 닥치는 대로 죽을 뿐이다. 그러니까 사람들은
이제 자신들이 갖고 있는 병이 가져다주는 죽음을 맞는다(인
간이 모든 병을 일일이 다 알게 된 뒤로 여러 가지 치명적인 종
말이 병 때문이며 사람 때문이 아니라는 것까지 알게 되었으므
로. 그러니 병에 걸린 사람은 말하자면 어떻게 손을 쓸 수가 없
는 것이다).

　사람들이 의사와 간호사에게 감사하는 마음으로 기꺼이 죽
음을 맞는 요양원에서는 그 시설에서 마련한 죽음을 맞는다.
사람들은 그것을 마다하지 않는다. 그러나 집에서 죽음을 맞이
할 경우에는 명문가의 예의 격식을 갖춘 죽음을 택해야 마땅하
다. 말하자면 그런 죽음과 함께 이미 일급의 장례식이 시작되
고 또한 일련의 멋진 상례(喪禮)가 이어진다. 그러면 가난한 사
람들은 그 집 앞에 서서 실컷 구경을 한다. 물론 이들의 죽음은
어떤 격식도 없고 평범하다. 이들은 자기에게 대충 맞는 죽음
을 찾으면 그것만으로도 기뻐한다. 죽음이 너무 커서 헐렁해도
관계없다. 사람은 이후 조금은 더 자라는 법이니. 다만 가슴 단
추를 잠글 수 없거나 목이 너무 끼면 그땐 문제다.

　이제는 아무도 없는 고향을 생각하면, 예전에는 사정이 분
명 달랐을 것이다. 예전에는 사람들은 과일이 씨앗을 품고 있
듯 자기 안에 죽음을 품고 있음을 알고 있었다(아니면 어렴풋

이 느끼고 있었다). 아이들은 작은 죽음을, 그리고 어른들은 큰 죽음을 가슴속에 품고 있었다. 여자들은 죽음을 아기집 속에, 그리고 남자들은 죽음을 가슴속에 지니고 있었다. 그런 죽음을 지니고 있었기에 사람들은 고유한 품위와 조용한 자부심을 누릴 수 있었다.

나의 할아버지인 늙은 시종장 브리게만 해도 아직 죽음을 가슴속에 지니고 있었음을 사람들은 보았다. 얼마나 굉장한 죽음이었던가. 두 달이나 걸렸고, 또 소리는 얼마나 컸던지 외곽의 보루에서까지 그 소리가 들릴 정도였다.

길쭉한 모양의 오래된 저택도 그 죽음에게는 너무 작았다. 건물 좌우로 곁채를 증축해야만 할 것 같았다. 시종장의 몸이 갈수록 불었기 때문이다. 시종장 브리게는 끊임없이 이 방에서 저 방으로 옮겨 다니기를 원했다. 그러다가 하루해가 아직 다 저물지도 않았는데도 더 이상 옮겨 누울 방이 없으면 불호령이 떨어졌다. 그러다가 하인들과 하녀들과 늘 곁에 두고 있던 개들을 다 거느리고 계단을 올라가, 청지기를 앞장세우고서 그의 어머니가 임종을 맞았던 방으로 향했다. 그 방은 23년 전 시종장의 어머니가 돌아가셨을 때의 모습 그대로였다. 평소에는 아무도 발을 들여놓을 수 없었다. 드디어 그들은 무슨 폭도처럼 그리로 우르르 몰려 들어갔다. 커튼을 열어젖히자, 여름날 오후의 강한 햇살은 깜짝 놀라 뒤로 물러서는 물건들을 하나씩 살펴보았다. 그리고 눈을 부릅뜬 거울을 보자 허둥지둥 몸을 돌렸다. 사람들도 마찬가지였다. 호기심이 발동하여 어느 것부터 만져야 할지 모르는 하녀들도 있었고, 젊은 하인들은 멍한 눈으로 모든 걸 바라보고만 있었으며, 나이가 좀 든 하인들은 이리저리 돌아보며 지금은 운 좋게 들어왔지만 예전에는 늘 잠겨 있던 그 방에 대해 들었던 이야기들을 기억해 내려고 애썼다.

그러나 특히 개들은 물건마다 풀풀 냄새를 풍기는 그 방에 들어와 있는 것이 몹시 흥분되는 모양이었다. 크고 늘씬한 러시아산 그레이하운드들은 안락의자 뒤편에서 바쁘게 돌아다니다가 춤을 추듯 몸을 흔들며 성큼성큼 방을 가로질러 가더니 문장(紋章)에 그려진 개처럼 뒷발로 벌떡 일어서서 가느다란 앞발을 백금 창턱에 올려놓고서 긴장한 듯 뾰족한 얼굴로 이마에 주름을 잡으며 뜰 안을 좌우로 살펴보았다. 장갑처럼 노란색의 조그만 닥스훈트들은 아무 걱정 없는 표정으로 창가에 놓여 있는 큼직한 쿠션 의자에 앉아 있었다. 그리고 털이 까칠하고 뭔가 불만스러워 보이는 포인터는 금빛 다리의 테이블 모서리에 등을 문질렀다. 그 바람에 그림이 그려진 테이블 판 위에 놓여 있던 세브르산 찻잔이 바르르 떨렸다.

그렇다, 멍하니 아무것도 모르고 잠들어 있던 사물들에게는 끔찍한 시간이었다. 누군가가 성급하게 책을 펼치다가 책갈피에서 장미 꽃잎이 나풀대며 떨어져 발에 밟히기도 했다. 작고 깨지기 쉬운 물건들은 누군가의 손에 잡혔다가 금세 깨져서는 잽싸게 제자리에 놓였다. 잘못해서 구부러진 것들은 커튼 뒤에 숨겨지거나 벽난로의 금빛 창살 너머로 던져졌다. 그리고 가끔 뭔가가 떨어졌다. 양탄자 위로 조용히 떨어지거나 아니면 딱딱

한 마룻바닥 위로 떨어지며 요란한 소리를 냈다. 이곳저곳에서 깨지고 날카롭게 부서지는 소리가 났다. 아니면 거의 소리 없이 터지기도 했다. 이 물건들은 지난날 아주 소중하게 다뤄진 터라 추락을 견디지 못했다.

도대체 이런 소란의 원인이 어디 있느냐고 누군가가 문득 묻는다면, 어쩌다가 그간 아주 조심스레 지켜 온 이 방이 이토록 형편없이 난장판이 됐느냐고 묻는다면, 대답은 단 하나뿐이리라. 죽음 때문이라고.

바로 울스가르에 사는 시종장 크리스토프 데틀레프 브리게의 죽음 때문이다. 그는 짙은 청색 제복 밖으로 살이 삐져나올 만큼 커진 몸으로 방바닥 한가운데 누워 꼼짝도 하지 않았다. 이제 더 이상 아무도 알아볼 수 없는, 크고 낯선 그의 얼굴은 눈을 감고 있었다. 그는 무슨 일이 벌어지고 있는지 보지 않았다. 처음엔 사람들은 그를 침대에 눕히려고 했지만, 그는 거부했다. 병이 자라기 시작했던 첫 며칠 밤부터 침대를 싫어했던 그였다. 게다가 위층의 침대는 너무 작아서 그를 양탄자 위에 눕히는 것 말고는 다른 방도가 없었다. 그는 아래층으로는 내려가려 하지 않았다.

그렇게 해서 그는 거기에 누워 있게 되었다. 혹시 죽은 게 아닌가 하는 생각이 들기도 했다. 서서히 어둠이 깃들기 시작하자 개들은 하나둘 문틈으로 빠져나갔고, 성미가 사납게 보이는 뻣뻣한 털의 개만 주인 곁에 남았다. 크고 덥수룩한 앞발 한 쪽을 크리스토프 데틀레프의 커다란 잿빛 손 위에 얹은 채. 하인들도 이제는 대부분 바깥의 흰 복도에 나가 서 있었다. 복도가 방보다 더 환했다. 반면, 아직 안에 남아 있던 사람들은 방 한가운데 놓여 어둠에 물들어 가는 커다란 물체를 가끔 힐끔힐끔 쳐다보며 그것이 썩어 문드러진 물건 위 큰 옷을 걸쳐 놓은 것에 불과하기를 바랐다.

그러나 뭔가가 있었다. 그것은 목소리였다. 이미 7주 전부터 아무도 알아들을 수 없게 된 목소리였다. 그것은 시종장의 목소리가 아니었다. 그 목소리의 주인은 크리스토프 데틀레프가 아니었다. 크리스토프 데틀레프의 죽음이 주인이었다.

크리스토프 데틀레프의 죽음은 아주 오랫동안 울스가르에 살면서 모든 이들과 이야기를 나누고 이것저것 요구했다. 자리를 옮겨 달라고 요구했고, 푸른 방을 요구했고, 작은 응접실을 요구했으며, 홀을 요구했다. 개들을 요구했으며, 사람들에게 웃어 봐라, 이야기를 해 봐라, 놀아 봐라 그리고 조용히 해라 하며 요구했고, 그리고 또 이 모든 것을 한꺼번에 요구하기도 했다. 친구들을 데려오라고, 여자들을 그리고 세상을 뜬 사람들을 데려오라고 요구했다. 그리고 또 자기도 죽고 싶다고 요구하고 또 요구했다. 요구하고 소리를 질러 댔다.

밤이 찾아오고 지칠 대로 지친 하인들 중 근무가 없는 하인들이 눈을 붙이려 할 때면, 크리스토프 데틀레프의 죽음이 울부짖기 시작했다. 울부짖고 신음했다. 잠시도 그치지 않고 한동안 어찌나 고래고래 소리를 질렀는지 개들은 처음엔 따라서 짖다가 결국 입을 다물고 누울 엄두도 내지 못하고 길고 가

느다란 다리로 떨며 서서 두려워했다. 그리고 덴마크의 광활한 은빛 여름밤을 가로질러 죽음의 울부짖음이 마을까지 퍼지면, 사람들은 뇌우가 칠 때처럼 자리에서 일어나 옷을 챙겨 입고 한마디 말도 없이 등잔불 가에 앉아 그 소리가 그치기만을 기다렸다. 그리고 출산을 앞둔 여성들은 촘촘한 칸막이 침대가 있는 가장 안쪽 방으로 옮겨졌다. 그러나 그 소리는 그곳에서도 들렸다. 그들 자신의 몸속에서 나는 소리처럼 들렸다. 그러면 그들은 자리에서 일어나게 해 달라고 간청하여 헐렁한 흰 옷차림으로 나와 부스스한 얼굴로 다른 사람들 곁에 앉았다. 그리고 그때 새끼를 낳던 암소들은 어찌할 바를 모르고 자궁을 닫아 버렸고, 누군가 나서서 나오려 하지 않는 죽은 새끼를 내장째 어미의 몸에서 끄집어냈다. 그리고 모두들 하루 일과를 제대로 처리하지 못했고, 건초를 들이는 일도 잊어버렸다. 낮에는 밤이 오는 게 두려웠고, 또 그토록 자주 깨어 있거나 깜짝 놀라 벌떡 일어나다 보니 너무나 지쳐 아무것도 제대로 생각할 수 없었다. 그리고 일요일에 평화로운 하얀 교회에 가면 그들은 울스가르 저택에 더 이상 주인이 없게 해 달라고 기도했다. 그 주인은 끔찍한 주인이었다. 그리고 그들 모두가 생각하고 기도한 것을 목사는 설교단에서 큰 소리로 말했다. 그 역시 제대로 된 밤을 갖지 못했고, 하느님을 이해할 수 없었다. 그리고 교회의 종도 그렇게 말했다. 밤새도록 울부짖어 대는 무시무시한 맞수가 생긴 종은 쇠로 된 몸으로 아무리 소리를 울려 대도 그의 상대가 되지 않았다. 그래, 모두 그렇게 말했다. 그리고 젊은이들 중에는 저택에 잠입해 쇠스랑으로 주인을 죽이는 꿈을 꾼 사람도 있었다. 사람들 모두 격분하여 막장에 다다를 만큼 극히 민감해져 있었고, 그의 이야기를 주의 깊게 들었다. 자신도 모르게 은근히 그 젊은이가 그렇게 해 주기를 바랐다. 불과 몇 주 전까지만 해도 시종장을 사랑하고 안타깝게 생각하던 그 고장의 모든 사람들도 그렇게 느끼고 생각했다. 그렇게 말은 했지만, 바뀐 것은 아무것도 없었다. 울스가르에 살고 있던 크리스토프 데틀레프의 죽음은 물러갈 생각을 하지 않았다. 그의 죽음은 10주 예정으로 와서 딱 그 기간 동안 머물렀다. 그 기간 동안 그의 죽음은 과거 크리스토프 데틀레프 브리게가 그랬던 것보다 훨씬 더 주인다웠다. 그의 죽음은 후대에 사람들이 두고두고 뇌제(雷帝)라고 부르는 왕과 같았다.

그것은 부종에 걸린 사람의 죽음이 아니었다. 그것은 시종장이 평생 동안 가슴에 품고 다니며 스스로 키운, 끔찍하고 고약한 죽음이었다. 시종장이 평온한 시절에 다 써 버리지 못한 넘치는 자존심과 의지 그리고 카리스마가 몽땅 죽음 속으로 들어간 것이다. 이제 울스가르에 앉아 마음껏 낭비하고 있는 그 죽음 속으로 말이다.

누군가 시종장에게 이런 죽음 말고 다른 죽음을 맞는 것이 어떻겠냐고 제안했다면 시종장 브리게는 그 사람을 어떤 표정으로 쳐다보았을까. 그는 자신의 힘겨운 죽음을 맞이했다.

그리고 내가 직접 보거나 들은 사람들을 생각해 보면, 그들은 모두 똑같았다. 그들은 모두 각자의 죽음을 가지고 있었다. 갑옷 안쪽에 마치 포로처럼 죽음을 지니고 다닌 남자들이나, 늙어서 작아졌다가 나중에 마치 무대에 올라온 것처럼 어마어마한 침상에서 온 가족과 하인, 개들이 지켜보는 가운데 신중하고 품격 있게 죽어 간 여자들이나. 그래, 아이들, 아주 작은 아이들까지도 아이들의 죽음을 맞지 않았고, 온 정신을 다해 이미 자신들이 가꾼 죽음과 더 살았으면 이루어 냈을 죽음을 맞았다.

　아이를 가진 채 서 있는 여인들의 모습은 얼마나 애처롭게 아름다웠던가. 가녀린 두 손을 자기도 모르게 살짝 올려놓은 그들의 부풀어 오른 몸속에는 두 개의 열매가 들어 있었으니. 하나는 아이이고, 또 하나는 죽음이다. 큼직해진 얼굴에 번지는 진한, 영양이 듬뿍 들어 있는 듯한 미소는 두 개의 열매가 자라고 있음을 가끔 느꼈기 때문일까?

　나는 두려움을 이기려고 뭔가 했다. 밤새 앉아서 글을 썼다. 그래서 지금은 울스가르 들판을 가로질러 먼 길을 달려온 것처럼 피곤하다. 모든 것이 예전과 다르다거나, 그 길쭉한 오래된 저택에 다른 사람들이 살고 있으리라고는 생각되지 않는다. 합각머리 꼭대기의 하얀 방에는 어쩌면 하녀들이 잠을 자고 있을지도 모른다. 그들의 무겁고 축축한 잠은 저녁부터 아침까지 계속된다.

　이제 아는 사람도, 가진 것도 없이 가방 하나와 책 상자 하나만 들고 아무런 호기심도 없이 세상을 떠돌고 있다. 집도, 물려받은 물건도, 개도 없는 삶이라니. 추억이라도 있으면 좋으련만, 누가 그런 추억을 가지고 있을까? 어린 시절이 있지만, 그것은 매장된 거나 다름없다. 그 모든 것에 이르려면 나이를 먹어야 할 것 같다. 그래서 나이를 먹는 것이 좋다고 생각한다.

　오늘은 화창한 가을 아침을 맞이했다. 나는 튀일리 공원을 산책했다. 동쪽을 바라보는 모든 것들은 햇살에 눈부시게 반짝였다. 햇빛에 비친 것들은 밝은 잿빛 커튼 같은 안개에 싸여 있었다. 아직 베일을 벗지 않은 공원 곳곳의 조각상들은 밝아 오는 여명 속에서 희미하게 햇볕을 쬐고 있었다. 길게 이어진 화단의 꽃들은 저마다 잠자리에서 일어나며 깜짝 놀란 목소리로 '빨강' 하고 말했다. 그때 키가 아주 크고 호리호리한 남자가 샹젤리제 쪽에서 모퉁이를 돌아 왔다. 그는 목발을 짚고 있었는데, 이제는 목발을 겨드랑이에 끼지 않고 살짝 앞에 내밀어 때때로 전령관의 지팡이처럼 곧추세워 소리 나게 땅을 짚었다. 그는 기쁨의 미소를 주체할 길이 없어 모든 것을 지나치며 태양과 나무들에게 미소를 보냈다. 그의 걸음걸이는 어린아이의 걸음걸이처럼 수줍은 듯하면서도 유난히 가벼웠다. 마치 지난날의 걸음걸이에 대한 추억에 흠뻑 잠긴 듯했다.

저토록 작은 달 하나가 온갖 재주를 다 부리다니. 작은 달 주위의 모든 것들이 밝고 가볍게 보이는 날들이 있다. 오히려 공기가 맑을 때는 잘 안 보이다가 이때 뚜렷하게 드러난다. 아주 가까운 것도 먼 빛깔을 띠고 손에서 빠져나가 그저 눈에 보일 뿐, 손에 잡히지 않는다. 광활한 느낌을 주는 것들, 이를테면 강과 다리들, 이리저리 이어진 긴 도로들과 광장들은 이러한 광활함을 배경으로 삼아 마치 비단 위에 그려진 듯 그 위에 그려져 있다. 이럴 때는 퐁네프 다리 위의 밝은 녹색 마차가 무엇인지, 쉼 없이 움직이는 붉은빛이 무엇인지, 하다못해 은회색 건물들의 방화벽에 붙은 포스터가 뭔지 알 수가 없다. 모든 것이 단순화되어 마네가 그린 초상화 속의 얼굴처럼 몇 개의 뚜렷한 밝은 면만 남는다. 그리고 모자라거나 넘치는 것은 아무것도 없다. 센강 변의 헌책 장사들이 상자를 열면, 책들의 신선한 노랑이나 닳은 노랑, 전집의 보랏빛 갈색, 화첩의 더 큰 초록, 이 모든 것이 조화를 이루면서 나름의 의미를 지니고 서로 어울려 어느 것 하나 빠짐이 없는 완벽함을 이룬다.

아래쪽 풍경은 다음과 같다. 어느 여인이 밀고 가는 조그만 손수레가 보이고, 손수레 앞쪽에는 풍금이 길게 놓여 있다. 그 뒤에는 아기 바구니가 가로로 놓여 있고, 그 안에는 모자를 쓴 아주 작은 어린아이가 방긋대며 두 다리로 서서 앉으려 하지 않는다. 여인은 가끔 거리 풍금을 돌린다. 그러면 어린아이는 바구니에서 발을 구르며 다시 벌떡 일어난다. 초록색 나들이옷을 입은 작은 소녀는 춤을 추면서 창문들을 올려다보며 탬버린을 친다.

　보는 법을 배우기로 했으니, 이제 무언가 시작해야 할 것 같다. 나는 스물여덟 살이고, 아직 아무것도 이루지 못했다. 다시한번 정리해 보자. 나는 카르파초에 대한 보잘것없는 짧은 글을 하나 썼고, 뭔가 그릇된 것을 모호한 수단을 통해 증명해 보이려는 식의 「결혼」이라는 드라마를 한 편 썼으며, 시도 몇 편썼다. 아, 하지만 시라고 하는 것은 너무 어린 나이에 쓰면 보잘것없는 것이 되고 만다. 사람은 무릇 기다려야 한다. 사람은평생을 두고, 가능하면 오래 살아, 꿀벌처럼 꿀과 의미를 모아들여야 하며, 이를 거름 삼아 아마 생의 끝에 가서 열 줄 정도의 좋은 시를 쓸 수 있을지 모르겠다. 시라는 것은 사람들이 보통 생각하듯이 (젊었을 때 넘치도록 갖는 그런) 감정이 아니라경험이다. 한 줄의 시구를 얻기 위하여 많은 도시, 온갖 사람들그리고 여러 가지 사물을 알아야만 할 것이다. 동물들도 알아야 하고, 새들이 어떻게 나는지 느껴야 하며, 아침에 피어나는작은 꽃들의 몸짓을 알아야 한다. 미지의 고장의 길들과, 예기치 않았던 만남과, 멀리서 다가오는 것을 보았던 이별들, 아직도 깨끗이 걷히지 않은 어린 시절과, 자식을 기쁘게 해 주려고했지만 자식이 제대로 이해하지 못해 마음에 상처를 받을 수밖에 없었던 부모(다른 사람 같았으면 그것을 기쁨으로 여겼겠지만)와, 그토록 많은 깊고 심각한 변화와 함께 야릇하게 시작되었던 어린 시절의 병과, 조용하고 차분한 방에서 보낸 날들과, 바닷가에서 맞이했던 아침과, 바다 그 자체와, 여러 바다와, 머리 위로 흩날려 별들과 함께 날아가 버린 여행의 밤들을 돌이켜 생각해 보아야 한다. 이 모든 것을 생각하는 것만으로는 충분치 못하다. 각각이 유달랐던 숱한 사랑의 밤들과, 진통 중인 임신부의 울부짖음과, 이제는 몸을 풀고 가벼워진 몸으로 흰옷차림으로 잠들어 있는 산모들에 대한 기억을 가지고 있어야 한다. 그리고 또 죽어 가는 사람들의 방에도 있어 보아야 하고, 창문이 열려 있고 주기적으로 소리가 들리는 방에서 주검 옆에도 앉아 보았어야 한다. 그러나 기억을 가지고 있는 것만으로는 충분치 않다. 기억이 많아지면 그것들을 잊을 수 있어야 한다. 그리고 기억들이 다시 돌아올 때까지 기다릴 줄 아는 커다란 인내심을 가져야 한다. 왜냐하면 기억 그 자체로는 아직 시라고 할 수 없기 때문이다. 이 모든 것에 대한 기억이 우리들의 가슴속에서 피가 되고, 눈길이 되고, 또 몸짓이 되어, 더 이상 우리와 구별할 수 없을 정도로 이름이 없어졌을 때 비로소 아주 진귀한 순간에 그 기억의 한가운데에서 시구의 첫마디가 떠오를 수 있는 것이다.

내가 쓴 모든 시는 다른 방식으로 생겨났다. 그러니 그것들은 시가 아니다. 드라마를 쓰면서도 나는 얼마나 잘못 생각했던가. 서로를 힘들게 하는 두 사람의 운명을 설명하기 위해 제

3의 인물을 끌어들이다니, 나는 얼마나 바보요 흉내쟁이였던가. 나는 얼마나 쉽게 함정에 빠졌던가. 그리고 어떤 삶이나 문학에서든 빠지지 않고 나타나는 이 제3의 인물, 실제로는 한 번도 존재한 적이 없는 이 제3의 인물이라는 유령이 아무런 의미도 없음을, 그러므로 그런 제3의 인물을 부정해야 함을 나는 알았어야 했다. 이런 제3의 인물은 자신의 가장 깊숙한 비밀을 알아내려는 사람들의 눈길을 다른 쪽으로 돌리기 위해 자연이 만들어 낸 구실에 지나지 않는다. 안에서 진행 중인 드라마를 가리는 병풍에 불과하다. 그것은 실제 갈등의 소리 없는 고요로 들어가는 입구 쪽에서 들리는 소음일 뿐이다. 이야기의 대상인 두 사람에 대해서만 말하는 것이 지금까지 누구에게나 너무 어렵게 느껴졌을 것이다. 현실적이지 않은 까닭에 제3의 인물은 문제를 푸는 데 용이했고, 따라서 누구나 그를 끌어다 썼다. 우리는 이미 드라마 첫머리에서부터 제3의 인물을 끌어들이려하는 그들의 초조감을 느낄 수 있다. 그들은 그냥 가만히 기다릴 수가 없다. 제3의 인물이 등장하는 순간 만사 오케이다. 그러나 그의 등장이 늦어지면 모두들 얼마나 지루해하는가. 그가 없으면 아무 일도 일어날 수가 없고, 모든 것은 멈추어 서서 앞으로 나아가지 못하고 기다려야 한다. 그래, 이렇게 멈추어 서서 앞으로 나아가지 못하면 어떻게 될까? 극작가 선생 그리고 인생을 잘 아는 여러분 관객이여, 그가 사라지면 어떻게 될까? 만능열쇠라도 되는 것처럼 모든 결혼에 끼어드는 이 인기 있는 난봉꾼이나 주제넘은 젊은이가 사라지면 어떻게 될까? 이를테면 악마 같은 것이 그를 잡아가 버렸다면? 한번 그런 가정을 해 보자. 우리는 금방 극장이라는 것이 인위적이고 공허한 것임을 깨닫게 될 것이다. 사람들은 위험한 구멍이라도 되는 것처럼 극장들 주변에 벽을 둘러 사람들의 접근을 막을 것이고, 그러면 나방들만이 칸막이 목재에서 날아올라 덧없는 텅 빈 공간을 훨훨 날아다닐 것이다. 극작가들은 이제 더 이상 고급 주택가의 삶을 즐기지 못하리라. 모든 공공 첩보 기관들은 극작가들에게 연극 그 자체이자 그 무엇으로도 대체할 수 없는 이 제3의 인물을 찾아 주기 위해 세상 구석구석을 뒤질 것이다.

그래도 이들은 사람들 사이에서 살아간다. 이 '제3의 인물들'이 아니라 바로 이 두 사람이다. 그들에 대해 할 이야기가 정말 많지만, 여태껏 제대로 언급된 적이 없다. 고통에 시달리고 행동하며 어찌할 바를 모르는 그들이지만.

정말 우습다. 나는 여기 작은 방에 앉아 있다. 나, 브리게가 말이다. 나는 스물여덟 살이고, 나를 아는 사람은 한 명도 없다. 나는 여기 앉아 있고, 나는 아무것도 아니다. 하지만 이 아무것도 아닌 존재가 생각에 잠기기 시작한다. 파리의 어느 잿빛 오후에 5층에 있는 방에서 이런 생각을 해 본다.

여태껏 사람들이 진실한 것, 중요한 것을 전혀 보지도, 인식하지도, 말하지도 못했다니, 이게 가능한 일인가? 보고 생각하고 기록할 수 있는 수천 년의 시간을 가졌으면서도, 그 시간을 버터 빵과 사과를 먹는 학교 휴식 시간처럼 흘려보냈다는 게 가능한 일인가?

그래, 그럴 수 있다.

여러 가지 발명과 진보, 문화와 종교 그리고 세상을 보는 지혜에도 불구하고 삶의 표면에 머물러 있다니, 이게 가능한 일인가? 나름의 의미를 가질 수도 있었을 이 표면에다 멍청하기 짝이 없는 천을 덧씌워 마치 여름 휴가철의 응접실 가구처럼 보이게 만들어 놓다니, 어디 이게 가능한 일인가?

그래, 그럴 수 있다.

세계사가 몽땅 오해되는 일이 있을 수 있을까? 낯설게 죽어간 어떤 개인에 대해서는 말하지 않고, 그 사람 주위로 몰려든 많은 사람들에 대해서만 말하듯 과거 속의 군중에 대해서만 말했다고 해서 과거가 잘못되었다고 할 수 있는가?

그래, 그럴 수 있다.

자신이 태어나기 전에 일어난 일을 어떻게든 만회해야 한다고 생각한다면, 그게 가능한 일인가? 모든 개인에게 그는 이전의 모든 조상들에게서 생겨났으며, 일단 그것을 안 이상 다른 말을 하는 사람들의 말에 넘어가서는 안 된다고 상기시켜 준다는 게 가능한 일인가?

그래, 그럴 수 있다.

이런 모든 사람들이 결코 존재하지 않았던 과거를 낱낱이 안다는 게 가능한 일인가? 그들에게 현실이란 모두 아무런 의미도 없으며, 그들의 생은 그 무엇과도 연관을 맺지 못한 채 마치 텅 빈 방의 시계처럼 흘러갈 뿐이라는 게 가능한 일인가?

그래, 그럴 수 있다.

현재 살아 있는 소녀들에 대해 아무것도 모른다는 게 가능한 일인가? '여자들', '아이들', '소년들'이라고 말하면서 (교육을 많이 받았음에도) 이 말들이 이미 오래전부터 더는 복수가 아닌, 셀 수 없이 많은 단수만을 갖고 있음을 알지 못한다는 게 있을 수 있는 일인가?

그래, 그럴 수 있다.

'신'이라고 말하면서, 마치 그것이 무슨 공동의 것이라도 되는 양 여기는 사람들이 있다니, 이게 가능한 일인가? 여기서 두 명의 초등학생을 생각해 보자. 그중 하나가 주머니칼을 사고, 그의 옆자리 친구도 같은 날 완전히 똑같은 칼을 샀다고 하자. 일주일이 지난 후 두 아이가 두 개의 칼을 서로 내보이면 조금을 빼고는 그 모양새가 아주 달라져 있음을 알게 된다. 그 두 개의 칼은 서로 다른 손에 잡혀 그렇게 다른 모습이 된 것이다. (물론 그중 한 아이의 엄마는 이렇게 말할 수도 있다. "너희들 손에 들어가면 금세 남아나는 게 없어.") 아, 그러니 신을 가지고 있으면서 사용하지 않는다는 게 가능한 일인가?

그래, 그럴 수 있다.

만약에 이 모든 게 그럴 수 있다면, 조금만치라도 그럴 가능성이 있다면, 무슨 일이 있더라도 뭔가 하지 않을 수 없다. 이런 불안한 생각을 해 본 사람이라면 그게 누구든 간에 과거에 해내지 못했던 것을 어떻게든 다시 시작해야 한다. 그 사람이 꼭 적임자는 아니더라도 말이다. 지금으로서는 다른 사람은 없다. 이 보잘것없는 젊은 외국인 브리게는 5층에 앉아 밤낮으로 글을 써야 한다. 그래, 그는 써야만 한다. 그게 그의 최후가 될 것이다.

그때 나는 열두 살이나, 아니면 많아야 열세 살이었던 것 같다. 아버지는 나를 우르네클로스터로 데려갔다. 아버지가 웬일로 외할아버지를 찾아갈 생각을 했는지는 모르겠다. 두 사람은 어머니가 세상을 뜬 뒤로는 몇 년이나 만나지 않았던 터였다. 게다가 나의 아버지는 브라헤 백작이 만년에 들어 은신처로 삼았던 그 고택에 한 번도 간 적이 없었다. 나는 그 특이한 저택을 그 뒤로는 다시 보지 못했다. 그 집은 외할아버지가 세상을 뜨자 남의 손에 넘어갔다. 어린 시절의 기억 속을 뒤져 그 집을 다시 보면 그 집은 온전한 집이 아니다. 그 집은 내 마음속에서 조각조각 흩어져 있다. 이쪽에 방이 하나 있고, 저쪽에 방이 하나 있고, 여기에 복도의 일부가 있다. 이 복도는 두 방을 연결하지 않고 그 자체로 하나의 조각처럼 남아 있을 뿐이다. 이런 식으로 내 마음속에는 모든 게 흩어져 있다. 방들, 온갖 치장을 하고 앉은 계단들, 그리고 나선형의 다른 좁은 계단들. 그 계단들의 어둠 속을 우리는 마치 혈관 속의 피처럼 오가곤 했다. 다락방들, 높게 매달린 발코니들, 쪽문을 밀치면 느닷없이 나오곤 했던 발코니들. 이 모든 것이 여전히 내 마음속에 있고, 결코 사라지지 않을 것이다. 마치 이 집의 모습이 까마득한 곳에서 내 안으로 무너져 내려 내 마음속 바닥에 부서져 있는 것 같다.

내 마음속에 고스란히 남아 있는 것은 우리가 매일 저녁 일곱 시에 만찬을 하러 모이던 큰 홀뿐이다. 나는 이 홀을 낮에는 한 번도 본 적이 없다. 그 홀에 창문이 있었는지, 어느 방향으로 나 있었는지 전혀 기억나지 않는다. 가족들이 그 홀에 들어설 때마다 묵직한 촛대의 촛불이 언제나 타오르고, 잠시 후 우리는 하루의 시간과 밖에서 보았던 모든 것을 잊어버렸다. 천장이 높았던, 돌이켜 보면 둥근 아치형이었던 이 방은 다른 그 무엇보다도 강력했다. 그 홀은 어두컴컴한 높은 천장과 한 번도 빛이 스며들지 않은 구석들을 가지고 있어 우리의 마음속에 있던 모든 이미지를 빨아들이기만 하고는 그 대가로 아무것도 내주지 않았다. 우리는 정신이 나간 듯 멍하니 앉아 있었다. 전혀 아무런 의지도, 의식도, 욕망도, 거부의 의사도 없이. 우리는 그저 빈자리 같았다. 지금 기억으로는 그 압도적인 상태 때문에 나는 일종의 멀미처럼 거의 구역질이 날 지경이었던 것 같다. 나는 그 상태를 간신히 극복하기 위해 다리를 뻗어 맞은편에 앉아 있는 아버지의 무릎을 발로 건드렸다. 나중에야, 나는 아버지가 나의 이 이상한 행동을 알면서도 그냥 참아 준 것임을 깨달았다. 왜냐하면 우리 둘의 관계는 평소 냉정에 가까웠으므로 나의 그런 행동은 있을 수가 없는 것이었기 때문이다. 어쨌든 내게 그 긴 식사 시간을 견딜 수 있도록 힘을 준 것은 그 가벼운 접촉이었다. 몇 주에 걸쳐 갖은 노력을 다해 참고 견딘 끝에 나는 아이들 특유의 무한한 적응력 덕분에 그 모임이 지닌 섬뜩한 분위기에 제대로 길이 들었으며 그 결과 두 시간 동안

너끈히 식탁에 앉아 있을 수 있었다. 게다가 그곳에 앉아 있는 사람들을 뜯어보는 일을 시작하고서부터는 시간이 비교적 빨리 흘러가기도 했다.

　외할아버지는 그 사람들을 '가족'이라 불렀고, 나는 다른 사람들이 그런 표현을 쓰는 것을 들었다. 하지만 그 표현은 전혀 어울리지 않았다. 그 네 사람이 먼 친척 관계이기는 했지만, 그렇다고 그들을 하나의 동아리로 묶기는 어려웠기 때문이다. 내 옆자리에 앉아 있던 백부는 나이가 지긋했는데 햇볕에 그을린 단단한 얼굴은 여기저기가 거뭇거뭇했다. 사람들 말로는 화약이 폭발하는 바람에 그렇게 됐다고 했다. 그는 늘 불만이 가득했으며 원래 소령으로 전역했는데, 지금은 그 저택의 내가 알지 못하는 방에서 연금술 실험을 하고 있다고 했다. 그리고 하인들이 하는 말로는 그는 어떤 감옥과 내통하여 그곳에서 1년에 한두 번씩 시체를 넘겨받아 밤이고 낮이고 그 방에 틀어박혀서는 시체들을 해부하고 은밀한 방식으로 썩지 않도록 방부 처리를 한다고 했다. 그의 맞은편에는 마틸데 브라헤 양의 자리가 있었다. 그녀는 나이를 가늠할 수가 없었는데, 어머니의 먼 사촌이었다. 그녀에 대해서는 알려진 것이라고는 다만 그녀가 자칭 놀데 남작이라고 하는 오스트리아의 한 심령술사와 아주 왕성하게 편지를 주고받고 있다는 것뿐이었다. 그녀는 그에게 온통 종속되어 있어서 사전에 그의 동의나 축복의 말이 없으면 아무것도 하려 하지 않았다. 당시 그녀는 체격이 아주 건장했는데 미련할 정도로 살이 뒤룩뒤룩 쪄서 그 모양새가 마치 헐렁한 밝은 옷에다 살을 아무렇게나 부어 놓은 것 같았다. 그녀의 몸놀림은 생기가 없고 어설펐다. 그리고 눈에는 언제나 눈물이 그렁그렁했다. 그럼에도 불구하고 그녀에게는 다정하고 호리호리한 나의 어머니를 떠올리게 하는 무언가가 있었다. 그녀를 보고 있노라면 어머니가 돌아가신 뒤 제대로 떠올릴 수 없었던 섬세하고 미묘한 표정을 그녀의 얼굴에서 발견할 수 있었다. 마틸데 브라헤를 날마다 보게 되고서야 나는 돌아가신 어머니의 모습이 어땠는지 다시 깨닫게 되었다. 아니, 어쩌면 난생처음으로 깨달은 것인지도 모른다. 이제야 내 안에서 수백의 세세한 것들이 한데 모여 돌아가신 어머니의 모습으로 되살아났다. 그 모습은 이제 어디를 가나 나를 따라다닌다. 나중에 알고 보니 브라헤 양의 얼굴에는 정말로 나의 어머니의 얼굴 표정의 특징들이 빠짐없이 다 들어 있었다. 다만 그 사이에 낯선 얼굴 하나가 끼어든 것처럼 그 특징들은 양쪽으로 밀려나고 휘어져 더 이상 서로 관련을 맺고 있지 않은 것 같았다.

그 숙녀 옆에는 외사촌 누이의 어린 아들이 앉아 있었다. 내 또래의 소년이었는데 나보다 몸집이 작고 허약해 보였다. 주름진 옷깃 사이로 가늘고 창백한 목이 솟아올라 긴 턱 밑에 이르러서 사라졌다. 입술은 얇고 굳게 닫혀 있었으며, 콧방울은 가볍게 떨렸다. 아름다운 짙은 갈색의 두 눈동자 중 한쪽만 움직였다. 그 한쪽 눈은 가만히 그리고 슬픈 빛으로 가끔 내 쪽을 넘겨다보았다. 반면에 다른 쪽 눈은 줄곧 한쪽 구석만을 향한 채로 있었다. 이젠 버림을 받아 있으나 마나 한 것 같았다.

테이블의 상석 쪽에는 외할아버지의 무지하게 큰 안락의자가 놓여 있었다. 하인 하나가 외할아버지에게 의자를 밀어 넣어 주는 일을 도맡아 했는데, 그 노인은 의자의 아주 작은 부분만을 차지할 뿐이었다. 귀가 어둡고 위압적인 이 늙은 신사를 각하나 의전관이라고 부르는 사람들도 있었고, 어떤 사람들은 장군이라고 불렀다. 그가 여전히 그럴 만한 품위를 갖고 있는 것은 사실이었지만, 관직에서 물러난 지 오래되어 그런 호칭들은 어울리지 않았다. 때때로 매우 날카롭다가도 이내 흐리멍덩해지는 그런 이에게 그런 호칭을 붙이는 것은 적절하지 않아 보였다. 그가 가끔 내게 다정한 태도를 보이고 심지어 내 이름을 장난스럽게 부르며 가까이 오라고 하기도 했지만, 나는 한 번도 그를 외할아버지라고 부를 용기를 내지 못했다. 온 가족이 그 백작에게 경외심과 두려움이 섞인 태도를 보였지만, 어린 에리크는 그 늙은 집주인과 어느 정도 친밀한 관계를 유지하고 있었다. 그의 두 눈 중에서 움직이는 눈은 이따금 외할아버지에게 재빨리 동의를 구하는 눈빛을 보냈고, 그러면 외할아버지도 마찬가지로 재빨리 응답을 해 주었다. 그리고 종종 기나긴 오후의 어느 때에는 깊숙한 회랑 끝에 두 사람이 나타나는 것을 보았고, 둘이 손을 잡고서 오래된 어두운 초상화들 곁을 아무 말도 없이 제각각 다른 방식으로 서로의 마음을 헤아리며 걸어가는 모습을 목격할 수 있었다.

나는 하루의 대부분을 정원이나 집 밖의 너도밤나무 숲, 또는 들판에서 보냈다. 그런데 우르네클로스터에는 다행스럽게도 개들이 있어서 내 뒤를 따라다녔다. 이곳저곳에 소작인의 집이나 낙농가가 있어서 나는 그곳에서 우유, 빵, 과일 등을 얻을 수 있었다. 지금 생각해 보면, 나는 적어도 그다음 몇 주 동안 저녁 모임에 대한 걱정 없이 나의 자유를 누렸던 것 같다. 나는 거의 아무하고도 이야기하지 않았다. 혼자 있는 것이 즐거웠기 때문이다. 개들하고만 가끔 짤막한 대화를 나누었다. 개들하고는 마음이 아주 잘 통했다. 게다가 과묵함은 우리 집안의 내력이었다. 나는 아버지에게서 과묵함을 알았으며, 저녁 식사를 하는 동안 거의 한마디 말도 오가지 않는 것이 전혀 이상하지 않았다.

물론 우리가 도착한 첫 며칠 동안 마틸데 브라헤는 참으로 말이 많았다. 그녀는 아버지에게 외국 도시에서 살고 있는 옛 지인들에 대해 물었고, 머나먼 인상들을 되살려 세상을 뜬 친구들이나 어떤 젊은 남자를 떠올리며 눈물을 흘리기도 했다. 그가 그녀를 사랑했지만, 그녀는 그의 애절하고 가망 없는 마음에 응답할 뜻이 없었다고 암시적으로 말했다. 아버지는 예를 차려 경청하며 가끔 동조하는 듯 고개를 끄덕였고, 아주 꼭 필요한 대답만 했다. 상석에 앉아 있던 백작은 입을 양쪽으로 당기며 줄곧 미소를 지었다. 그의 얼굴은 평소보다 더 커 보였고, 마치 가면을 쓰고 있는 듯한 인상을 주었다. 가끔 그는 직접 말문을 열기도 했지만, 그때 그의 목소리는 누구를 향한 것도 아니었다. 그의 목소리는 나지막했지만, 홀 전체에 울렸다. 그의 목소리는 무관심하게 규칙적으로 흘러가는 시계의 초침 소리 같았다. 그의 목소리를 둘러싼 정적은 저만의 공허한 반향을 가진 듯했고, 목소리의 음절 하나하나가 다 똑같이 울렸다.

브라헤 백작은 나의 아버지의 세상을 뜬 부인, 즉 나의 어머니에 대해 이야기하는 것이 아버지에게 특별한 예의를 차리는 것이라고 여기는 듯했다. 외할아버지는 어머니를 지빌레 백작 영애라고 부르며, 그의 말의 모든 문장은 마치 어머니의 안부를 묻는 듯한 투로 끝났다. 그래, 이유는 알 수 없지만, 그럴 때마다 마치 아주 어린 처녀가 흰옷을 입고 당장 우리 곁에 나타날 것만 같았다. 나는 또 외할아버지가 변함없이 같은 음조로 '우리의 귀여운 안나 조피'라고 말하는 것도 들었다. 그러던 어느 날 나는 외할아버지에게 그가 그토록 애지중지하는 그 소녀가 누구인지 물어보았고, 그녀가 대재상 콘라트 레벤틀로의 딸로 나중에 프리드리히 4세의 두 번째 부인이 되었다가 이제는 로스킬데 교회에 묻힌 지 거의 150년 가까이 되었음을 알았다. 외할아버지에겐 시간의 흐름은 전혀 중요치 않았다. 그에겐 죽음도 하찮은 사건에 불과했으며 이를 완전히 무시했다. 일단 그가 기억 속에 받아들인 인물들은 그대로 존재했으며, 그들이 죽었다고 해서 바뀐 것은 아무것도 없었다. 그로부터 몇 년 뒤, 이 늙은 집주인이 세상을 떴을 때, 그가 과거의 것을 다룰 때 그랬듯이 미래의 것도 마치 현재의 일처럼 느꼈다고 하는 사람들 얘기를 들었다. 그가 언젠가 한 젊은 여인 앞에서 그녀의 자식들에 대해, 특히 그녀의 아들들 중의 한 아들의 여행을 이야기한 적이 있는데, 첫 임신을 한 지 고작 3개월밖에 되지 않았던 그 여인은 쉬지 않고 이야기를 늘어놓는 노인 옆에서 놀라움과 두려움에 사로잡혀 거의 정신을 잃고 앉아 있었다고 한다.

그러다가 내가 웃는 일이 벌어졌다. 그래, 나는 큰 소리로 웃었고, 도무지 진정할 수가 없었다. 어느 날 저녁 마틸데 브라헤가 오지 않았을 때의 일이다. 거의 앞이 보이지 않는 늙은 시종은 그녀의 자리로 가서, 그녀가 없는데도 음식 그릇을 내밀었다. 그는 그렇게 잠시 머물렀다가, 만족한 표정으로 점잖게, 마치 모든 것이 괜찮다는 듯 걸음을 옮겼다. 나는 그 장면을 진작 지켜보고 있었지만, 그 순간에는 전혀 우스꽝스럽게 여겨지지 않았다. 그러나 잠시 뒤 음식을 한 입 입에 무는 순간 느닷없이 웃음이 터지는 바람에 나는 사레가 들려 한바탕 소동을 일으키고 말았다. 나 자신도 그런 상황이 부담스러웠기 때문에 온갖 방법을 다 동원해서 진지해지고자 했지만 웃음이 자꾸만 터져 나와 완전히 나를 제압해 버렸다.

아버지는 내 행동을 두둔하려는 듯 느리고 나지막한 목소리로 물었다. "마틸데가 어디 아픈가요?" 외할아버지는 특유의 미소를 짓더니 뭐라고 한마디 하셨는데, 나는 내 일에 정신이 팔려서 제대로 듣지 못했지만 대략 이런 내용이었던 것 같다. "아니야, 그 애는 크리스티네와 마주치고 싶어 하지 않을 뿐이야." 그 때문에, 내 옆자리에 앉아 있던 갈색 피부의 소령이 자리에서 벌떡 일어나 뭐라고 알아들을 수 없는 투로 양해의 말을 중얼거리며 백작에게 인사를 하고는 홀에서 빠져나간 것이 외할아버지가 한 그 말의 영향인 것도 몰랐다. 내 눈에는 그저 그가 집주인의 등 뒤에서 다시 한번 몸을 돌리더니 어린 에리크에게 그리고 너무나 놀랍게도 내게까지 손짓과 고갯짓으로 자기를 따라오라는 듯한 표시를 한 것만 들어왔을 뿐이다. 나는 소스라치게 놀랐고, 그 통에 나를 괴롭히던 웃음도 뚝 그쳤다. 하지만 나는 소령에게 더 이상 신경을 쓰지 않았다. 그는 내 취향이 아니었고, 어린 에리크도 그를 거들떠보지 않았다.

식사는 여느 때와 다름없이 느릿느릿 진행되었고 이제 막 후식을 가져올 차례가 되었다. 그때 나의 시선은 홀의 안쪽 어스름 속에서 일어난 어떤 움직임에 사로잡혔다. 그곳에 있는, 내 기억에 늘 잠겨 있던 문이, 중간층으로 통한다고 하는 그 문이 스르르 열리더니, 내가 호기심과 놀라움이 뒤섞인 아주 야릇한 느낌으로 그쪽을 바라보고 있는 사이에 밝은 옷차림의 호리호리한 숙녀 하나가 문간의 어둠 속으로 들어와 우리를 향해 다가왔다. 당시 내가 움찔하거나 아니면 무슨 소리를 냈는지는 기억나지 않는다. 의자가 꽈당 넘어지는 소리에 나는 시선을 그 특이한 여자의 모습에서 딴 데로 돌릴 수밖에 없었다. 그때 나는 아버지가 자리를 박차고 일어나 백지장처럼 창백해진 얼굴로 늘어뜨린 양쪽 주먹을 불끈 쥔 채 그 여인을 향해 천천히 걸어가는 것을 보았다. 그사이에 그녀는 그런 광경에 전혀 개의치 않고 우리를 향해 한 걸음 두 걸음 다가왔다. 어느새 그녀는 백작의 자리에서 멀지 않은 곳에 와 있었다. 순간 백작은 자리에서 벌떡 일어나더니 아버지의 팔을 붙잡고 식탁 쪽으로 잡아당겼다. 반면에 그 낯선 여인은 느린 발걸음으로 전혀 무표정하게 이제는 막아서는 이 없는 방을 가로질러, 어디선가 유리잔이 떨리며 쨍그랑 소리를 내는 이루 말할 수 없는 그 정적을 가로질러 한 걸음 두 걸음 내디디며 맞은편 벽의 한쪽 문으로 사라졌다. 그 순간 나는 어린 에리크가 나서서 그 낯선 여인을 향해 허리를 굽혀 정중하게 인사를 하고 나서 그 문을 닫는 것을 보았다.

식탁 의자에 그냥 앉아 있던 사람은 나뿐이었다. 나는 의자에서 옴짝달싹할 수가 없었다. 혼자 힘으로는 도저히 다시는 일어나지 못할 것 같았다. 나는 한동안 아무것도 보지 않고도 모든 것을 보았다. 그때 아버지의 모습이 눈에 들어왔다. 아버지는 여전히 외할아버지에게 붙잡혀 있었다. 아버지의 얼굴은 이제 분노로 붉으락푸르락했지만, 외할아버지는 짐승의 하얀 발톱 같은 손가락으로 아버지의 팔을 움켜잡고서 특유의 가면 같은 미소를 지어 보였다. 그때 나는 외할아버지가 한 음절씩 뭔가를 말하는 소리를 들었지만, 그 말의 뜻은 알 수 없었다. 그렇지만 외할아버지의 말은 내 귀에 깊이 새겨졌다. 2년 전 어느 날, 나는 기억의 밑바닥에서 그 말을 찾아냈으며 그 뒤로 그 내용을 분명히 알게 되었다. 외할아버지는 이렇게 말했던 것이다. "자넨 성격이 너무 급해, 시종장, 예의도 없고. 자기 볼일 보러 가는 사람을 왜 가로막나?" "도대체 누구죠?" 아버지는 소리를 버럭 질렀다. "여기 있을 만한 자격이 있는 사람일세. 남이 아니야. 크리스티네 브라헤야." 그때 다시 그 묘한 옅은 적막이 찾아왔고, 유리잔이 다시 떨기 시작했다. 순간 나의 아버지는 획 하고 몸을 일으켜 홀에서 뛰쳐나갔다.

나는 아버지가 밤새 방에서 이리저리 서성이는 소리를 들었다. 나 역시 잠을 이룰 수가 없었던 까닭이다. 그러나 아침 녘에 나는 갑자기 선잠에서 깨어나, 내 침대맡에 앉아 있는 하얀 물체를 보고 심장이 마비될 정도로 놀랐다. 절망에 몸부림치던 나는 마침내 힘을 내어 머리를 이불 속에 박고 두려움과 막막함에 엉엉 울기 시작했다. 그때 울고 있던 내 눈 위가 갑자기 서늘해지더니 환해졌다. 나는 아무것도 보지 않으려고 눈물을 흘리며 눈을 질끈 감았다. 그러나 이제 아주 가까이서 내게 말을 건네 온 그 목소리가 내 얼굴에 부드럽고도 달콤하게 와 닿았다. 나는 그 목소리가 누구인지 알아차렸다. 그것은 마틸데 브라헤의 목소리였다. 나는 이내 마음을 추스르긴 했지만, 이미 마음의 안정을 되찾고 나서도 계속해서 그녀에게 위안을 받았다. 그녀의 따뜻한 마음씨가 다소 부담스럽게 느껴지긴 했지만, 그래도 나는 그것을 즐겼고, 나에게는 그럴 만한 자격이 충분히 있다고 생각했다. "이모." 마침내 입을 연 나는 그녀의 푸석푸석한 얼굴에서 어머니의 모습을 찾으려 애썼다. "이모, 아까 그 부인은 누구죠?"

"아아." 브라헤 양은 다소 우스꽝스럽게 한숨을 내쉬며 대답했다. "불행한 여자란다, 얘야. 불행한 여자야."

그날 아침 나는 어느 방에서 하인 몇이 바쁘게 짐을 꾸리고 있는 것을 목격했다. 이제 우리가 떠날 때가 되었나 하고 나는 생각했다. 그리고 떠나는 것이 너무나 자연스럽다고 느꼈다. 아버지의 생각도 마찬가지였던 것 같다. 그런데 그날 저녁이 지나고서도 왜 아버지가 우르네클로스터에 계속 머물기로 했는지는 전혀 알 수가 없다. 우리는 떠나지 않았다. 우리는 8~9주 동안 그 저택에 더 머물면서 그 저택에서 벌어지는 희한한 일들의 압력을 견뎌 냈다. 그 뒤로 우리는 크리스티네 브라헤를 세 번 더 보았다.

당시 나는 그녀에게 얽힌 이야기를 전혀 알지 못했다. 그녀가 아주 오래, 오래전에 둘째 아이를 낳다가 죽었으며 그 사내아이는 자라서 무섭고 끔찍한 운명을 겪었다는 것도 알지 못했다. 그녀가 이미 세상을 떠난 사람이라는 것도 몰랐다. 그러나 아버지는 그것을 알고 있었다. 정열적이고 철저함과 명료함을 추구하는 그가 어떤 의구심도 품지 않고 차분하게 이런 기묘한 사건을 어떻게 견뎌 내려 했을까? 속사정은 알지 못했지만, 나는 그가 자신과 싸우는 모습을 보았고, 이유는 알 수 없었지만 마침내 그가 자신을 이겨 내는 모습을 가까이서 지켜보았다.

그것은 우리가 크리스티네 브라헤를 마지막으로 보았을 때의 일이다. 이번에는 마틸데 양도 저녁 식사 자리에 나와 있었다. 그러나 그녀는 평소와 달랐다. 우리가 도착하고 나서 첫 며칠 동안 그랬던 것처럼 그녀는 앞뒤가 맞지 않는 말을 끊임없이 지껄여 댔으며 자꾸만 넋이 나갔다. 그러면서 뭔가 몸이 불편해서 그러는 건지 계속해서 머리카락이나 옷을 매만졌다. 그러더니 느닷없이 소리를 꽥 지르며 자리에서 벌떡 일어나 밖으로 뛰쳐나갔다.

그 순간 내 시선은 무심코 예의 그 문 쪽으로 향했다. 그랬더니 정말로 크리스티네 브라헤가 들어오는 것이었다. 내 옆자리에 앉아 있던 소령은 소스라치게 놀라며 움찔했는데 그 느낌이 내 몸속까지 전해졌다. 그러나 그는 몸을 일으킬 만한 여력이 없어 보였다. 검버섯이 피어 있는 검게 그을린 그의 늙은 얼굴은 이 사람 저 사람 두리번거렸으며, 입은 헤벌어져 있었고, 혀는 썩은 이빨들 안쪽에 말려 있었다. 그러더니 갑자기 그의 얼굴은 사라지고 식탁에는 그의 허연 머리가 놓여 있었다. 그의 양팔은 마치 몸통에서 떨어져 나온 것처럼 제각기 놓여 있었고, 어디선가 시들고 거뭇거뭇한 손 하나가 나타나 벌벌 떨고 있었다.

그리고 이제 크리스티네 브라헤가 지나갔다. 한 걸음 한 걸음 마치 병자처럼 천천히 떼어 놓으며 늙은 개의 신음 같은 단 한 마디의 신음이 울릴 뿐인, 뭐라 표현할 수 없는 적막을 헤치고서. 그러나 그때 수선화가 가득 꽂혀 있는 백조 모양의 큰 은빛 꽃병 왼편에서 예의 잿빛 미소를 지으며 외할아버지의 큰 얼굴이 불쑥 나타났다. 외할아버지는 아버지를 향해 포도주 잔을 들어 올렸다. 이어서 나는 아버지가 막 크리스티네 브라헤가 그의 의자 뒤로 지나가는 순간 술잔을 잡고서 그것이 무척 무거운 것이라도 되는 것처럼 식탁에서 한 뼘 정도 들어 올리는 것을 보았다.

그리고 당장 그날 밤 우리는 그곳을 떠났다.

국립 도서관에서

나는 앉아서 어느 시인*을 읽고 있다. 열람실에는 많은 사람들이 있지만 전혀 의식되지 않는다. 그들은 책 속에 빠져 있다. 책장 사이에 파묻혀 가끔씩 움직이는 그들의 모습은 마치 자다가 두 개의 꿈 사이에서 몸을 뒤척이는 사람들 같다. 아, 책 읽는 사람들 사이에 있다는 것은 얼마나 행복한 일인가. 왜 우리는 늘 그러지 못하는가? 아무한테나 다가가 슬쩍 건드려 보라. 그 사람은 꿈쩍도 하지 않을 것이다. 자리에서 일어나다가 옆사람을 건드리고 사과해 보라. 그러면 그 사람은 당신의 목소리가 들리는 쪽을 향해 고개만 끄덕일 것이다. 그의 얼굴은 당신을 향하겠지만 당신을 보지는 않을 것이다. 그리고 그의 머리카락은 잠에 빠진 사람의 머리카락과 같을 것이다. 얼마나 기분 좋은 일인가. 그리고 나는 자리에 앉아 있고, 시인 하나를 상대하는 중이다. 얼마나 멋진 운명인가. 지금은 열람실에 대략 3백 명 정도가 앉아서 책을 읽고 있다. 하지만 그들 모두가 나름의 시인을 읽고 있을 수는 없는 일이다. (그들이 무엇을 읽고 있는지는 아무도 모른다.) 3백 명의 시인일 리는 없다. 하지만 보라, 이곳에서 책을 읽고 있는 사람들 중 어쩌면 가장 행색이 초라한 내가, 외국인인 내가 무슨 운명을 갖고 있는지. 그렇다, 비록 나는 가난하지만, 시인을 읽고 있다. 매일 입고 다니는 이 양복에 군데군데 얼룩이 지기 시작했고 신발도 여기저기 흠집투성이이긴 하지만 말이다. 내 옷 칼라도 깨끗하고 속옷도 깨끗하니, 지금 이 모습 그대로 큰길가에 있는 아무 제과점

에 들어가 케이크가 담긴 접시에 과감하게 손을 넣어 뭔가 꺼
낸다 한들 어떨까. 사람들은 그것을 이상하게 여기지 않을 것이
고 나를 욕하며 내쫓지도 않을 것이다. 그래도 이 손은 좋은
가문 출신의 손으로 하루에 네다섯 번은 씻는 손이니까. 그렇
다, 손톱 밑도 깨끗하고 글씨를 쓰는 손가락에 잉크 자국 같은
것도 없다. 특히 손목은 흠잡을 데 하나 없다. 가난한 사람들은
그곳까지 씻지 않는다. 이는 누구나 아는 사실이다. 사람들은
깨끗한 내 손목을 보고 뭔가 추론할 수도 있다. 또 실제로도 그
렇게 한다. 상점에 있는 사람들이 그렇다. 그러나 이를테면 생
미셸 거리나 라신 거리에 가면 그런 것에 넘어가지 않고 내 손
목 따위를 무시하는 몇몇 인간들이 있다. 그들은 나를 보는 순
간 정체를 알아챈다. 그들은 나 역시 그들과 같은 부류이며, 내
가 약간의 연출을 하고 있음을 안다. 지금은 사육제 기간이다.
그 때문에 그들은 내 즐거움을 망치려 하지 않는다. 그들은 약
간 히죽 웃으며 눈을 찡긋할 뿐이다. 그걸 본 사람은 아무도 없
다. 그러면서도 그들은 나를 신사로 대해 준다. 근처에 누구라
도 있으면 심지어 하인과 같은 태도로 굽실거린다. 내가 모피
라도 입고 자동차를 뒤에 거느리고 다니는 사람이라도 되는 것
처럼 그렇게 말이다. 가끔 나는 그들에게 동전 두 닢을 주면서
혹시라도 받지 않으면 어쩌나 싶어 손을 떤다. 그러나 그들은
동전을 받는다. 다시 약간 히죽거리며 눈을 찡긋하지만 않으
면 모든 것이 괜찮을 텐데. 이 사람들은 누굴까? 내게 뭘 원하
는 걸까? 나를 기다리고 있는 걸까? 뭘 보고 나를 알아보는 거

지? 내 수염이 손질되지 않은 것은 사실이다. 내 수염이 그들에게 아주 조금이나마, 언제나 내게 인상적이었던 그들의 병들고 늙고 햇볕에 그을린 수염을 떠올리게 했을 수도 있다. 하지만 수염을 다듬지 않을 권리도 내겐 없는가? 다른 많은 사람도 일이 바쁘면 그럴 수 있다. 그렇다고 이런 사람들 중 누구도 자기가 내던져진 무리에 속한다고 생각하지는 않는다. 어쨌든 그들은 내던져진 자들임이 분명하다. 거지일 뿐 아니라. 아니다, 사실은 거지가 아니다. 구분해야 한다. 그들은 운명이 퉤하고 뱉어 버린 인간들의 쓰레기며 껍데기다. 운명의 침이 묻은 채로 그들은 담벼락이나 가로등, 광고탑에 들러붙어 있다. 아니면 그들은 천천히 골목길을 따라 지저분하고 검은 흔적을 뒤에 남기며 흘러 내려간다. 도대체 이 노파는 나에게 뭘 원하는 걸까? 단추 몇 개와 바늘이 굴러다니는 서랍을 들고서 어느 움막에서 기어 나온 이 노파는? 왜 그녀는 자꾸만 내 옆에 따라붙으면서 나를 뜯어보는 걸까? 왜 그녀는 물기 어린 눈으로, 마치 병자가 핏기 어린 그녀의 눈꺼풀에 퍼런 가래라도 뱉어 놓은 것 같은 그런 눈으로 나를 알아보려고 하는 걸까? 그때 어떻게 그 머리가 허옇게 센 조그만 노파가 15분 동안이나 쇼윈도 앞의 내 옆에 서 있었던 걸까. 그녀는 내게 기다란 낡은 연필 하나를 내밀었다. 그 연필은 오므린 그녀의 지저분한 양손 사이에서 한없이 천천히 삐져나왔다. 나는 쇼윈도에 진열되어 있는 물건들을 쳐다보면서 아무것도 눈치채지 못한 척했다. 그러나 그녀는 내가 자기를 보았음을 알고 있었다. 그녀는 내가 그 자리에 서서 그녀가 하는 행동이 무엇을 의미하는 걸까 고민하고 있음을 알고 있었다. 단순히 연필이 문제가 아님을 내가 알아차렸기 때문이다. 나는 그것이 하나의 신호임을, 조직원끼리 통하는 신호임을, 내던져진 자들 사이에 통하는 신호임을 눈치챘다. 내가 모처(某處)로 가서 무슨 일을 해야 한다고 암시하는 것 같았다. 그리고 이상했던 것은 이 신호에 따른 모종의 약속이 예정되어 있는 게 아닌가, 혹시 이 장면 역시 내가 속으로 이미 기대하고 있었던 게 아닌가 하는 생각을 계속해서 떨쳐 버릴 수 없었다는 것이다.

이것은 2주 전의 일이다. 이제 이런 만남 없이 지나가는 날이 거의 없다. 어스름 녘뿐만 아니라 대낮에도 느닷없이 조그만 남자나 노파가 나타나 내게 고개를 끄덕이고서 뭔가 보여 준 다음, 마치 자기 할 일을 다 했다는 듯 다시 사라진다. 어느 날 그들이 내 방에까지 쳐들어올지도 모른다. 그들은 내가 어디 사는지 분명히 알고 있다. 그들은 수위에게 저지당하지 않도록 신경을 쓸 것이다. 그러나 사랑하는 사람들아, 나는 이곳에서 당신들로부터 안전하다. 이 열람실에 들어오려면 특별 입장권이 있어야 한다. 당신들은 없지만, 나는 그런 입장권을 갖고 있다. 짐작할 수 있겠지만, 나는 약간의 두려움을 느끼며 거리를 지나온다. 그러나 마침내 유리문 앞에 도착하면, 마치 집에라도 온 것처럼 유리문을 열고 다음 문에 이르러 내 입장권을 내민다(당신들이 내게 당신들의 물건을 내밀 때와 별로 다르지 않다. 다만 차이점은 사람들이 나의 의도를 이해하고 알아차린다는 것이다). 이윽고 나는 여기 이 책들 속에 파묻힌다. 나는 마치 죽은 사람처럼 당신들에게서 멀리 떨어져 이곳에 앉아 한 시인을 읽는다.

당신들은 시인이 무엇을 하는 사람인지 모르겠지? 예를 들어 베를렌……. 아무것도 모른다고? 기억이 없다고? 그렇겠지. 그 시인을 당신들이 아는 사람들 속에 세워 두어도 당신들은 그 시인을 알아보지 못하겠지? 당신들이 사람도 구별할 줄 모른다는 것을 나는 잘 알고 있다. 그러나 내가 읽고 있는 시인은 그 시인이 아닌 다른 시인이다. 나의 시인은 파리에 살지 않는 전혀 다른 시인이다. 깊은 산속에 조용한 집을 갖고 있는 시인이다. 그의 목소리는 맑은 대기 속에 울리는 종소리 같다. 그는 자기 방의 창문에 대해 이야기하고, 다정하고 쓸쓸한 먼 풍경을 조심스레 담아내는 책장 유리문에 대해 이야기하는 행복한 시인이다. 나는 바로 이런 시인이 되고 싶다. 그는 소녀들에 대해 많이 알고 있을 것이다. 나도 소녀들에 대해 그처럼 많이 알았으면 좋겠다. 그는 백 년 전에 살았던 소녀들에 대해서도 알고 있다. 그들이 죽었다는 사실은 아무런 의미도 없다. 그는 모든 것을 다 알고 있으니까. 그것이 중요하다. 그는 소녀들의 이름을 소리 내어 불러 본다. 예스럽게 둥근 고리 모양으로 부드럽고 날씬하게 그은 긴 글씨체로 쓰인 그 이름들과, 어릴 적 여자 친구들이 어른이 되어 달고 다니는 이름들을, 이미 약간의 운명과 약간의 실망과 죽음의 음조가 함께 울리는 그런 이름들을 불러 본다. 어쩌면 그의 마호가니 책상 서랍 속에는 지난날 소녀들의 누렇게 바랜 편지들과 뜯긴 일기장 몇 쪽이 들어 있을는지도 모른다. 일기장에는 생일과 여름날의 파티가 적혀 있을 거다. 또 그의 침실 안쪽에 있는 불룩한 옷장 서랍에는 그 소녀들의 봄옷이 들어 있을지도 모른다. 부활절에 처음 입었던 하얀 드레스, 본래는 여름옷이지만 그때까지 기다릴 수 없어 입었던 점박이 망사 드레스가 말이다. 아, 상속받은 집의 조용한 방에서 얌전하게 가만히 있는 물건들에 둘러싸인 채, 의자에 앉아 밝고 파릇파릇한 정원에서 서로를 유혹하느라 여념이 없는 첫 박새들의 울음소리와 멀리 마을의 시계 종소리를 들을 수 있다면, 이 얼마나 행복한 운명인가! 그렇게 앉아 오후의 따뜻한 햇살을 바라보고, 과거의 소녀들에 대해 많은 것을 알고 있으며, 게다가 시인이라면 그 얼마나 행복한 인간의 운명인가. 내가 이 세상 어딘가의 아무도 신경 쓰지 않는, 버려진 시골집에서 살 수 있어 그런 시인이 되는 것을 생각만 해도 얼마나 행복한가. 내겐 방 하나만 있으면 된다. (밝은 다락방이면 더 좋겠다.) 나는 나의 오래된 물건들과 가족사진 그리고 책들과 함께 그 방에서 살고 싶다. 그리고 팔걸이의자 하나와 화초들과 개들, 그리고 돌길을 위한 튼튼한 지팡이가 하나 있으면 된다. 그 밖에 무엇이 더 필요하리. 다만 옛날식 꽃문양이 들어간, 노랗고 상앗빛이 도는 가죽으로 제본한 책 한 권이 있으면 좋겠다. 그러면 그 여백에다 나는 글을 써넣을 것이다. 나는 많은 것을 쓰고 싶다. 내겐 생각과 추억이 넘치도록 많기 때문이다. 그러나 현실은 그렇지 못했다. 그 까닭은 하느님만 아실 것이다.

나의 옛 가구들은 그것들을 맡겨 놓은 창고에서 썩어 가고 있고, 그리고 나는, 아, 하느님, 몸 하나 가릴 지붕도 없어, 빗줄기가 눈 속으로 들이친다.

나는 가끔 이를테면 센강 변 거리의 작은 가게들 앞을 지나간다. 골동품 가게나 헌책방, 동판화 가게의 쇼윈도에는 물건들이 가득하다. 그 가게들 안으로 들어가는 사람은 없다. 장사를 하지 않는 것처럼 보인다. 하지만 가게 안을 들여다보면 사람들이 앉아 있다. 그들은 앉아서 뭔가 읽고 있다. 천하태평으로. 내일을 걱정하지도 않고, 성공을 위해 조급해하지도 않는다. 그들 앞에는 개가 한 마리 태연한 표정으로 앉아 있거나, 고양이가 한 마리 앉아 있다. 고양이는 책등에 있는 이름들을 지우려는 듯 늘어선 책들을 스쳐 지나가며 적막을 더욱 크게 만든다.

아, 저런 것이라도 있었으면. 가끔 나는 저렇게 가게 하나를 사서 쇼윈도를 물건으로 가득 채워 놓고, 개 한 마리와 함께 거기 앉아 한 20년쯤 보내고 싶은 소망을 품곤 한다.

큰 소리로 이렇게 말하면 기분이 좋아진다. "문제 될 건 아무것도 없어." 다시 말해 본다. "아무 일도 없다고." 그렇게 하니 좀 나은가?

난로에서 다시 연기가 나는 바람에 나는 집 밖으로 나갈 수밖에 없었다. 그렇다고 그렇게 나쁠 것은 없다. 몸이 피곤하고 으슬으슬한 것은 아무것도 아니다. 온종일 이 골목 저 골목 싸돌아다닌 것은 다 내 책임이다. 마음만 먹었더라면 루브르 박물관에 들어가 앉아 있을 수도 있었으니까. 아, 아니다. 그렇게 하지는 않았을 거다. 그곳에는 몸을 녹이러 들어온 사람들이 있을 테니까. 그들은 벨벳 천을 씌운 길쭉한 의자에 앉아 있고, 그들의 발은 난방 장치의 격자 위에 마치 속이 텅 빈 큰 장화들처럼 놓여 있다. 그들은 아주 겸손한 사람들이어서, 온갖 번쩍이는 휘장이 달린 제복을 입은 박물관 관리인들이 자신들을 눈감아 주는 것만으로도 고마워한다. 하지만 내가 들어서면 그들은 씩 웃는다. 씩 웃으며 고개를 까닥인다. 그러다가 내가 그림을 구경하며 이리저리 발걸음을 옮기면 그들은 나에게서 눈을 떼지 않는다. 달걀을 휘저어 놓은 듯한 멀건 그 눈을 말이다. 그러니 루브르 박물관에 들어가지 않은 것은 잘한 일이다. 나는 줄곧 떠돌아다녔다. 내가 얼마나 많은 도시와 도시의 어느 곳, 공동묘지, 다리 그리고 뒷골목을 누볐는지는 하늘만이 안다. 어디선가 나는 한 남자를 보았다. 그 남자는 채소를 실은 수레를 밀고 있었다. 그는 "꽃양배추, 꽃양배추" 하고 크게 외쳤다. 끝의 '우' 발음을 할 때 목소리가 갈라졌다. 그 남자 옆에는 무뚝뚝해 보이는 못생긴 여자가 함께 걸어가며 가끔 그의 옆구리를 툭툭 쳤다. 여자가 툭툭 건드릴 때마다 그는 소리를 질렀다. 가끔 그는 알아서 소리를 지르기도 했지만, 그건 쓸데없는 짓이었다. 왜냐하면 배추를 사 줄 만한 집 앞에 이르렀을 때, 그는 금방 다시 외쳐야 했기 때문이다. 그가 장님이라는 말을 내가 했던가? 안 했다고? 그래, 그 남자는 장님이었다. 그는 장님이었고, 소리를 질렀다. 이렇게 말하면 내가 상황을 왜곡하는 셈이다. 다시 말해, 그가 밀고 갔던 수레를 말하지 않은 것이고, 그가 꽃양배추라고 외치는 것을 듣지 못했던 것처럼 말하는 셈이니까. 과연 그게 중요한 걸까? 그래, 그게 중요한 일이라 해도, 그 광경 전체가 내게 무엇이었는지가 더 중요한 것이 아닐까? 나는 한 늙은 남자를 보았고 그는 장님이었으며 소리를 질렀다. 그것을 나는 보았다. 봤던 것이다.

그런 집들이 있다고 하면 사람들이 내 말을 믿을까? 아니다, 사람들은 내가 거짓말하고 있다고 말할 것이다. 이번에는 진실을 말하겠다. 아무것도 빼지 않았고, 물론 보탠 것도 없다. 내가 어떻게 그런 일을 할 수 있을까? 사람들은 내가 가난하다는 것을 알고 있다. 그건 다 아는 사실이다. 집들이라고? 아니다. 정확히 말하면, 이제 더 이상 존재하지 않는 집들이다. 위에서 아래까지 산산조각 난 집들이다. 그곳에 남아 있는 것은 다른 집들, 즉 이웃한 높은 집들이었다. 옆에 있던 것들을 모두 헐어 버렸기 때문에 그 집들은 금방이라도 무너질 것만 같았다. 집의 잔해들이 널려 있는 바닥과 훤히 드러난 이웃한 건물의 벽 사이에는 타르 칠을 한 긴 버팀목들이 받쳐져 있었다. 내가 말하려던 것이 바로 이 벽이라고 앞에서 말했는지 모르겠다. 그러나 나는 지금 남아 있는 이웃한 집들의 앞쪽 벽이 아니라 (사람들은 그렇게 생각할 수 있겠지만) 지금은 사라지고 없는 집들의 마지막 남은 벽에 대해 말하려 한다. 그 벽의 안쪽이 보였다. 여러 층에 걸쳐 방의 벽들이 보였고, 거기엔 아직 벽지가 붙어 있었고, 여기저기 방바닥이나 천장의 흔적들도 보였다. 이 벽들과 함께 건물의 전체 외벽 아래쪽에는 지저분한 흰색 공간 하나가 아직 그대로 남아 있었다. 그리고 겉으로 드러난 화장실 하수관이 마치 벌레처럼, 아니 꿈틀대는 창자처럼 이루 말할 수 없이 역겨운 모습으로 이 공간을 누비며 이리저리 기어다녔다. 도시가스가 지나갔던 자리에는 천장 가까이에 칙칙하게 먼지 낀 흔적들이 남아 있었다. 이 흔적들은 이리저리 달리다가 아무 데서나 갑자기 방향을 홱 틀어 색칠된 벽이나, 아무렇게나 뚫린 시커먼 구멍 속으로 뛰어 들어갔다. 가장 인상적인 것은 벽 그 자체였다. 이 방의 끈질긴 삶은 아무리 밟혀도 사라지지 않았다. 삶은 끈질기게 그곳에 남아 있었다. 삶은 그곳에 아직 남아 있는 못들에도 달라붙어 있었고, 손바닥만큼 남은 방바닥에도 엉겨 붙어 있었으며, 안쪽 공간이 조금이라도 남아 있는 귀퉁이에도 기어 들어가 있었다. 삶은, 해마다 천천히 삶과 함께 변해 간 색깔 속에도, 그러니까 파란색에서 곰팡이 슨 초록색으로, 초록색에서 누런색으로, 그리고 누런색에서 썩은 내 나는 김빠진 듯한 낡아 빠진 흰색으로 변해 간 그 색깔 속에도 배어 있었다. 그러나 삶은 거울이나 그림 또는 옷장 뒤쪽의 손이 덜 탄 곳에도 남아 있었다. 삶은 그런 물건들의 틀을 따라 윤곽을 그려 놓고, 그 은밀한 곳에 거미와 먼지와 함께 숨어 있다가 이제 겉으로 드러난 것이다. 긁힌 자국투성이의 줄

무늬마다 삶이 있었고, 벽지 아래쪽의 습기로 물방울처럼 불어난 곳에도 삶은 있었으며, 찢긴 벽지 조각들 틈에서도 삶은 나부꼈고, 이미 오래전에 생긴 지저분한 얼룩들에서도 삶은 배어나왔다. 그리고 무너진 칸막이벽들의 파편으로 에워싸인, 전에는 푸른색, 초록색 또는 노란색이었던 벽들에서는 그곳에 있었던 삶들의 공기가, 그러니까 어떤 바람도 흩어 놓지 못한, 질기고 굼뜨며 곰팡내 나는 냄새가 삐져나왔다. 거기에는 한낮의 시간과 질병들, 내뿜은 숨결, 여러 해 묵은 연기, 겨드랑이에서 솟아 옷을 축축하게 만드는 땀, 입에서 나는 단내, 그리고 썩은 발에서 나는 고린내가 배어 있었다. 그리고 거기엔 오줌의 독한 지린내, 불에 그을린 누린내, 삶은 감자에서 나는 잿빛 김, 그리고 묵은 기름에서 나는 진하고 미끈한 냄새가 배어 있었다. 거기에는 돌보지 않는 젖먹이들에게서 나는, 좀체 가시지 않는 달착지근한 냄새, 학교에 다니는 아이들에게서 나는 불안의 냄새, 사춘기 사내애들의 침대에서 나는 후텁지근한 냄새도 있었다. 그리고 아래쪽 골목의 밑바닥에서 증발하여 올라온 다른 많은 냄새까지 거기에 더해졌으며, 그 밖의 다른 냄새들이 도시의 상공에 지저분하게 떠 있다가 비와 함께 뚝뚝 떨어졌다. 그리고 늘 같은 골목에만 머물다 보니 허약해지고 유순해진 바람이 많은 냄새를 실어 왔으며, 어디서 온 것인지 알 수 없는 냄새들도 많았다. 사람들이 마지막 외벽 하나만 남기고 몽땅 부숴 버렸다고 내가 말했던가? 자, 이제 계속해서 이 외벽에 대해 말하고자 한다. 사람들은 내가 그 외벽 앞에 오랫동안 서 있었다고 생각할지도 모른다. 그러나 맹세코 말하건대, 나는 그 외벽의 존재를 알아본 순간 도망치기 시작했다. 내가 그 외벽의 존재를 알아보았다는 것이 섬뜩했기 때문이다. 나는 이곳에 있는 모든 것을 알아보고, 그래서 그것들은 당장 내 안으로 들어와, 내 안에 자리를 잡는다.

　이 모든 일을 겪고 나자 나는 몸이 좀 피곤하다는 것을 느꼈다. 아니, 기력이 쇠잔해졌다고 하는 편이 옳을 것 같다. 그래서 그 남자까지 나를 기다리고 있다는 사실이 무척 신경 쓰였다. 그 남자는 조그만 간이식당에서 나를 기다리고 있었다. 그곳에서 나는 달걀프라이 두 개를 먹으려 했다. 나는 배가 고팠다. 하루 종일 식사할 겨를이 없었기 때문이다. 하지만 이번에도 아무것도 먹을 수가 없었다. 달걀프라이가 나오기도 전에 나는 어쩔 수 없이 다시 거리로 뛰쳐나왔다. 거리는 밀려드는 사람들로 넘실댔다. 사육제 저녁이었기 때문이다. 사람들은 너 나 할 것 없이 여유가 있어서인지 이리저리 몰려다니며 서로 어깨를 부대꼈다. 사람들의 얼굴은 가설무대에서 나오는 빛으로 환히 빛났고, 그들의 입에서는 마치 벌어진 상처에서 고름이 터지듯 웃음이 터져 나왔다. 내가 점점 더 마음이 다급해져서 앞으로 나아가려 하면 할수록 사람들은 더욱 크게 웃으면서 점점 더 밀쳐 댔다. 어떤 여자의 숄이 내 옷에 걸려 내가 그녀를 끌고 다닌 모양이다. 사람들은 나를 붙잡아 세우더니 깔깔대고 웃었다. 나도 웃어야 하는 게 아닌가 하는 생각이 들었지만 웃음이 나오지 않았다. 누군가 내 눈을 향해 종이 꽃가루를 한 줌 뿌렸다. 눈 부위가 채찍에 맞은 것처럼 화끈거렸다. 모퉁이마다 사람들로 가득 차 있었다. 한 사람이 다른 사람 몸에 쐐기처럼 박혀 있었다. 사람들은 앞으로 나아가지 못하고 선 채로 그 짓을 하는 것처럼 부드럽게 위아래로 움직일 뿐이었다. 사람들은 그 자리에 서 있었고 나는 군중 사이로 약간의 틈이 보이는 차도 쪽으로 내달렸지만, 마치 그들은 움직이고 나는 그 자리에 꼼짝하지 않고 서 있는 것 같은 느낌이 들었다. 그렇다고 달라진 것은 아무것도 없었기 때문이다. 눈을 들어 위를 보니 한쪽 편에는 아까 그 건물들이, 그리고 다른 편에는 예의 그 가설무대가 보였다. 모든 것은 그 자리에 있는데, 나를 포함한 그곳의 사람들이 현기증을 느껴, 모든 것이 빙빙 도는 것처럼 보였는지도 모른다. 하지만 그런 걸 따질 겨를이 없었다. 온몸이 땀에 흠뻑 젖은 데다 얼얼한 고통이 내 몸속을 휘저었다. 마치 뭔가 엄청나게 거대한 것이 내 혈관을 확장하면서 피를 타고 빙빙 도는 것 같았다. 그리고 이미 오래전에 공기가 바닥이 나서 이제 나는 고작 내 폐가 뿜어내고 나서 버린 것을 다시 들이마시는 것 같은 느낌도 들었다.

　이제 드디어 다 끝났다. 나는 이겨 냈다. 나는 등불을 켜고 방에 앉아 있다. 조금 춥게 느껴진다. 난로에 불을 지필 엄두가 나지 않기 때문이다. 난로가 연기를 뿜어 다시 밖으로 나가야 하면 어쩐담? 나는 앉아서 이런 생각을 해 본다. 가난하지 않았다면, 나는 옛 세입자들의 손때가 잔뜩 묻은 낡아 빠진 가구들이 딸린 이런 방이 아닌 다른 방에 세를 들었을 것이다. 처음에는 이 안락의자에 머리를 기대는 것도 정말이지 얼마나 께름칙했는지 모른다. 의자의 녹색 커버에는 아무 머리나 갖다 대도 꼭 맞을 것 같은, 시커멓게 기름때로 움푹 들어간 자국이 나 있었다. 나는 꽤 오랫동안 조심스럽게 머리 아래에 손수건을 대기도 했지만, 이제는 그렇게 하는 것도 지쳤다. 굳이 그렇게 하지 않아도 된다는 것과, 게다가 움푹 팬 그 부분이 마치 자로 잰 듯이 내 뒤통수에 딱 들어맞는다는 것을 깨달았기 때문이다. 내가 가난하지 않다면 무엇보다도 나는 좋은 난로를 하나 사고 싶다. 그리고 깊은 산속에서 가져온 품질 좋고 화력 좋은 장작으로 불을 지필 것이다. 연기나 피워 올려 사람 정신없게 만드는 이 구제 불능의 조개탄은 절대 안 쓸 것이다. 그리고 그다음에는 큰 소란을 피우지 않으면서 청소를 하고 내가 필요한 만큼 불을 돌봐 줄 사람도 있어야 하리라. 시도 때도 없이 난로 앞에 15분씩 꿇어앉아 불을 지피다 보면 가까운 불길에 이맛살이 땅기고 맨눈에 열기를 쏘여서 그날 하루 동안 쓸 힘을 모두 소진하기 때문이다. 그러다가 사람들 틈에 끼어들면 그들은 나를 우습게 보게 마련이다. 사람들이 너무 몰려 있으면 가끔 마차를 타고서 유유히 그 사람들 옆으로 지나갈 것이고, 날마다 뒤발* 같은 고급 식당에서 식사를 할 것이며, 앞으로는 앞의 그런 간이식당에는 발도 안 들여놓을 생각이다…… 그 남자도 그런 고급 식당에 간 적이 있을까? 그럴 턱이 없다. 그런 데서 그가 나를 기다릴 리는 만무하다. 죽어 가는 사람을 식당에서 받아 주는 법은 없다. 죽어 가는 사람? 그래, 나는 지금 내 방에 앉아 있다. 그래서 내가 겪은 일에 대해 조용히 생각할 여유가 있다. 무엇이든 막연하게 버려두는 것은 좋지 않다. 그래, 말하자면 이렇다. 식당 안으로 들어가 보니 내가 평소에 앉곤 하던 자리를 다른 사람이 차지하고 있었다. 나는 조그만 조리대 쪽을 향해 인사를 하고 주문을 한 뒤 그 남자의 옆자리에 가서 앉았다. 그러나 그때 그 남자가 미동도 하지 않았지만, 왠지 그 남자의 기운이 느껴졌다. 미동도 하지 않는 그의 모습을 보면서 그것이 무엇을 의미하는지 나는 순식간에 알아차렸다. 우리 사이에는 무슨 관계가 맺어졌으며, 그가 무언가에 너무나 놀라서 돌처럼 몸이 굳은 것임을 나는 깨달았다. 뭔가에 소스라치게 놀라 온몸이 굳었다는 것과 그의 내부에서 일어난 무언가 때문에 그가 소스라치게 놀랐다는 것도 알았다. 어쩌면 그의 몸 안에 있던 어떤 혈관이 터져서 그가 오랫동안 두려워했던 독이 그의 심장 쪽으로 막 흘러들었거나, 아니면 그의 뇌 안에서 커다란 종양이 태양처럼 떠올라 그의 세계를 바꾸어 버렸는지도 모른다. 나는 안간힘을 다해 그 남자 쪽을 바라보려고 애썼다. 그 모든 것이 상상일 뿐이라고 생각하고 싶었기 때문이다. 그러나 순간, 나는 자리를 박차고 밖으로 뛰쳐나왔다. 내 짐작이 틀리지 않았기 때문이다. 그 남자는 두꺼운 검정 겨울 외투를 입고 그 자리에 앉아 있었다. 그리고 잔뜩 긴장한 잿빛 얼굴은 털목도리 속에 깊이 파묻혀 있었다. 그의 입술은 무언가 묵직한 물건으로 지질러 놓은 것처럼 굳게 다물어져 있었다. 그러나 그의 두 눈이 아직도 뭔가를 바라보고 있는지는 판별하기가 쉽지 않았다. 다만 김이 서린 뿌연 안경알만이 그의 눈앞에 걸쳐진 채 바르르 떨리고 있었다. 콧방울은 벌어져 넓적했고, 살이 푹 꺼진 관자놀이 위를 덮은 긴 머리카락은 강한 열기를 쐰 것처럼 푸석푸석해 보였다. 양쪽 귀는 길었으며 누런빛을 띠고 있었고 귀의 뒤쪽에는 큰 그늘이 져 있었다. 그래, 그는 지금 사람들뿐만 아니라 모든 것으로부터 자신이 멀어지고 있음을 알고 있었다. 잠시만 있으면, 모든 것이 아무런 의미도 없어질 것이다. 이 테이블과 이 찻잔 그리고 그가 달라붙어 있는 의자, 날마다 접하는 가장 가까운 모든 것들조차 이해할 수 없게 되고 낯설어지고 어려워질 것이다. 그렇게 그 남자는 거기 앉아서 그렇게 되기만을 기다리고 있었다. 그러면서 더 이상 버티려 하지 않았다.

그러나 나는 여전히 버티고 있다. 비록 나를 괴롭히던 것들이 이제 나를 놓아주긴 했지만, 심장이 이미 밖으로 삐져나와 얼마 살지 못할 것임을 알고 있으면서도 나는 여전히 버티고 있다. 나는 이렇게 되뇌어 본다. 아직 아무 일도 일어나지 않았다고. 하지만 내가 그 남자를 이해한 이유는 무엇일까? 아마도 그건 내 안에서 뭔가 진행되고 있기 때문일 것이다. 그러니까 모든 것으로부터 나를 떼어 놓고 분리하는 뭔가가 진행되고 있다는 말이다. 죽어 가는 사람이 이젠 주위 사람을 알아보지 못한다는 말을 들을 때마다 나는 얼마나 오싹했던가. 그때 나는, 베개에서 머리를 쳐들고 뭔가 익숙한 것을, 예전에 한 번 보았던 그 무언가를 찾아보지만 아무것도 찾지 못하는 쓸쓸한 얼굴을 떠올려 보았다. 두려움이 그렇게 크지 않다면 나는 이렇게 위로해 볼 수도 있을 것이다. 모든 것을 다르게 보면서 살아가는 것이 불가능한 것만은 아니라고. 그러나 나는 두렵다. 그와 같은 변화가 뭐라 말할 수 없이 두렵다. 나는 이 멋져 보이는 세상에도 여태껏 제대로 적응하지 못했다. 이런 내가 다른 세상에서 뭘 어쩌겠는가? 그저 내게 이미 익숙해진 의미들 사이에 머물러 있는 편이 나을 것 같다. 그래도 뭔가 꼭 변해야 한다면 적어도 개들 사이에서라도 살 수 있으면 좋겠다. 우리 인간과 비슷한 세계와, 그리고 또 우리 인간과 똑같은 것들을 갖고 있는 개들 사이에서.

잠깐 더 나는 모든 것을 기록하고 말할 수 있으리라. 그러나 나의 손이 나로부터 멀리 떨어져, 내가 나의 손을 향해 쓰라고 명하면, 나의 손은 내가 생각지 않은 말들을 써 내릴 그런 날이 올 것이다. 다른 해석의 시기가 밝아 오리라. 다른 것 위에 남아 있는 말은 하나도 없으리라. 모든 의미는 구름처럼 녹아 물처럼 흘러내리리라. 이처럼 두려움에도 불구하고 마침내 나는 무언가 위대한 것을 앞에 두고 있는 사람과 같다. 예전에 내가 글을 쓰기 전에 바로 나의 내면이 이와 같았던 일이 기억난다. 그러나 이번에는 내가 쓰일 것이다. 나는 변해 가는 인상이다. 오, 내게는 단지 조그만 것이 결여됐을 뿐이다. 그렇지만 않으면 나는 그 모든 것을 파악하고 시인할 수 있으련만. 한 걸음만 더 떼어 놓으면 나의 깊은 고통이 지복이 될 수 있으련만. 그러나 나는 바로 이 한 걸음을 뗄 수가 없다. 나는 쓰러져 더 이상 몸을 일으킬 수가 없다. 내가 부서진 까닭이다. 나는 언젠가는 어딘가로부터 내게 도움이 찾아오리라고 굳게 믿어 왔다. 내 앞에는 내가 밤마다 드린 기도가 내 필체로 적힌 채 놓여 있다. 내가 책에서 찾아서 베껴 쓴 것들이다. 내 옆에 두고 싶었기 때문이며 내 손에서 나온 내 것인 것처럼 하고 싶었기 때문이다. 그것을 여기에 다시 적어 놓고 싶다. 여기 내 책상 앞에 이렇게 무릎을 꿇고서 쓰련다. 그렇게 하면 그냥 읽을 때보다 더 오래 간직할 수 있고, 또 낱말 하나하나가 오래 남아 시간을 두고 천천히 사라지기 때문이다.

"모든 인간이 못마땅하고 나 자신도 못마땅해서, 나는 이 밤의 정적과 고독 속에서 나 자신을 회복하고 조금이나마 기운을 되살리고 싶다. 내가 사랑했던 사람들의 영혼이여, 내가 노래했던 사람들의 영혼이여, 나를 도와 내게 힘을 다오, 세상의 온갖 거짓과 더러운 악취에서 나를 떼어 놓아 다오. 그리고 당신, 나의 주, 나의 하느님이여! 내게 은총을 베푸시어 아름다운 시를 몇 줄이라도 쓸 수 있게 해 주소서. 내가 인간들 가운데 가장 형편없는 자가 아님을, 내가 경멸하는 자들보다 못나지 않았음을 스스로 증명할 수 있게 해 주소서."*

"그들은 본디 고향에서 미련한 자들의 자식이요 비천한 자들의 자식이니라. 이제는 내가 그들이 켜는 노래가 되고 그들의 놀림거리가 되었다.

……그들은 나에 대해 길을 냈노라…….

……그들이 나를 해치는 것은 식은 죽 먹기였음이라.

……이제는 내 마음이 내 속에서 녹아내리니 환난의 날이 나를 붙잡음이라.

밤이 되면 내 뼈가 쑤시고, 나의 몸에 아픔이 쉬지 않는구나.

하느님은 큰 능력으로 내 옷을 점점 다르게 하고, 옷의 구멍처럼 나를 묶으시도다.

내 창자는 끓어올라 그 그침이 없으니, 환난의 날이 내게 임하였구나…….

내 하프는 슬픔이 되었고, 내 피리는 울음이 되었다."*

의사는 내 말뜻을 알아듣지 못했다. 전혀. 물론 설명하는 것도 무척 힘들었다. 의사는 전기 요법을 한번 해 보자고 했다. 좋다. 나는 쪽지를 받았다. 오후 한 시까지 살페트리에르 병원으로 오라고 적혀 있었다. 나는 그곳을 찾아갔다. 나는 한참을 여러 가건물들을 지나고 뜰을 몇 개 가로질러야 했다. 뜰 곳곳에는 흰 모자를 쓴 사람들이 앙상한 나무들 밑에 마치 죄수들 같은 모습으로 서 있었다. 마침내 나는 복도처럼 생긴 길고 어두운 방으로 들어섰다. 방의 한쪽 면에는 네 개의 불투명한 녹색 유리창이 달려 있었다. 네 개의 창문을 각각 널따란 모양의 검은 칸막이벽이 갈라놓고 있었다. 칸막이벽들 앞에는 기다란 나무 의자가 가로로 놓여 있었고, 바로 그 의자에는 내 얼굴을 아는 이들이 앉아서 기다리고 있었다. 그렇다, 그들 모두 거기에 와 있었다. 그 방의 어둠에 눈이 익고 나서 보니 어깨를 맞대고 한없이 길게 늘어선 채 앉아 있는 그 사람들 중에는 소시민, 직공, 하녀, 마차꾼 같은 다른 부류의 인간들도 있었다. 복도 한쪽 끝에는 별도의 의자에 뚱뚱한 두 여자가 퍼질러 앉아 이야기를 나누고 있었는데 아마도 접수계 직원인 것 같았다. 시계를 보니 한 시 오 분 전이었다. 이제 5분만 있으면, 아니 넉넉잡아 10분만 있으면 내 차례였다. 그러니 상황이 그리 나쁜 것만도 아니었다. 사람들의 옷가지와 호흡 때문에 공기는 너저분하고 무거웠다. 어디선가 문틈을 통해 에테르의 서늘한 기운이 확 끼쳐 왔다. 나는 이리저리 서성이기 시작했다. 그러던 중 왜 하필이면 나를 이런 사람들 틈에 끼워서, 왜 이렇게 사람들이 북적대는 일반 진료 시간에 오라고 한 걸까 하는 생각이 퍼뜩 들었다. 나 역시 그들 버려진 자들과 같은 부류에 속한다는 첫 공식적인 증명인 셈이었다. 의사가 내 모습을 보고 그걸 알아차렸단 말인가? 하지만 나는 지난번에 그런대로 괜찮은 양복을 차려입고 병원을 찾았고 게다가 명함까지 들여보냈던 터이다. 그럼에도 그는 어떻게든 그것을 알아차린 모양이다. 아니면 나 자신이 그런 티를 냈는지도 모른다. 이제 사실이 사실인 만큼, 나로서는 기분이 언짢을 이유도 없었다. 사람들은 말없이 앉아 있을 뿐 나를 전혀 거들떠보지 않았다. 그중 몇 사람은 고통스러워하며 한쪽 다리를 살며시 떨고 있었다. 그렇게 해서 고통을 조금이라도 덜어 보려는 것 같았다. 어떤 사내들은 손바닥에 얼굴을 묻고 있었고, 또 어떤 사내들은 얼굴을 잔뜩 찌푸린 채 깊이 잠들어 있었다. 목이 벌겋게 부어오른 한 뚱뚱한 사내는 허리를 구부린 채 바닥을 응시하다가 적당한 곳을 찾아 이따금 침을 내뱉었다. 아이 하나가 구석에서 훌쩍거렸다. 아이는 비쩍 마른 긴 두 다리를 의자 위로 당겨 마치 다리들과 이별이라도 하는 것처럼 두 손으로 두 다리를 움켜쥐고는 꼭 끌어안고 있었다. 몸집이 자그마한 창백한 모습의 한 여자는 둥근 모양의 검은 꽃문양이 박힌 크레이프 모자를 머리에 비스듬하게 얹어 놓은 채 마른 입술에는 억지 미소를 짓고 있었지만, 짓무른 눈에서는 눈물이 줄줄 흘렀다. 그녀에게서 좀 떨어진 곳에는 번들대는 둥근 얼굴의 어린 여자애가 앉아 있었는데 튀어나온 눈에는 아무런 표정도 없었다. 입은 벌어져 끈적대는 허연 잇몸과 자라다 만 누런 이빨들이 보였다. 그리고 많은 붕대가 있었다. 눈 하나만 남기고 머리 전체를 칭칭 감아 그 눈이 이제 누구의 것도 아닌 것처럼 만들어 놓은 붕대들. 뭔가를 감추고 있는 붕대들, 그리고 안쪽에 무엇이 있는지 알려 주고 있는 붕대들. 풀어 젖혀 놓은 붕대 속에는 마치 지저분한 침대에 누워 있는 것처럼, 이제는 더 이상 손이라고 할 수 없는 손 하나가 놓여 있었다. 그리고 사람들의 열(列)에서 앞으로 툭 튀어나와 있는, 거의 사람 크기의 붕대로 칭칭 감은 다리도 있었다. 나는 이리저리 서성거리며 마음을 가라앉혀 보려고 애썼다. 나는 맞은편 벽을 예의 주시했다. 그 벽에는 외문들이 즐비

했고 그 벽은 천장까지 이어지지 않았다. 때문에 이 복도가 칸
막이 방들과 완전히 나뉘어 있지 않다는 것을 알 수 있었다. 시
계를 들여다보았다. 한 시간이나 서성거리고 있었던 것이다.
조금 지나자, 의사들이 나타났다. 먼저 무표정한 얼굴의 젊은
의사 몇이 지나갔고, 마침내 내가 찾아갔던 의사가 밝은색 장
갑을 끼고 여덟 개의 줄이 간 모자를 쓰고 말쑥한 외투 차림으
로 나타났다. 그는 나를 보더니 모자를 살짝 들어 올리며 건성
으로 미소를 지었다. 이제는 내 이름을 곧 부르겠지 하는 희망
을 품어 보았지만, 다시 한 시간이 흘렀다. 그 한 시간을 어떻
게 흘려보냈는지 기억이 나지 않는다. 또 한 시간이 흘렀다. 간
호사인 듯한 한 나이 든 남자가 얼룩이 진 앞치마 차림으로 나
와서는 내 어깨를 툭툭 쳤다. 나는 그 칸막이 방 중 하나로 들
어갔다. 그 의사와 젊은 의사들이 테이블에 둘러앉아 있다가
나를 보더니 의자를 권했다. 나는 자리에 앉아 내 증세에 대해
그들에게 이야기해야 했다. 그들은 내게 되도록 짧게 말하라고
했다. 그곳에 와 있는 의사들이 시간이 많지 않다고 했다. 이상
한 기분이 들었다. 젊은 의사들은 배워 익힌 바대로 전문적이
고 우월한 호기심이 어린 눈빛으로 나를 쳐다보았다. 내가 아
는 그 의사는 뾰족한 검은 수염을 쓰다듬으며 건성으로 미소
를 지어 보였다. 혹시 울음이 터질까 봐 걱정했지만, 프랑스어
로 말하는 내 목소리가 들렸다. "선생님께 알려 드릴 수 있는
것은 이미 다 알려 드렸습니다만, 여기 있는 분들도 알아야 한
다고 생각하신다면 지난번에 우리끼리 이야기를 다 나누었으

니, 선생님께서 몇 마디 들려주실 수 있을 텐데요. 저로서는 그게 힘들거든요." 의사는 깍듯한 미소를 지으며 자리에서 일어나 인턴들을 데리고 창가로 가더니 위아래 좌우로 손짓을 해 가며 몇 마디 말을 했다. 3분 뒤 젊은 친구들 중 근시에다 주위가 산만해 보이는 한 친구가 테이블로 돌아와 나를 찬찬히 뜯어보며 물었다. "잠은 잘 주무시나요?" "아뇨, 잘 못 자요." 그 말을 듣자, 그는 자신의 무리 쪽으로 잽싸게 돌아갔다. 그들은 그곳에서 한동안 의논을 했다. 이윽고 내 담당 의사가 내게 오더니 이따가 다시 부르겠다고 말했다. 나는 이미 한 시에 예약이 되어 있었음을 그에게 상기시켰다. 의사는 씩 웃으면서 작고 흰 손을 잽싸게 몇 번 내저었다. 자기가 굉장히 바쁘다는 눈치였다. 그래서 나는 원래 있던 복도로 돌아갔다. 그사이 공기는 더 탁해져 있었다. 몸이 너무 피곤했지만 나는 다시 이리저리 서성대기 시작했다. 결국 축축하게 고인 냄새 때문에 눈앞이 어지러웠다. 현관문 앞에 멈추어서 문을 조금 열었다. 바깥은 아직 오후여서 햇살이 조금 남아 있었다. 그 광경을 보니 기분이 말로 표현할 수 없을 만큼 좋아졌다. 그러나 그렇게 서 있은 지 채 1분도 안 되었을 때 나를 부르는 소리가 들렸다. 두 걸음쯤 떨어진 곳의 작은 책상 앞에 앉아 있던 여자가 내 쪽을 향해 뭔가 씩씩대며 말했다. 누구 마음대로 문을 열고 그러느냐는 것이었다. 실내 공기가 참을 수 없어서 그랬다고 나는 말했다. 그러자 그것은 내 사정일 뿐이며, 문은 다 닫혀 있어야 한다고 했다. 그래서 나는 창문을 열면 안 되겠느냐고 물었다. 안 된다, 그건 금지되어 있다고 했다. 나는 다시 이리저리 서성대기로 마음먹었다. 그게 뭔가 마취 효과가 있었고 또 남을 괴롭힐 일도 없었기 때문이다. 작은 책상 앞에 앉은 그 여자는 그것도 마음에 들어 하지 않았다. 앉을 자리가 없느냐고 그녀가 물었다. 그렇다, 자리가 없다고 내가 말했다. 그래도 그렇게 서성대면 안 되니 자리를 찾아보도록 해라, 아마 저편에 자리가 하나 있을지도 모르겠다고 그녀가 말했다. 그 여자 말이 맞았다. 눈이 툭 불거진 소녀 옆쪽에 자리가 정말 하나 비어 있었다. 그 자리에 앉아 나는 이 상황이 뭔가 끔찍한 일을 불러일으킬 것 같은 느낌을 받았다. 왼편에는 잇몸이 썩어 가는 여자애가 앉아 있었는데, 오른쪽에 무엇이 있는지는 조금 지나서야 알아차렸다. 그것은 무시무시하게 생긴 부동(不動)의 물체였다. 그 물체에는 얼굴과, 미동도 않는 크고 묵직한 손이 달려 있었다. 내가 바라보고 있는 쪽의 얼굴은 텅 비어 아무런 표정도 기억 같은 것도 없어 보였다. 그 모습이 어찌나 끔찍했던지 입고 있는 옷은 마치 입관하기 위해 시신에 입혀 놓은 수의 같았다. 폭이 좁은 검은 넥타이는 마치 시신에 하는 것처럼 느슨하게 아무렇게나 칼라에 둘러져 있었다. 저고리를 보면 누군가가 이 아무 의지 없는 몸에 옷을 입혀 놓았음을 알 수 있었다. 손은 바지 위에 아무렇게나 올려져 있었다. 그리고 머리마저도 염장이가 빗겨 놓은 듯, 마치 박제된 동물의 털처럼 뻣뻣하면서 가지런한 모습이었다. 나는 그 모든 것을 주의 깊게 살펴보았다. 그 순간, 그 자리가 나를 위해 마련된 것이라는 생각이 들었다.

마침내 내가 줄곧 머물게 될 내 인생의 바로 그 지점에 이른 것 같았다. 그래, 운명은 얼마나 놀라운 길을 따라가는가.

갑자기 아주 가까운 곳에서 소스라치듯 어린아이의 울음소리가 연달아 터졌다. 그 뒤로 울음을 억누르는 듯 나직한 흐느낌이 이어졌다. 어디서 나는 소리인지 확인하려 애쓰는 사이, 억지로 참는 작은 외마디가 희미하게 다시 들려왔다. 그리고 이것저것 묻는 목소리와 나지막이 명령하는 목소리가 들렸다. 그러더니 무덤덤한 기계 소리가 아무것도 아랑곳하지 않는 듯 들려왔다. 순간, 나는 칸막이벽을 떠올렸다. 모든 소리는 그 문 뒤편에서 나는 소리이며, 그곳에서는 무엇인가 한창 작업 중임이 분명했다. 실제 얼룩진 앞치마를 걸친 그 남자 간호사가 이따금 나타나 뭔가 손짓을 했다. 그 손짓이 나를 두고 한 것이라고는 꿈에도 생각하지 못했다. 정말 나를 두고 한 걸까? 아니었다. 두 남자가 휠체어를 가지고 나타났다. 그들은 내 옆의 그 물체를 들어 휠체어에 태웠다. 그제야 나는 그 물체가 몸을 못 쓰는 노인임을 알았다. 그의 다른 쪽 얼굴은 좀 더 작고 삶에 의해 닳은 모습이었으며, 눈은 흐릿하고 슬퍼 보였다. 그들은 노인을 밀고 안으로 들어갔고, 이제 내 옆에는 넓은 자리가 생겼다. 나는 자리에 앉은 채 멍해 보이는 이 소녀를 그들이 어떻게 할지 생각해 보았다. 이 소녀도 혹시 소리를 지를까? 안쪽에서는 기계음이 공장에서 들리는 것처럼 편안하게 윙윙거렸다. 사람을 전혀 불안하게 만들지 않는 소리였다.

그러다 갑자기 주위가 조용해졌다. 그 고요 속에서 젠체하는 듯한 자만에 찬 목소리가 말했다. 내가 아는 목소리였다.

"리에(웃어 봐요)!" 사이. "리에. 매, 리에(웃어 보라니까요, 웃어요)." 어느새 나는 웃고 있었다. 저편의 그 사내는 왜 웃으려 하지 않는 건지 이해할 수 없었다. 기계가 들들대며 돌아가기 시작하더니 이내 다시 멈추었다. 이런저런 말이 오가더니 다시 예의 그 힘찬 목소리가 불쑥 명령했다. "디트 누 르 모. 아방('앞'이라고 말해 봐요)." 이번엔 철자를 하나씩 떼어서 말했다. "a-v-a-n-t." 침묵이 흘렀다. "옹 넝텅 리앙. 앙코르 윈 푸아……(아무 소리도 안 들려요. 자, 다시 한번……)."

그리고 저편에서 스펀지처럼 푹신하고 따스한 목소리가 웅얼거렸을 때, 아주 오랜 세월이 흐른 후 처음으로 그것이 다시 나타났다. 어린 시절 열병에 걸려 누워 있을 때 내게 처음으로 끔찍한 공포를 불러일으킨 바로 그것, '그 무시무시한 것'이 말이다. 그래, 사람들이 내 침대에 둘러서서 내 맥박을 재 보며 뭣 때문에 그렇게 놀랐느냐고 물으면 나는 그때마다 '그 무시무시한 것'이라고 말하곤 했었다. 그리고 사람들이 의사를 부르러 가고 의사가 와서 나를 달래려 할 때면 나는 의사에게 다른 것은 말고 그저 '그 무시무시한 것'이나 쫓아 달라고 애원했다. 그러나 의사도 다른 사람들과 별반 다를 것이 없었다. 당시에 나는 아직 어린 애라서 그 정도 일이라면 금방 해결할 수 있을 걸로 생각했지만, 의사는 그 무시무시한 것을 쫓아 버리지 못했다. 그런데 이제 그것이 다시 나타났다. 사실 그것은 그 뒤 다시는 나타나지 않았었다. 열병에 걸렸던 밤에도 다시는 나타나지 않았던 그것이 전혀 열병에 걸려 있지 않은 지금 다시 나타났다. 이제 그것이 나타났다. 그것은 이제 내 몸에 맞지 않을 만큼 커졌다. 종양이나 또 다른 머리처럼. 완전히 내 몸의 일부가 되어 버렸다. 너무 커서 내 것이 될 수 없는데도 말이다. 그것은 나타났다. 이제는 죽어 버린 거대한 짐승처럼. 살아 있을 동안에는 내 손이나 팔이었던 것처럼. 그리고 나의 피는 나와 그것 사이를 마치 한 가지 몸속을 흐르듯 흘렀다. 그리고 내 심장은 그 무시무시한 것에까지 피를 공급하기 위해 무진 애를 써야 했다. 피가 부족했다. 그리고 내 피는 그 무시무시한 것의 안으로 잘 들어가려 하지 않았고, 들어갔다가는 병들고 나빠져서 나왔다. 그 무시무시한 것은 자꾸만 불어나 푸르스름하니 열에 부푼 혹처럼 내 얼굴 전체를 감쌌고 내 입 밖으로까지 자라났다. 그리고 마지막 남은 내 눈 위에는 어느새 그것의 커다란 그림자가 어렸다.

그 많은 뜰을 지나 어떻게 거기서 빠져나왔는지 기억이 나지 않는다. 저녁이었다. 나는 낯선 곳에서 헤매고 있었다. 장벽이 끝없이 이어진 거리를 따라 한 방향으로 쭉 올라가다가 끝이 보이지 않자, 나는 다시 방향을 돌려 이름 모를 한 광장까지 되돌아왔다. 그곳에서 나는 길 하나를 택해 걷기 시작했다. 이어 한 번도 본 적 없는 거리들이 나왔고, 계속해서 다른 거리가 나타났다. 가끔 대낮처럼 불을 밝힌 전차들이 땡땡땡 종소리를 크게 울리며 질주해 와서는 스쳐 지나갔다. 전차에도 행선지가 있었지만 내가 모르는 곳이었다. 나는 도무지 알 수가 없었다.

내가 어느 도시에 와 있는 건지, 이곳 어디에 내가 묵고 있는 집이 있는지. 무작정 가지 않으려면 어떻게 해야 하는지.

　이제 다시 그 병이다. 전에도 늘 나를 그렇게나 괴롭히던 그 병이 도졌다. 사람들은 이 병을 대수롭지 않게 여길 게 분명하다. 다른 병들의 의미를 과대평가하는 것과 다를 바 없다. 이 병은 어떤 특별한 속성을 갖고 있지 않으며, 오히려 이 병에 걸린 사람의 속성을 따른다. 이 병은 몽유병이 바로 그렇듯이 사람들의 가슴 깊은 곳에 도사리고 있던, 이미 끝난 걸로 생각했던 위험을 끄집어내 그 사람의 눈앞에 다시 펼쳐 놓는다. 아주 가깝게, 당장 이 순간에. 남자들, 지난날 학창 시절에 조그맣고 단단한 어린 손을 희생물 삼아 공연히 나쁜 짓을 시도했던 그런 남자들이 나중에 그 짓을 하다가 예전의 일을 떠올리기도 하며, 혹은 어린 시절에 이미 극복한 걸로 여겼던 병이 그들의 안에서 다시 시작되기도 한다. 혹은 잊고 지내던 버릇이 되살아나기도 한다. 옛날에 하던, 약간 주저하면서 머리를 돌리는 버릇 같은 것 말이다. 그리고 앞으로 다가올 것과 함께 물에 가라앉은 물건에 달라붙은 젖은 해초와도 같이 온갖 기억의 뒤엉킨 타래가 떠오른다. 전혀 짐작도 하지 못할 삶들이 수면 위로 떠올라 실제로 있었던 일들과 뒤섞이면서 우리가 잘 알고 있다고 생각하던 과거의 것들을 밀쳐 낸다. 수면 위로 떠오르는 것들 속에는 푹 쉬고 난 뒤의 새로운 힘이 깃들어 있지만, 늘 있어 온 것들은 너무 잦은 기억으로 지쳐 있기 때문이다.

나는 5층에 있는 내 방 침대에 누워 있다. 그리고 아무런 방해도 받지 않는 나의 하루는 시곗바늘 없는 숫자판과 같다. 마치 오래전에 사라졌던 물건이 어느 날 아침 잘 간수된 채로, 아니 누군가에 의해 잘 손질되어 잃어버렸을 때보다 더 새것이 되어 제자리에 돌아와 있는 것처럼, 내 이불 여기저기에는 어린 시절에 잃어버린 것들이 새로운 모습으로 놓여 있다. 잊고 있던 온갖 불안이 되살아났다.

이불깃에서 삐져나온 작은 실오라기가 단단하지나 않을까, 혹시 쇠바늘처럼 단단하고 날카롭지 않을까 하는 불안, 내 잠옷에 달린 이 작은 단추가 내 머리보다 더 크고 무겁지 않을까 하는 불안, 이 빵 부스러기가 지금 내 침대에서 떨어져 바닥에 부딪혀 유리처럼 깨지지 않을까 하는 불안, 그리고 그 순간 모든 것이 부서지지지 않을까 하는, 모든 것이 영영 부서지지나 않을까 하는 짓누르는 걱정, 개봉한 편지에서 뜯겨 나온 가장자리 한 조각이 아무도 보아서는 안 되는 것이거나 이 방 어디에다 두어도 전혀 안심이 되지 않을 만큼 아주 귀중한 것이면 어쩌나 하는 불안, 혹시 잠들었다가 난로 앞에 있는 석탄 조각을 삼키면 어쩌나 하는 불안, 머릿속에서 숫자 하나가 자꾸만 자라나 내 몸을 다 차지하고도 모자랄 정도로 커질 것 같은 불안, 혹시 지금 내가 누워 있는 곳이 화강암, 잿빛 화강암은 아닐까 하는 불안, 혹시 내가 비명을 지르지나 않을까 하는 불안, 그래서 사람들이 내 방문 앞으로 달려와 문을 열어젖히지나 않을까 하는 불안, 혹시 내가 속내를 다 드러내서 내가 무엇 때문에 두려워하는지 일일이 다 불지나 않을까 하는 불안, 무엇이든 말로 표현한다는 것이 불가능하기 때문에 그러다가 아무 말도 못하면 어쩌나 하는 불안, 그리고 그 밖의 또 다른 불안들…… 불안들.

나는 어린 시절을 간구했고, 그래서 어린 시절은 다시 돌아왔다. 그리고 어린 시절이 그때와 다름없이 여전히 힘들며, 그 사이 나이를 먹은 것이 아무런 소용도 없음을 느낀다.

어제는 열이 좀 가셨다. 오늘은 봄처럼, 마치 그림 속의 봄처럼 하루가 시작된다. 오늘은 오랫동안 읽지 못했던 나의 시인을 만나러 국립 도서관에 가 보려 한다. 그러고 나서 천천히 정원을 거닐 수 있을지도 모르겠다. 물이 고여 있는 큰 연못 위로는 바람이 불지도 모른다. 아이들은 와서 빨간 돛을 단 종이배를 띄워 놓고 바라보리라.

오늘도 그런 일이 벌어지리라고는 예상치 못했다. 그래서 나는 아무렇지도 않게 자연스러운 일을 하듯 호기롭게 외출했다. 그러나 이번에도 뭔가가 도사리고 있었다. 그것은 나를 종이처럼 움켜잡아 마구 구겨서 내동댕이쳤다. 듣지도 보지도 못했던 것이 거기 도사리고 있었다.

생미셸 거리는 텅 비어 넓어 보였다. 그 길은 경사가 완만해서 걷기가 쉬웠다. 위쪽의 창문들은 울리는 유리 소리로 서막을 알리며 열렸고, 거기에 반사된 빛은 하얀 새처럼 거리 위를 날아갔다. 담홍색 바퀴가 달린 마차 한 대가 지나갔고, 저 아래쪽에는 밝은 초록색 옷을 입은 누군가가 있었다. 말들은 마구를 번쩍이며 물을 뿌려 검은빛으로 깨끗해진 도로를 달려갔다. 바람이 신선하게 살랑살랑 불어와 모든 것이 위로 솟아올랐다. 냄새, 외치는 소리, 종소리 할 것 없이.

　나는 카페들 앞을 지나갔다. 그곳에서는 저녁마다 붉은 옷차림의 가짜 집시들이 연주를 한다. 열린 창문 밖으로 밤을 지새운 공기가 양심의 가책을 느끼며 기어 나왔다. 머리를 말끔하게 빗은 종업원들이 문 앞을 청소하고 있었다. 그중 하나는 허리를 구부리고 테이블 밑에 누런 모래를 한 줌 또 한 줌 뿌렸다. 그때 지나가던 사람들 중 하나가 그를 툭툭 치더니 아래쪽 길을 가리켰다. 종업원은 얼굴이 새빨개져 그쪽을 한동안 빤히 바라보았다. 이윽고 수염이 없는 그의 얼굴에는 마치 쏟아부은 듯이 웃음이 번졌다. 그는 다른 종업원들에게 손짓해 모두 불러 모으면서 자신도 거기서 눈을 떼지 않으려고 웃음 띤 얼굴을 연방 좌우로 돌렸다. 이제 그들은 모두 서서 길 아래쪽을 쳐다보거나 도대체 뭐가 있어 그러는지 찾아보았으며, 미소를 짓거나 아니면 뭐가 그리 재미있는 게 있는지 못 찾아서 언짢은 표정을 지었다.

　내 안에서 약간의 불안이 시작되는 것이 느껴졌다. 무언가가 나를 건너편으로 가라고 재촉했다. 나는 발걸음 속도를 높여 내 앞에 있는 몇 명의 사람들을 무심코 넘겨다보았다. 그들에게서 특별한 것을 발견하지는 못했다. 그러나 나는 그들 중 한 명, 푸른 앞치마를 두르고 한쪽 어깨에 빈 바구니를 멘 심부름꾼 아이 하나가 누군가의 뒷모습을 바라보고 있음을 알아챘다. 그 아이는 실컷 보고 나더니 그 자리에서 카페 쪽으로 몸을 돌려 웃고 있던 종업원을 향해 손가락을 이마 쪽에 대고 모두가 다 아는 제스처를 해 보였다. 그러더니 검은 눈을 반짝이며 만족스러운 듯 몸을 좌우로 흔들며 내 쪽으로 다가왔다.

시야가 트이기만 하면 뭔가 좀 색다르고 눈에 띄는 형체를 볼 수 있을 걸로 나는 생각했다. 그러나 내 눈앞에는 걸어가는 사람이 아무도 없었다. 다만 검은 외투를 걸쳐 입고 짧은 잿빛 블론드 머리에는 부드러운 검은 모자를 쓴 키가 크고 마른 남자뿐이었다. 그 남자의 옷차림이나 몸놀림에서 우스운 점은 도무지 찾아볼 수 없었다. 어느새 나는 그를 제쳐 두고 거리 아래쪽으로 눈을 돌렸다. 순간, 그가 무언가에 걸려 비틀거렸다. 나 역시 그의 뒤편 가까이서 따라가고 있던 터라 신경이 쓰였다. 그러나 막상 그 자리에 와 보니 아무것도 없었다. 정말로 아무것도 없었다. 우리는 그렇게 계속해서 걸어갔다, 그 남자와 나는. 우리 사이의 거리는 일정했다. 이번엔 횡단보도가 나왔다. 그때 내 앞에 가던 그 남자는 한쪽 발로 펄쩍 보도의 턱을 뛰어내렸다. 그 꼴이 꼭 아이들이 가끔 걸어가다가 기분이 좋으면 한 발로 앙감질을 하는 것 같았다. 반대편 보도 쪽에 이르자 그는 보폭을 크게 해서 보도 위로 훌쩍 올라섰다. 그러나 보도 위로 올라서자마자 그는 한쪽 다리를 약간 당기더니 다른 쪽 다리로 껑충 뛰었다. 그러고는 계속해서 껑충껑충 뛰었다. 이번에도 그의 그러한 갑작스러운 동작을 보고 뭔가에 걸려 비틀거린 것이라고 생각했을 수도 있다. 거기에 뭔가 조그만 것, 이를테면 미끄러운 과일 껍질 같은 것이 있었다면 말이다. 여기서 묘한 것은 그 남자 자신이 그곳에 장애물이 있다고 믿은 것같다는 사실이다. 왜냐하면 그 남자는 사람들이 보통 그런 일을 당할 때면 그렇듯이 한편으로는 화난 듯한, 다른 한편으로는 원망하는 듯한 눈빛으로 그 성가신 곳을 째려보았기 때문이다. 뭔가 경고의 목소리가 다시 한번 내게 길 건너편으로 가라고 소리쳤다. 그러나 나는 그 목소리에 따르지 않고 줄곧 그 남자의 뒤를 따라갔다. 온 신경을 그 남자의 다리에 집중하면서. 고백하건대, 스무 걸음 정도 더 갔을 때도 그의 그 껑충대는 동작이 나오지 않자 나는 마음속으로 깊은 안도감을 느꼈다. 그러나 눈길을 드는 순간 나는 그 남자에게 뭔가 다른 성가신 일이 생겼음을 알았다. 그의 외투 깃이 곤두서 있었다. 그는 때론 한 손으로, 때론 두 손으로 옷깃을 제압하려고 애를 썼지만, 도무지 제대로 되지 않았다. 그런 일이 있었지만, 나는 그로 인해 불안을 느끼지는 않았다. 바로 다음 순간 나는 너무나 놀랍게도 바삐 움직이는 그 남자의 두 손에는 두 가지 동작이 들어 있음을 알아챘다. 하나는 은근슬쩍 잽싸게 옷깃을 올리는 동작이고, 다른 하나는 손가락을 하나씩 꼼지락거리며 계속해서 옷깃을 눕히려는 동작이었다. 이 광경을 보고 나는 넋이 나가서 2분정도 지나서야, 그 남자의 다리에서 방금 사라진 끔찍한 두 음절의 뛰는 동작이 곧추선 옷깃과 신경질적으로 움직이는 양손의 무대인 목덜미에 가서 나타났음을 알아챘다. 그 순간부터 나는 그 남자에게 완전히 묶여 버렸다. 나는 그 경련이 그의 몸 속을 휘젓고 다니면서 곳곳에서 터져 나오려 한다는 것을 깨달았다. 사람들을 두려워하는 그의 마음이 이해되었다. 그래서 나도 지나가는 사람들이 뭔가 눈치채지 않을까 조심스레 둘러보기 시작했다. 그의 두 다리가 갑작스레 꿈틀하며 작은 경련을 일으키는 순간 나는 모골이 송연했다. 그러나 그것을 본 사람은 없었다. 혹시라도 누가 그것을 눈치채는 경우엔 나도 덩달아서 약간 비틀거려 보리라고 마음먹었다. 그렇게 하면 호기심을 가진 사람들이 우리 두 사람이 우연히 발을 디딘 곳에 눈에 잘 띄지 않는 작은 걸림돌이 있었다고 믿을 것이다. 그러나 내가 어떻게 하면 그를 도와줄 수 있을까 생각하고 있는 사이, 그 스스로 멋진 새 해결책을 찾아냈다. 여기서 말하는 것을 미처 잊은 게 있다. 그는 지팡이를 들고 있었다. 손잡이 부분이 둥글게 휘어진, 검은색 나무로 된 평범하게 생긴 지팡이였다. 그는 초조한 마음으로 생각한 끝에 우선 한 손을 사용하여 (다른 한 손은 아직 어디에 쓸지 알 수 없으니) 이 지팡이를 등 쪽으로 가져가 척추 위에 대고 꾹 눌렀다. 그리고 둥그런 지팡이 끝을 옷깃 속으로 집어넣어 목뼈와 첫 번째 등뼈 뒤에 단단한 지지대가 있는 듯한 느낌이 들도록 했다. 이 자세는 그리 눈에 띄지 않았고, 좀 대담해 보일 뿐이었다. 느닷없이 찾아온 봄 날씨가 그 정도는 봐줄 수 있었다. 아무도 주위를 두리번거릴 생각을 하지 않았다. 그렇게 잘돼 나갔다. 아무런 문제 없이 너무나 순조롭게 되어 갔다. 다음번 횡단보도에서 두 번에 걸쳐 경련이 일기는 했지만 그리 눈에 띌 정도는 아니었고 잘 억눌러서 문제 될 것이 없었다. 그리고 다음번에는 정말 눈에 띌 정도로 껑충 뛰었지만 (마침 그곳에 길을 가로질러 호스가 놓여 있었기 때문에) 적당히 잘 얼버무려서 별로 걱정할 게 없었다. 그렇다, 이때만 해도 모든 게 순조로웠다. 가끔 다른 한 손이 지팡이를 잡고 더욱 세게 누르면 위험은 금세 극복되었다. 그럼에도 불구하고 자꾸만 내 안의 불안감이 커져 가는 것은 나로서는 어쩔 수가 없었다. 그가 걸어가면서 전혀 아무렇지도 않은 듯이 보이려고 무진 애를 쓰는 동안 그의 몸속에는 그 끔찍한 경련이 자꾸만 쌓여 가고 있다는 것을 나는 알고 있었다. 그가 그의 몸 안에서 자꾸만 경련이 커 가는 것을 느끼는 그의 불안이 내 안에도 있었다. 그리고 그의 몸속에서 경련이 몸서리칠 때마다 그가 지팡이에 꼭 매달리는 것을 나는 보았다. 그러면 그의 손에 서려 있는 표정이 너무나도 단호하고 결연해 보였기 때문에 나는 대단할 것이 틀림없는 그의 의지에 모든 희망을 걸었다. 그러나 이럴 때 의지가 뭐란 말인가. 그의 힘이 소진할 순간이 분명 올 것이다. 그 순간은 그리 먼 것 같지 않았다. 그리고 그의 뒤쪽에서 가슴을 두근대며 그를 따라가고 있던 나는, 그런 나는 얼마 안 되는 나의 힘을 마치 동전처럼 한데 모아서는 그의 두 손을 쳐다보며 그에게 빌었다. 필요하다면 받아 달라고.

나는 그 남자가 그것을 받았다고 생각한다. 그 남자에게 더 이상 줄 것이 없는 것을 난들 어쩌겠는가.

생미셸 광장은 수많은 차량과 갈 길 바쁜 사람들로 분주했다. 우리는 때론 두 대의 마차 사이에 끼이곤 했다. 그럴 때면 그 남자는 한숨을 돌리고, 마치 좀 쉬려는 듯 자신을 잠시 내버려 두었다. 그러면 그의 몸은 약간 펄쩍 뛰기도 하고 고개를 살짝 끄덕이기도 했다. 어쩌면 그것은 그의 포로가 된 병이 그를 제압해 보려고 꾸며 낸 간계였는지도 모른다. 그의 의지는 두 군데에서 무너졌다. 그러한 그의 굴복은 이미 병에 사로잡혀 있던 그의 근육 속에다 뿌리칠 수 없는 가벼운 자극과 피할 수 없는 두 박자의 흔적을 남겼다. 그러나 지팡이는 아까부터 있던 자리에 그대로 있었고, 그의 두 손은 분노가 치민 듯 보였다. 그렇게 우리는 다리에 들어섰고, 그런 상태로 계속 걸었다. 그렇게 계속 걸었다. 그러다가 그 남자의 걸음걸이에 불안스러운 기색이 엿보였다. 그는 두 걸음을 재빨리 내딛더니 그 자리에 멈추어 섰다. 멈추어 서 있었다. 지팡이를 잡고 있던 왼손이 지팡이를 놓더니 서서히 위로 올라갔다. 나는 그 손이 허공에서 떠는 것을 보았다. 그는 모자를 약간 뒤로 젖히고 이마를 문질렀다. 그러고는 고개를 살짝 돌렸다. 그의 시선은 아무것도 붙잡지 못한 채 하늘과 집들, 물 위를 떠돌았다. 마침내 그는 굴복하고 말았다. 지팡이가 그에게서 떨어져 나갔고, 그는 마치 날아오르려는 듯 양팔을 활짝 펼쳤다. 자연력 같은 것이 그에게서 터져 나와 그의 몸을 앞으로 구부렸다가 뒤로 홱 젖히기도 하고 고개를 숙여 인사를 하게도 했다. 그러더니 춤추는 힘을 그에게서 뽑아 사람들 무리 속으로 내던졌다. 그의 주변엔 이미 많은 사람이 모여들었고, 그의 모습은 더 이상 보이지 않았다.

이제 어디로 간들 무슨 의미가 있겠는가. 이젠 난 텅 빈 상태가 되었으니. 나는 빈 종이처럼 집들을 지나 아까 왔던 대로를 다시 올라갔다.

어쩔 수 없이 작별한 후라서 별로 할 말은 없지만, 당신에게 편지를 써 보려 하오. 이렇게 편지를 쓰려는 까닭은 아무래도 꼭 그래야만 할 것 같기 때문이오. 판테온에 가서 그 고독한 성녀와 지붕과 문, 그 안에서 둥그렇게 잔잔한 빛을 뿌리던 등불, 그리고 그 위로 잠들어 있는 도시와 강물, 달빛에 젖은 먼 풍경을 보았기 때문이라오. 그 성녀는 잠들어 있는 도시를 지키고 있었소. 나는 울었소. 그 모든 것이 느닷없이 그렇게 한꺼번에 그곳에 있었기 때문에 나는 울었소. 나는 성녀 앞에서 울었소. 어쩔 도리가 없었다오.

나는 지금 파리에 있소. 이 말을 들으면 사람들은 기뻐하고 또 대부분은 부러워한다오. 그들 생각이 옳아요. 파리는 별별 유혹으로 가득 찬 대도시라오. 나 자신을 고백하자면, 나 역시 어떤 의미에서는 그런 유혹에 굴복했다고 할 수밖에 없다오. 달리는 표현할 방법이 없소. 나는 이러한 유혹들에 굴복했소. 그로 인해 몇 가지 변화가 생겼소. 성격상으로는 아니더라도 나의 세계관이나 내 삶에 있어서 말이오. 이런 것들의 영향을 받아서 사물들을 완전히 다르게 보는 관점이 내 안에서 형성되었소. 몇 가지 차이는 지금까지 그랬던 그 어떤 것보다 나를 다른 사람들과 확연하게 구별해 준다오. 변화된 세계, 새로운 의미들로 가득 찬 삶이오. 모든 게 다 너무 새롭다 보니 지금 당장은 좀 힘이 드는군요. 내가 겪는 이런 환경 속에서 나는 초보자에 불과하다오.

한 번이라도 바다를 볼 수는 없을까?

그래, 나는 당신이 함께할 수 있을 걸로 생각했소. 의사(醫師)가 있는지는 당신이 알려 줄 수도 있었을 텐데. 그걸 물어본다는 것을 깜박했소. 그러나 이제는 그것도 더 이상 필요 없게 되었소.

보들레르의 「썩은 짐승 시체」라는 황당무계한 시를 아직도 기억하오? 나는 이제 그 시를 이해할 것 같소. 마지막 연을 제외하면 그의 말이 옳았소. 그런 일을 겪었을 때 그는 어떻게 달리할 수 있었겠소? 이처럼 경악스러운 것, 얼핏 보기에 역겹게만 보이는 것 속에서도 모든 존재 중의 존재를 보는 것이 그의 사명이었지요. 선택이나 거부는 있을 수가 없소. 플로베르가 『성 쥘리앙의 전설』을 쓴 것을 우연이라고 여기나요? 문둥병 환자 옆에 눕는 것을 스스로 감내하고 사랑의 밤의 따뜻한 심장 열기로 그를 감싸 줄 마음을 먹는 것이 결정적이라는 생각이 드는군요. 그렇게만 된다면 결과는 좋을 수밖에 없겠지요.

내가 지금 이곳에서 환멸에 시달리고 있다고는 생각하지 말아요. 오히려 그 정반대라오. 아무리 힘들더라도 진실한 것을 위하여, 지금까지 기대를 걸었던 모든 것들을 기꺼이 포기하려는 내 모습을 보며 놀라곤 한다오.

아, 이것을 조금이라도 나누어 가질 수 있으면 좋겠군요. 하지만 그렇게 되면, 그렇게 된다면? 아니라오, 그것은 오로지 고독의 대가로만 가능한 거라오.*

공기의 모든 성분에는 경악스러운 것이 스며 있다. 너는 그것을 투명한 공기와 함께 들이마신다. 그 경악스러운 것은 너의 몸속에서 침전되어 단단해져서는 너의 내부 기관들 사이에서 뾰족한 기하학적인 모양새를 취한다. 형장이나 고문실, 정신병원들, 수술실, 늦가을의 다리 아래에서 겪었던 고통과 공포의 모든 것, 그 모든 것은 끈질긴 불멸의 생명력을 지니고 있다. 사람들은 그러한 것들을 가능한 한 잊고 싶어 한다. 그 모든 것은 자신의 존재를 주장하고, 또 존재하는 모든 것을 질투하며 자신의 경악스러운 진실을 고집하기 때문이다. 그들의 잠은 줄질로 뇌 속에 파인 고랑들을 부드럽게 없애 주지만, 꿈은 잠을 몰아내고 흔적을 남긴다. 그러면 그들은 잠에서 깨어나 숨을 헐떡이며 촛불 빛으로 어둠을 밀어내고는 설탕물을 마시듯 흐릿한 위안을 마신다. 그렇지만, 아, 어디인들 안정이 보장되랴. 조금만 방향을 틀어도 시선은 어느새 친근하고 눈에 익은 것들을 벗어나고, 방금 전까지만 해도 그토록 위안을 주던 윤곽이 공포의 윤곽보다 선명하게 드러난다. 빛을 조심하라, 빛은 공간을 텅 비게 만드니. 네가 일어나 앉아 있는 등 뒤에 혹시 그림자가 너의 주인처럼 벌떡 일어서지 않나 뒤돌아보지 마라. 어쩌면 너는 그저 어둠 속에 머물러, 너의 가없는 마음이 분간할 수 없는 모든 것들을 위해 묵직한 마음이 되도록 하는 편이 나을지도 모른다. 이제 너는 마음을 모았으니, 너의 눈에는 너의 손에 담긴 채 사라지는 너의 모습이 보일 것이다. 그리고 수시로 너는 서툰 몸짓으로 너의 얼굴을 더듬어 보리라. 그리고 네 안에는 공간이 거의 없다. 그리고 그런 비좁은 공간에는 그 무시무시한 것이 머물 수 없을 것이라는 생각에, 그리고 그 괴물 같은 것도 네 안에 자리 잡으려면 거기에 맞게 적응해야 한다는 생각에 너는 안심한다. 그러나 그 괴물 같은 것이 바깥에 있으면, 바깥에 있으면 끝이 없다. 그리고 그 괴물 같은 것이 바깥에서 자라면, 그것은 너의 내부를 가득 채운다. 네가 아직 제어할 수 있는 혈관이나 그보다 더 무감각한 장기들의 점액 속이 아니라 모세 혈관을 통해 가득 차오른다. 그리하여 수없이 가지를 친 너의 몸 맨 끝 가지까지 관을 타고 들어간다. 거기서 그것은 솟아오르기 시작해 너를 압도하며, 네가 마지막 피난처로 생각하고 피신한 너의 호흡보다 더 치솟는다. 아, 그러면 너는 거기서 어디로 가야 하나, 어디로? 너의 심장은 너를 너의 바깥으로 내몰고 너의 뒤를 쫓는다. 그리고 너는 이제 거의 너의 바깥으로 나와 있어서 다시는 네 안으로 되돌아갈 수 없다. 발에 밟힌 딱정벌레처럼 너는 너 자신에게서 삐져나온다. 그리고 등이 좀 단단하거나 적응력이 좋다고 해도 아무 의미가 없다.

오, 물건들이 없는 밤이여. 오, 밖을 내다보는 무덤덤한 창문들이여, 오, 조심스레 닫혀 있는 문들이여. 옛날부터 전해 내려오는 가구들이여, 인정받고 받아들여졌지만 제대로 이해받지 못한 것들이여. 오, 계단의 정적이여, 옆방에서 흘러나오는 정적이여, 지붕 꼭대기에 스며든 정적이여. 오, 어머니. 당신은 지난 어린 시절 이 모든 정적을 막아 준 유일한 분이셨지요. 당신은 정적을 몸으로 떠안으며 이렇게 말씀하셨죠. "놀라지 마라. 엄마다." 당신은 공포에 질려 떨고 있는 자식을 위해 한밤 내내 정적이 되기로 결심하셨죠. 등불을 켜는 순간, 당신은 이미 소리가 되셨어요. 그렇게 당신은 등불을 앞에 들고 이렇게 말씀하셨습니다. "엄마다. 놀라지 마라." 그러면서 등불을 천천히 내려놓으셨어요. 그때는 의심의 여지가 없었죠. 당신이 바로 불빛이라는 것. 딴생각 없는, 소박하고 착하며 명료한, 눈에 익고 다정한 물건들을 감싸는 불빛이었죠. 그리고 벽 뒤에서 뭔가 부스럭 소리가 나거나 마루에서 발소리가 들리면 당신은 다만 미소를 지으실 뿐이었죠. 당신을 뚫어져라 쳐다보는 겁에 질린 얼굴을 향해 환한 미소를 지으셨죠. 마치 모든 나지막한 소리와 하나가 되어 은밀하게 무슨 협정을 맺고 서로 합의한 것 같았죠. 지상을 지배하는 어떤 힘이 당신의 힘과 비길 수 있을까요? 보세요, 왕들이 누워서 멍하니 바라보고 있어도 어떤 이야기꾼도 그들의 마음을 다른 곳으로 돌릴 수 없습니다. 사랑하는 여인들의 포근한 가슴에 안겨 있어도 공포가 그들을 덮쳐 와 온몸을 떨 뿐 아무런 흥미도 느끼지 못하지요. 그러나 당신은 오셔서 그 무서운 것을 다 막아 버리고 몸으로 완전히 가려 버리셨어요. 당신은 그 무서운 것이 아무 곳이나 들어 올리고 들어올 수 있는 그런 커튼 같지 않았지요. 맞아요, 당신은 당신을 애타게 찾는 외침을 듣고 그 무서운 것보다 앞질러 온 것 같았습니다. 앞으로 일어날 어떤 일을 알고 미리 앞질러 온 듯했지요. 당신의 등 뒤에는 오로지 서둘러 오던 당신의 모습과 당신의 영원한 길, 사랑의 비행만 남은 듯했답니다.

내가 매일 지나치는 석고상 판매점 주인은 가게 문 옆에 두 개의 마스크를 걸어 놓았다. 하나는 익사한 젊은 여인의 얼굴로, 시체 공시소에서 본을 떠 온 이유는 그 얼굴이 아름답고, 미소를 짓고 있으며, 마치 뭔가를 아는 듯한 고혹적인 미소를 짓고 있었기 때문이다. 그리고 그 아래에는 뭔가 아는 듯한 남자의 얼굴이 있다. 단단하게 조인 감각들의 탄탄한 매듭. 당장이라도 증발할 듯한 음악의 가차 없는 자기 응축. 그의 것 말고는 이 세상에 어떤 소리도 존재하지 않도록, 그리고 탁하고 무상한 소리에 미혹되지 않도록 어느 신이 청각을 앗아 간 사람의 얼굴. 소리의 명료함과 영속성을 품고 있는 그. 소리 없는 감각이 그를 위해 세계를 만들어 주도록. 조용히. 소리가 창조되기까지는 미완으로 남아 긴장한 채 기다리는 세계를.

세계의 완성자여. 비가 되어 대지와 강물 위에 떨어졌다가는, 아무렇게나 떨어졌다가는, 우연히 떨어졌다가는, 법칙을 기뻐하며 모든 것에서 전보다 눈에 띄지 않게 다시 솟아올라 이리저리 떠돌며 하늘을 이루는 그것처럼, 바로 그렇게 우리 가슴에 떨어졌던 모든 것들이 당신의 가슴에서 솟아올라 세계를 음악의 지붕으로 뒤덮는군요.

당신의 음악은, 당신의 음악은 우리가 아닌, 세계를 위해 존재했으면 좋았을 것입니다. 당신을 위해 테베의 사막에 피아노가 만들어졌어야 했어요. 그리고 천사 하나가 당신을 왕들과 창녀들과 은자들이 쉬고 있는 수많은 사막의 산들을 헤치고 그 고독한 악기 앞으로 인도했으면 좋았을 것입니다. 그러면 천사는 하늘로 치솟아 날아갔을 것입니다. 당신의 음악이 시작되는 것이 두려워.

그러면 폭포수 같은 존재여, 당신은 들리지 않게 마구 쏟아냈을 것입니다. 우주만이 견딜 수 있는 것을 우주에 돌려주면서. 베두인들은 미신을 떠올리며 멀리 길을 돌아 서둘러 지나갔을 것입니다. 하지만 상인들은 당신을 폭풍으로 여겨 당신의 음악 가장자리에 털썩 무릎을 꿇었을 것입니다. 밤이면 사자 몇 마리만이 당신 주위를 어슬렁거렸겠지요. 그들은 스스로에게 겁에 질려, 자신들의 움직여진 피에 위협을 느끼고 있었을 것입니다.

그러면 지금 누가 당신을 음란한 귀에서 구해 줄까요? 누가 그들을, 불임의 귀를 가진 그들을 콘서트홀에서 내쫓을까요? 씨앗이 뿜어져 나올 때 그들은 창녀들처럼 누워서 그것으로 놀고 있지요. 아니면 씨앗은, 그들이 만족하지 못한 채 누워 있는 사이 그들 틈으로 오난의 씨*처럼 떨어질 것입니다.

그러나 만약 한 번의 경험도 없는 처녀 같은 이가 당신의 음악과 함께 잠자리에 든다면, 거장이시여, 그 사람은 황홀하여 죽거나 아니면 그 어마어마한 것을 가져 그것을 임신한 그의 뇌는 해산을 하다가 그만 터져 버릴지도 모릅니다.

나는 그것을 그렇게 낮게 보지 않는다. 그것은 용기가 필요하다는 것을 나는 안다. 그러나 잠시 누군가 그들을 따라갈 담대한 용기를 가졌다고 가정해 보자. 그래, 가서는 확실하게 (누가 그것을 다시 잊거나 혼동할 텐가?) 알아보는 거다. 이어서 그들이 어디로 들어가는지, 하루의 나머지 기나긴 시간에는 대체 무엇을 하는지, 혹시 밤에는 잠을 자는지. 특히 그들이 잠을 자는지 여부를 알아보는 것은 아주 중요하다. 그러나 용기가 있다고 해서 다 되는 것은 아니다. 왜냐하면 그들은, 뒤쫓기가 손쉬운 보통 사람들과는 다르게 오고 가기 때문이다. 장난감 병정이 어딘가에 놓였다가 치워지듯, 그들은 한순간 이곳에 있다가 다음 순간 사라진다. 그들은 좀 외딴 장소에서 발견된다. 그렇다고 해서 완전히 은폐된 곳은 아니다. 덤불이 조금 뒤로 물러나고, 길이 잔디밭을 둘러싸며 살짝 구부러지는 곳, 바로 그곳에 그들이 서 있다. 그들의 공간은 널찍하고 투명해서 마치 유리 돔 아래 있는 것 같다. 당신은 이들을 생각에 잠긴 산책자로 생각할지도 모른다. 키도 작고 모든 면에서 보잘것없는 이 수수한 사내들을. 그러나 당신은 잘못 생각하고 있다. 낡은 외투의 비스듬히 달린 주머니를 뒤적이는 왼손이 보이는가?
마침내 뭔가를 찾아 꺼내어 그 조그만 물건을 어색한 동작으
로 눈에 잘 띄게 공중에 치켜드는 것이 보이는가? 채 1분도 안
되어 두세 마리의 새들이, 참새들이 다가와 호기심에 폴짝폴
짝 뛰어다닌다. 만약 그 남자가 새들에게 자신이 움직이지 않
는 물체라는 것을, 그들 나름의 확실한 느낌이 들게 할 수 있다
면 새들이 그의 곁으로 더 다가오지 않을 이유는 없다. 그러다
마침내 그중 한 마리 참새가 날아올라 잠시 그의 손 높이에서
조심스레 파르르 날아 본다. 그 손은 아무런 사심도 없이 체념
한 듯한 손가락으로 뭉개진 달콤한 빵 조각을 내밀고 있다. 그
리고 그 사내 주위로 사람들이 — 물론 일정한 거리를 유지하
면서 — 모여들면 모여들수록 그들과의 공통점은 점점 더 줄어
든다. 그는 그곳에 마치 불타는 촛불처럼 서서 마지막 남은 심
지를 불태운다. 그 때문에 따스해졌는지 조금도 움직이지 않았
다. 그리고 지금 그가 자신들을 꾀고, 유인하고 있다는 사실을
그 많은 멍청한 작은 새들은 전혀 눈치채지 못한다. 만약에 구
경꾼들이 없고 그 남자를 그곳에 아주 오래 세워 둘 수 있다면
확신컨대 느닷없이 천사 하나가 날아와 체면이고 뭐고 벗어던
지고 여윈 그 손에 들려 있는 달콤한 낡은 빵 조각을 먹어 버리
리라. 그러나 늘 그렇듯이 그것을 방해하는 것은 사람들이다.
그들은 새들이 오는 것만 허용한다. 그들은 그것으로 충분하다
고 생각하며, 그 남자 역시 새가 날아오는 것만 바랄 뿐이라고
주장한다. 뒤뜰에 박혀 있는 뱃머리 조각처럼 흙 속에 비스듬

히 꽂혀 있는, 비바람에 해어진 낡은 인형 같은 존재가 뭐 다른 것을 바랄 수 있단 말인가? 지난 인생길에서 요동이 가장 심한 뱃머리에 서 있어 본 경험이 있어 그런 자세로 서 있는 걸까? 한때는 다채로웠기에 이제 저렇게 색깔이 흐릿해진 걸까? 한 번 직접 물어볼 텐가?

여자들이 모이 주는 것을 보거든 절대 아무 말도 하지 마라. 그들의 뒤를 따라가 볼 수는 있다. 여자들은 걸어가면서 모이를 준다. 그것은 쉬워 보인다. 그러나 그들을 내버려두라. 그들도 어떻게 하다 그렇게 되었는지 모른다. 그들은 갑자기 많은 빵을 가방에 갖고 있다. 그들은 큼직한 빵 조각을 살짝 씹어서 침으로 촉촉해진 상태로 그들의 엷은 숄 밑으로 내밀고 있다. 그들은 자신들의 침이 조금 세상에 나오는 것이, 또 작은 새들이 그 맛을 주둥이로 느끼고 훨훨 날아다니는 것이 흡족한 것 같다. 물론 새들은 그 맛을 금세 잊겠지만.

나는 당신의 책들을 앞에 놓고 앉아서, 완고한 이*여, 내 나름대로 그것들을 이해해 보려고 했습니다. 마치 당신의 책들을 전체적으로 읽지 않고 원하는 부분만 떼어서 읽고 만족해하는 다른 사람들처럼 말입니다. 그때 나는 명성이라는 게 무엇인지 아직 제대로 알지 못했기 때문입니다. 명성이란 한참 커 가는 사람의 건축 부지에 무더기로 쳐들어가 돌멩이들을 다른 곳으로 치우며 그 사람을 공공연히 무너뜨리는 것입니다.

어딘가에 있는 젊은이여, 안에서 그대를 전율케 하는 뭔가가 싹트거든 그대를 아는 사람이 아무도 없다는 사실을 이용하라. 그리고 그대를 하찮게 여기는 자들이 그대에게 반기를 든다면, 그리고 그대와 친하게 지내는 자들이 그대를 완전히 버리려 한다면, 그리고 그대가 품은 멋진 생각 때문에 사람들이 그대를 제거하려 한다면, 오히려 이러한 명백한 위험은 그대를 내적으로 더욱 강하게 해 준다. 나중에 올 명성의 음험한 적대 행위와 비교해 보라. 명성은 그대의 마음을 분산시켜 그대를 무해한 존재로 만들어 버린다.

사람들의 입에 그대 이름이 오르는 것을 바라지 마라. 장난으로라도 절대 그러지 마라. 시간이 흘러 그대의 이름이 사람들 사이에 떠도는 것을 보더라도 그들의 입에서 나오는 것 이상으로 그대의 이름을 대단하게 생각하지 마라. 오히려 그대의 이름이 더럽혀졌다 생각하고 이름을 버려라. 다른 이름을 갖도록 해라. 하느님이 밤에 그대를 부를 수 있도록 다른 이름을 가져라. 그리고 사람들의 눈에서 그 이름을 숨겨라.

그대 더없이 고독한 이여, 비켜선 자여, 사람들은 당신의 명성을 얼마나 쫓아왔던가. 불과 얼마 전까지만 해도 당신에게 지극히 적대적이었던 그들이 이제는 당신을 자기편인 것처럼 대하고 있군요. 그리고 그들은 당신의 말들을 망상의 우리에 넣고 다니다가 광장 곳곳에서 내보이며 안전한 거리에 두고 골리는군요. 당신의 그 끔찍한 맹수들을 말입니다.

그때 나는 처음으로 당신을 읽었습니다. 그때 그것들은 내 안에서 터져 나와 나의 사막에서 나를 덮쳤지요. 절망에 빠진 그것들이 말입니다. 당신도 결국엔 절망에 빠졌지요. 당신이 가야 할 길은 모든 지도에서 잘못 표기되어 있었으니까요. 당신이 가는 길이 그리는 절망에 찬 쌍곡선은 마치 금이 가듯 하늘을 가로질러 단 한 번 우리를 향해 다가왔다가는 소스라치게 놀라 멀어졌습니다. 한 여자가 머물러 있든 떠나든, 누가 현기증을 느끼든 아니면 광기에 사로잡히든, 죽었던 사람이 살아나든, 살아 있던 사람이 가사(假死) 상태에 빠지든, 그게 당신한테 무슨 상관이었겠습니까? 당신에게는 이 모든 것이 너무나 당연한 일이었지요. 그런 모든 것들 곁을 당신은 마치 현관을 거쳐 가듯 지나가며 발걸음을 멈추지 않았습니다. 그러나 우리 삶의 사건들이 들끓다가 침전되어 색깔이 변한 곳, 그 안쪽에 이르러서는 당신은 발길을 멈추고 허리를 구부렸지요. 여태껏 누구도 가 본 적 없는 깊은 안쪽이었지요. 문이 활짝 열리면서, 당신 앞에는 불빛 속에 플라스크들이 나타났지요. 아무도 데려간 적이 없는 그곳에 앉아, 의심 많은 당신은 변화의 과정을 지켜보았습니다. 그리고 만들거나 말하기보다는 보여 주는 것 쪽에 재능을 타고난 당신이었기에 그곳에서, 바로 그곳에서 당신은 중대한 결심을 하고는 당신 자신도 처음에는 렌즈를 통해서만 볼 수 있던 그 미세한 것을 혼자만의 힘으로 아주 크게 확대하여 수천의 사람 앞에, 아니 모든 사람 앞에 거대한 모습으로 내놓기로 했던 것입니다. 그렇게 해서 당신의 연극은 세상에 나오게 되었지요. 당신은 수백 년에 걸쳐 거의 공간이 없을 정도로 몇 개의 물방울로 응축된 삶이 다른 예술들에 의해 발견되고, 또 서서히 몇몇 개인들의 눈에 띄어 이들이 그것을 보겠다고 한자리에 모여 마침내는 그 고상한 소문의 진상을 그들 눈앞에서 펼쳐지는 장면들을 통해 보여 달라고 요구할 때까지 기다릴 수가 없었습니다. 이것을 기다리고만 있을 수 없었지요. 그래서 당신은 그곳으로 가서 거의 측정할 수 없는 것들을 알아보아야 했습니다. 온도계로 0.5도 정도 상승한 감정, 거의 아무것에도 억제되지 않은 의지의 편향각 — 당신이 아주 가까이서 읽어 낸 것 —, 그리움의 물방울 속에 스며든 약간의 뿌연 기운, 신뢰의 원자에서 일어난 아주 미세한 색깔 변화, 이런 것들을 당신은 확인하고 기록해야 했습니다. 왜냐하면 그러한 과정들 속에서나 삶을 찾아볼 수 있었으니까요. 우리의 내면으로 파고 들어와, 이제는 추정조차 해 볼 수 없을 정도로 아주 깊은 안쪽에 자리를 잡은 우리의 삶을 말입니다.

본디 보여 주는 재능을 타고난 당신은 시대를 초월한 비극 작가였기에, 이 모세 혈관의 움직임을 단숨에 설득력 넘치는 몸짓으로, 누구나 알 수 있는 것으로 전환해야 했지요. 그래서 당신은 당신의 작품을 가지고 전대미문의 폭력을 행사할 수밖에 없었습니다. 당신은 갈수록 초조해하며 더욱더 결사적으로 마음속에서 본 것을 대체할 만한 것을 현실에서 찾으려 했습니다. 그래서 토끼와 다락방, 누군가가 서성이는 방이 등장한 것이고, 옆방에서 들려오는 유리 깨지는 소리와 창문에 어리는 화염이 등장했으며, 해가 등장한 것이지요. 그래서 교회와, 교회와 같은 바위 계곡도 등장했습니다. 그러나 그것만으로는 충분하지 않았죠. 그래서 마침내는 탑들과 온 산맥까지도 끌어들여야 했습니다. 그리고 풍경을 매장해 버리는 눈사태가 추상적인 것을 드러내기 위해 동원된 눈에 보이는 것들로 가득한 무대를 뒤덮어 버렸지요. 그리고 그때 당신의 힘은 소진되고 말았습니다. 당신이 휘어서 맞붙여 보려 했던 양 끝은 획 벌어지고 말았고, 광기 어린 당신의 힘은 요술 지팡이에서 사라졌습니다. 그리고 당신의 작업은 없었던 것이나 마찬가지가 되어 버렸지요.

만일 그렇지 않다면 인생의 막바지에 이르러서도 평소대로 고집을 부려 가며 창가에서 끝내 떠나지 않으려 한 당신의 행동*을 무슨 수로 이해할 수 있을까요? 당신은 지나가는 사람들의 모습을 보고 싶어 했습니다. 언젠가 다시 일을 시작하게 되면 혹시 그들의 모습에서 뭔가 자극을 받을 수 있지 않을까 생각이 들었기 때문이었지요.

여자에 대해 아무 말도 할 수 없다는 생각이 든 것은 바로 그 즈음이었다. 사람들이 여자에 대해 이야기할 때마다 그 여자 당사자는 비워 두고 다른 사람들의 이름이나 주변 환경, 장소, 물건들에 대해서만 말한다는 것을 나는 알아차렸다. 그러다 보면 그들은 특정한 부근에까지 이르곤 했다. 그곳에 이르면 모든 것이 끝나 버렸다. 부드럽고 조심스레 끝나 버렸다. 그녀를 감싸는, 한 번도 제대로 그려진 적이 없는 가벼운 윤곽만 그려서 남기고는. 그럴 때면 나는 이렇게 묻곤 했다. "그 여자는 어떤 여자였죠?" "금발이었단다. 거의 너처럼 말이야." 사람들은 그렇게 말한 뒤, 그녀에 대해 알고 있는 것들을 일일이 나열했다. 그러나 바로 그 때문에 그녀의 모습은 다시 불명확해졌다. 그러면 나는 아무것도 떠올릴 수가 없었다. 그녀의 모습을 눈에 그려 볼 수 있었던 것은 엄마가 내게 이야기를 해 줄 때뿐이었고, 나는 엄마에게 그 이야기를 해 달라고 자꾸만 졸랐다.

그러다가 개가 나오는 장면에 이르면, 그때마다 엄마는 두 눈을 감고 두 손으로 차분하게 관자놀이를 어루만지며 뭔가에 골몰하면서도, 뭔가를 얼비치는 얼굴을 절박하게 감싸안았다. "그것을 보았다, 말테야." 엄마는 힘주어 말했다. "그걸 봤다고." 엄마가 그렇게 말하는 것을 들었을 때, 엄마는 이미 인생의 끝자락에 와 있었다. 그 시기 들어 엄마는 아무도 만나려 하지 않았고, 언제나, 심지어 여행 중에도 작고 촘촘한 은제 체를 지니고 다니며 음료수란 음료수는 모두 체로 걸러 드셨다. 약간의 비스킷이나 빵 같은 것을 빼고는 딱딱한 음식은 전혀 드시지 못했다. 그것도 혼자 있을 때면 잘게 부숴서, 마치 어린애들이 그러듯 부스러기를 먹곤 했다. 이미 그때, 엄마는 바늘에 대한 두려움에 사로잡혀 있었다. 다른 사람들에게는 변명처럼 이렇게 말할 뿐이었다. "전혀 아무것도 먹을 수가 없네요. 그 때문에 괘념치 않았으면 좋겠어요. 나는 정말 아무렇지도 않으니까요." 그러나 엄마는 내 쪽으로 몸을 홱 돌리고 (그때 나는 이미 좀 자란 터라) 아주 힘겹게 미소를 지으며 이렇게 말했다. "세상엔 참으로 바늘이 많구나, 말테야. 여기저기 바늘 천지야. 꽂혀 있던 바늘들이 금세 떨어질 것 같다는 생각만 해도……." 그녀는 농담처럼 그렇게 말했지만, 바늘이 어딘가에 제대로 꽂혀 있지 않아 당장이라도 떨어져 박힐지도 모른다는 두려움에 몸을 떨었다.

그러나 잉게보르크 얘기를 할 때면 엄마는 아무렇지도 않았다. 엄마는 거침없이 말했다. 목소리도 훨씬 컸다. 잉게보르크의 웃음을 떠올리면서 엄마는 웃었다. 잉게보르크가 얼마나 아름다웠는지 보여 주려는 것 같았다. "그 아이는 우리 모두를 기쁘게 해 주었어." 엄마가 말했다. "네 아버지까지도 말이다, 말테야, 말 그대로 기쁘게 해 주었단다. 그런데 그 애가 죽을 거라는 말이 돌았어, 물론 좀 아파 보이기는 했지. 우리는 그 아이 곁을 서성거리면서 그것을 숨겼어. 그런데 그 아이가 돌연 침대에서 일어나 앉더니 큰 소리로 외치는 거였어. 마치 자기 목소리가 어떻게 들리는지 들어 보려는 사람 같았지. '그렇게들 억지 쓸 거 없어요. 무슨 일인지 다 알고 있으니까요. 어차피 그렇게 될 수밖에 없는 거잖아요. 그냥 받아들일 거예요.' 어디 한번 상상해 보거라, 그 아이가 이렇게 말하는 걸. '그냥 떠맡을 거예요.' 우리 모두를 기쁘게 해 주었던 그 아이가 말이야. 네가 어른이 되면 혹시 이해하게 될지 모르겠구나, 말테야. 나중에 가서 생각하면 그녀의 말이 네게 떠오를지도 모르지. 그런 것을 이해하는 사람이 있다면 그야말로 좋은 일이겠지."

혼자 있을 땐 엄마는 자꾸만 '그것'을 이해해 보려 했다. 인생의 끝자락에 그녀는 늘 혼자였다.

"나는 결코 그것을 알아낼 수 없을 것 같아, 말테야." 엄마는 가끔 특유의 대담한 미소를 지으며 말했다. 그것은 아무에게도 보이고 싶지 않은 미소였으며, 미소를 짓는 것만으로도 이미 목적을 이룬 그런 미소였다. "하지만 아무도 그것을 알아내고 싶어 하지 않는구나. 내가 남자라면, 내가 **남자**라면 말이다, 그것에 대해 제대로 생각해 볼 텐데, 처음부터 차근차근 조리 있게 말이다. 아무튼 시작은 있을 거 아니냐, 시작 부분을 붙잡을 수 있다면 그것만으로도 꽤 해낸 거지. 아, 말테야, 우리는 이렇게 멀어져 가고 있어, 사람들은 다 다른 데 정신이 팔려서 우리가 멀어져 간다 해도 별 관심을 보이지 않아. 별똥별이 떨어져도 누구 하나 눈여겨보지 않고 소원을 빌지 않는 것과 같아. 넌 말이다, 말테야, 소원을 비는 것을 절대 잊지 말거라. 소원을 비는 것을 포기하면 안 돼. 소원이 다 성취된다고는 생각하지 않아, 평생을 마음속에 간직해야 할 소원도 있어, 그러다 보니 어쩌면 성취를 전혀 기대할 수 없을 수도 있지."

엄마는 잉게보르크의 작은 책상을 위층에 있는 엄마 방으로 옮기게 했다. 나는 엄마가 그 책상 앞에 앉아 있는 모습을 자주 보았다. 왜냐하면 나는 노크를 하지 않고도 엄마 방에 얼마든지 들어갈 수 있었기 때문이다. 내 발걸음 소리는 양탄자 속으로 빨려 들어갔지만, 엄마는 그게 나라는 걸 알고 반대편 어깨

너머로 한쪽 손을 내밀었다. 그 손은 무게가 전혀 없어서 그 손에 입을 맞추노라면 마치 밤마다 잠자리에 들기 전에 내게 내민 상아 십자가에 입을 맞추는 것 같은 느낌이 들었다. 책상 상판을 들어 올린 채 엄마는 그 작은 책상 앞에 마치 악기 앞에 앉은 자세로 앉아 있었다. "이 안에는 햇살이 가득하단다." 엄마는 그렇게 말했다. 그런데 정말로 책상 안쪽은 이상하게도 환했다. 책상에는 아주 오래된 노란 래커 칠이 되어 있었고 거기엔 꽃이 그려져 있었는데, 줄곧 빨간 꽃과 파란 꽃이 한 쌍을 이루었다. 그리고 꽃이 세 개가 나란히 있을 땐 그 사이에 보라색 꽃이 끼여 있었다, 다른 두 꽃을 갈라놓으면서. 이 색깔들과 수평으로 그려진 가느다란 덩굴무늬의 초록색은 배경과 마찬가지로 어두우면서도 아주 환하지는 않지만 빛나는 느낌을 주었다. 그렇게 해서 색조들 사이에 은은한 조화가 생겨났다. 이 색조들은 내적으로 서로 관계를 맺으면서도 드러내 놓고 상대에게 말을 건네지는 않았다.

엄마는 작은 서랍들을 당겨 보았는데, 서랍은 모두 비어 있었다.

"아, 장미." 엄마는 그렇게 말하면서 살짝 몸을 앞으로 구부려 아직 다 가시지 않고 남아 있던 향기를 맡았다. 그럴 때마다 엄마는 혹시 비밀 서랍이 있어서 그 안에 생각지도 못한 무언가가 들어 있을지도 모른다고 생각하는 것 같았다. 아무도 꿈에도 생각지 못했던 비밀 서랍이 용수철을 누르면 열릴지도 모른다고. "갑자기 튀어나올지도 몰라, 잘 보렴." 엄마는 진지하고도 불안한 빛으로 그렇게 말하고는 서랍들을 일일이 다 당겨 보았다. 그런데 사실 서랍들 속에 들어 있는 것은 서류들이었 는데, 그것들은 엄마가 읽지도 않고 고이 접어서 그냥 넣어 둔 것들이었다. "나는 아무래도 그것을 이해할 수가 없구나, 말테 야, 나한테는 너무나 어려운 얘기야." 엄마는 세상 모든 일이 다 난해하다는 확고한 생각을 갖고 있었다. "인생에서는 초보자를 위한 학급 같은 것은 없어. 세상은 항상 우리에게 갑자기 가장 어려운 것을 요구하곤 해." 사람들 말로는 엄마의 여동생이 끔 찍한 죽음을 당한 뒤로 엄마가 이렇게 되었다고 한다. 그녀의 여동생 욀레가르 스켈 백작 부인은 무도회를 앞두고 촛불이 켜 진 거울 앞에서 머리의 꽃을 손질하다가 불이 붙는 바람에 불 에 타 죽었다. 그러나 엄마가 만년에 가장 이해하기 어렵게 여 겼던 것은 잉게보르크였던 것 같다.

내가 들려달라고 조를 때마다 엄마가 해 주었던 그 이야기를 여기에 그대로 옮겨 보겠다.

한여름이었단다. 잉게보르크의 장례를 치른 다음 목요일이 었지. 우리가 차를 마시곤 하던 테라스에서 보면 우람한 느릅나 무들 사이로 가족 묘지의 합각머리 지붕이 보였다. 식탁은 예 전에 한 사람이 더 앉았었다는 흔적이 엿보이지 않게 차려졌 어. 그래서 우리는 모두 널찍하게 자리를 잡았단다. 그런데 우 리는 각자 뭔가를 들고 와서, 이를테면 책이나 뜨개질 바구니 같은 것을 말이다, 사실은 좀 비좁게 느껴지기도 했어. 아벨로 네(엄마의 막내 여동생)는 사람들에게 차를 따랐고, 모두 물건을 건네주고 받느라 정신이 없었지, 네 외할아버지만 빼고 말이야. 네 외할아버지는 안락의자에 앉아서 집 쪽을 바라보고 계셨단다. 하루 중 그 시간에 우편물이 오거든. 대개는 잉게보르크가 우편물을 가져오는 일을 맡았단다, 그 애는 식사 준비를 지시하느라 더 오래 집에 남아 있었거든. 그 애가 아파서 누워 있던 몇 주 동안 우리는 충분한 시간을 가졌지, 그 애가 오는 것을 기다리는 습관을 버리기까지 말이다. 이제 그 애가 오지 못한다는 것을 잘 알고 있었으니까. 그러나 바로 그날 오후에, 말테야, 이제는 그 애가 정말로 다시는 올 수 없게 된 그날, 그 애가 왔어. 아무래도 우리가 뭔가 잘못한 것 같아. 어쩌면 우리가 그 애를 부른 건지도 몰라. 지금도 기억에 선해. 그때 나는 갑자기 그곳에 앉은 채로 달라진 것이 뭔지 생각해 내려고 애를 쓰고 있었어. 돌연 나는 그게 뭔지 말할 수가 없었단다. 뭔지 까맣게 잊어버린 거야. 고개를 들어 보니 다른 사람들도 모두 집 쪽을 바라보고 있었어, 눈에 띄게 이상한 모습이 아닌 매일매일 그러는 것처럼, 아주 침착한 태도로 기대에 찬 눈빛으로. 그때 나는 막 (지금도 오싹해, 말테야, 그때 일을 떠올리면), 오, 신의 가호가 있기를, 이렇게 말하려고 했어, "그 애가 어디 있지—". 그때 카발리에가 평소에 그랬던 것처럼 식탁 밑에 있다가 뛰쳐나오더니 그 애를 향해 달려가는 거였어. 그 장면을 나는 보았어, 말테야, 정말로 보았다고. 카발리에가 그 애를 향해 달려간 거야, 그 애는 오지도 않았는데 말이야. 그 개의 눈에는 그 애가 온 거지. 그 개가 그 애를 마중하러 달려가고 있다는 것을 우리는 다 알

앉어. 개는 뭔가 물어보려는 듯 우리 쪽으로 두 번이나 고개를 돌렸어. 그러더니 여느 때와 마찬가지로 그 애를 향해 달려갔단 다, 말테야, 그래 평소와 똑같이 말이다, 마침내 그 애한테 이르 렀어. 왜냐하면 주위를 빙빙 돌면서 껑충껑충 뛰었거든, 말테 야, 있지도 않은 뭔가의 주위로 말이다. 이윽고 개는 그 애를 향 해 뛰어올라 혀로 핥았어, 곧장 뛰어올랐지. 우리는 개가 좋아 서 낑낑대는 소리를 들었단다. 개가 껑충껑충, 그것도 여러 번 에 걸쳐 계속 뛰어오르자 자꾸만 껑충껑충 뛰어오르는 개에 가 려서 그 애의 모습이 안 보이는 것 같은 느낌이 들었어. 그러나 개는 갑자기 울부짖더니 껑충 뛰어올라 허공에서 몸을 뒤틀면 서 뒤로 나뒹굴었어, 정말 서툴기 짝이 없는 동작으로 말이야. 그러더니 땅바닥에 납작하게 뻗은 채 꼼짝도 안 했어. 다른 쪽 에서, 집에 있던 하인이 편지를 들고 나왔어. 하인은 잠깐 멈칫 했어. 우리 얼굴을 향해 곧장 걸어오는 것이 쉽지 않았던 것 같 아. 게다가 네 아버지가 그 하인에게 그 자리에 멈추라고 손짓 했어. 네 아버지는 동물을 안 좋아하시잖아, 말테야. 그런데도 네 아버지는 그 개를 향해 걸어가서, 내가 보기에는 아주 천천 히 걸어가서 개에게 몸을 구부렸어. 그러고는 하인에게 무슨 말 인가를 했어. 짤막하게 한마디 말을 말이다. 나는 하인이 카발 리에를 들어 올리려고 선뜻 나서는 것을 보았단다. 그러나 네 아버지는 개를 직접 끌어안더니 어디로 가야 할지 확실히 알고 있는 듯 개를 안고서 집 안으로 들어가셨어.

언제였던가, 그 이야기를 듣던 중에 날이 어둑해졌을 때, 나는 엄마한테 막 '손' 이야기를 털어놓으려 했다. 그 순간이라면 그런 이야기를 하고도 남을 것 같았다. 나는 일단 심호흡을 하고 나서 이야기를 시작하려 했다. 그때 문득 그 사람들의 얼굴을 향해 걸어가지 못했던 그 하인의 심정을 너무나도 잘 알 것 같았다. 어둡기는 했지만, 만약에 내가 본 것을 엄마가 본다면 엄마가 어떤 표정을 지을지 은근히 두려웠다. 나는 아무렇지도 않은 척 얼른 숨을 다시 들이마셨다. 그로부터 2~3년 뒤, 우르네클로스터의 회랑에서, 그 특이한 밤을 겪고 나서 나는 어린 에리크에게 내 속마음을 털어놓을까 말까, 며칠 동안 마음을 졸였다. 그러나 그날 밤 대화를 나눈 뒤로 그 애는 다시 내 앞에서 마음을 닫고는 나를 피했다. 내 생각에 그 애는 나를 업신여겼던 것 같다. 그런데 바로 그런 까닭에 나는 에리크에게 '손' 이야기를 들려주고 싶었다. 만약 내가 그 아이에게 내가 겪은 일이 사실이라는 것을 납득시킬 수만 있다면 그 애의 마음을 살 수 있을 것 같았다(왜 그랬는지 나는 그렇게 되기를 절실히 원했다). 그러나 에리크는 교묘하게 나를 피했고, 나는 말할 기회를 잡지 못했다. 그러던 중 얼마 뒤 우리는 곧 그곳을 떠나게 되었다. 그렇게 되다 보니, 참으로 야릇하게도, 이번에 처음으로, (그것도 결국 나 자신만을 상대로 해서) 먼 어린 시절에 겪은 이야기를 하게 된 것이다.

당시에 내가 얼마나 작았는지는 그림을 그리려고 책상에 몸을 편하게 올리려면 의자에 무릎을 꿇고 앉아야 했던 것만 봐

100

도 알 수 있다. 어느 겨울날 저녁이었다, 내 기억이 틀리지 않다면, 도회지의 집에서였다. 책상은 내 방의 두 개의 창문 사이에 놓여 있었고, 방에 등불이라 할 만한 것은 내 종이들과 가정 교사의 책을 비추는 것뿐이었다. 가정 교사는 내 옆에 앉아 의자를 약간 뒤로 뺀 채 책을 읽고 있었다. 그 여자는 책을 읽을 때면 넋이 나가서 정말로 책을 들여다보고 있었는지 알 수 없었다. 그녀는 몇 시간이고 앉아서 책을 읽었는데, 책장은 거의 넘어가지 않았다. 그래서 나는 이런 인상을 받았다. 혹시 그녀가 보는 사이 책의 페이지가 자꾸만 불어나는 건 아닐까, 그녀에게 꼭 필요한데 책에는 쓰여 있지 않은 몇몇 말들을 덧붙여 가면서 읽고 있는 것은 아닌가. 그림을 그리면서 나는 그런 느낌을 받았다. 나는 특별히 어떻게 그려야겠다는 생각 없이 천천히 그림을 그렸다. 그리고 그림을 어떻게 그려 가야 할지 막막할 때면 고개를 오른쪽으로 약간 갸웃한 채로 지금까지 내가 그려 놓은 그림을 바라보았다. 그러면 부족한 게 뭔지 금세 파악되었다. 내가 그리던 그림은 말을 타고 싸움터로 달려가거나 전투 중인 장교들이었다. 이런 그림이 훨씬 쉬웠다. 왜냐하면 연기를 그려 넣어 모든 것을 감싸 버리면 그만이었기 때문이다. 엄마는 내가 그렸던 그림이 섬이라고 늘 주장했다. 큰 나무들과 성이 있고 계단이 있고 물가에는 꽃들이 피어 물에 비치는 모습의 섬이라고. 그러나 그것은 엄마가 꾸며 낸 이야기이거나, 어쩌면 나중에 그렸던 그림이었던 것 같다.

　그날 저녁에 나는 별나게 치장한 말을 탄 매우 선명한 기사를 하나 그리고 있었다. 그 기사는 화려한 모습이어서 나는 색연필을 자주 바꿔야 했다. 그중에서도 빨간색이 가장 많이 필요해 빨간색 색연필에 거듭 손이 갔다. 이번에도 다시 빨간색 색연필이 필요했다. 그때 빨간색 색연필은 (지금도 그 장면이 눈에 선하다) 불빛에 젖은 도화지 위를 가로질러 떼구루루 굴러 책상 가장자리에 이르러서는 내가 손을 쓰기도 전에 바닥으로 떨어져 사라졌다. 나는 빨간색 색연필이 절실하게 필요했다. 그러나 그 색연필을 주우려고 의자에서 내려가야 하는 일이 짜증스러웠다. 원래 몸놀림이 서툴던 나는 밑으로 내려가는 것이 여간 힘든 일이 아니었다. 내 다리가 너무 긴 것 같았다. 다리를 앞으로 빼낼 수가 없었다. 너무 오래 무릎을 꿇은 자세로 앉아 있는 바람에 다리가 저렸다. 어느 부위가 내 몸이고 어느 것이 의자인지 알 수 없었다. 마침내 정신이 혼미한 상태에서 나는 바닥으로 내려왔고, 내 몸은 책상 아래 벽 쪽으로 펼쳐진 모피 위에 있었다. 그러나 그때 나는 또 다른 문제에 봉착했다. 책상 위의 밝은 빛에 익숙해지고, 흰 도화지 위의 다양한 색깔에 흠뻑 빠져 있던 내 눈은 책상 밑의 어느 것도 분간할 수 없었다. 책상 밑의 시커먼 어둠이 얼마나 단단해 보이던지 감히 그것을 손으로 만지기가 겁났다. 그래서 나는 오로지 나의 촉감에 의존하여 무릎을 꿇은 채 왼손으로 몸을 받치고 오른손으로 긴 털의 서늘한 양탄자 위를 이리저리 더듬어 보았다. 양탄자는 친숙하게 느껴졌다. 그러나 색연필은 손에 닿지 않았다. 시간이 너무 허비되는 것 같아 나는 가정 교사에게 등불을 좀 비춰 달라고 부탁하려 했다. 그때 나는, 자기도 모르게 애를 쓰고 있던 내 눈이 어둠에 익숙해지며 어둠 속이 점차 투명해지는 것을 느꼈다. 나는 어느새 안쪽의 벽을 분간할 수 있었고, 벽의 발치에는 밝은색 테두리가 둘려 있었다. 나는 책상 다리를 보고 방향을 잡았다. 나는 무엇보다도 쭉 뻗은 내 손을 알아보았다. 내 손은 어찌 보면 물짐승처럼 책상 밑에서 홀로 움직이며 바닥을 더듬고 있었다. 그것을 호기심 어린 눈으로 바라보던 것이 지금도 눈에 선하다. 한 번도 본 적 없는 몸놀림으로 책상 밑을 당당하게 더듬어 나가는 손의 모습을 보자, 내 손이 내가 가르쳐 주지 않은 것들도 해낼 수 있을 것 같은 느낌이 들었다. 나는 내 손이 앞으로 나아가는 모습을 좇았다, 흥미로웠다. 나는 무슨 일이 닥쳐도 좋다고 생각했다. 하지만 그때 느닷없이 벽 쪽에서 내 손을 향해 또 다른 손이 다가오리라고, 그것도 내가 전에 한 번도 본 적이 없는 모양의, 내 손보다 더 크고 아주 비쩍 마른 손이 다가오리라고 꿈에라도 생각했겠는가. 그손 역시 반대쪽에서 내 손과 비슷하게 뭔가를 찾고 있었다. 그리고 두 개의 손은 쭉 뻗은 채 서로를 향해 맹목적으로 움직였다. 그때까지도 나의 호기심은 동이 나지 않았지만, 갑자기 호기심이 가시면서 그 대신에 공포만 남았다. 나는 그중 하나가 내 손이라는 것을 깨달았고, 이제 내 손이 다시는 돌이킬 수 없는 일에 끼어들었음을 느꼈다. 나는 내 손에 대해 누릴 수 있는 모든 권한을 사용하여 내 손을 멈추게 하고 손바닥을 펴서 서서히 손을 빼냈다. 그러면서 다른 손에서 눈을 떼지 않았다. 그 손은 계속해서 뭔가를 찾았다. 그 손이 찾는 일을 그만두지 않을 것임을 나는 알았다. 어떻게 내가 다시 의자 위로 올라왔는지는 생각나지 않는다. 나는 의자에 몸을 파묻고 앉아 있었고, 이빨이 위아래로 덜덜 떨리며 얼굴에는 핏기가 가셔서 내 눈의 푸른빛이 사라진 듯한 느낌이 들었다. '선생님' 하고 말하고 싶었지만, 말이 나오지 않았다. 그녀는 내가 뭐라 하지도 않았는데 소스라치게 놀라서 보던 책을 집어 던지고는 의자 옆에 무릎을 꿇고 앉아 내 이름을 불렀다. 내 생각으로는 나를 흔들었던 것 같다. 그러나 나는 의식이 완전히 말짱했다. 나는 침을 몇 번 꼴깍 삼켰다. 그 이야기를 꺼내고 싶었기 때문이다.

그러나 그 이야기를 어떻게 해야 할까? 나는 가진 힘을 다했지만, 그 이야기를 남이 알아들을 수 있게 표현할 수는 없었다. 그 사건을 표현할 만한 말들이 있었다 해도, 당시 나는 너무 어려서 그 말들을 찾아낼 수 없었다. 그러나 나는 갑자기 두려움에 사로잡혔다, 혹시 그 말들이 갑자기 나타나면 어쩌지, 내 나이에 어울리지 않는 그 말들이. 그러면 그 말들을 해야 할 테고, 그것이 무엇보다 두렵게 느껴졌다. 책상 밑에서 일어났던 일을 다시 한번 겪어 내는 것, 좀 다르게, 변화된 형태로, 처음부터, 그리고 그것을 시인하는 내 목소리를 듣는 것, 나는 그럴 만한 힘이 전혀 없었다.

내가 만약 그 당시에 뭔가가 내 생 속으로 들어왔다고, 내 삶 속으로 곧장 들어왔다고, 그래서 그것을 평생, 어제도 오늘도 가슴에 품고 다녀야 했다고 말한다면, 그것은 순전히 내 상상일지도 모른다. 조그만 격자 침대에 누워 있던 내 모습이 떠오른다. 그때 나는 잠도 못 이루고 내 삶이 이렇게 될 걸로 어렴풋이 떠올리곤 했다, 아주 독특한 것들로 내 인생이 가득 찰 것임을, 단 한 사람을 위해 정해진, 뭐라 말로 표현할 수 없는 것들로. 그래도 분명한 사실은 그러면서도 내 안에서 점차 서글프면서도 묵직한 자긍심이 솟았다는 것이다. 내적인 것들로 가득 찬 삶을 묵묵히 버티며 살아가야 하는 생이 어떤 것인지 나는 상상해 보았다. 나는 불현듯 어른들에게 호감을 느꼈다. 나는 어른들을 찬양했고, 그 사실을 어른들에게 직접 말해 주기로 결심했다. 기회가 되면 바로 가정 교사에게 그 사실을 말해 주기로 결심했다.

그러던 가운데 그 병들 중 하나가 찾아왔다. 이 병들은 조금 전 이야기한 것들이 내가 겪을 첫 경험이 아님을 증거하려는 것이었다. 열은 내 속을 헤집어 놓아 내가 알지 못하던, 저 맨 아래쪽에 있던 경험들과 이미지들, 사실들을 끌어 올렸다. 나는 나 자신과 포개 누운 채 이 모든 것들을 다시 내 안에 차곡차곡 가지런히 쌓으라는 명령이 내려질 순간을 기다렸다. 나는 시작했다. 그러나 그것들은 내 손 아래에서 점점 더 커졌고 반항했다. 그것들은 너무나 많았다. 그 때문에 나는 분노에 사로잡혔다. 나는 그것들을 몽땅 내 안에 집어넣고 짓눌러 버렸다. 그러나 나는 다시 나를 닫을 수가 없었다. 그래서 나는 소리를 질렀다, 반쯤 열린 상태로 소리를 지르고 또 질렀다. 그러다가 내 안쪽에서 바깥쪽을 바라보니 한참 전부터 내 침대 주위에 사람들이 둘러서서 내 손을 잡고 있었다. 그리고 초가 하나 타고 있어서 사람들의 큰 그림자들이 그들 뒤에서 일렁였다. 아버지는 내게 무슨 일인지 말하라고 명령했다. 그것은 친근하고 나직한 명령이었지만, 아무튼 명령은 명령이었다. 내가 아무 대답도 하지 못하자 아버지는 초조해했다.

엄마는 한 번도 내게 밤에 온 적이 없다. 아니다, 한 번 온 적 있다. 내가 계속 비명을 지르자, 가정 교사가 왔고, 가정부 지베르젠이 왔고, 마부 게오르크가 왔다. 하지만 아무 소용이 없었다. 결국 그들은 부모님께 마차를 보냈다. 부모님은 큰 무도회에 가 계셨다. 황태자가 주최한 무도회였던 것 같다. 갑자기 나는 마차가 마당으로 달려 들어오는 소리를 들었다. 나는 이제 차분해져 앉은 채로 문 쪽을 바라보았다. 옆방에서 부스럭대는 소리가 들렸고, 엄마가 우아한 야회복 차림으로 방으로 들어섰다. 엄마는 야회복 따위는 아랑곳하지 않은 채 거의 뛰다시피 와서는 흰 털목도리를 뒤로 젖히고서 맨팔로 나를 끌어안았다. 나는 지금까지 한 번도 느껴 보지 못한 황홀함을 맛보며 엄마의 머릿결과 작고 고운 얼굴과 귀에 매달려 있는 차가운 보석과 어깨에 걸친, 꽃향기를 풍기는 비단을 어루만졌다. 우리는 그렇게 있으면서 다정스레 눈물을 흘리며 서로 입을 맞추었다. 그러던 중 아버지가 와 있다는 것과 이제 떨어져야 한다는 것을 느꼈다. "애가 열이 높아요." 나는 엄마가 나직이 말하는 소리를 들었다. 그러자 아버지는 내 손목을 잡고 맥박을 쟀다. 아버지는 수렵관 제복을 입고, 폭이 넓은 푸른 물빛의 멋진 코끼리 휘장*을 두르고 있었다. "이런 걸로 멍청하게 우리를 부르다니." 아버지는 내 쪽을 쳐다보지도 않고 방에 대고 말했다. 부모님은 대단한 일이 아니면 다시 돌아가겠다고 약속한 터였다. 사실 대단한 일은 아니었다. 그러나 나는 내 이불 위에 떨어져 있던 엄마의 무도회 초대장과 흰동백꽃을 보았다. 한 번도 본 적이 없던 꽃이었다. 그 꽃을 눈 위에 올려놓자 서늘함이 느껴졌다.

  그러나 그런 병에 걸려서 보낸 오후는 정말 길었다. 밤을 뒤척이며 보낸 뒤 아침이 되면 잠에 곯아떨어졌다. 잠에서 깨어나 이제 다시 새벽이 되었거니 생각하면 그땐 오후였다. 계속해서 오후였고, 오후로 있기를 그치지 않았다. 그때 깨끗한 침대에 누워 있으면, 관절이 조금씩 자라는 것 같았고, 너무 피곤해서 뭔가를 떠올릴 기력도 없었다.
  사과 무스의 맛은 오랫동안 입안에 남아 있었고, 내가 할 수 있는 일이란 고작 그 맛을 나름대로 해석하거나, 생각 대신 그 상큼한 신맛이 몸속에 떠돌게 하는 것뿐이었다. 나중에 가서 기력이 돌아오면 사람들은 등에 베개를 받쳐 주었고, 그러면 그렇게 앉아서 장난감 병정을 가지고 놀았다. 그러나 경사진 침대 탁자 위에서 장난감 병정들은 쉽게 쓰러졌고, 그때마다 일렬로 늘어서 있던 병정들은 한꺼번에 쓰러졌다. 그러나 기력이 완전히 돌아온 것이 아니었기 때문에 매번 다시 시작할 수도 없었다. 갑자기 그 모든 게 너무 힘에 겨워지면 나는 그것들을 다 치워 달라고 했다. 그리고 아무것도 없는 이불 위에 다시 두 손만 덩그러니 놓여 있는 것을 보노라면 기분이 좋았다.

엄마가 가끔 찾아와 30분 정도 머물며 동화를 읽어 주었지만 (제대로 오랫동안 읽어 주는 것은 지베르젠의 몫이었다), 사실 동화를 읽어 주려고 온 것은 아니었다. 우리는 둘 다 동화를 좋아하지 않는다는 점에서 의견이 일치했다. 우리가 생각하는 놀라운 것에 대한 개념은 남들과 달랐다. 모든 것이 지극히 자연스럽게 진행될 때, 그것이야말로 가장 놀라운 순간이었다. 공중을 나는 것에도 우리는 별로 감흥이 없었고, 요정들은 우리를 실망케 했으며, 둔갑술 같은 것에서는 그저 황당무계함만을 느꼈다. 그럼에도 우리는 뭔가를 읽었다, 그것은 단지 뭔가하는 것처럼 보이기 위해서였다. 누군가 들어올 때마다 우리가 방금 뭘 하고 있었는지 설명해야 하는 일이 불편했다. 누구보다도 특히 아버지에게는 더 이상 말이 필요 없도록 하려 했다.

누구의 방해도 받지 않을 것 같고, 밖에 땅거미가 질 때면, 우리는 함께 나누었던 아주 오래된 추억에, 세월이 흘러 이제는 우리를 미소 짓게 하는 추억에 빠져들었다. 그때 우리는 엄마가 내가 남자애가 아닌 작은 여자애였으면 했던 시절이 있었던 것을 떠올렸다. 나는 그것을 어쩌다 알게 되었다. 그래서 때때로 오후가 되면 나는 엄마 방 앞에 가서 노크하곤 했다. 엄마가 누구냐고 물으면, 나는 밖에서 기다리며 "조피요"라고 소리치며 행복해했다. 그때마다 작은 목소리를 예쁘게 내려고 했는데, 그럴 때면 목구멍이 간지러웠다. 이윽고 안으로 들어가면 (집에서 평상시에 입던 작은 여자아이 옷을 입고 소매를 걷어올린 모습으로), 나는 그냥 조피였다, 엄마의 어린 조피였다. 집안일도 잘 거들고, 언제 돌아올지 모를 나쁜 말테와 조금이라도 혼동될까 봐 엄마가 머리를 땋아 준 조피였다. 말테가 돌아오는 것은 전혀 달갑지 않았다. 말테가 나가서 오지 않는 게 엄마나 조피나 다 좋았다. 그리고 그들의 대화(조피는 늘 같은 톤의 높은 소리로 말했다)는 대개 말테의 버릇없는 행동들을 열거하고 그를 비난하는 쪽이었다. "그래, 이놈의 말테 녀석은." 엄마는 한숨을 내쉬었다. 그리고 조피는 남자애들이 저지르는 나쁜 짓을 수없이 많이 알고 있었다. 그 모양이 꼭 세상에 수많은 남자애를 알고 있는 듯했다.

"조피가 어떻게 됐는지 궁금하구나." 엄마가 그 기억을 떠올리며 갑자기 말했다. 그에 대해 말테는 물론 아무 대답도 할 수 없었다. 그러나 엄마가 조피는 죽은 게 분명하다고 말할 때면, 말테는 극구 그렇지 않다고 반박하며 증명할 수는 없지만 그래도 그런 말일랑 하지 말아 달라고 했다.

지금 다시 그 일을 돌이켜 보면, 그 열병의 세계에서 온전히 돌아와, 함께 사는 이 세상의 삶 속에 다시 와 있다는 것이 정말

신기할 뿐이다. 함께 사는 이 세상에서는 누구나 익숙한 것들 속에서 지내고 싶어 했고, 서로 상식적인 수준에서 조심스럽게 살려고 했다. 이 세상에서는 뭔가 기대를 하면, 그것은 이루어지거나 아니면 이루어지지 않았으며, 제3의 경우는 없었다. 이곳엔 심히 슬픈 일도 있었고, 기쁜 일도 있었으며, 숱한 사소한 일들도 있었다. 어떤 즐거운 일이 생기면 그야말로 즐거운 일이므로 거기에 맞게 행동해야 했다. 본질적으로 모든 것이 아주 간단했고, 요령만 터득하면 일사천리였다. 약속된 경계 안으로 들어가면 그걸로 끝이었다. 밖에는 여름이 한창인데도 지루하게 느껴졌던 긴 학교 수업, 프랑스어로 설명해야 했던 산책들, 집에 찾아오면 불려 들어가 인사를 해야 했던 방문객들, 침울한 표정을 짓고 있으면 그걸 보고 우스운 녀석이라고 하며, 다른 표정이 없는, 태어날 때부터 침울한 표정만 짓고 있는 새들을 떠올리며 놀려 대던 그 방문객들. 그리고 생일도 마찬가지였다. 생일에는 생면부지의 아이들이 초대되었다. 사람을 당혹스럽게 만드는 거북한 녀석들, 얼굴을 할퀴고 방금 받은 선물들을 박살 내는 뻔뻔스러운 녀석들, 상자에 들어 있던 물건들을 몽땅 꺼내서 수북이 쌓아 놓고는 갑자기 사라지는 녀석들. 그래도 늘 그랬던 것처럼 혼자 놀 때면, 이렇게 합의된 전혀 무해한 세계를 슬쩍 넘어 전혀 다르고 예측할 수 없는 세계로 들어갈 수도 있었다.

가정 교사는 가끔 편두통을 앓았고, 그 편두통은 예측할 수 없이 심하게 찾아오곤 했다. 그런 날에는 나를 찾기가 쉽지 않았다. 아버지가 문득 나를 찾다가 내가 없으면 나를 찾으러 마부를 정원으로 보냈던 것을 나는 알고 있다. 나는 위층의 손님들 방 중 한 방에 서서 마부가 밖으로 달려 나가 긴 가로수 길 입구에서 내 이름을 크게 부르는 모습을 보았다. 나란히 줄지어 있던 이 손님들 방은 울스가르 저택의 합각지붕 밑에 있었는데, 그 당시 집으로 찾아오는 손님들이 아주 드물어서 거의 비어 있었다. 그런데 이 손님방과 인접한 큰 구석방이 있었고, 나는 그 방이 무척 궁금했다. 사실 그 방에는 오래된 흉상 하나만 있었다. 주엘* 제독의 흉상이었다고 생각된다. 그러나 사방의 벽들은 깊은 회색 붙박이장들로 둘러싸여 있어, 창문조차 붙박이장 위쪽의 흰 칠을 한 빈 벽에 달려 있었다. 나는 붙박이장에 달린 문 하나에서 열쇠를 발견했는데, 그 열쇠는 모든 장롱에 맞았다. 나는 곧바로 옷장들을 모두 뒤져 보았다. 은실을 누벼 넣어 촉감이 아주 차가운 18세기 시종장 연미복과, 그에 맞춰 입도록 멋지게 수를 놓은 조끼들, 안감이 매우 부드럽고 외양이 화려하고 정교해서 처음에는 여성용 드레스인 줄 알았던, 백십자 훈장과 코끼리 훈장이 달린 제복들도 있었다. 실제 여성용 드레스들도 있었다. 이 드레스들은 활짝 펼쳐져 받침틀에 빳빳하게 걸려 있었고, 마치 유행이 지나 머리만 다른 곳에 쓰고 몸뚱이만 남은, 어느 초대형 인형극에 등장하는 인형들처럼 보였다. 그 옆에는 옷장들이 있었는데, 문을 열자, 안쪽은 어두컴컴했다. 목까지 단추가 달린 제복들 때문에 더욱 어두워 보였고, 이 제복들은 다른 어떤 옷들보다 훨씬 더 많이 입은 듯한 모습이었으며, 그렇게 걸려 있기를 원치 않는 것처럼 보였다.

누가 이상하게 여길 텐가. 내가 이 모든 것들을 다 끄집어 내 밝은 빛에 비추어 봤다고 해서. 내가 이 옷 저 옷 몸에 대 보거나 걸쳐 봤다고 해서. 내가 대충 내 몸에 맞을 만한 옷을 얼른 입고 그렇게 입은 채로 호기심에 가슴을 두근대며 바로 옆에 있는 손님방으로 달려가 색깔이 조금씩 다른 녹색 유리 조각들을 잇대 만든 좁은 전신 거울에 내 모습을 비춰 봤다고 해서. 아, 그 옷을 입을 생각에 얼마나 떨었던가. 그리고 그 옷을 정말로 입고서 얼마나 황홀했던가. 어두침침함 속에서 무언가가 다가왔다면, 그것은 나 자신보다 더 천천히 다가왔을 것이고, 거울은 사실을 곧바로 믿으려 하지 않았을 것이며, 졸린 나머지 내가 말해 준 것을 즉시 따라 하지 않으려 했을 것이다. 그러나 거울은 마침내 하지 않을 수 없었다. 그렇게 해서 이제 뭔가 몹시 놀라운 것, 낯선 것, 내가 생각했던 것과는 아주 다른 그 무엇, 뭔가 갑작스러운 것, 제멋대로 살아 움직이는 것이 나타났다. 얼핏 그런 모습이 보였다. 그러나 바로 다음 순간, 그것이 바로 자신임을 알아차렸다. 그러니 거기서 어떤 아이러니를 느끼며 지금까지의 모든 즐거움을 망칠 뻔했다. 그러나 그 모습을 향해 곧장 말을 걸고 허리를 굽혀 인사를 하고, 손짓하며 뒤를 살피고, 뒷걸음질 쳤다가 다시 단호하게 마음을 다잡고서 되돌아가는 사이, 나는 마음껏 상상의 나래를 펼칠 수 있었다.

그 당시에 나는 특정한 의상이 가질 수 있는 강한 영향력에 대해 깨닫게 되었다. 그런 의상을 입는 순간, 나는 그 옷의 손아

귀에 들어갈 수밖에 없다는 것을 인정하지 않을 수 없었다. 그 옷은 나의 움직임과 얼굴 표정, 심지어 내 생각까지도 좌우했다. 소맷부리가 자꾸 흘러내려 뒤덮은 손은 평소에 보던 내 손이라고 할 수 없었다. 그 손은 배우처럼 움직였고, 과장되게 말하자면 자신의 모습을 관찰하는 것 같았다. 이렇게 옷을 갈아입으면서도 나는 전혀 낯설게 느껴지지 않았다. 오히려 그 반대였다. 내가 변화무쌍하게 변할수록 나 자신을 더욱 확신할 수 있었다. 나는 더욱 대담해졌다. 나는 스스로를 더욱 높이 던져 올렸다. 나 자신을 얼마든지 받아 낼 수 있다는 자신감이 있었기 때문이다. 이처럼 급속도로 커 가는 자신감 속에 유혹이 숨어 있다는 것을 나는 깨닫지 못했다. 나의 불행을 완성하는 데에 빠진 것은 다만 이것이었다. 즉 그때까지만 해도 열 수 없는 것으로 여겼던 마지막 옷장이 어느 날 열리면서 내게 의상들이 아닌 온갖 괴상한 가면무도회 도구들을 보여 주었다. 그 환상적인 가능성에 얼굴이 후끈 달아올랐다. 그곳에 있던 것들을 일일이 다 열거하기는 힘들다. 지금 생각나는 것으로는 바우타* 외에 여러 가지 색깔의 도미노들이 있었고, 동전들을 꿰매어 놓아 짤랑짤랑 소리가 나던 여성용 치마가 있었으며, 좀 바보스럽게 생긴 피에로 복장도 있었고, 튀르키예의 주름 바지도 있었으며, 페르시아 모자도 있었는데 거기서는 좀약 봉지가 떨어져 나왔다. 그리고 멍청하고 무표정한 보석들이 박힌 왕관도 있었다. 그 모든 것들이 조금은 경멸스러웠다. 이것들은 너무나도 비현실적으로 보였고, 옷장 속에 생기 없이 초라하게 걸려 있다가 밝은 빛 속으로 끄집어내니 그저 맥없이 축 늘어졌다. 그러나 나를 황홀경으로 몰고 간 것은 품이 큰 망토들과 두건들과 숄들과 베일들이었다. 이것들은 하나같이 나긋나긋하고 잘 쓰지 않는 큰 천으로 된 것들이었는데 부드럽고 하늘하늘한 것도 있었고, 매끄러워서 손에서 자꾸만 빠져나가는 것도 있었으며, 얼굴을 스치는 바람처럼 가벼운 것도 있었고, 무게 자체가 묵직하게 느껴지는 것도 있었다. 나는 이것들을 바라보며 처음으로 진정 자유롭고 무한한 변화의 가능성을 느꼈다. 여자 노예 신세가 되어 팔려 나가기도 하고, 잔 다르크가 되기도 하고, 늙은 왕이 되기도 하고, 마법사가 될 수도 있었다. 마음만 먹으면 나는 이 모든 것이 될 수 있었다. 이제 가면들까지 있으니 더욱 그랬다. 위협하는 표정의 큰 가면들이 있는가 하면, 진짜 턱수염에 짙은 눈썹을 한, 혹은 눈썹을 치켜올린 놀란 표정의 얼굴도 있었다. 나는 여태껏 가면을 주의 깊게 본 적이 없지만, 왜 가면이 필요한지 금방 알아차렸다. 그때 불현듯 우리 집 개 중 하나가 마치 가면을 쓴 것처럼 행동하는 모습이 떠올라 터져 나오는 웃음을 참을 수 없었다. 나는 그 개의 다정한 눈을 떠올렸다. 그 눈은 마치 안쪽에서 털이 복슬복슬한 얼굴을 들여다보는 것처럼 보였다. 나는 변장을 하면서도 계속 웃었기 때문에 나중에는 내가 무엇으로 변장하려고 했는지조차 잊고 말았다. 그것을 나중에 거울 앞에서 결정하기로 마음먹고 나니 더욱 새롭고 긴장감이 넘쳤다. 내가 쓴 가면에서는 야릇한 공허의 냄새가 풍겼다. 가면이 내 얼굴을 죄었지만 그래도 바깥을 내다보는 데에는 지장이 없었다. 가면을 먼저 쓰고 나서 나는 온갖 천들을 골라 그것들을 터번처럼 머리에 둘렀다. 그렇게 해서 가면의 아랫부분이 통이 큰 노란 망토 속으로 들어가고, 가면의 위쪽과 옆이 보이지 않도록 했다. 마침내 더 이상 손쓸 것이 없어졌을 때 나는 변장할 수 있는 대로 다 했다고 생각했다. 나는 큰 지팡이까지 챙겨 들고, 내 팔이 닿는 곳까지 지팡이를 짚어 가며 힘을 들여 몸을 질질 끌면서도, 내 생각으로는 품위 있게 손님방으로 들어가 거울 쪽으로 걸어갔다.

정말로 훌륭했다. 기대 이상이었다. 거울은 내 모습을 즉시 되돌려주었고, 흠잡을 데가 전혀 없었다. 굳이 몸을 많이 움직일 필요도 없었다. 더 이상 손을 대지 않아도 이 외양만으로도 완벽했다. 그래도 내가 어떤 모습이 됐는지 봐야 했기에 나는 몸을 약간 돌려 마침내 두 팔을 번쩍 들었다. 주문으로 뭔가를 불러내는 듯한 장엄한 동작을 했다. 내가 보기엔 그런 동작만이 나의 지금 차림에 맞는 것이었다. 그러나 바로 그 엄숙한 의식의 순간에, 내가 변장을 해서 좀 희미하기는 했지만 내 옆에서 와장창하는 소리가 들렸다. 소스라치게 놀라는 바람에 나는 거울 속에 있는 저편의 존재에게서 눈을 떼고 말았다. 몹시 깨지기 쉬운, 도대체 뭔지 모를 물건들이 놓여 있던 둥근 작은 탁자를 내가 뒤엎었다는 것을 깨닫고 나는 매우 불쾌했다. 나는 몸을 구부릴 수 있는 한 구부려 보았다. 내가 예상했던 최악의 상황이 벌어져 있었다. 모든 게 두 동강 난 것 같았다. 별 쓸모도 없어 보이는, 녹색과 보라색 칠을 한 한 쌍의 앵무새 도자기가 각각 다른 잔인한 방식으로 박살이 났다. 한 깡통에서는 사탕이 쏟아져 나와 꼭 누에고치 같았고, 깡통 뚜껑은 둘로 나뉘어 튕겨 나가, 한쪽만 눈에 띄고 다른 쪽은 어디로 갔는지 보이지 않았다. 그러나 가장 난감한 것은 수천 조각으로 박살이 난 향수병이었다. 쓰다 남은 향수가 밖으로 흩뿌려지는 바람에 깨끗한 마루에 보기 흉한 모양의 얼룩이 생겼다. 나는 내 몸에 늘어져 있던 옷가지로 얼른 얼룩을 지워 보려 했지만, 얼룩은 더욱 검어지고 지저분해졌을 뿐이다. 나는 정말 난처한 상황에 빠지고 말았다. 나는 몸을 일으켜 세우고서 이 모든 것을 원래대로 되돌려줄 만한 물건을 찾아보았다. 그러나 그럴 만한 것은 없었다. 제대로 볼 수도 없는 데다 마음대로 움직일 수도 없었으므로 내가 처한 이 말도 안 되는 상황에 나는 화가 치밀었다. 도대체 어떻게 해야 할지 방도를 알 수가 없었다. 몸에 걸친 천을 아무렇게나 잡아당겨 보았지만 내 몸만 더욱 죌 뿐이었다. 망토의 끈들은 내 몸뚱이를 죄어 왔고, 머리에 감은 천은 그 수가 점점 더 늘어나는 듯 내 머리를 짓눌렀다. 그러는 사이에 공기는 탁해져서 마치 엎질러진 액체의 오래된 증기로 가득 차 있는 것 같았다.

열불이 나고 화가 나서 나는 거울 앞으로 달려가 가면 틈으로 간신히 내 양손의 놀림을 보았다. 그러나 그것이야말로 바로 거울이 기다리던 것이었다. 거울의 입장에서는 복수의 순간이 왔다. 걷잡을 수 없이 옥죄어 오는 압박감 속에서 내가 어떻게든 변장에서 벗어나려고 발버둥 치는 사이, 거울은 무엇으로 그랬는지 모르지만 내게 고개를 치켜들게 하였고, 나에게 하나의 상(像)을 보여 주었다. 아니, 하나의 현실을, 낯설고 알 수 없는 괴물 같은 현실을 보여 주었다. 나는 나의 뜻과 상관없이 이 현실 속에 흠뻑 빠졌다. 이제는 거울이 나보다 힘이 센 존재가 되었고, 나는 거울이 되었기 때문이다. 나는 내 앞에 버티고 서 있는 이 크고 무시무시한 미지의 존재를 바라보았다. 그와 단둘이 있는 것이 무시무시하게 느껴졌다. 내가 그런 생각에 빠져 있던 바로 그 순간에 최악의 상황이 벌어졌다. 그래, 나는 정신을 잃었고, 나는 더 이상 존재하지 않았다. 한순간 나는 나를 향한 이루 말할 수 없는 뼈아픈, 그러나 헛된 그리움을 느꼈다. 그리고 그 순간, 남은 것은 그뿐이었다. 그를 빼고는 아무도 없었다.

　나는 달렸다. 그러나 달리는 것은 바로 그였다. 그는 여기저기 가서 부딪혔다. 그는 이 집에 익숙하지 않았으며 어느 쪽으로 가야 할지도 몰랐다. 그는 계단을 따라 내려갔고, 그러다가 복도에서 누군가와 부딪혔다. 그 사람은 고함을 지르며 거기서 빠져나갔다. 문 하나가 열렸고, 거기서 몇 사람이 나타났다. 아, 아, 그들이 나타난 것이 얼마나 다행인가. 그들은 지베르젠, 그 착한 지베르젠과 가정부와 집사였다. 지금이야말로 결정적인 순간이었다. 그러나 그들은 냉큼 달려와 나를 구해 줄 생각을 하지 않았다. 그들의 잔인함은 끝 간 데를 몰랐다. 그들은 그곳에 서서 웃기만 했다. 맙소사, 그들은 그냥 서서 웃기만 했다.

나는 울었지만, 가면은 내 눈물을 밖으로 내보내지 않았고, 눈물은 안에서 내 얼굴을 타고 흐르다가 이내 말랐다. 다시 흐르다가 또 말랐다. 마침내 나는 그 누구도 하지 않았을 법한 자세로 그들 앞에 털썩 무릎을 꿇었다. 나는 무릎을 꿇고 그들을 향해 두 손을 들어 빌며 애원했다. "꺼낼 수 있으면 나 좀 꺼내 줘. 나 좀 살려 줘." 그러나 그들은 내 목소리를 알아듣지 못했다. 나는 이제 목소리를 낼 수 없었다.

지베르젠은 세상을 떠날 때까지 내가 마룻바닥에 쓰러졌던 일과 그들이 내가 장난치는 줄 알고 계속 웃고 있었던 일에 대해 이야기하곤 했다. 그들은 내가 치는 그런 식의 장난에 익숙했던 터였다. 그러나 나는 바닥에 드러누운 채 계속 아무 대답도 하지 않았다고 그들은 말했다. 마침내 내가 정신을 잃은 채 천으로 둘둘 싸여 무슨 나무토막처럼 누워 있는 것을 알고는 소스라치게 놀랐다는 것이다.

시간은 잴 수도 없는 속도로 빠르게 지나갔고, 어느새 목사인 예스페르젠 박사를 다시 초대해야 하는 순간이 찾아왔다. 이제 모두가 지루해하는, 힘겨운 아침 식사가 기다릴 뿐이었다. 목사님은 언제라도 그의 발밑에 무릎을 꿇는 아주 경건한 이웃에게 익숙한 터라 우리 집에 오면 물에서 갓 나온 물고기 같았다. 그는 맨땅에 누워 아가미만 헐떡였다. 그가 늘 해 오던 아가미 호흡이 힘들어져 거품만 내뿜을 뿐, 모든 상황이 위험해질 수 있었다. 솔직히 말하자면 화젯거리는 전혀 없었다. 그래서 남아 있던 화젯거리는 엄청난 값에 매각되었고, 남은 것은 무엇이든 내놓아야 했다. 우리 집에 오면, 예스페르젠 박사는 그냥 사인(私人)으로 만족해야 했다. 그러나 사실 그는 그런 사인인 적은 한 번도 없었다. 그의 기억이 미치는 한, 그는 늘 영혼과 관련된 분야에서 일해 왔다. 영혼은 그에게 공공 기관과 같았고, 그는 그 기관을 대표했다. 그리고 무슨 일이 있어도 자신의 소임을 떠나 본 적이 없었다. 심지어 라바터*가 다른 경우에 표현한 대로, 그의 아내, 즉 '겸손하고 충실하며 아이를 출산하여 지복을 받은 레베카'*와의 관계에서도 그랬다.

(그건 그렇고 나의 아버지에 관해 몇 마디 덧붙이자면, 하느님에 대한 아버지의 태도는 아주 올곧았고 그 정중함에 있어 어디 하나 흠잡을 곳이 없었다. 교회에 갔을 때 나는 그곳에 서서 기다리며 머리 숙여 인사하는 아버지의 모습을 보면서 아버지야말로 하느님의 수렵관 같다는 생각이 가끔 들곤 했다. 이에 반해 엄마는 어떤 사람이 하느님과 정중한 관계를 맺고 있다는 것이 좀 마음에 걸리는 듯했다. 만약에 엄마가 규정이 뚜렷하고 상세하게 갖춰져 있는 종교를 가졌다면 몇 시간씩 무릎을 꿇고 앉아 엎드려 가며 가슴과 어깨 양쪽에 큰 성호를 긋는 것을 지복으로 생각했을지도 모른다. 엄마는 사실 내게 기도하는 법을 가르쳐 준 적이 없다. 그래도 내가 내 마음에 전해 오는 대로 나의 믿음을 표현하기 위해 두 손을 깍지 끼거나 합장하고 공손히 앉아 있으면, 엄마는 적이 마음이 편안해지는 모양

이었다. 나는 어릴 때부터 차분히 지내며 일찍 일련의 발전 과정을 겪었다. 그러던 중 아주 뒷날 내가 절망에 빠졌을 때 이 발전 과정의 끝을 신에 잇대 보았다. 그러나 어찌나 격하게 갖다 붙였는지 신의 모습은 만들어지기 무섭게 거의 같은 순간에 흩어져 버렸다. 그런 까닭에 나중에 가서 처음부터 다시 시작해야 했다. 이렇게 시작할 때마다 나는 가끔 엄마가 있었으면 좋겠다고 생각했다. 물론 혼자서 시작하고 겪어 가는 것이 훨씬 올바른 자세였겠지만. 하지만 그때 엄마는 이미 오래전에 돌아가셔서 이 세상에 계시지 않았다.)*

예스페르젠 박사에 대한 엄마의 태도는 다소 신중치 못했다. 엄마는 그와 대화를 시작해 놓고, 그가 진지하게 대화를 이어 가려 하면 그걸로 충분하다고 생각하고는 마치 그가 가 버린 것처럼 갑자기 그의 존재를 잊곤 했다. "왜 저 사람은 사람들을 찾아다니는 걸까?" 엄마는 그에 대해 이렇게 말했다. "하필이면 죽어 갈 때 찾아가는 거냐."

그는 엄마가 임종을 맞이하는 순간에도 찾아왔지만, 엄마는 그를 알아보지 못했던 것 같다. 엄마의 감각들은 하나둘 죽어 가기 시작했는데, 가장 먼저 사라진 것은 시각이었다. 가을이었다. 우리는 시내로 다시 돌아갈 참이었다. 그런데 그때 엄마가 병에 걸렸다. 아니, 죽어 가기 시작했다는 편이 맞을 것 같다. 서서히, 그리고 어떻게 손을 쓸 도리 없이 온몸의 표면이 죽어 갔다. 의사들이 찾아왔다. 어느 날, 의사들이 한꺼번에 몰려와서 온 집 안을 소란스럽게 만들었다. 몇 시간 동안 우리 집은 추밀 고문관과 그의 조수들의 세상이 된 것 같았다. 우리는 말을 걸 수 없을 것 같았다. 그러고 나서 나중에는 그들의 관심이 식었는지 한둘씩만 찾아왔다. 그것도 그냥 예의상 찾아와서는 시가나 피우고 포트와인을 한 잔 마셨다. 그사이 엄마는 죽어가고 있었다.

이제 가족들은 엄마의 하나밖에 없는 남동생인 크리스티안 브라헤 백작을 기다렸다. 사람들이 기억하기로 그는 한동안 튀르키예군으로 복무하였으며 많은 훈장을 받았다고 했다. 그는 어느 날 아침 외국인 시종을 대동하고 도착했다. 아버지보다 키가 크고 나이도 훨씬 더 들어 보이는 그의 모습을 보고 나는 깜짝 놀랐다. 두 분은 곧 몇 마디 말을 나누었다. 내 생각에는 엄마와 관련된 이야기 같았다. 잠시 말이 끊겼다. 이윽고 아버지가 말했다. "완전히 일그러져 버렸어." 그 표현이 무슨 의미인지 몰랐지만, 그 말을 듣는 순간 등골이 오싹했다. 아버지 역시 그 말을 하기 전에 마음을 다잡았을 것 같다는 느낌이 들었다. 그러나 엄마의 상황을 설명하면서 가장 큰 상처를 입은 것은 아버지의 자존심이었을 것이다.

몇 년이 흐르고서야 나는 크리스티안 백작 이야기를 다시 들을 수 있었다. 그것은 우르네클로스터에서였고, 마틸데 브라헤가 그에 대해 이야기하는 것을 특히 좋아했다. 그렇긴 하지만 그녀가 그에 관한 개개의 이야기에 자기 마음대로 살을 덧붙였다는 점에는 의심의 여지가 없다. 외삼촌의 삶에 대해서는 집 밖에서나 집 안에서나 언제나 소문만 무성했는데, 그런 소문의 진위에 대해 외삼촌이 한 번도 자기 생각을 밝히지 않았기 때문에 이야기를 꾸며 낼 여지가 얼마든지 있었기 때문이다. 우르네클로스터는 이제 외삼촌의 것이 되었다. 그러나 외삼촌이 실제로 그곳에 사는지는 아무도 모른다. 어쩌면 평소에 하던 대로 여전히 여행 중인지도 모른다. 어쩌면 그의 죽음을 알리는 소식이 세상의 어느 구석으로부터 가는 중인지도 모를 일이다. 외국의 하인의 손에 의해 서툰 영어나 그 밖의 미지의 언어로 작성되어서 말이다. 어쩌면 이 하인은 어느 날 혼자 남게 되는 처지가 되어 소식 한 자 보내지 않을지도 모른다. 어쩌면 두 사람은 이미 오래전에 함께 사라지고 없고 실종된 배의 승객 명단에만 이름이 남아 있을지도 모른다. 그것도 가명으로.

아무튼 그 시절 우르네클로스터에 마차가 한 대 들어오면 그때마다 나는 늘 그게 외삼촌이기를 바라면서 나도 모르게 가슴을 두근거리곤 했다. 마틸데 브라헤는 외삼촌이 바로 그런 식으로 나타난다고 말했다. 전혀 올 것 같지 않을 때 돌연 나타나는 것, 그것이 외삼촌만의 독특한 방식이라는 것이었다. 그러나 외삼촌은 오지 않았다. 그럼에도 외삼촌은 나의 상상력을 몇 주 동안이나 계속 자극했다. 그러다 보니 우리 두 사람은 실제로 어떤 관계를 맺어야 하지 않나 하는 생각까지 들었다. 그리고 또 나는 외삼촌에 대한 뭔가 참된 이야기를 알고 싶었다.

그로부터 얼마 뒤 나의 관심사가 다른 쪽으로 바뀌었고, 특

히 어떤 계기로 인해 완전히 크리스티네 브라헤 쪽으로 넘어가
긴 했지만, 희한하게도 나는 그녀의 인생에 대해 알고 싶은 생
각이 없었다. 오히려 나는 혹시 그녀의 초상화가 회랑에 있지
않을까 하는 궁금증에 시달렸다. 그것을 확인해 보고 싶은 마
음이 점점 커져서 나는 며칠 밤을 설쳤다. 그러던 중 어느 날 밤
나는 무언가에 홀린 것처럼 잠자리에서 일어나 촛불을 손에 들
고 위층으로 올라갔다. 촛불은 무서운지 바르르 떨고 있었다.

그래도 나는 무섭다는 생각조차 하지 않았다. 생각 자체를
하지 않았다. 우뚝 솟은 문들은 나의 앞쪽에서 그리고 나의 머
리 위에서 쉽게 열렸고, 내가 지나온 방들은 조용히 숨을 죽이
고 있었다. 그리고 마침내 깊은 곳에서 불어오는 바람을 느끼
며 내가 회랑에 들어섰음을 알았다. 나의 오른편으로는 밤에
기대어 있는 창문들이 느껴졌고, 왼편에는 초상화들이 있을 것
이었다. 나는 팔이 닿는 대로 힘껏 촛불을 치켜들었다. 그래, 그
곳엔 정말로 그림들이 있었다.

처음에 나는 여자들 초상화만 볼 생각이었다. 그러나 곧 내
가 아는 초상화들이 하나둘 나타났다. 울스가르에도 비슷한 초
상화들이 걸려 있었다. 내가 아래에서 비추는 불빛에 닿자, 초
상화들이 움직이며 빛 속으로 들어오려는 것 같았다. 그 정도
의 여유마저도 주지 않는다면 너무 매정한 듯싶었다. 그곳 회
랑에도 여전히 멋지게 땋은 머리카락을 크고 둥근 양쪽 뺨에
늘어뜨린 크리스티안 4세*의 초상화가 있었다. 그곳엔 그의 부
인들도 있었는데, 그중에서 나는 키르스티네 뭉크만 알아보았

다. 그런데 갑자기 엘렌 마르스빈* 부인이 미망인 복장을 하고 차양에는 진주 끈 장식을 한 높은 모자를 쓰고서 미심쩍은 눈 초리로 나를 바라보고 있었다. 그곳에는 크리스티안 4세의 자 식들도 있었다. 새로 얻은 부인들에게서 계속해서 태어난 아이 들이다. 시련을 겪기 전, 인생의 눈부신 황금기에 백마를 타고 있는 모습의 '비할 데 없는' 여인 엘레오노레*도 있었다. 길덴 뢰베* 가문 사람들도 있었다. 즉 스페인에 사는 여자들로부터 혹시 얼굴에 화장을 하는 게 아니냐는 소리를 들을 만큼 혈색 이 좋았던 한스 울리크와 이 세상 누구도 다시는 잊지 못할* 울 리크 크리스티안이 있었다. 그리고 울펠트 가문 사람들은 거의 다 있었다. 그리고 저기 저 남자, 한쪽 눈에 검게 덧칠을 한 저 남자는 아마도 헨리크 홀크 같았다. 그는 서른셋의 나이에 제 국의 백작이자 원수(元帥)가 된 사람이었다. 그에게는 이런 이 야기가 전해진다. 그는 힐레보르크 크라프세라는 처녀를 찾아 가던 길에 꿈을 꾸었는데 꿈에서 신부 대신 칼을 한 자루 받았 다고 한다. 그는 그것을 가슴에 새기고 발길을 돌려 짧고 용감 한 생을 시작했다. 그의 생은 페스트로 끝났다. 이들은 내가 모 두 아는 사람들이었다. 울스가르에도 님베겐 회의에 참석한 사 절들의 초상화가 있었다. 이들은 외모가 조금씩 서로 비슷했 다. 아마도 모두가 한 번에 그려져서 그런 것 같았다. 즉 응시하 는 듯한 육감적인 입 위에는 짧게 깎은 눈썹 모양의 수염을 모 두가 하나같이 달고 있었다. 내가 울리히 공작의 얼굴을 알아 본 것은 너무나 당연한 일이었다. 그리고 오토 브라헤와 클라우스 다, 그리고 그 가문의 마지막 후손인 스텐 로젠스파레도 알아보았다. 왜냐하면 내가 이들의 초상화를 울스가르 홀에서 보았거나, 아니면 이들의 모습을 그린 동판화를 낡은 화첩에서 본 적이 있기 때문이다.

그러나 전혀 본 적이 없는 사람들도 적지 않았다. 여자들의 초상은 몇 안 되었고, 아이들이 많았다. 이미 지친 팔이 떨렸지만, 나는 아이들의 모습을 보려고 몇 번이고 촛불을 위로 쳐들었다. 나는 손 위에 새를 올려놓고도 전혀 아랑곳하지 않는 그 어린 소녀들의 마음을 알 것 같았다. 가끔 소녀들의 발치에는 조그만 개가 앉아 있었고, 공이 있었으며, 옆 탁자에는 과일과 꽃들이 놓여 있었다. 그리고 안쪽의 기둥에는 그루베나 빌레 그리고 로젠크란츠 가문의 문장이 작게 임시방편의 형태로 붙어 있었다. 그들 주변에다 뭘 정말 많이도 모아 놓았다. 이들에게 뭔가 보상해야 할 것이 부지기수로 많은 듯. 그러나 그들은 옷을 차려입은 채 그냥 그곳에 서서 기다리고 있었다. 그들이 기다리고 있다는 것은 보면 다 안다. 그 순간 나는 다시 여자들이 생각났다. 그리고 크리스티네 브라헤가 생각났다. 그녀의 얼굴을 알아볼 수 있을까.

나는 서둘러 회랑 맨 끝까지 걸어갔다가 다시 돌아오면서 찾아보기로 했다. 그러나 그때 뭔가와 부딪쳤다. 나는 재빨리 몸을 돌렸다. 순간 어린 에리크가 얼른 뒤로 물러서며 속삭였다. "촛불 조심해."

"아니, 너야?" 나는 숨이 턱 막혀 말했다. 이게 좋은 건지 나

뻔 건지 당장 판단이 서지 않았다. 그는 그냥 웃을 뿐이었다. 나는 어떻게 해야 할지 막막하기만 했다. 내 손에 들린 촛불이 바람에 흔들려 그가 어떤 표정을 짓고 있는지 알 수가 없었다. 이곳에서 그와 마주친 것은 나쁜 징조 같았다. 하지만 그때 그는 내 쪽으로 다가오며 말했다. "그 여자 초상화는 이곳에 없어. 우리도 그걸 아직 저 위쪽에서 찾고 있어." 그는 목소리를 낮추어가며 움직일 수 있는 한쪽 눈으로 위쪽을 가리키는 시늉을 했다. 다락방을 가리키는 것 같았다. 그러나 순간 이상한 느낌이 들었다.

"우리라고?" 내가 물었다. "그 여자도 위에 있어?"

"응." 그가 고개를 끄덕였다, 내 곁으로 더욱 가까이 와서.

"그 여자도 직접 나서서 찾고 있다고?"

"그래, 우리는 찾는 중이야."

"누가 치웠다는 거야, 그 그림을?"

"그래, 생각해 보면 알 거 아냐." 에리크는 버럭 화를 내며 말했다. 그러나 나는 그 여자가 그 초상화를 가지고 뭘 하려는 건지 종잡을 수가 없었다.

"그 여자는 자기 모습을 보고 싶어 해." 그가 내 귀에 대고 속삭였다.

"아, 그래." 나는 뭘 알아들은 양 대답했다. 순간 그는 내 손에 들려 있던 촛불을 꺼 버렸다. 눈썹을 치켜올리고 불빛 속으로 불쑥 몸을 내미는 그의 모습이 보였다가 다음 순간 주위는 깜깜해졌다. 무심결에 나는 뒷걸음질을 쳤다.

"무슨 짓이야?" 나는 애써 목소리를 억누르며 소리쳤다. 그랬더니 목구멍이 아주 칼칼했다. 그는 대뜸 내 쪽으로 발을 내디디며 내 팔을 잡고 킬킬거렸다.

"왜 그래?" 나는 퉁명스레 받아치며 그를 뿌리치려 했지만, 그는 잡은 손을 놓지 않았다. 팔로 내 목을 휘감는 그를 나는 어쩔 수가 없었다.

"알려 줄까?" 그가 속삭였다. 내 귀에 침이 살짝 튀었다.

"그래, 그래, 어서."

나는 내가 무슨 말을 하고 있는지 전혀 알지 못했다. 이제 그는 나를 완전히 끌어안고는 몸을 쭉 폈다.

"그 여자에게 거울을 가져다줬어." 그는 말하면서 다시 낄낄댔다.

"거울을?"

"그래, 초상화가 없어서 그랬어."

"안 돼, 안 돼." 나는 중얼거렸다.

그는 느닷없이 나를 창 쪽으로 몇 걸음 끌고 가더니 내 팔뚝을 확 꼬집었다. 순간 나는 비명을 질렀다.

"그 여자는 거울에 안 비쳐." 그가 내 귀에 대고 말했다.

나는 무심코 그를 홱 밀쳐 버렸다. 그에게서 뭔가 '뚝' 하는 소리가 났다. 그의 뼈를 부러뜨린 게 아닌가 하는 생각이 들었다.

"저리 비켜, 비키라고." 이번엔 내가 웃음을 참을 수 없었다. "거울에 안 비친다고, 도대체 왜 안 비치는 거야?"

"이런 멍청한 녀석." 그는 화를 내며 대꾸했다. 이제는 속삭이지 않았다. 그의 목소리는 확 바뀌어 있었다. 마치 여태껏 한 번도 선보인 적 없는 새 역할을 시작하려는 듯이. "거울 안에 있다면 말이야." 그는 다 알고 있다는 투로 단호하게 말했다. "이곳에는 없는 거야. 그 반대로 이곳에 있다면 거울 안에 있을 수 없는 거고."

"당연하지." 나는 생각도 하지 않고 얼른 그렇게 대답했다. 혹시라도 안 그랬다가 그가 나를 혼자 두고 가 버릴까 봐 겁이 났기 때문이다. 심지어 나는 그를 붙잡기까지 했다.

"우리 서로 친구 할까?" 내가 제안했다. 그는 제안을 기다렸다는 투였다. "좋을 대로 해." 그가 뻣뻣하게 말했다.

나는 우리 우정의 시작을 어떻게든 표현하고 싶었다. 그러나 선뜻 그를 껴안지 못했다. "에리크." 겨우 그 말만 해놓고 그의 몸 어디를 슬쩍 건드렸을 뿐이다. 갑자기 피곤이 몰려왔다. 사방을 둘러보았다. 어쩌다 내가 이곳까지 왔는지, 왜 무서움을 느끼지 않았는지 영문을 알 수가 없었다. 창문들은 어디 있는지, 초상화들은 또 어디에 있는지 전혀 알 수가 없었다. 그곳에서 나올 때 그가 나를 인도해야 했다.

"저것들은 네게 아무 짓도 안 해." 그는 나를 토닥여 주듯 말하고는 다시 낄낄거렸다.

사랑하는 에리크, 어쩌면 너는 이 세상에서 단 하나뿐인 나의 친구였는지도 모른다. 내겐 다른 친구가 없었거든. 네가 우정을 대단치 않은 걸로 생각해서 유감스러웠다. 안 그랬으면 네게 훨씬 많은 이야기를 해 주었을 텐데. 친구로서 우리는 아마 잘 지냈을 거야. 알 수 없는 일이지만. 네 초상화 작업이 이루어지던 그 시절이 떠오른다. 외할아버지는 사람을 하나 구해서 집에 오게 하여 네 모습을 그렸어. 매일 아침 한 시간씩 그렸지. 그 화가의 얼굴은 이제 기억나지 않아. 이름도 잊었어. 마틸데 브라헤가 틈날 때마다 그 화가 이름을 말했는데도 말이야.

그 화가는 지금 내 눈에 떠오르는 네 모습처럼 그렇게 너를 보았을까? 너는 옅은 자줏빛 벨벳 양복을 입고 있었어. 마틸데 브라헤는 그 양복에 열광했지. 그러나 이제 그건 아무래도 좋아. 다만 그 화가가 너를 잘 보았는지, 그게 궁금할 뿐이야. 그 사람이 참된 화가였다고 가정해 보자. 초상화를 다 완성하기 전에 네가 죽을지도 모른다는 것을 화가는 전혀 염두에 두지 않았다고 가정해 보자. 화가는 자기가 할 일을 감상적인 시각으로 보지 않았다고 가정해 보자. 그냥 자기 작업만 했다고 가정해 보자. 너의 갈색 두 눈이 서로 다른 것을 보고 그가 매료되었다고, 그리고 너의 한쪽 눈이 움직이지 않는 것을 보고도 그가 단 한 순간도 당혹스러워하지 않았다고, 그리고 또 네가 짚고 있는 탁자 위에 네 손 말고는 다른 것을 올려놓지 않게 한 그 정도의 세심함을 그가 가졌었다고 가정해 보자. 필요한 것은 뭐든지 다 가정하고 인정해 보자. 그렇게 해서 그림 하나가 생겨나는 거야, 네 초상화가 말이다, 우르네클로스터 회랑의 마지막 초상화가 말이야.

(회랑을 돌면서 초상화들을 다 보고 나면, 그래도 한 소년의 그림이 남으리라. 잠깐, 이 아이는 누구지? 브라헤 가문 사람 중에 하나군. 검은 바탕에 그어진 은빛 세로줄과 공작의 깃털이 있잖아. 이름도 적혀 있군, 에리크 브라헤라는. 옛날에 처형된 사람* 이름이 에리크 브라헤 아니었던가? 맞아, 우리가 잘 아는 이야기야. 하지만 그 사람은 아닌 것 같아. 이 아이는 언제인지 모르지만, 아무튼 어린 시절에 죽었어. 보면 몰라?)

집에 손님이 찾아와 에리크가 불려 나가고 나면, 마틸데 브라헤 양은 그때마다 그 아이가 나의 외할머니인 브라헤 백작부인을 믿을 수 없을 만큼 꼭 빼닮았다고 말하곤 했다. 사람들 말로, 외할머니는 대단히 당당한 분이셨다고 했다. 나는 외할머니를 한 번도 뵌 적이 없다. 반면에 울스가르의 실질적인 여주인이었던 친할머니에 대해서는 뚜렷이 기억한다. 친할머니는 언제나 그 집의 여주인으로 남았다. 물론 나의 엄마가 수렵관의 아내가 되어 이 집에 들어온 것에 대해 불만이 이만저만이 아니었다. 그 뒤로 할머니는 늘 뒤로 물러난 것처럼 행동했고 사소한 일이 생길 때마다 하인들을 엄마에게 보내 처리하도록 했다. 그러나 정작 중요한 일이 생기면 다른 사람에게 의견을 묻지 않고 차분히 혼자 결정하여 나름대로 처리하곤 했다. 엄마로서는 별다른 요구가 없었던 것 같다. 사실 엄마는 큰살림을 꾸려 나갈 만한 재주가 없었다. 무엇이 중요하고 무엇이 중요하지 않은 일인지를 구별할 줄 몰랐다. 사람들이 무슨 이야기를 하면 엄마는 늘 그것을 전부로 여겼으며 그 밖에도 고려할 만한 다른 것이 있다는 사실을 잊었다. 엄마는 한 번도 시어머니에 대해 불평을 하지 않았다. 그런데 사실 누구를 붙잡고 불평을 늘어놓을 수 있었겠는가? 아버지는 매우 예의 바른 아들이었고, 할아버지는 말수가 아주 적으신 분이었으니.

나의 기억이 미치는 한, 친할머니 마르가레테 브리게 부인은 언제 봐도 키가 크고 범접하기 힘든 노인이었다. 내 생각으로는 그녀가 남편인 시종장보다 훨씬 늙었던 것 같다. 그녀는 우리와 함께 살았지만, 아무에게도 배려 같은 것은 할 줄 몰랐다. 그녀는 우리 누구에게도 기대지 않았으며, 말벗 삼아 옥세백작의 나이 든 영애와 함께 지냈다. 그녀는 아마도 언젠가 백작의 영애에게 자비를 베풀어서 한없는 고마움을 느끼게 해 준 것 같다. 아마도 그것이 유일한 예외였을 것이다. 왜냐하면 그녀는 남에게 선행을 베푸는 성격이 아니었기 때문이다. 그녀는 아이들을 좋아하지 않았으며 짐승도 가까이하려 하지 않았다. 그녀가 다른 무엇을 사랑했는지는 잘 모르겠다. 들리는 얘기로는, 그녀가 아직 어린 처녀였을 때 잘생긴 펠릭스 리크노브스키 후작과 약혼했는데, 나중에 그는 프랑크푸르트에서 잔인하게 죽임을 당했다고 한다.* 그리고 실제로 그녀가 죽은 뒤 그녀의 유품에서 그 후작의 초상화가 발견되었으며, 내 기억이 틀리지 않다면 그의 가족에게 돌려보내졌다. 지금 와서 생각해 보면, 해가 지날수록 울스가르의 삶이 되어 버린 은둔적인 시골 생활을 하느라 어쩌면 그녀는 다른 삶, 즉 본디 그녀의 것이라 할 수 있는 화려한 삶을 놓쳐 버렸는지도 모른다. 그 때문에 그녀가 서글퍼 했는지는 말하기 힘들다. 어차피 그런 삶이 자신에게 주어지지 않았으므로, 즉 자신의 수완과 재능으로 그런 생을 누려 볼 기회가 주어지지 않았으므로 어쩌면 그녀는 그런 삶을 경멸했을지도 모른다. 그녀는 이 모든 것을 가슴속 깊이 파묻고, 그 위에 여러 겹의 껍질을 씌웠다. 깨지기 쉽고 약간은 금속처럼 반짝이는 수많은 껍질을 씌웠는데, 그 맨겉껍질은 늘 차갑고 새로워 보였다. 물론 가끔 그녀는 남들로부터 많은 주목을 받지 못한다는 느낌이 들면 어린애처럼 순진하게 자신의 속마음을 드러내 보이기도 했다. 나도 함께했던 시절, 그녀는 식사 중에 갑자기 별나고도 요란스레 사레가 들리곤 했는데 그렇게 함으로써 모든 사람의 주목을 받고 또 적어도 그 순간만큼은 사람들의 이목을 끄는 흥미로운 주인공이 될 수 있었다. 그녀는 아마도 큰 무대에 이런 모습으로 등장하고 싶었을 것이다. 그러나 돌이켜 보건대, 무시로 벌어지는 이런 우연한 사태를 진지하게 받아들인 분은 유일하게 아버지뿐이었던 것 같다. 아버지는 정중하게 머리를 숙여 그녀를 바라보았고, 그때 우리는 그가 마음속으로 자신의 정상적인 기도(氣道)를 그녀에게 쓰도록 내어 주는 것 같은 느낌을 받았다. 물론 시종장인 할아버지도 이내 식사를 멈추었다. 할아버지는 포도주만 한 모금 마실 뿐, 이러쿵저러쿵 아무 말도 하지 않았다.

할아버지는 식사 중에 딱 한 번, 아내와의 대화에서 자신의 의견을 고수한 적이 있다. 아주 오래전의 일이지만, 그 이야기는 사람들의 입에서 입으로 악의적으로, 그리고 몰래 전해졌다. 그 이야기를 아직 듣지 못한 사람들이 거의 대부분이었다. 잘못해서 식탁보에 흘린 포도주로 생긴 얼룩을 가지고 시종장의 부인이 극히 흥분하던 시절이 있었으며, 어떤 이유로 생겼든 간에 그 얼룩은 그녀의 눈에 띄었고, 그에 대해 당사자는 엄청난 잔소리를 들어야 했다. 명사들을 여럿 초대한 자리에서도 그런 일이 벌어졌다. 그녀는 무심코 생긴 얼룩 몇 개를 가지고 과장해 가며 잘못 운운하고 비아냥거렸으며, 할아버지가 슬쩍 손짓을 하거나 농담을 던져 주의를 주었지만 꿈쩍도 안 하고 계속해서 잔소리를 퍼부었다. 이제 하는 수 없이 그녀의 말을 멈추게 하는 수밖에 없었다. 다시 말해 예전에 한 번도 본 적도 없고 납득할 수도 없는 일이 벌어졌다. 시종장은 테이블 주위를 돌며 붉은 포도주를 따르던 하인에게 병을 달라고 하더니 아주 조심스레 자기 잔을 직접 채우기 시작했다. 그러나 놀랍게도 그는 잔이 이미 오래전에 가득 찼는데도 따르는 것을 멈추기는커녕 주위에 침묵이 깊어 가는 가운데 천천히 아주 차분하게 계속해서 포도주를 따랐다. 마침내 참지 못하는 성미를 가진 엄마가 웃음을 터뜨렸고, 그렇게 해서 그 일을 그냥 웃음거리 정도로 만들어 버렸다. 그제야 모두 안도하며 함께 웃었다. 그리고 시종장은 올려다보며 포도주 병을 하인에게 건넸다.

나중에 할머니는 또 다른 이상한 버릇을 갖게 됐다. 그녀는 집 안에서 누군가가 아픈 꼴을 보지 못했다. 언젠가 요리사가 칼에 손을 베인 적이 있었는데 손에 붕대를 감은 요리사를 우연히 본 할머니는 온 집안에서 요오드포름 냄새가 난다고 난리를 쳤다. 그 정도 일로 사람을 내보낼 수는 없다고 설득했지만, 할머니는 막무가내였다. 할머니는 병을 떠올리게 만드는 것은 뭐든 다 싫어했다. 할머니 앞에서 누가 부주의하게 몸이 아프다 뭐다 하면 할머니는 그것을 자신에 대한 모욕으로 받아들이고 오랫동안 마음에 담아 두었다.

엄마가 돌아가시던 그 가을에 시종장 부인은 조피 옥세와 함께 방 안에 틀어박혀 우리와의 관계를 끊어 버렸다. 아들조차도 받아 주지 않았다. 사실 엄마가 돌아가신 시점은 별로 좋지 않았다. 방 안은 추웠으며 난로에서는 연기가 났고 쥐들은 집 안으로 처들어왔다. 이런 것들로부터 안전한 곳은 아무 데도 없었다. 그러나 이것 때문만은 아니었다. 마르가레테 브리게 부인이 분노한 것은 엄마가 죽어 가고 있다는 사실 때문이었다. 즉 자신이 말조차 하기 싫어했던 일이 현안이 되어 있고, 자기도 죽기야 하겠지만 아직 죽을 때가 언제가 될지 모르는 판국인데, 젊은 사람이 자기보다 훨씬 먼저 간다는 사실에 분노한 것이다. 자기도 언젠가는 죽을 수밖에 없다는 것을 할머니는 늘 생각했다. 그러나 쫓기듯 가고 싶지는 않았다. 그녀는 가고 싶을 때 갈 것이다. 그리고 그녀가 가고 나면 서둘러 가든 말든 그것은 다들 마음대로 하면 그만일 것이다.

할머니는 엄마의 죽음에 대해 우리를 결코 용서하지 않았다. 어쨌든 할머니는 그 겨울 동안 급격히 늙어 버렸다. 걸을 때는 아직 몸이 꼿꼿했지만, 안락의자에 앉아 있을 땐 기력이 쇠잔해 보였다. 그리고 청력도 갈수록 안 좋아졌다. 할머니 앞에 앉아 몇 시간 동안 뚫어져라 쳐다보아도 할머니는 전혀 느낌이 없었다. 할머니는 자신의 안쪽 어딘가에 들어가 있는 것 같았다. 할머니는 이제 아주 가끔, 그것도 잠시만, 이제는 사는 이 없어 텅 비어 있는 자신의 감각 안으로 돌아오곤 했다. 그때마다 할머니는 자신의 어깨에 숄을 얹어 주고 있던 백작의 영애에게 무슨 말인가를 하고는, 바닥에 물이 엎질러져 있거나 아니면 우리가 너무 지저분해 보여서 그러는 듯 방금 씻은 큰 손으로 옷매무새를 정돈했다.

할머니는 봄이 오고 있던 어느 날 밤, 시내에서 눈을 감았다. 조피 옥세는 방문을 열어 놓은 채 있었지만, 아무 소리도 듣지 못했다. 다음 날 아침에 할머니가 발견되었을 때, 할머니의 몸은 유리처럼 싸늘했다.

곧바로 시종장의 엄청나고도 무시무시한 병이 시작되었다. 마치 그녀의 죽음을 기다렸던 것처럼 나름대로 자신의 죽음을 거칠 것 없이 죽을 수 있기 위하여.

아벨로네가 처음으로 나의 주목을 받게 된 것은 엄마가 세상을 뜬 다음 해였다. 아벨로네는 늘 함께 있었다. 그 자체가 그녀에게는 큰 의미가 있었다. 아벨로네는 내게 호감형은 아니었다. 무엇 때문이었는지는 몰라도 아무튼 나는 한참 전에 그런 느낌을 받았고, 그 뒤로 내 생각을 한 번도 진지하게 되새겨 보지 않았다. 아벨로네에게 그녀의 사정을 물어보는 것도 그땐 우스꽝스럽게 여겨졌다. 아벨로네는 우리 집에 늘 있었고, 사람들은 그녀를 마음껏 부려 먹었다. 그러나 불현듯 어느 날 나는 스스로에게 물었다. 아벨로네는 왜 우리 집에 있는 걸까? 우리 집에 있는 사람들은 누구나 — 옥세 양처럼 현실적 쓸모가 분명한 경우도 있지만 — 나름대로 존재의 이유를 갖고 있었다. 그러나 아벨로네는 왜 이곳에 있는 걸까? 한동안은 이런 얘기가 돌기도 했다. 그녀를 좀 쉬게 해야 한다고. 그러나 그런 말은 곧 잊히고 말았다. 아벨로네가 쉴 수 있도록 도와준 사람은 아무도 없었다. 그녀 자신도 쉬고 있다는 느낌은 전혀 주지 않았다.

아무튼 아벨로네에게는 장점이 한 가지 있었다. 즉 그녀는 노래를 했다. 그녀가 노래를 부르던 때가 있었다는 말이다. 그녀 안에는 강렬하고 흔들림 없는 음악이 있었다. 만약 천사가 남성이라는 말이 사실이라면, 그녀의 목소리에는 정말로 남성적인 것이 들어 있었다. 찬란하게 빛나는 천상의 남성다움이. 나는 어렸을 때부터 음악에 대해 매우 미심쩍어했지만(음악이라는 것이 나를 이 세상의 그 어떤 것보다 훨씬 높은 곳으로 이끌어 주기는커녕 나를 전에 있던 곳에 다시 내려 주지 않고 저아래 어딘가 미완의 중심부에다 내려놓는다는 것을 깨달았기 때문이다) 그래도 그녀의 음악은 참을 수 있다. 그녀의 음악은 나를 높이, 더 높이 이끌고 올라갔다, 마침내 이쯤이면 벌써 하늘나라에 도착하지 않았을까 하는 생각이 들 만큼. 아벨로네가 나를 위해 또 다른 천국의 문을 열어 주리라곤 꿈에도 생각하지 못했다.

초반에 우리의 관계는 아벨로네가 엄마의 처녀 시절 이야기를 들려주는 것으로 시작되었다. 그녀는 엄마가 그 시절에 얼마나 용감하고 팔팔했었는지 알려 주려고 열을 내서 말했다. 그녀의 확신에 따르면, 그 시절에 춤이나 승마에서 엄마를 따라올 사람은 아무도 없었다. "엄마는 모든 처녀 중에서 가장 용감했고 지칠 줄 몰랐어. 그런데 갑자기 결혼을 한 거야." 아벨로네는 세월이 그렇게 많이 흘렀는데도 아직도 믿기지 않는다는 투로 말했다. "전혀 예상치 못한 일이라 모두 어안이 벙벙했어."

나는 아벨로네가 무슨 이유로 결혼을 안 했는지 알고 싶었다. 내 눈에 그녀는 나이가 꽤 들어 보였으므로 지금이라도 결혼할 수 있을 거라고는 생각지 않았다.

"남자가 없었던 거지." 그냥 그렇게 말하는 그녀의 모습이 너무나 아름다웠다. 아벨로네가 아름답다고? 나는 스스로 놀라 되물었다. 그러던 중 나는 집을 떠나 귀족 학교에 입학했고, 내 인생에 난감하고 고통스러운 시기가 시작되었다. 그러나 소뢰에서 다른 아이들과 떨어져 창가에 서 있거나 아이들이 나를 조용히 내버려둘 때면, 나는 창밖의 나무를 바라보았고, 그런 순간이나 밤이면 내 안에서 아벨로네가 아름답다는 확신이 자라나곤 했다. 그리고 나는 아벨로네에게 편지를 쓰기 시작했다. 짧거나 긴, 그리고 많은 비밀스러운 편지를 써서 울스가르 이야기나 나의 불행한 삶 이야기를 담았다. 그러나 지금 와서 보니 그것은 연애편지였다. 왜냐하면 처음엔 절대 올 것 같지 않았던 방학이 드디어 시작되었고, 그때 이제 다른 사람들이 있는 곳에서는 만나지 말자는 약속을 한 것 같은 느낌이 들었기 때문이다.

우리 사이에 약속 같은 것은 애당초 없었다. 그러나 마차가 정원으로 들어서자 나는 마차에서 굳이 내리고야 말았다. 낯선 사람처럼 마차를 타고 안에까지 가고 싶지 않았기 때문이다. 여름도 벌써 절정에 달해 있었다. 나는 한쪽 길을 택해 빠른 걸음으로 금사슬나무를 향해 갔다. 그런데 그곳에 아벨로네가 있었다. 아름답고, 아름다운 아벨로네.

당신이 나를 바라보던 그 순간을 내 어찌 잊을 수 있을까. 당신이 눈길을 들고 있던 그 모습, 마치 아직 채 굳지 않은 뭔가를 뒤로 젖힌 얼굴에 담고 있듯.

아아, 기후가 조금은 바뀌지 않았을까? 우리들의 온기로 울스가르 주위가 좀 온화해지지 않았을까? 정원 군데군데 서 있는 장미들도 이제는 좀 더 오래 피어 있지 않을까, 12월이 지나서까지?

나는 당신에 대해 아무 이야기도 하지 않을 거야, 아벨로네. 우리가 서로를 속였기 때문도 아니고, 또 당신이 한 남자를 사랑하여 그 사람을 절대 잊지 못하고 있는데, 사랑하는 이여, 나는 모든 여인을 사랑하고 있기 때문도 아니야. 오히려 말을 하다 보면 많은 것을 망치기 때문이야.

여기 양탄자가 있어, 아벨로네. 벽걸이 양탄자*야. 나는 당신이 이곳에 와 있다고 상상해. 이건 여섯 폭짜리 양탄자야. 자, 천천히 거닐면서 둘러보기로 해. 하지만 뒤로 한 걸음 물러나서 전체를 한 번에 봐야 해. 참으로 평화롭지, 안 그래? 양탄자 그림이 그리 요란스럽지는 않아. 양탄자마다 똑같은 둥글고 푸른 섬이 있군. 약간 붉은빛 바탕에 떠 있어. 바탕에는 꽃들이 만발해 있고 자기들 일로 바쁜 작은 동물들이 살고 있어. 다만 저기 마지막 양탄자에만 무게가 가벼워진 듯 섬이 약간 솟아 있어. 섬마다 늘 똑같은 인물이 있군. 옷을 다르게 입은 여자인데, 하지만 같은 사람이야. 가끔 그 여자 옆에 좀 더 작은 인물이 있는데, 하녀인 듯싶어. 그리고 문장을 들고 있는 짐승들이 있어. 섬 안에서 각자 맡은 역할을 하고 있어. 왼쪽의 것은 사자이고, 오른쪽의 밝은 것은 일각수야. 이들은 똑같은 깃발을 들고 있어. 그들 머리 위로 나부끼는 깃발엔 붉은 바탕에 푸른 띠가 있고, 은빛 달이 떠오르고 있어. 잘 봤어? 그러면 첫 번째 양탄자부터 시작할까?

여인은 매에게 모이를 주고 있어. 여인의 의상이 아주 화려하네. 매는 장갑 낀 그녀의 손등에 앉아 움직이고 있어. 여인은 매를 바라보며 하녀가 가져온 접시에 손을 뻗어 매에게 모이를 주려 하고 있어. 오른쪽 아래, 여인의 치맛자락에는 비단 같은 털의 조그만 개가 앉아서 자기를 잊지 말라는 듯한 표정으로 올려다보고 있어. 그리고 당신도 보았어? 섬의 저 뒤편에 나지막한 장미 울타리가 쳐져 있는 것을. 문장을 들고 있는 짐승들은 문장의 그림처럼 뒷다리로 우뚝 서 있어. 문장이 짐승들의 몸을 외투처럼 감싸고 있고, 외투는 아름다운 브로치로 여며져 있어. 바람이 불어.

골똘히 생각에 잠겨 있는 여인의 모습을 보는 순간, 우리는 다음 양탄자를 향해 가며 자기도 모르게 발걸음 소리를 죽이게 돼. 여인은 화환을 엮고 있어. 꽃들을 가지고 작고 둥근 화환을 엮고 있어. 여인은 하녀가 내밀고 있는 평평한 쟁반에서 다음에 쓸 패랭이꽃의 색깔을 생각하는 중이야. 그러면서 먼저 고른 것을 화환에 엮어 넣고 있어. 뒤편 벤치 위에는 장미가 가득한 바구니가 아직 건드리지 않은 채로 있어. 원숭이가 그것을 발견한 모양이야. 이번에는 패랭이꽃을 쓸 차례인가 보군. 사자는 이제 별 관심이 없지만, 오른편의 일각수는 다 아는가 봐.

이러한 고요 속에서는 음악이 흘러야 하지 않을까? 저곳엔 음악이 벌써 부드럽게 번진 것 같지 않아? 여인은 무겁고 차분한 장식을 한 차림으로 오르간을 향해 발걸음을 옮겨 (저 느릿한 발걸음을 봐) 서서 이동용 오르간을 연주하고, 그 사이에 파이프들을 두고 떨어져 하녀는 송풍기를 열심히 돌리고 있어. 여인의 모습이 저렇게 아름다웠던 적이 있을까. 머리는 신기하게도 두 갈래로 땋아서 앞으로 당겨 머리 장식 위에서 멋지게 묶어 놓아, 양쪽 머리끝이 묶은 매듭 위로 마치 짧은 투구 깃처럼 솟아 있어. 사자는 시큰둥한 표정으로 마지못해 음악 소리를 참으며 포효를 삼키고 있어. 그러나 일각수는 마치 파도를 타는 듯 아름다운 모습이야.

이번엔 섬이 확 트여 있어. 천막이 하나 쳐져 있군. 푸른 다마스크 직물에 금실 불꽃 문양이야. 짐승들이 천막을 걷어 올리면, 화려한 의상을 입고도 소박한 모습으로 여인이 앞으로 걸어 나오지. 그 여인에 비하면 진주 목걸이가 뭐란 말이야. 하녀는 작은 보석함을 열어 놓았고, 여인은 거기서 목걸이를 하나 집어 들어. 늘 숨겨 두었던 묵직하고 예쁜 목걸이야. 여인 옆에서는 작은 개가 이미 마련되어 있는 자리에 올라가 그 모습을 바라보고 있어. 천막 위쪽 가장자리에 적혀 있던 말을 보았어? 거기엔 이런 말이 있어. '나의 유일한 소망을 위하여.'

어쩐 일일까. 저 아래 작은 토끼는 왜 뛰어다니는 걸까. 왜 그걸 보자마자 뛰어다닌다고 생각해? 모든 것은 보기 나름이야. 사자는 할 일이 없어. 여인은 몸소 깃발을 들고 있어. 아니면 여인이 깃발에 기대어 있는 건가? 여인은 반대편 손으로는 일각수의 뿔을 잡고 있어. 이게 슬픔인가? 슬픔이 이렇게 꼿꼿할 수 있을까. 상복(喪服)이 이렇게 말이 없을 수 있나, 군데군데 색이 바랜 이 검고 푸른 벨벳처럼?

그러나 아직 축제가 하나 남아 있어. 아무도 축제에 초대받지 못했어. 기대한들 아무 소용 없어. 이미 모든 게 다 있으니까. 모든 게, 영원히. 사자는 위협적인 눈초리로 주위를 살피고 있어. 아무도 못 들어오게 할 작정이야. 우리는 피곤해하는 여인의 모습을 본 적이 없어. 그녀는 피곤한 걸까, 아니면 뭔가 무거운 걸 들고 있어서 앉아 있는 걸까? 성체 현시대(聖體顯示臺)를 들고 있을지도 몰라. 그러나 여인은 일각수 쪽으로 반대편 팔을 기울이고 있어. 그리고 그 짐승은 아양을 떨듯 뒷다리로 서서 몸을 세우고 그녀의 품에 앞발을 얹고 있어. 여인이 손에 들고 있는 것은 거울이야. 당신도 보고 있지? 여인은 일각수에게 제 모습을 보여 주고 있는 거야.

아벨로네, 나는 당신이 이곳에 와 있다고 상상해. 이해하겠어, 아벨로네? 당신은 이해해야 해.

지금은 「여인과 일각수」 태피스트리가 부사크*성(城)에 걸려 있지 않다. 이제 뭐든 집에서 치워지는 시대가 되었다. 집이 뭔가를 붙들고 있기는 힘들다. 위험이 안전보다 더 안전한 것이 된 시대다. 델레 비스테* 가문 중 이 시대를 살면서 그 양탄자를 핏속에 갖고 있는 사람은 없다. 모두가 떠났다. 이제 당신의 이름을 부르는 사람은 없다, 피에르 도뷔숑,* 유서 깊은 가문 출신의 위대한 기사단 단장이여, 당신의 뜻에 따라 모든 것을 찬양하지만 아무것도 드러내지 않는 그림들이 양탄자로 짜였던 것 같다. (아, 그렇다, 시인들은 예전부터 이 양탄자와는 얼마나 다르게 여인들에 대해 썼던가, 자기들 생각대로 표현하려 했다. 분명 우리는 표현된 것 이상의 것을 알면 안 되었다.) 우리는 우연히 그 양탄자 앞에 서 있는 사람들 사이에 있다가 초대받지 않았음을 깨닫고 깜짝 놀란다. 하지만 그곳엔 다른 사람들도 있지만, 그들은 그냥 지나쳐 간다. 젊은이들은 거의 발걸음을 멈추지 않는다. 이런 물건들을 보며 이런저런 특징을 알아 두는 것이 전공 공부에 꼭 필요하지 않다면 말이다.

　물론, 젊은 처녀들이 가끔 발걸음을 멈추고 서 있는 것을 볼 수 있다. 박물관에는 이젠 아무것도 붙잡아 두지 않는 집을 떠나온 젊은 처녀들이 많이 와 있기 때문이다. 이들은 이 양탄자 그림들 앞에 서서 자신을 조금 잊는다. 옛날에는 결코 완전히 드러나지 않는 느긋한 몸짓의 이처럼 부드러운 삶이 존재했음을 그들은 언제나 느껴 왔다. 그리고 한때 그들의 삶도 그렇게 될 것이라고 생각했던 기억을 어렴풋이 떠올린다. 그러나 다음 순간 그들은 얼른 노트를 꺼내 스케치를 하기 시작한다. 그게 꽃이든, 아니면 즐거워하는 어린 동물이든 상관없다. 무엇이든 상관없다고 누군가가 미리 말해 준 것 같다. 그리고 사실 그런 건 전혀 상관없다. 다만 그린다는 사실, 그것이 중요하다. 왜냐하면 바로 이것을 위해 이들은 어느 날 잡고 있던 손을 뿌리치고 집을 떠났기 때문이다. 이들은 훌륭한 집안 출신의 여성들이다. 그러나 이들이 그림을 그리다가 팔을 올릴 때면 드레스의 등 단추 몇 개가 채워져 있지 않거나 아예 다 채워져 있지 않다는 게 드러난다. 그들의 손이 닿지 않는 단추가 한두 개 있다. 왜냐하면 이 옷을 만들 때만 해도 이들이 느닷없이, 그것도 혼자서 집을 나갈 줄은 아무도 몰랐기 때문이다. 집에 있으면 단추 채우는 일을 도와줄 사람이 늘 있다. 그러나 맙소사, 이곳, 이런 대도시에서 누가 그런 수고를 해 줄까. 여자 친구가 하나 있어야 한다. 그러나 여자 친구도 상황은 똑같을 테니 서로 옷 입는 것을 도와주어야 한다. 이것도 참 웃기는 일이고, 떠올리고 싶지 않은 가족 생각만 나게 할 뿐이다.

이들이 그림을 그리면서 가만히 있었더라면 좋았을 것이라는 생각을 하지 않았을 리는 없다. 그냥 하느님만 믿으며 얌전하게 있을 것을, 남들처럼 진정으로 신앙심 깊게 하느님을 믿으며 얌전하게 있을 것을. 그러나 그런 것을 함께한다는 것은 너무나 바보 같은 일이었다. 길이 더 좁아져서 이제 가족들이 함께 신에게 나아갈 수 없다. 따라서 이제는 궁지에 처했을 때 나눌 수 있는 것들이 몇 가지밖에 남지 않았다. 그러나 진정으로 나누면 개인에게 돌아가는 몫이 너무 적어서 치욕스러울 때가 있다. 나눌 때 속이는 일이 있으면 싸움이 벌어졌다. 아니, 이럴 바에야, 뭘 그리든 그림을 그리는 편이 훨씬 좋다. 때가 되면 다 비슷하게 그릴 수 있는 법이다. 예술이란 것은 이렇게 아주 느긋하게 익혀야 끝에 가서 남의 부러움을 살 만한 것이 된다.

그리고 이 젊은 처녀들은 지금 자신들이 시작한 일에 흠뻑 빠져 있어 잠시도 다른 쪽에 눈길을 주지 않는다. 아무리 이렇게 스케치를 해 보았자, 사실 그들은 자신들 안의 불변의 삶을 억누를 뿐이다. 그 불변의 삶은 지금 그들 앞에 있는, 양탄자에 짜 넣은 그림들 속에 뭐라 말로 표현할 수 없는 화려한 모습으로 찬란하게 펼쳐져 있다. 불변의 삶을 억누를 뿐이라는 것을 그들은 깨닫지 못한다.

그러나 그들은 이 사실을 믿으려 하지 않는다. 이제, 세상의 많은 것이 달라졌으니, 그들도 바뀌고 싶어 한다. 그들은 스스로를 포기하려는 지경까지 이르렀다. 즉 그들은 스스로를 그들이 없는 자리에서 이러쿵저러쿵 떠들어 대는 남자들의 입방앗감 정도로 여기려 한다. 그들은 이런 것을 진보라고 생각하는 것 같다. 그들은, 인간이란 쾌락을 추구하고 또 추구하는 존재로, 인간은 갈수록 더욱 강렬한 쾌락을 추구하며, 멍청하게 삶을 잃지 않으려면 쾌락에서 인생을 찾아야 한다고 거의 철석같이 믿고 있다. 그들은 이미 주위를 두리번거리며 뭔가 찾기 시작했다. 그들의 장점이라면 남들한테 발견되는 것인데.

아마 이제 이들이 지쳐서 그런 것 같다. 이들은 수 세기에 걸쳐 완전한 사랑을 실천해 왔으며, 늘 대화에서 두 몫을 충실히 맡아서 해 왔다. 남자는 늘 이들이 한 말을 반복하기만 했고 그마저도 형편없었다. 그리고 남자는 이들에게 사랑을 배우는 일을 어렵게 하였으니, 그것은 남자의 산만함과 태만함, 그리고 태만의 일종인 질투 때문이었다. 그러나 이에 아랑곳하지 않고 이들은 밤낮으로 참고 견디며 사랑과 고통을 키워 나갔다. 그래서 이들 중에서 한없는 고통을 받는 가운데 힘찬 사랑의 여인들이 출현했다. 이들은 남자를 부르면서 남자를 초월했다. 남자가 돌아오지 않으면 이들은 남자를 넘어서 성장했다. 가스파라 스탐파*나 포르투갈 여인*이 그들이다. 이들은 자신들의 고통이 준엄하고도 차가운 무한한 영광으로 급변할 때까지 멈추지 않았다. 우리가 이 여인 또는 저 여인에 대해 알 수 있는 것은 기적처럼 보존된 편지들이나, 원망과 한탄을 노래한 시들이나, 화가가 뭔지도 모르고 그렸겠지만, 회랑에 가면 눈물 사이로 우리를 바라보고 있는 초상화들 덕분이다. 그러나 그런 여인들은 셀 수 없이 많았다. 편지를 태워 버린 여인들도 있었고, 편지를 쓸 기력조차 소진한 여인들도 있었다. 이제는 몸이 굳어 버렸지만, 가슴속에 아름다움의 씨앗을 숨겨 놓은 노파들, 멋없고, 강해진 여인들, 탈진하여 강해진 여인들, 자신들의 남자들과 비슷해졌지만, 어둠 속에서 사랑의 꽃을 피웠던 가슴속의 그곳만은 남자들과 전혀 다른 여인들. 아이를 갖지 않겠다고 했지만, 아이를 갖게 된 여인들, 그러다 결국 여덟 번째 아이를 낳다가 죽은 여인들, 이들에게도 사랑을 열망하던 소녀들의 몸짓과 가벼움이 깃들어 있었다. 그리고 폭력적인 남자들이나 술주정뱅이들과 함께 있어도 마음속으로는 그들로부터 이 세상의 그 어느 곳보다도 더 멀리 있을 줄 아는 법을 터득한 여인들. 이 여인들은 사람들 틈에 있어도 그 사실을 감추지 않았고, 마치 명복을 받은 사람들과 늘 함께하는 듯 빛을 발했다. 그런 여인들의 숫자가 얼마나 되었는지, 그 여인들의 이름이 뭐였는지 누가 알 수 있을까. 이 여인들은 자신들이 담길 말들을 미리 다 폐기해 버린 것 같다.

그러나 지금은 많은 것이 변하고 있으니, 우리가 스스로 변화해야 할 시점이 아닌가? 우리를 조금이라도 발전시키면 어떨까, 그렇게 해서 사랑에서 우리가 맡아야 할 몫을 천천히 짊

어지면 어떨까? 우리는 모두 사랑의 고통을 면제받았다. 그러다 보니 우리에게 사랑은 우리의 기분 전환 속으로 끼어들었다. 이것은 마치 아이의 장난감 상자에 진짜 레이스 한 조각이 떨어져 처음에는 기쁨을 주다가 차츰 시들해져 결국 깨지고 잘린 장난감들 사이에 남아 아주 흉한 모습이 되는 것과 같다. 우리는 모두 풋내기처럼 값싼 향락에 물들어 이 분야의 대가라는 평판을 듣고 있다. 그러나 지금까지의 성공을 무시해 버리면 어떨까? 우리가 항상 받기만 했던 사랑의 작업을 이제 완전히 처음부터 배워 보는 것은 어떨까? 지금은 많은 것이 변하고 있으니, 처음으로 돌아가서 초보자가 되는 것은 어떨까?

이제 와서 생각해 보면, 엄마가 작은 레이스 조각들을 펼칠 때 그것이 무슨 뜻이었는지 알 것 같다. 그러니까 엄마는 잉게보르크가 쓰던 책상 서랍 중 하나를 사용하기 시작했던 것이다.

"말테야, 레이스들 좀 구경해 볼까." 엄마는 그렇게 말하면서 노랗게 래커 칠이 된 서랍 안의 물건들을 몽땅 선물로 받기라도 한 것처럼 기뻐했다. 그때마다 엄마는 가슴이 설레어 비단 포장지를 차마 풀지 못했다. 그때마다 내가 그 일을 떠맡아야 했다. 그러나 레이스가 보이기 시작하면 나 또한 흥분을 감추지 못했다. 레이스 조각들은 나무 막대에 둘둘 말려 있었는데, 레이스 때문에 나무 막대는 보이지 않았다. 우리는 레이스 조각들을 천천히 풀어내면서 앞에 펼쳐지는 문양들을 바라보다가 레이스 하나가 끝날 때마다 약간 움찔하곤 했다. 레이스 조각들은 그렇게 느닷없이 끝나 버리곤 했다.

맨 처음에 나온 것은 이탈리아식 세공의 레이스 끄트머리로 드론워크* 기법을 사용한 튼튼한 조각들이었다. 모든 것이 지속적으로 반복되는 모양이 마치 농가의 정원처럼 선명해 보였다. 우리의 시선에 베네치아 수제 레이스로 줄줄이 격자 창살이 쳐졌다. 마치 우리가 수도원이나 감옥이 된 것 같았다. 그러나 다음 순간 우리의 눈은 다시 자유로워져 정원 안쪽까지 들여다볼 수 있었다. 정원은 점점 더 인위적으로 변해 갔다. 그러다가 마치 온실에 들어온 것처럼 우리 눈에는 모든 것이 빽빽하고 따뜻하게 느껴졌다. 우리에게 낯선 화려한 식물들은 어마어마한 잎사귀를 펼쳐 놓고 있었고, 덩굴들은 어지러운 듯 서로 손을 잡고 있었다. 그리고 푸앵 달랑송 레이스의 만개한 커다란 꽃들은 주위를 꽃가루로 뒤덮었다. 갑자기 피곤하고 정신이 혼미해져 우리는 발랑시엔 레이스의 긴 거리로 나섰다. 겨울, 이른 아침, 서리가 내려 있었다. 뱅슈의 눈 덮인 덤불을 헤치며 앞으로 나아가자, 전인미답의 장소가 나타났다. 나뭇가지들은 기이한 모습으로 늘어져 있었고, 아래쪽엔 무덤이 하나 있는 것 같았다. 그러나 그것을 우리는 서로 모르는 척했다. 추위가 점점 뼛속으로 파고들었다. 그러다 마침내 우리가 작고 아주 섬세한 보빈 레이스에 이르렀을 때 엄마가 말했다. "얘야, 이러다가 눈에 성에가 끼겠구나." 그건 정말이었다. 우리의 마음이 따뜻했기 때문이다.

레이스를 다시 감으면서 우리는 한숨을 내쉬었다. 정말 지루하기 짝이 없는 일이었다. 그래도 그 일을 남에게 맡기고 싶지는 않았다.

"이걸 다 우리가 직접 만들어야 한다고 생각해 보거라." 엄마가 말했다. 엄마는 생각만 해도 섬뜩한 모양이었다. 나는 전혀 감이 오지 않았다. 그때 나는 불현듯 쉬지 않고 레이스를 짜서 그 대가로 목숨을 유지했던 조그만 짐승들의 모습을 떠올렸다. 아니다, 레이스를 뜬 것은 물론 여인들이었다.

"이 레이스를 짠 여자들은 틀림없이 천국에 갔을 거예요." 존경하는 마음에서 나는 그렇게 말했다. 지금도 기억나는데, 그 말을 하는 순간 내가 천국에 대해 묻지 않은 지 오래되었다는 생각이 스쳤다. 엄마는 이제 깊은숨을 들이마셨다. 드디어 레이스 조각들을 다 감았기 때문이다.

잠시 후 내가 그 말을 잊어버리고 있을 즈음에 엄마는 아주 띄엄띄엄 말했다. "천국? 그래, 그 사람들은 반드시 천국에 가 있을 거야. 여기 이 레이스를 보려무나. 아무래도 인간의 영원한 구원을 말해 주는 것 같지 않니? 그래도 다 알 수는 없는 일이야."

우리 집에 손님들이 올 때마다 슐린 씨네 가족이 허리띠를 졸라매고 있다는 말이 나왔다. 몇 년 전 오래된 저택이 불에 타는 바람에 그들은 지금 비좁은 두 행랑채에서 지내며 절약 생활을 하는 중이었다. 그러나 손님들을 맞이하는 일은 그 집안의 내력이었다. 그들은 그 일만큼은 포기할 수 없었다. 우리 집에 뜻밖에 손님이 찾아오면 십중팔구는 슐린 씨 집에 들렀다가 오는 것이었다. 우리 집 손님이 갑자기 시계를 보고는 놀라서 떠나면 그것은 분명 뤼스타거*의 슐린 씨 집에서 기다리고 있기 때문이다.

그 당시 엄마는 더 이상 바깥나들이를 하지 않았는데, 슐린 씨네 입장에서는 이해할 수 없는 일이었다. 그래서 하는 수 없이 한 번 그 집을 방문하기로 했다. 12월, 때 이른 눈이 두세 차례 내리고 난 어느 날이었다. 썰매는 세 시에 오기로 되어 있었다. 나도 함께 가야 했다. 그러나 우리 집에서는 절대 정각에 출발하는 법이 없었다. 엄마는 마차가 왔다는 말을 전해 듣는 것을 싫어했기 때문에 대개 일찌감치 아래층으로 내려갔다. 그러나 밑에 아무도 없으면 엄마는 벌써 오래전에 했었어야 할 일을 떠올리고는 위층 어딘가에서 뭔가를 찾아 정리하기 시작했다. 그 때문에 어머니를 다시 찾아내는 일은 거의 불가능했다. 마침내 우리는 모두 서서 기다려야 했다. 그러나 결국 썰매에 올라타고서 덮개를 뒤집어쓴 엄마는 또 잊은 게 있다고 말했다. 그러면 지베르젠이 그 자리에 와야 했다. 지베르젠만이 그 물건이 어디 있는지 알고 있었기 때문이다. 그러나 지베르젠이 그 자리에 나타나기도 전에 우리는 휭하니 출발했다.

이날따라 날이 전혀 밝아지지 않았다. 나무들은 안개 속에서 어디로 가야 할지 모르는 듯 서 있었고, 썰매를 타고 그 안으로 달려가는 것은 왠지 모르게 우쭐한 느낌을 주었다. 썰매를 타고 달리는 사이 다시 소리 없이 눈이 내리기 시작했다. 마지막 남은 흔적마저 지워져 이제 우리는 백지 속으로 달리는 것 같았다. 썰매의 방울 소리밖에 들리지 않았다. 어느 쪽에서 들리는 건지 도무지 알 수 없었다. 마지막 딸랑 소리까지 다 써 버린 듯 종소리가 완전히 멎는 순간도 있었다. 그러나 방울 소리는 이내 다시 모여들어 한 몸이 되었다가는 냅다 허공으로 다시 흩어졌다. 왼쪽의 교회 탑은 짐작할 수 있었다. 그러나 갑자기 공원의 형체가 나타났다. 저 위, 우리 머리 위쪽으로. 우리는 어느새 긴 가로수 길에 와 있었다. 썰매의 방울 소리는 이제 완전히 바닥에 떨어지지는 않았고, 마치 포도송이처럼 오른쪽과 왼쪽 나무에 걸려 있는 것 같았다. 이어 썰매는 방향을 홱 꺾었고 무언가의 주위를 빙 돌아 오른쪽에 있는 뭔가를 지나서 가운데에 가서 멈추어 섰다.

게오르크는 그 집이 이제 그 자리에 없다는 사실을 까맣게 잊고 있었던 것 같다. 바로 그 순간에 우리 모두에겐 그 집이 그냥 그 자리에 있었다. 우리는 옛 테라스로 통하는 옥외 계단을 올라갔다. 다만 왜 이렇게 집이 어두운지 이상하게 생각했을 뿐이다. 갑자기 저 아래쪽 우리의 등 뒤에서 왼쪽 문이 열리면서 누군가 소리쳤다. "이리로 오세요!" 그러면서 희미한 등불을 치켜들며 흔들었다. 아버지는 껄껄 웃었다. "우리는 여기서 유령처럼 떠돌고 있었던 거야." 그러면서 아버지는 우리가 계단을 다시 내려갈 때 도와주었다.

"아니, 여기 집이 있었잖아." 엄마는 그렇게 말하면서 따뜻한 미소를 지었지만, 밖으로 달려 나온 베라 슐린을 쉽게 믿지 못하겠다는 눈치였다. 아무튼 우리는 서둘러 안으로 들어가야 했다. 그래서 그 집에 대해서는 더 이상 생각할 수 없었다. 우리는 좁은 현관에 외투를 벗어 놓고 등불이 켜져 있는 방 한가운데로 가서 불에 몸을 녹였다.

슐린 가문은 독립적인 여자들이 많은 대단한 가문이었다. 아들이 있었는지는 모르겠다. 다만 기억나는 것이 세 자매다. 첫째는 나폴리의 한 후작과 결혼했는데, 지금은 몇 번의 소송을 거치며 천천히 이혼 절차를 밟고 있는 중이다. 그다음은 초에 였는데, 그녀는 세상에 모르는 게 없다고 했다. 그리고 누구보다도 베라가, 따뜻한 마음씨를 가진 베라가 있었다. 그녀가 어떻게 되었는지는 아무도 모른다. 백작 부인은 나리슈킨 가문 출신으로, 사실 이 집안의 넷째 딸이라면 딸이고 어떤 면에서는 막내였다. 그녀는 아무것도 아는 게 없어서 그 딸들한테 늘 배워야 하는 입장이었다. 그리고 훌륭한 슐린 백작은 이 여자들 모두와 결혼한 것처럼 생각했으며 이 방 저 방 돌아다니며 마주치는 대로 키스를 했다.

우리가 들어서자 백작은 허심탄회하게 웃으며 우리 모두를 일일이 반겨 주었다. 나는 여자들 쪽으로 보내졌고, 이들은 돌아가며 나를 어루만지고 뭔가 묻기도 했다. 그러나 나는 속으로 어서 이 일만 끝나면 당장 슬쩍 빠져나가 그 집을 찾아보리라 단단히 마음먹고 있었다. 오늘만큼은 그 집이 그 자리에 있을 걸로 나는 굳게 믿었다. 거기서 빠져나오는 일은 별로 어렵지 않았다. 걸려 있는 옷가지들 밑으로 개처럼 빠져나오니 그만이었다. 현관으로 통하는 문도 살짝 열려 있었다. 그러나 바깥쪽 문은 좀처럼 열리지 않았다. 그 문에는 사슬이나 빗장 같은 여러 가지 잠금장치가 돼 있었는데, 마음이 조급하다 보니 말을 듣지 않았다. 그런데 어찌어찌하다가 갑자기 문이 열렸다. 그러나 열리긴 했지만, 요란한 소리가 났다. 그 바람에 나는 밖으로 나가 보지도 못하고 그 자리에서 붙잡혀 다시 끌려 들어왔다.

"잠깐, 수업 중에 어딜 가려고." 베라 슐린이 장난조로 말했다. 그녀는 내게 몸을 구부렸다. 나는 이 따뜻한 여자한테 절대 내 속마음을 털어놓지 않겠노라 굳게 마음먹었다. 내가 아무 말도 하지 않자 그녀는 내가 쉬가 마려워 문 쪽으로 간 걸로 생각했다. 그녀는 내 손을 잡더니 걷기 시작했다. 친절하면서도 고압적인 태도로 나를 어디론가 끌고 가려 했다. 이런 말도 안 되는 오해 때문에 미칠 것만 같았다. 나는 그녀의 손을 뿌리치고 화난 눈초리로 그녀를 쏘아보았다. "그 집이 보고 싶어서 그러는 거라고." 나는 자랑스레 말했다. 그녀는 내 말뜻을 알아듣지 못했다.

"그 큰 집 말이야, 저 바깥에 계단 옆에 있는 거."

"이런 바보." 그렇게 말하면서 그녀는 나를 얼른 붙잡았다. "거긴 이제 집 같은 건 없어." 그래도 나는 있다고 우겨 댔다.

"그러면 낮에 한번 가 보기로 하자." 그녀는 달래는 투로 말했다. "지금은 거기 가서 서성거리지 못해. 그곳엔 곳곳에 웅덩이가 있고, 또 뒤에는 아빠의 얼지 않는 양어장이 있어. 거기 빠지는 날엔 넌 물고기가 될 거야."

그 말과 함께 그녀는 나를 밝은 방으로 밀쳐 넣었다. 그곳엔 다들 앉아서 이런저런 이야기를 하고 있었다. 나는 그들을 하나씩 훑어보았다. 저 사람들은 보나 마나 그 집이 없을 때나 그곳에 갈 거야, 나는 이렇게 생각하며 그들을 경멸했다. 만약 엄마와 내가 여기 살고 있으면 그 집은 늘 그 자리에 있을 거야. 다들 신이 나서 떠들고 있는데 엄마만 멍해 보였다. 엄마도 틀림없이 그 집을 떠올리고 있는 것 같았다.

초에는 내 곁에 앉아 내게 이것저것 물어보았다. 그녀의 얼굴은 아주 정돈되어 보였고, 얼굴에서는 통찰력이 시시각각 새롭게 드러나는 것 같았다. 마치 뭔가를 끊임없이 꿰뚫어 보는 것 같았다. 나의 아버지는 오른쪽으로 약간 비스듬히 앉아서 후작에게 시집간 그 집 딸의 말에 귀를 기울였다. 그녀는 깔깔대고 웃었다. 슐린 백작은 나의 엄마와 자기 아내의 중간에 서서 무슨 이야기인지 하고 있었다. 그러나 내가 보고 있자, 백작 부인이 그의 말을 중간에서 잘랐다.

"그렇지 않아, 여보, 그건 다 상상일 뿐이야." 백작은 다정하게 말했다. 그러나 백작의 얼굴에도 돌연 여인들과 같은 불안의 표정이 어렸으며 그 얼굴빛을 하고서 그는 두 여인을 바라보았다. 백작 부인은 방금 백작이 말한 그 상상을 버리지 못했다. 그녀는 긴장한 표정이 역력했다. 누구의 방해도 받고 싶지 않은 사람의 얼굴 같았다. 그녀는 반지를 낀 가녀린 두 손으로 살짝 손사래를 쳤다. 누군가 "쉿" 하고 말했고, 순간 방 안은 쥐 죽은 듯 조용해졌다.

사람들 뒤에 서 있는, 옛집에서 가져온 거대한 물건들이 불쑥 다가오는 것 같았다. 묵직한 가보 은그릇들이 빛을 내며 마치 돋보기로 보는 것처럼 볼록해졌다. 나의 아버지는 어안이 벙벙한 듯 주위를 둘러보았다.

"엄마가 냄새를 맡는 중이에요." 아버지 뒤에 있던 베라 슐린이 말했다. "이때는 우린 모두 조용히 해야 해요. 엄마는 귀로 냄새를 맡으니까요." 그러면서 그녀 자신도 눈썹을 치켜세우고 서 있었다, 신경을 곤두세우고 코를 킁킁대며.

슐린 씨 가족은 화재를 겪은 뒤로 이 점에 있어서는 좀 독특했다. 좁고 과열된 방에서는 매 순간 냄새가 올라왔고, 그러면 그들은 그 냄새가 어떤 냄새인지 분석해서 각자 자기 생각을 말하곤 했다. 객관적이고 철저한 성격의 초에는 난로 쪽을 열심히 살펴보았고, 백작은 이리저리 돌아다니다가 각 모퉁이에 잠시 서서 기다렸다가 "여기는 아니야"라고 말했다. 백작 부인은 자리에서 일어나기는 했지만 어디서부터 찾아야 할지 몰라 난감해했다. 나의 아버지는 마치 그 냄새가 등 뒤에 있는 것처럼 천천히 몸을 돌렸다. 후작 부인인 큰딸은 그것이 끔찍한 냄새일 것이라고 즉시 생각하고 손수건으로 입을 가리고 주변 사람들을 차례로 살펴보며 냄새가 사라졌는지 확인하려 했다. "여기야, 여기." 베라가 냄새를 찾아내기라도 한 듯 외쳤다. 그리고 한마디 말이 나올 때마다 그 주위로 이상한 침묵이 감돌았다. 나도 따라 열심히 냄새를 맡았다. 그러나 순간 나도 모르게 (방 안의 열기 탓이었는지 아니면 가까이 있는 너무 많은 불빛 탓이었는지) 나는 생전 처음으로 유령에 대한 공포에 사로잡혔다. 그때 내가 처음으로 깨달은 것은, 방금까지만 해도 웃고 떠들며 자신만만하던 어른들이 모두 허리를 구부리고 이리저리 다니며 눈에 보이지 않는 그 무언가를 찾고 있다는 것과, 그들이 자신들의 눈으로 볼 수 없는 게 있다는 것을 인정하고 있다는 사실이었다. 그리고 눈에 보이지 않는 그 무엇이 어른들 모두를 합친 것보다 더 강하다는 게 너무 무서웠다. 나의 공포감은 점점 더 커졌다. 그들이 찾고 있는 것이 돌연 내 몸에서 발진처럼 터져 나와 그들이 그것을 보고 내게 손가락질을 할 것만 같았다. 나는 풀이 죽은 모습으로 엄마 쪽을 넘겨다보았다. 엄마는 이상하리만큼 몸을 꼿꼿이 세운 채 앉아 있었다. 나를 기다리고 있는 것 같았다. 내가 엄마 옆으로 다가가 엄마가 속으로 떨고 있다는 것을 느낀 순간, 나는 그제야 그 집이 사라졌음을 알았다.

"말테야, 이 겁쟁이." 누군가 웃는 소리가 들렸다. 그 목소리의 주인은 베라였다. 그러나 우리는 서로 떨어지지 않고 그것을 함께 견뎠다. 그리고 우리는 계속해서 그 자세로 있었다, 엄마와 나는. 그 집이 다시 완전히 사라질 때까지.

그러나 거의 상상할 수조차 없는 경험을 가장 많이 안겨 준 것은 바로 생일이었다. 물론 삶이 차별을 별로 좋아하지 않는 다는 것은 나도 잘 알고 있었다. 그러나 이날이 되면 누구나 의심할 여지 없이 즐길 권리를 가지고 잠자리에서 일어났다. 이런 권리감은 아마도 아주 어린 시절에, 즉 뭐든지 손만 뻗으면 쥘 수 있고 방금 받은 물건을 가지고 특정한 순간에 엄청난 상상력을 발휘하여 자기가 갖고 싶은 가장 원색적인 것으로 만들어 버리던 시절에 우리 마음속에 생겼던 것 같다.

그러나 그러던 중 이상야릇한 생일날이 느닷없이 찾아온다. 생일의 권리를 마음속으로 굳게 믿고 있는 내게 어른들의 모습이 불안하게 보이기 시작한다. 나는 예전의 생일날과 다름없이 엄마가 옷을 입혀 주고 그다음엔 선물을 받기를 바란다. 그러나 잠자리에서 일어나기가 무섭게 밖에서 누군가 생일 케이크가 아직 안 왔다고 외치는 소리가 들린다. 혹은 생일상을 준비하던 옆방에서 뭔가 깨지는 소리가 난다. 혹은 누가 내 방에 들어왔다 나가면서 문을 닫지 않아 내가 미리 보지 말아야 할 것을 다 보게 된다. 바로 그때가 내게 수술 같은 것이 행해지는 순간이다. 짧은 순간이지만 엄청나게 아픈 수술이다. 그러나 수술하는 손은 능숙하다. 수술은 순식간에 끝난다. 그리고 수술에서 회복하고 나면, 내 생각을 하고 있을 틈이 없다. 먼저 생일날을 구해야 한다. 어른들을 지켜보면서 이들이 실수를 하지 않도록 손을 쓰고 이들이 모든 것을 훌륭하게 처리하고 있다는 느낌이 들도록 해 주어야 한다. 그러나 그들은 내 뜻대로 되게 하지 않는다. 어른들은 이루 말할 수 없이 서툴고 어리석다는 사실이 드러난다. 어른들은 남에게 줄 선물처럼 아무거나 대충 들고 온다. 나는 어른들을 향해 달려가다가 얼른 뭘 받으러 달려간 게 아니고 방에서 이리저리 걸으며 운동을 하려고 한 척해야 한다. 어른들은 나를 놀래 주려고 괜히 궁금한 척하면서 장난감 상자의 맨 아랫단을 연다. 그러나 거기엔 대팻밥밖에 없다. 이때 나는 어른들을 이 궁지에서 구해 줘야 한다. 혹은 어른들은 움직이는 기계 장난감을 선물하고서는 태엽을 너무 많이 감아 처음부터 망가뜨린다. 그러므로 태엽이 끊긴 쥐나 그 밖의 것을 슬쩍 발로 차서 옆으로 치우는 연습을 가끔 해 놓는 것도 나쁘지 않다. 이것은 종종 어른들의 눈을 가려 어른들이 모멸감을 느끼지 않게 해 줄 좋은 방법이다.

이 정도야 필요하면 누구나 별 재주가 없어도 할 수 있는 일이다. 그러나 재주가 정말 필요할 때가 있었는데, 그것은 누군가 온갖 정성을 다해서 값지고 좋은 선물을 가져왔을 때였다. 그러나 멀리서 봐도 그것은 다른 사람에게나 어울릴 만한 그런 것이었다. 내겐 너무나도 낯선 기쁨이었다. 누구에게 적합할지조차 알 수 없는 그런 것이었다. 그만큼이나 그 기쁨은 낯설었다.

이야기를 할 수 있었던 시절, 즉 이야기다운 이야기를 할 수 있었던 시절은 내가 태어나기 이전에나 있었던 것 같다. 나는 이야기다운 이야기를 하는 사람을 본 적이 없다. 예전에 아벨로네가 엄마의 젊은 시절 이야기를 했을 때도, 그녀가 이야기를 제대로 할 줄 안다는 느낌은 받지 못했다. 그녀의 말에 따르면, 외할아버지 브라헤 백작은 이야기를 제대로 할 줄 알았다고 한다. 아벨로네가 기억하는 내용을 적어 보겠다.

아주 어린 소녀였던 시절, 아벨로네는 한때 감수성이 풍부했고 남다른 시기를 보냈던 것 같다. 당시에 브라헤 식구들은 시내의 브레드가데에 살고 있었으며 사교 모임을 자주 가졌다. 아벨로네는 밤늦게 자기 방으로 올라갈 때마다 다른 사람들과 마찬가지로 피곤한 느낌이 들곤 했다. 그러나 그때 그녀는 불현듯 창문이 있다는 것을 깨달았으며, 그녀의 말을 내가 제대로 이해했다면, 밤을 맞이하며 몇 시간이고 서서 이렇게 생각했다. 이게 다 무슨 뜻이 있을까. "나는 죄수처럼 거기 그렇게 서 있었어." 그녀가 말했다. "그리고 별들은 자유였어." 당시에 그녀는 몸을 무겁게 만들지 않고도 잠들 수 있었다. 때문에 '잠에 곯아떨어진다'는 표현은 소녀 시절의 그녀에게는 어울리지 않는 것이었다. 잠은 그녀의 몸과 함께 떠오르는 그 무엇이었다. 그래서 자다가 가끔 눈을 뜨면 그녀는 새로운 표면 위에 떠 있었다. 그러나 맨 위쪽 표면에 이르려면 한참 멀었다. 그러다가 그녀는 해가 뜨기 전에 잠자리에서 일어났다. 겨울에 다른 사람들이 하품을 하며 늦은 아침 식사에 어슬렁거리며 나타날 때도 그랬다. 저녁이 되어 날이 어두워지면 집 안의 모든 사람들이 불빛을 함께 나누어 써야 했다. 그러나 모든 것이 다시 시작되는 새 어둠 속에서 이른 새벽의 두 개의 촛불은 오로지 그녀만을 위한 것이었다. 두 개의 촛불은 키 작은 쌍촛대에 꽂힌 채, 장미 문양의 작은 타원형 망사 갓 사이로 조용히 빛을 비추었다. 가끔 갓을 조정해야 했다. 그것은 방해되는 일이 아니었다. 서두를 필요도 없었고, 또 편지를 쓰거나 일기를 쓰다 보면 가끔 고개를 들어 생각도 해야 했기 때문이다. 그 일기는 예전에 아주 다른 필체로, 수줍고 아름답게 시작되었던 것이다.

브라헤 백작은 딸들과 완전히 떨어져 살았다. 그는 누군가 인생을 다른 사람과 나누어야 한다고 주장하면 그것을 망상이라고 생각했다. ("그래 물론 나눠야지." 그는 그렇게 말하곤 했다.) 그러나 사람들이 그의 딸들을 대화로 삼을 때면 반기는 편이었다. 그러면 그는 마치 딸들이 다른 도시에 살고 있는 것처럼 귀를 기울여 들었다.

그런 까닭에 그가 어느 날 아침 식사를 끝내고서 아벨로네를 손짓으로 부른 것은 전혀 예기치 않은 일이었다. "우리는 둘 다 습관이 똑같은 것 같구나. 나도 아침에 일찍 일어나서 글을 쓰거든. 나를 좀 도와 다오." 아벨로네는 그 일을 마치 어제 있었던 것처럼 기억했다.

바로 이튿날 아침, 아벨로네는 아버지의 방으로 불려 갔다. 그 방은 평소엔 접근할 수 없는 곳이었다. 그녀는 방을 살펴볼 겨를이 없었다. 곧장 그녀는 책상을 사이에 두고 백작 맞은편 자리에 가서 앉아야 했기 때문이다. 책상은 책과 서류 뭉치의 마을들이 곳곳에 퍼져 있는 큰 평원처럼 보였다.

백작은 구술을 시작했다. 어떤 사람들은 브라헤 백작이 회고록을 쓰는 중이라고 했는데, 그것도 전혀 틀린 말은 아니었다. 다만 사람들이 간절히 기대하는, 그런 정치나 군사와 관련된 회고록은 아니었다. 누가 그런 것들을 염두에 두고 말을 걸어오면 늙은 백작은 짤막하게 "나는 그것들을 잊었다"라고 대답했다. 그러나 그가 잊고 싶어 하지 않은 것이 있었으니, 그것은 그의 어린 시절이었다. 그는 어린 시절을 소중하게 생각했다. 그의 말에 따르면, 그의 가슴속에서 이제 먼 옛날의 어린 시절이 제일 윗자리를 차지하게 된 것은 너무나도 당연한 일이었다. 그리고 내면을 바라보면 그의 어린 시절이 북구의 밝은 여름밤 속에 있듯, 그의 가슴속에서 들떠서 잠을 이루지 못하고 있다는 것이었다.

가끔 그는 벌떡 일어서서 촛불에 대고 말을 했고, 그 통에 촛불이 파닥거렸다. 또는 앞에 썼던 글을 모두 지우라고 했으며, 그러고 나서는 방 안을 회녹색의 비단 잠옷을 펄럭이며 바삐 이리저리 서성였다. 그리고 또 한 사람이 줄곧 그 자리를 지키고 있었다. 스텐이라는 이름을 가진, 유틀란트 출신의 늙은 시종이었다. 그가 하는 일이란 할아버지가 자리에서 벌떡 일어날 때마다 여기저기 책상 위에 흩어져 있는 메모지들을 얼른 손으로 누르는 것이었다. 그의 주인어른은 요즘 종이는 너무 가벼워 조금만 어떻게 해도 풀풀 날려서 아무짝에도 쓸모가 없다고 생각하는 양반이었다. 그리고 긴 상반신만 보이는 스텐은 주인 양반과 생각이 같았으며, 언제라도 손을 갖다 댈 준비 태세를 갖추고 불빛에 눈이 부셔 하며 진지하게 앉아 있는 모습이 꼭

부엉이 같았다.

스텐은 일요일 오후의 시간을 스베덴보리*의 책을 읽으며 보냈다. 그런데 소문에 하인들 중 누구도 그의 방에 들어갈 엄두를 내지 못했다고 하는데, 그 까닭은 그가 유령을 불러내기 때문이라고 했다. 스텐 가문은 옛날부터 유령들과 친숙했으며, 특히 스텐은 이러한 접촉을 위해 점지된 사람이었다. 스텐의 어머니는 스텐을 낳던 날 밤, 뭔가를 보았다. 스텐의 눈은 크고 둥글었는데, 그 눈으로 쳐다보면 누구나 그의 시선의 반대편 끝이 자기 머리 뒤에 와 있는 것 같은 느낌을 받았다. 아벨로네의 아버지는 그를 보면 그때마다 마치 식솔들 안부를 묻듯이 유령들에 대해 물어보곤 했다. "그들이 요새도 찾아오나, 스텐?" 그는 친근하게 물었다. "그들이 찾아오는 건 좋은 거야."

며칠간은 구술하는 일이 잘 흘러갔다. 그러나 그 뒤 아벨로네는 '에케른푀르데(Eckernförde)'라는 말을 쓸 줄 몰랐다. 고유명사인데 생전 처음 들어 보는 낱말이었다. 자신의 기억을 모두 기록하기에는 너무 느린 받아쓰기를 그만두게 할 구실을 이미 오래전부터 찾고 있던 백작은 짜증을 냈다.

"어째 이런 것도 못 써." 백작은 신경질적으로 말했다. "그러면 다른 사람들은 읽지도 못할 거 아니냐. 내가 말한 것을 눈으로 보는 것은 고사하고." 그는 아벨로네를 똑바로 쳐다보며 야단을 쳤다.

"사람들이 어떻게 그 사람, 생제르맹*을 눈에 그릴 수 있겠냐?" 그는 그녀에게 호통을 쳤다. "내가 생제르맹이라고 했냐?

그러면 그것을 지우고 이렇게 써라. 벨마레 후작이라고."

아벨로네는 지우고 새로 썼다. 그러나 백작의 말이 너무 빨라서 따라가기가 힘들었다.

"이 훌륭한 벨마레는 아이들을 몹시 싫어했지만, 꼬마였던 나를 무릎에 앉혀 주었다. 그때 왜 그런 생각이 들었는지 모르지만, 나는 그의 다이아몬드 단추를 깨물려고 했지. 그게 그를 기쁘게 했던 모양이야. 그는 웃으며 내 머리를 들어 올렸어. 그때 우리는 서로의 눈을 바라보았지. '너는 훌륭한 이빨을 가졌구나.' 그는 이렇게 말했어. '뭔가 해낼 이빨이야……." 그러나 내 입장에서는 그의 눈이 인상적이었다. 그 후 나는 세상 곳곳을 돌아다녔지. 그때 온갖 눈을 다 보았다. 하지만 그런 눈은 한 번도 못 봤어. 내 말을 믿어. 그런 눈엔 이 세상의 사물들이 꼭 있을 필요가 없어. 모든 걸 다 안에 갖고 있으니. 베네치아에 대해 들어 본 적 있냐? 그래, 좋아. 너한테 말하지만, 그 눈이라면 베네치아를 이 방으로 데려올 수 있었을 거야. 베네치아가 이곳에 와 있는 것처럼 말이다. 여기 이 책상처럼. 언젠가 나는 한 귀퉁이에 앉아서, 그가 내 아버지에게 페르시아 이야기를 들려주는 것을 들은 적이 있어. 아직도 내 손에서는 그 이야기의 냄새가 나는 것 같아. 나의 아버지는 그를 아주 높이 평가했어. 그리고 방백인 영주 전하도 그에겐 제자나 마찬가지였어. 그러나 자기 **마음속에** 품은 과거만을 믿는다고 후작을 좋지 않게 생각하는 사람들도 많았지. 그들은 세상 모든 것이 나와 하나가 되지 않으면 아무 의미가 없다는 것을 깨닫지 못해서 그런 거야."

"책이란 공허한 거야." 백작은 사방의 벽을 향해 분노가 치미는 듯한 몸짓을 하며 소리쳤다. "피, 그거야말로 중요한 거야. 피를 읽어 낼 줄 알아야 한다. 그는 핏속에 놀라운 이야기와 기상천외한 그림들을 지니고 있었어, 그 벨마레 후작은 말이야. 어디를 펼쳐도 거기엔 늘 뭔가 적혀 있었어. 그의 피는 어느 페이지도 비어 있지 않았다. 가끔 그가 방에 칩거하면서 혼자 핏속의 책장을 넘기다 보면 연금술이나 보석, 색채를 다룬 대목이 나왔단다. 이런 내용이 거기에 적혀 있지 않을 이유가 있겠니? 이것들은 어딘가 틀림없이 들어 있어."

"만약에 그가 혼자 있었다면 진실과 함께 잘 지낼 수 있었을 거야. 그러나 혼자 진실만 상대하며 산다는 게 그렇게 만만한 일은 아니었지. 그리고 후작은 사람들을 집에 초대해 진실과 함께 사는 자신의 모습을 보여 줄 만큼 그렇게 멋없는 사람은 아니었어. 진실이 구설수에 오르는 걸 바라지 않았지. 그러기엔 너무나 동양적인 사람이었어. '잘 있어요, 부인.' 그는 진심 어린 마음으로 말했어. '다음에 봐요. 천 년 뒤에 만나면 우리는 더 강해져 있을 거고, 남들의 방해도 덜 받을 거요. 당신의 아름다움은 이제 막 싹이 튼 거요, 부인.' 그냥 예의상으로 한 말은 아니었어. 그 말과 함께 그는 집을 떠나 바깥세상에다 사람들을 위해 동물원을 만들었어. 사람들이 한 번도 구경해 본 적이 없는, 거대한 거짓말들을 위한 일종의 자르댕 다클리마타시옹*과 허풍의 열대 식물원, 거짓 비밀의 잘 가꾼 작은 무화과 온실도 만들었지. 그러자 각처에서 사람들이 몰려들었어. 그는 구두에 다이아몬드 버클을 달고 돌아다니며 손님들의 부탁을 다 들어주었지."

"껍질뿐인 삶이라고? 왜? 하지만 잘 보면 그는 자기 부인을 위해 기사도를 발휘했던 거야. 그 덕분에 자신을 잘 보존할 수 있었던 거지."

얼마 전부터 노인은 더 이상 아벨로네를 상대로 말하는 것이 아니었다. 그는 아벨로네의 존재를 까맣게 잊고 있었다. 그는 미친 사람처럼 이리저리 왔다 갔다 하며 스텐을 눈빛으로 쳐다보았다. 스텐에게 어느 순간이 되면 자기가 머릿속에 그리고 있는 인물로 변해야 한다고 강요하는 듯한 눈빛이었다. 그러나 스텐은 여전히 변하지 않고 있었다.

"그의 모습을 **봐야** 해." 브라헤 백작은 정신없이 떠들어 댔다. "그의 모습이 훤히 잘 보이던 시절이 있었지. 그가 어디에 가 있든, 그가 받은 편지에는 주소는 물론이고 이름도 없는데도 말이야. 편지에는 그냥 도시 이름만 쓰여 있었지. 그래도 나는 그를 봤어."

"그는 잘생긴 건 아니었어." 백작은 왠지 헛웃음을 쳤다. "그렇다고 보통 말대로 그렇게 중요하거나 훌륭한 인물도 아니었어. 그의 주변에는 더 뛰어난 사람들이 많았으니까. 그는 부자였지만, 돈은 그에게 변덕스러운 것에 불과했어. 믿을 만한 게 못 되었지. 그는 체격이 좋았어. 하지만 더 좋은 사람들이 있었지. 당시에 나는 그가 정말 재기가 넘치는 사람이었는지, 사람들이 생각하는 어떤 중요한 가치를 지녔는지 판단할 수 없었어. 분명한 것은 그가 **존재했다**는 거야."

백작은 벌벌 떨며 서서 늘 변치 않고 남아 있는 그 뭔가를 방 안에다 세우려는 듯한 제스처를 했다.

바로 그때 백작은 아벨로네가 거기 있다는 것을 깨달았다.

"그 사람 모습이 보이냐?" 그는 그녀를 다그쳤다. 그러다가 그는 불쑥 은촛대를 움켜잡더니 눈이 부시게 그녀의 얼굴을 비추었다.

아벨로네는 그의 모습을 보았다고 회상했다.

그 뒤로 며칠간 아벨로네는 정기적으로 불려 갔고, 앞서 말한 일을 겪은 뒤로 구술 작업은 훨씬 매끄럽게 흘러갔다. 백작은 이런저런 서류를 뒤적거려 가며 그의 아버지가 나름의 역할을 했던 베른슈토르프 모임*에 대한 어린 시절의 기억을 꿰맞추었다. 아벨로네는 이제 자기가 하는 작업의 특성에 대해 완전히 감을 잡았으며, 누군가 그런 두 사람을 보았다면 두 사람이 일 때문에 함께 있는 것이 아니라 정말로 친해서 같이 있는 걸로 여길 수도 있었다.

한번은 아벨로네가 막 돌아가려 하는데, 늙은 백작이 그녀에게 성큼 다가왔다. 뒤춤에 무슨 깜짝 선물이라도 감추고 있는 듯한 태도였다. "내일은 줄리 레벤틀로에 대해 쓰자꾸나." 그는 자신의 말을 음미하며 말했다. "그 여자는 성녀였어."

아벨로네가 믿기지 않는다는 듯한 표정으로 그를 쳐다보던 것 같다.

"그래, 그래, 그건 오늘날에도 가능한 얘기야." 그는 명령하

는 투로 말했다. "뭐든 다 가능하다니까, 아벨로네 백작 영애
님."

그는 아벨로네의 손을 잡더니 책처럼 펼쳤다.

"그녀에겐 성흔(聖痕)이 있었어." 그가 말했다. "여기 그리고
여기에." 그러면서 그는 차가운 손가락으로 그녀의 두 손바닥
을 짧고 강하게 툭툭 쳤다.

아벨로네는 성흔이 뭔지 몰랐다. 일단 기다려 보면 알겠지,
그녀는 생각했다. 그녀는 그 성녀 이야기가 듣고 싶어 마음을
졸였다. 아버지는 그 성녀를 보았다고 하는데. 그러나 그녀는
더 이상 호출되지 않았고, 다음 날도, 그리고 그 이후에도 마찬
가지였다.

"레벤틀로 백작 부인 얘기는 너희 집에서도 많이 들었을 거
아냐." 내가 자꾸 조금만 더 들려달라고 조르자, 그녀는 퉁명스
레 말했다. 그녀는 피곤해 보였고, 게다가 대부분의 내용을 잊
었다고 했다. "그래도 손바닥의 그 두 곳은 가끔 느낌이 있어."
그녀는 미소를 지으며 그 생각에 끌린 듯 호기심 어린 눈길로
자신의 빈 손바닥을 들여다보았다.

아버지가 돌아가시기 전, 이미 모든 것이 달라졌다. 울스가
르도 더 이상 우리 소유가 아니었다. 아버지는 시내의 한 아파
트에서 세상을 떴다. 낯설고 불쾌한 집이었다. 당시에 나는 외
국에 나가 살고 있었기 때문에 너무 늦게 도착했다.

아버지는 뜰아랫방에 두 줄의 큰 촛불들 사이에 안치되어 있었다. 꽃향기는 여러 목소리가 동시에 들리는 것처럼 분간이 안 되었다. 눈이 감겨 있는 아버지의 잘생긴 얼굴에는 점잖게 옛날을 회상하는 듯한 표정이 떠돌았다. 아버지는 수렵관의 제복 차림이었는데 웬일인지 푸른 휘장이 아닌 흰 휘장을 두르고 있었다. 양손은 깍지를 끼지 않고 비스듬히 겹쳐 있어 어딘지 인위적이고 어색해 보였다. 아버지가 큰 고통을 겪었다고 누군가 귀띔을 해 주었는데, 그런 흔적은 전혀 보이지 않았다. 아버지의 표정은 손님이 떠난 방의 가구들처럼 단정했다. 이미 전에도 여러 번 아버지의 죽은 모습을 보았던 것 같은 느낌이 들었다. 모든 것이 익숙해서 그랬던 것 같다.

새로운 것은 주변 환경이었다. 그리 달갑지는 않았다. 이 답답한 방이 새로웠다. 이 방은 창문들을 마주하고 있었는데, 분명 남의 집 창문들이었다. 지베르젠이 가끔 방에 들어와서는 아무 일도 하지 않았다는 게 새로웠다. 지베르젠도 많이 늙어 보였다. 그때 나보고 아침을 먹으라고 했다. 아침을 먹으라는 연락이 몇 번이나 왔다. 이런 날에 아침을 먹을 기분이 나겠는가. 사람들이 나를 그 방에서 내보내려 그러는 거라는 사실을 나는 미처 깨닫지 못했다. 계속해서 안 나가고 있었더니 결국엔 지베르젠이 의사들이 와 있다고 넌지시 알려 주었다. 의사들이 왜 온 걸까? 아직 손봐야 할 일이 남은 것 같다고 지베르젠은 말하며 나를 붉게 충혈된 눈으로 뚫어져라 바라보았다. 이어 두 신사가 허둥지둥 들어왔다. 그들은 의사들이었다. 앞쪽에 있던 의사는 뿔로 우리를 뜨려는 듯 갑자기 고개를 숙이더니 안경 위로 우리를 쳐다보았다. 먼저 지베르젠을 보았고, 이어 나를 보았다.

그는 학생처럼 공손하게 인사를 했다. "수렵관님께서 부탁하신 일이 또 하나 있습니다." 들어올 때처럼 내내 허둥대는 모습이었다. 꽤 서두른다는 느낌을 받았다. 아무튼 나는 그가 안경을 똑바로 하고 보게 만들었다. 그의 동료는 몸집이 크고 민감하게 생긴 금발의 사내였다. 조금만 어떻게 해도 금세 얼굴을 붉힐 것 같다는 느낌이 들었다. 침묵이 감돌았다. 수렵관이 이런 상황에서까지도 해 놓은 부탁이 있다는 게 믿어지지 않았다.

나도 모르게 아버지의 잘생기고 균형 잡힌 얼굴로 눈길이 다시 갔다. 순간 아버지가 확실한 것을 원했음을 깨달았다. 아버지는 평소에도 늘 확실한 것을 좋아하셨다. 이제 그 확실한 것을 받아야 할 순간이었다.

"심장 찌르는 일 때문에 오셨군요.* 부탁드립니다."

나는 허리를 굽혀 절을 하고 뒤로 물러섰다. 두 의사도 따라서 얼른 허리를 굽혀 절을 하고는 곧장 일 처리를 어떻게 할 것인지 서로 의견을 교환했다. 촛불들은 어느새 한쪽으로 치워져 있었다. 그러나 그때 둘 중 나이가 더 지긋한 의사가 나를 향해 다시 몇 걸음 걸어왔다. 얼마만큼 다가와서는 마지막 발걸음을 아끼려고 몸을 앞으로 내밀며 화난 듯한 눈길로 나를 쳐다보았다.

"그럴 필요 없습니다." 그가 말했다. "제 말뜻은 혹시 이게 낫지 않을까 해서요. 선생님은……."

움직임을 아끼고 말이 앞서는 그의 태도에서 그가 게으르고 닳고 닳은 인간이라는 느낌을 받았다. 나는 다시 허리를 굽혀 절을 했다. 얼른 다시 절을 하지 않으면 안 될 것 같아서였다.

"고마워요." 나는 짧게 말했다. "방해하지 않을게요."

이 상황을 얼마든지 견딜 수 있으며, 굳이 피할 이유도 없다는 걸 나는 알고 있었다. 어차피 겪어야 할 일이었다. 어쩌면 거기에 모든 의미가 담겨 있는 건지도 몰랐다. 나 역시 심장 찌르는 장면을 한 번도 목격한 적이 없었다. 별 부담감 같은 것 없이 자연스럽게 주어진 이 특별한 경험의 기회를 저버리지 않는 것도 괜찮은 것처럼 보였다. 이미 그 당시에 나는 실망 같은 것에 큰 의미를 두지 않고 있었다. 그러므로 두려울 것은 아무것도 없었다.

그래, 그렇다. 이 세상에 미리 떠올려 볼 수 있는 것이란 없다. 전혀 없다. 이 세상의 모든 일은 전혀 예측할 수 없는 수많은 세세한 것들로 이루어져 있다. 상상하다 보면 서둘게 되어 이런 낱낱의 것들을 지나치게 된다. 그것들이 빠진 것도 모른 채 말이다. 그러나 현실은 느리게 움직이며 이루 말할 수 없이 세세한 것들로 채워져 있다.

이를테면 이런 저항과 마주치리라고 누가 꿈에라도 생각했겠는가. 아버지의 넓고 듬직한 가슴이 드러나자, 성질이 급한 그 조그만 사내는 찌를 곳을 얼른 찾아냈다. 그러나 서둘러 메스를 꽂았지만, 메스가 들어가지 않았다. 시간이 몽땅 이 방에서 도망친 것 같은 느낌이 들었다. 우리는 꼭 그림 속에 들어와 있는 것 같았다. 그러나 다음 순간, 시간이 스르륵 미끄러지는 소리를 내며 몰려와 필요한 것보다 더 많이 쌓였다. 홀연 어디선가 톡톡 두드리는 소리가 났다. 그렇게 두드리는 소리는 생전 처음이었다. 따뜻하고 불분명하게 이중으로 울리는 소리였다. 나의 귀는 여전히 그 소리에 주목했고, 동시에 나는 의사가 심장 바닥을 건드리는 것을 보았다. 그러나 잠시 시간이 흐르고 나서야 두 가지 인상은 하나가 되었다. 좋아, 나는 생각했다. 이제 뚫렸군. 두드리는 그 소리는 박자로 봐서 어딘가 심술궂게 느껴졌다.

나는 이제 얼굴을 익힌 지 꽤 된 그 사내를 지켜보았다. 아니다, 그는 무척 차분했다. 일을 신속하고 정확하게 처리할 줄 아는 사람이었으며 다음 약속 장소로 곧 떠나야 했다. 그의 태도에서 일에 대한 즐거움이나 만족감 같은 것은 전혀 찾아볼 수 없었다. 다만 본능적으로 그런 건지는 몰라도 왼쪽 관자놀이에 머리털 몇 가닥이 일어섰을 뿐이다. 그는 메스를 조심스레 뽑았다. 그러자 그 자리에 입 모양이 남았고, 거기서 마치 두 마디 말을 하듯 두 번에 걸쳐 피가 벌컥벌컥 쏟아져 나왔다. 금발의 젊은 의사가 우아한 손길로 피를 재빨리 닦아 냈다. 이제 상처는 조용해졌다, 마치 감긴 눈 같았다.

다시 한번 허리를 굽혀 절을 한 것 같은데, 이번에는 정말 내가 무슨 짓을 하는지도 모르고 했다. 아무튼 나는 혼자 남은 것을 깨닫고 깜짝 놀랐다. 누가 그랬는지 제복은 다시 단정하게 원위치로 돌아가 있었고, 제복 위에는 아까처럼 흰 휘장이 놓여 있었다. 그러나 이제 수렵관은 죽었다. 그리고 그 혼자만 죽은 게 아니었다. 이제 심장이 꿰뚫렸다. 우리의 심장, 우리 가문의 심장이 꿰뚫렸다. 이제 끝났다. 투구가 깨졌다. "오늘로 브리게 집안은 끝이다. 다시는 없다." 내 안에서 뭔가가 말했다.

내 심장의 존재를 나는 잊고 있었다. 나중에 가서 내게 심장이 있다는 생각이 떠올랐을 때 나는 생애 처음으로 분명하게 깨달았다. 내 심장은 이런 일에는 걸맞지 않다는 것을 말이다. 나의 심장은 한 개인의 심장이었다. 이제 그것은 바야흐로 맨 처음부터 새로 시작하고 있었다.

지금도 기억나지만, 당시 나는 곧바로 떠날 수는 없다고 생각했다. 먼저 일을 모두 정리해야 한다고 나는 거듭 다짐했다. 그러나 뭘 정리해야 할지는 얼핏 생각나지 않았다. 할 일이 거의 없는 거나 마찬가지였다. 나는 시내를 어슬렁거리며 변한 시가지 모습을 눈으로 확인했다. 묵고 있던 호텔에서 나와, 그 도시가 이제는 어른을 위한 도시가 되어 마치 외지에서 온 손님을 대하듯 나를 대하는 모습을 보니 정말 기분이 좋았다. 모든 것이 조금씩 작아져 있었다. 나는 랑에리니* 산책로를 거쳐 등대가 있는 곳까지 갔다가 되돌아왔다. 걷다가 아말리엔가데 구역에 이르니 오랫동안 나를 지배하던 것들이 곳곳에서 나타나 나를 상대로 옛 힘을 써 보려 했다. 그곳엔 구석 창문과 아치 또는 가로등들이 있었는데 이것들은 나를 잘 안다며 그걸 미끼로 나를 위협했다. 나는 그것들을 쏘아보면서 나는 현재 '푀닉스' 호텔에 묵고 있고 아무 때든 떠날 수 있다고 알려 주었다. 그러나 그렇게 하기는 했지만 내 마음은 꺼림칙했다. 순간 그 같은 영향이나 기억들을 실제로는 하나도 극복하지 못한 게 아닌가 하는 의구심이 자꾸만 내 마음속에서 용솟음쳤다. 나는 그것들과의 관계를 제대로 청산도 하지 않은 채 그것들을 두고 어느 날 몰래 떠났다. 어린 시절을 그냥 영원히 잃어버린 것으로 생각하지 않는 한, 어린 시절 역시 어떤 의미에서는 아직 내 앞에 놓여 있는 것이나 마찬가지다. 어린 시절을 잃었다는 사실을 깨달은 순간, 나는 앞으로는 기댈 것이 아무것도 없음을 느꼈다.

하루에 두서너 시간씩, 나는 드로닝엔스 트베르가데로 가서 그곳의 좁은 방에서 지냈다. 사람이 죽어 나간 셋집들이 다 그렇듯이 모욕당한 듯 보이는 방이었다. 책상과 흰 타일의 큰 난로 사이를 오가면서 나는 수렵관이 남긴 서류들을 불태웠다. 나는 편지 꾸러미들을 뭉치째로 불 속에 던지기 시작했다. 그러나 그 작은 꾸러미들은 워낙 꽁꽁 묶여 있어서 가장자리만 그슬렸을 뿐이다. 그것들을 끄르느라 무진 애를 써야 했다. 그것들은 대개 강렬하고 톡 쏘는 냄새를 풍겼다. 그 냄새는 내게 밀려와 내 안에 가라앉아 있던 기억을 깨워 놓으려는 것 같았다. 그러나 내겐 그럴 만한 기억이 없었다. 가끔 다른 것보다 묵직한 사진들이 미끄러져 나왔다. 이 사진들은 믿을 수 없을 만큼 느리게 탔다. 왠지 모르지만, 불현듯 그 안에 잉게보르크의 사진이 들어 있을 것 같은 느낌이 들었다. 그러나 살펴보니 그 것은 성숙하고 비할 데 없는, 눈에 띄게 아름다운 여인들이었 다. 그 여인들은 내게 다른 생각을 떠올렸다. 그러므로 내게 기 억이 전혀 없다고 할 수는 없었다. 내가 어느 정도 자랐을 때 아 버지와 거리를 걷노라면 나 자신을 바라보게 만들던 눈들이 바 로 이 눈들과 같았다. 마차를 타고 가면서 그들이 나를 눈길로 에워싸면, 나는 거기서 도무지 빠져나가지 못했다. 이제야 깨 달았지만, 당시에 그들은 나와 아버지를 비교했고 비교의 결과 는 내게 유리하지 않았다. 뻔한 결과였다. 수렵관은 비교 따위 를 두려워할 필요가 없었다.

아버지가 두려워했던 것이 무엇인지 이제는 조금 알 것 같 다. 내가 어떻게 해서 이런 생각에 이르게 되었는지 말해 보겠 다. 아버지의 지갑 안쪽에서 나는 한 장의 종이를 발견했다. 오 랫동안 접혀 있어서 접혔던 부분이 물러서 부서질 것 같았다. 불에 태우기 전에 그것을 읽어 보았다. 아버지의 훌륭한 필체 로 또박또박하게 적혀 있었다. 그러나 다음 순간 나는 그것이 필사본임을 알아챘다.

"죽음을 세 시간 앞두고"라는 말로 시작되었으며 크리스티 안 4세 이야기였다. 물론 그 내용을 여기서 글자 그대로 되풀이 해서 보여 줄 수는 없다. 죽음을 세 시간 앞두고 왕은 자리에서 꼭 한 번 일어나 보고 싶다고 했다. 의사와 시종 보르미우스는 왕을 부축하여 일어서도록 해 주었다. 서 있는 자세가 잠시 불 안하기는 했지만, 왕은 아무튼 서 있었고, 그들은 왕에게 누비

잠옷을 입혀 주었다. 그때 갑자기 왕이 침대 머리맡에 털썩 앉으며 중얼거렸다. 무슨 말인지 알아들을 수 없었다. 의사는 왕이 침대에서 뒤로 넘어지지 않도록 줄곧 그의 왼손을 잡고 있었다. 두 사람은 그런 자세로 앉아 있었고, 왕은 가끔 아주 힘을 들여 가며 아까 했던 그 알아들을 수 없는 말을 희미하게 되풀이했다. 마침내 의사는 왕에게 말을 걸기 시작했다. 왕이 무슨 말을 하는 건지 조금씩 알아보려 했다. 잠시 후, 왕은 의사의 말을 가로막더니 불쑥 또렷한 어투로 말했다. "오, 이보게 의사, 자네 이름은 뭔가?" 의사는 낑낑대며 자기 이름을 생각해 냈다.
"슈페를링이라 합니다, 폐하."

그러나 사실 중요한 것은 그것이 아니었다. 왕은 다른 사람들이 자기 말을 알아듣는 것을 듣고는 남아 있던 오른쪽 눈을 크게 뜨고서 얼굴을 잔뜩 찌푸리며 단 한 마디 말을 했다. 몇 시간에 걸쳐 그의 혀가 만들어 낸 한마디, 아직 남아 있는 단 한마디를 말했다. "되덴."* 그는 말했다. "되덴."

종이에 적혀 있는 말은 이것이 전부였다. 나는 그것을 여러 번 읽어 본 뒤 불에 태웠다. 그때 나의 아버지가 마지막에 큰 고통을 겪었다는 사실이 떠올랐다. 그것은 사람들이 나에게 말해 주어 알게 된 것이었다.

그때부터 나는 죽음의 공포에 대해 많은 생각을 하게 되었다. 그때마다 나 자신이 겪은 경험들이 떠올랐다. 죽음의 공포를 맛보았다고 해도 그만이다. 죽음의 공포는 번잡한 도시에서 사람들 틈에 있을 때, 아무런 이유 없이 불쑥 찾아오곤 했다. 물론 이런저런 원인들이 혼재하는 경우도 있었다. 이를테면 웬 사람이 벤치에 앉은 채 죽어 가고 있고, 사람들은 모두 그를 둘러싸고 서서 그냥 구경만 하고 있는데, 그 사람은 이미 공포를 초탈해 있을 때, 그럴 때면 그가 느끼던 공포를 내가 느꼈다. 혹은 나폴리에서 그랬다. 당시 내가 탄 전차의 건너편에 앉아 있던 젊은 소녀가 죽었다. 처음 봤을 땐 그냥 혼절한 것 같았다. 전차는 계속 달렸다. 그러나 그때 전차가 멈춰야 한다는 사실엔 의심의 여지가 없었다. 우리 뒤에 차들이 늘어서 교통이 혼잡해졌고, 이 방향으로는 더 이상 나아갈 수 없을 것 같았다. 창백하고 뚱뚱한 그 소녀는 옆자리의 부인에게 기대어 더 편안하게 죽을 수도 있었다. 그러나 소녀의 어머니는 그런 생각을 전혀 하지 않았다. 어머니는 딸을 몹시 거칠게 대했다. 어머니는 딸의 옷을 마구 흩어 놓았고, 입에 뭔가를 흘려 넣었지만, 입은 그것을 받아들이지 못했다. 어머니는 누군가 건네준 액체를 딸의 이마에 발랐다. 딸의 눈이 약간 풀리자, 어머니는 눈빛을 정상으로 되돌리려고 딸을 마구 흔들었다. 어머니는 아무것도 듣지 못하는 눈에 대고 소리를 질러 대고, 딸의 몸뚱어리를 인형처럼 이리저리 밀치고 당겼다. 마침내 그녀는 손을 번쩍 치켜들더니 딸의 뚱뚱한 얼굴을 후려갈겼다. 그렇게 해서 딸이 죽지 않도록 해 볼 심사였다. 당시에 나는 죽음의 공포를 느꼈다.

그러나 그전에도 나는 죽음의 공포를 느낀 적이 있었다. 이를테면 내가 키우던 개가 죽었을 때 그랬다. 그 개는 영원히 나를 원망했다. 그 개는 병이 들어 있었다. 나는 온종일 개를 지키며 앉아 있었다. 그때 갑자기 개가 짖기 시작했다. 낯선 사람이 방에 들어올 때처럼 짧게 단속적으로 짖었다. 그렇게 짖는 것은 낯선 사람이 들어올 경우에 대비해 우리가 약속한 신호 같은 것이었다. 나도 모르게 얼른 문 쪽을 바라보았다. 그러나 그것은 이미 개의 몸에 들어가 있었다. 불안한 마음에 나는 개의 눈빛을 찾았고, 개도 나의 눈빛을 찾았다. 그러나 작별을 고하려 그랬던 것은 아니다. 개는 노여운 눈빛으로 나를 쳐다보았다. 개는 내가 그것을 제 몸속에 들어오게 했다고 나를 비난하고 있었다. 내가 그것을 들어오지 못하게 막을 수 있었다고 믿는 것 같았다. 개는 평소에 나를 과대평가했던 것이다. 그러나 설명해 줄 시간이 없었다. 개는 죽어 가면서 쓸쓸하고 노여운 눈빛으로 나를 쳐다보았다.

나는 또 가을이 되어 첫서리가 내린 어느 날, 파리들이 방 안으로 들어와 온기로 다시 한번 몸을 추스르는 것을 보면서도 죽음의 공포를 느꼈다. 파리들은 몸이 바짝 말라서 자기들이 내는 윙윙 소리에도 소스라치게 놀랐다. 파리들은 자기들이 뭘 하고 있는지도 제대로 알지 못하는 것처럼 보였다. 몇 시간이고 그냥 앉아서 세상모르고 있다가 이윽고 자기들이 아직 살아 있다는 것을 깨닫곤 했다. 그러다가 파리들은 아무 데로나 무턱대고 날아오를 뿐, 뭘 해야 할지 몰랐다. 그리고 곳곳에서 파리들이 떨어지는 소리가 들려왔다. 저편에서 그리고 어디에선

가. 그러다 마침내 파리들은 이곳저곳 기어다니며 온 방을 서서히 죽음으로 물들였다.

그러나 혼자 있을 때조차도 나는 죽음의 공포를 느꼈다. 죽음에 대한 공포 때문에 잠 못 이루고 일어나 앉아, 앉아 있는 것은 적어도 살아 있음의 징표가 아니냐고, 죽은 자들은 앉아 있을 수도 없지 않느냐는 사실로 스스로를 위로하던 그런 밤들이 없었다고 내 어찌 말할 수 있을까. 그 일은 늘 내가 우연히 들어가 묵게 된 이 방들 중 한 방에서 일어나곤 했다. 내가 궁지에 빠지기만 하면 괜히 좋지 않은 나의 일에 말려들거나 취조를 받을지도 모른다는 생각에 여지없이 나를 모른 척했던 방들이다. 거기 나는 앉아 있었다. 그런데 내가 무섭게 보였던지 아무것도 선뜻 내 편을 들어 주려 하지 않았다. 방금 내가 친히 불을 붙여 준 등불마저도 나와 관계하려 하지 않았다. 등불은 마치 아무도 없는 방에 있는 것처럼 태평스레 혼자서 타고 있었다. 그럴 때마다 나의 마지막 희망은 늘 창문이었다. 저 창문 밖에는, 내가 이렇게 갑작스레 죽어 가며 고난을 겪고 있는 이 순간에도 그래도 내 것이라 할 수 있는 뭔가가 있으리라고 마음속으로 그려 보곤 했다. 그러나 창문 밖을 내다보노라면 금세 차라리 이 창문이 벽처럼 막혀 있었으면 하는 바람이 생겼다. 저 창문 밖도 여기나 마찬가지로 무심할 것이며 저 창문 밖에서도 나의 고독밖에 없을 것임을 잘 알고 있었기 때문이다. 내 스스로가 불러들인 이 고독은 너무나 거대해져 이제는 내 심장이 감당할 수가 없다. 내가 떠나온 사람들의 얼굴이 떠올랐다. 사람이 사람에게서 떠날 수 있다는 게 이해가 안 되었다.

　나의 신이여, 나의 신이여, 내가 아직도 이런 밤들을 마주해야 한다면, 부디 내가 때때로 떠올릴 수 있었던 생각들 중 하나라도 허락하소서. 내가 하는 이 요구가 그렇게 터무니없는 것이 아님은, 나의 생각들이 바로 그 어마어마한 두려움에서 생겨난 것들임을 내가 알기 때문이다. 내가 소년이었을 때, 녀석들은 내 얼굴을 때리며 나보고 겁쟁이라고 했다. 내가 느끼던 두려움은 아직 제대로 된 두려움이 아니었기 때문이다. 그러나 그 뒤로 나는 진정한 두려움을 느끼는 법을 배웠다. 이 진정한 두려움은 그것을 낳는 힘이 커질 때 비로소 커진다. 우리의 두려움을 떠나서는 이 힘의 크기를 짐작해 볼 수 없다. 그 힘은 전혀 가늠할 수도 없고, 또 우리와 정면으로 맞서 있어서 그 힘을 생각하려고 낑낑대다 보면 우리의 뇌가 터져 버릴 것이다. 그럼에도 불구하고, 나는 요즘에 들어서는 그것이 다 **우리의** 힘이라고, 비록 우리가 감당하기에 너무 강력하긴 하지만, 그것이 다 우리의 힘이라고 생각한다. 우리는 사실 그 힘에 대해 잘 모른다. 그렇다면 그것은 바로 우리 자신도 거의 아는 게 없는 우리 자신의 것이 아니던가? 가끔 나는 하늘나라는 어떻게 해서 생겨났으며, 또 죽음은 어떻게 해서 생겨났는지 생각해 보곤 한다. 우리는 우리에게 가장 소중한 것을 옆으로 치워 버렸다. 먼저 처리해야 할 일이 많거나, 아니면 삶이 바쁘다 보니 그것들을 우리 곁에 두면 안전하지 않을 것 같다는 이유로 말이다. 그렇게 하면서 시간은 흘렀고, 이제 우리는 사소한 것들에 익숙해졌다. 우리는 우리 자신의 것을 알아보지 못하고, 우리 자신이 가진 어마어마한 크기에 소스라치게 놀란다. 안 그런가?

아무튼 사람이 어느 임종의 순간을 베낀 쪽지를 평생 지갑 속에 고이 간직하여 품고 다니는 심정을 이제 잘 이해할 수 있을 것 같다. 반드시 특별한 순간일 필요는 없다. 임종의 순간은 다 나름 독특한 면이 있기 마련이다. 이를테면 펠릭스 아르베르*가 어떻게 죽었는지 그 장면을 베껴서 가지고 다니는 사람도 상상할 수 있지 않을까. 병원에서였다. 그는 고통 없이 편안하게 죽어 가는 중이었다. 그런데 아마 수녀가 그가 이제 죽음에 다다랐다고 생각했던 모양이다. 실제로는 아직 멀었는데 말이다. 그녀는 목청껏 소리를 질러 대며 이런저런 것을 모처에 가서 찾아오라고 지시했다. 무식하기 짝이 없는 수녀였다. 말하다 보니 '복도'라는 말을 쓰지 않을 수 없는 순간이 되었다. 그러나 이 낱말을 한 번도 글로 보지 못했던 그녀는 대충 짐작해서 그냥 '뽁또'라고 말해 버렸다. 이 말을 들은 아르베르는 임종을 뒤로 미루었다. 이것만큼은 똑바로 고쳐 줘야겠다고 생각했던 모양이다. 그는 정신이 말짱해져서 수녀에게 '복도'라고 해야 한다고 설명해 주었다. 그러고 나서 그는 죽었다. 그는 시인이었으며 불분명한 것을 증오했다. 아니면 그에겐 진리가 중요했는지도 모른다. 아니면 세상이 이렇게 대충대충 돌아가는 듯한 마지막 인상을 갖고서 세상을 떠나는 게 싫었을 수도 있다. 어느 쪽이 정답이라고 할 수는 없다. 그래도 그의 태도를 좀스럽다고 비난할 수는 없다. 이럴 경우 성(聖) 장 드 디외*도 같은 비난을 받아야 할 것이기 때문이다. 그는 임종의 침상에서 벌떡 일어나 정원에서 목을 매려던 사내의 밧줄을 제때에 잘라 버렸다. 성자의 단말마의 내적 긴장 속에서 놀랍게도 그 사내의 죽음에 대한 기별이 찾아왔던 것이다. 그에게 중요한 것 역시 진리였다.

어떤 생물은 눈으로 볼 때는 별로 해로워 보이지 않고 크게 눈에 띄지도 않아 금방 다시 잊어버리게 된다. 그러나 그런 생물이 어쩌다 눈에 띄지 않게 귓속에 들어가면 거기서 부화하여 기어 나온다. 그리고 이것이 뇌 속으로 들어가 거기서 번성하여 뇌를 황폐화하는 경우도 여러 번 목격되었다. 콧속으로 들어가는 개의 폐렴균처럼 말이다.

이런 생물이 바로 이웃이다.

이렇게 홀로 이곳저곳 떠돌면서부터 나는 수도 없이 많은 이웃을 가졌다. 이웃은 위쪽에 있기도 하고, 아래쪽에 있기도 하며, 오른쪽에 있기도 하고, 왼쪽에 있기도 했다. 그리고 때로는 이 네 종류의 이웃을 한꺼번에 가지기도 했다. 내 이웃들에 대한 이야기만 써도 평생 작업거리가 될 것이다. 물론 이 이야기는 이웃들이 내 안에 만들어 낸 증상들을 다룬 이야기가 될 것이다. 그러나 특정한 신체 조직에 장애를 일으켜 그 존재를 드러낸다는 점에서 이웃들은 앞서 말한 생물들과 다를 게 없다.

나는 예측 불허의 이웃도 경험해 보았고, 매우 규칙적인 이웃도 겪어 보았다. 나는 집에 앉아서 예측할 수 없는 이웃이 갖고 있는 법칙을 찾아보려고 해 봤다. 이런 이웃도 법칙을 갖고 있을 것 같았기 때문이다. 그리고 아주 규칙적인 이웃이 어느 날 밤 들어오지 않기라도 하면, 혹시 무슨 일이 생긴 걸까 온갖 상상을 하며 등불을 켜 놓고 젊은 아내처럼 노심초사했다. 나는 증오로 뭉친 이웃도 겪어 봤고, 격한 사랑에 빠진 이웃도 가져 보았다. 또는 한밤중에 사랑이 증오로, 증오가 사랑으로 급변하는 것도 목격했다. 이럴 땐 물론 잠을 포기해야 했다. 사실 그때마다 나는 잠이라는 것이 보통 사람들이 생각하듯 흔한 것이 아니라는 것을 깨달았다. 이를테면 내가 페테르부르크에 살 때의 두 이웃은 잠을 그리 중요하게 생각하지 않았다. 그중 한 이웃은 서서 바이올린을 켰다. 확신컨대, 그 사람은 바이올린을 켜면서 보기 드문 8월의 밤에 한없이 불을 밝혀 놓은 채 잠 못 이루고 있는 건너편 집들을 넘겨다보았을 것이다. 오른편의 이웃은 내가 알기로 늘 침대에 누워 있었다. 내가 그곳에 머물던 동안, 그는 한 번도 일어난 적이 없다. 심지어 그는 눈까지 감고 있었다. 그렇다고 해서 잠을 자는 것은 아니었다. 그는 누워서 긴 시를 낭송했다, 푸시킨과 네크라소프의 장시를 낭송했다. 사람들이 한번 읽어 보라 하면 어린애들이 시를 낭송할 때의 그런 어조로 낭송했다. 그리고 왼쪽에 사는 이웃이 켜 대는 바이올린 소리에도 아랑곳하지 않고 내 머릿속에 고치를 만들어 놓은 사람은 바로 시를 낭송하는 이웃이었다. 그리고 만약 가끔 그를 찾아오던 대학생이 어느 날 착각해서 내 방의 문을 두드리지 않았더라면 그 고치에서 무엇이 기어 나왔을지는 아무도 모른다. 그 대학생은 자기가 아는 그 사람에 대해 이야기를 들려주었고, 이야기의 내용은 다소 안심이 되는 것이었다. 아무튼 그 이야기는 과장이 없는 명백한 이야기였다. 득실거리던 내 억측의 구더기들은 그 이야기에 몽땅 다 죽어 버렸다.

어느 일요일, 내 이웃에 사는 말단 관리는 특이한 과제를 한번 풀어 보겠다고 마음먹었다. 그는 자기가 앞으로 꽤 오래 살것으로, 이를테면 한 50년은 더 살 것으로 가정했다. 그렇게 스스로에게 관용을 베풀고 나니 왠지 기분이 상쾌했다. 그는 평소 자신의 역량을 뛰어넘어 보고 싶었다. 이 50년을 날로, 시간으로, 분으로, 그래, 좀 수고만 하면 초로도 환산할 수 있을 걸로 그는 생각했다. 그는 계산하고 또 계산했다. 그렇게 해서 그가 여태껏 본 적이 없는 합계가 나왔다. 머리가 어지러웠다. 잠시 쉬어야 했다. 시간은 금이라고 늘 들어 왔건만, 이렇게 어마어마한 시간을 소유한 사람을 경호도 하지 않다니 참으로 이상하다는 생각이 들었다. 강도를 만나면 금세 다 털릴 것만 같았다. 그러나 넘칠 듯이 기쁜 마음은 이내 다시 돌아왔다. 그는 뭔가 좀 더 위풍당당하게 보이려고 모피를 걸쳤다. 그러고는 약간 낮춘 말투로 스스로를 호명하며 그 엄청난 재산을 자신에게 선물했다.

"니콜라이 쿠스미치." 그는 부드러운 어조로 말하면서 마치 또 다른 자기가 모피도 걸치지 못하고 비쩍 마른 궁색한 차림으로 말털 소파에 앉아 있는 것처럼 상상했다. "나는 말이야, 니콜라이 쿠스미치." 그는 말했다. "자네가 재산이 많다고 으스대지 않았으면 하네. 재산이 모든 게 아니라는 걸 잊지 말게. 가난해도 존경받을 만한 사람이 많다네. 거리에 나가 떠돌며 물건을 파는 영락한 귀족들이나 장군의 딸들도 있어." 그러면서 이 은인은 그 도시 사람이라면 누구나 다 아는 온갖 예를 들었다.

또 다른 니콜라이 쿠스미치, 말털 소파 위에 앉아 있는 그 사내는 어마어마한 재산을 물려받았지만 아직은 뻐기거나 으스대는 듯한 기색이 없었다. 보아하니 그렇게 과한 행동을 할 것 같지는 않았다. 실제로 그는 근검하고 규칙적인 생활 방식을 고수했으며 그때부터 일요일마다 계산을 따져 보느라 여념이 없었다. 불과 몇 주가 안 지났을 때 자신이 엄청난 액수를 지출하고 있음을 깨달았다. 절약해야겠다고 그는 생각했다. 평소보다 더 일찍 일어났으며, 세수도 대충 했고, 차도 서서 마셨고, 사무실에도 뛰어갔다. 그러다 보니 너무 일찍 도착했다. 그는 어디서나 시간을 조금씩 비축했다. 하지만 일요일에 따져 보면 비축해 놓은 것이 전혀 남지 않았다. 그제서야 그는 자신이 속았다는 것을 깨달았다. 잔돈으로 바꾸는 게 아니었어, 그는 혼자 중얼거렸다. 1년이 통째로 전혀 깨지지 않은 채로 얼마나 버틸 수 있겠어. 이 망할 놈의 잔돈은 어디로 새는지 금세 다 사라진단 말이야. 어느 짜증 나는 오후, 그는 소파 모퉁이에 앉아 모피 외투를 입은 그 신사를 기다렸다. 그에게 시간을 돌려달라고 할 참이었다. 그는 문을 걸어 잠가 놓고서 시간을 되돌려받기 전에는 그 신사를 내보내지 않을 생각이었다. "지폐로 주시지요. 10년짜리로 주시면 더 좋겠습니다." 그렇게 말할 생각이었다. 10년짜리 네 장에 5년짜리 한 장, 나머지는 그 사람보고 가지라고 하지 뭐, 제기랄. 그래, 그는 문제를 원만히 해결하기 위해서 나머지를 신사에게 내줄 마음이 있었다. 그는 열받은 표정으로 말털 소파에 앉아 기다렸다. 그러나 그 신사는 나타나지 않았다. 불과 몇 주 전만 해도 소파에 앉아 있는 자신의 모습을 금세 떠올릴 수 있던 그, 니콜라이 쿠스미치는 이제 막상 말털 소파에 앉아 있고 보니 또 다른 니콜라이 쿠스미치, 즉 모피 외투를 입은 마음씨 좋은 그 사내의 모습을 도무지 떠올릴 수가 없었다. 그 사내가 어떻게 되었는지는 하늘만이 알 것이다. 어쩌면 사기를 치다가 걸려서 어디 감방에 갇혀 있는지도 모른다. 그 사내 때문에 불행을 당한 사람이 니콜라이 쿠스미치만은 아닐 것이다. 이런 사기꾼들은 어딜 가나 크게 판을 벌이니까 말이다.

그때 문득 그는 어딘가에 국가 기관으로서 일종의 시간 은행이 있을지도 모른다는 생각이 떠올랐다. 적어도 거기 가면 이 아무짝에도 쓸모없는 초(秒)들의 일부를 환전할 수 있을 것 같았다. 아무튼 이 초들은 틀림없는 진짜였다. 그런 기관이 있다는 말은 전혀 들어 본 적이 없었다. 그러나 주소록을 찾아보면 그런 종류의 기관이 나와 있을지도 모른다. 'ㅅ' 항목에서 찾을 수 있겠다. 아니면 '은행, 시간 전문'이라고 되어 있을지도 모르니 'ㅇ' 항목을 보는 게 좋을 것 같다. 어쩌면 'ㅎ' 항목을 눈여겨봐야 할지도 모른다. 황제 직속 기관일지도 모르니까. 중요성으로 봐서 그럴 만했다.

나중에 가서, 니콜라이 쿠스미치는 예의 그 일요일 저녁에 기분이 울적했던 것은 사실이지만 술은 한 모금도 마시지 않았다고 거듭 맹세했다. 말하자면 그는 다음과 같은 일이 일어났을 때 — 실제로 무슨 일이 일어났는지 말할 수 있는 한 — 정신이 아주 맑았다는 얘기다. 그는 소파 모퉁이에 기대어 잠깐 잠이 들었던 것 같다. 이런 일은 충분히 상상할 수 있다. 잠깐 눈을 붙이고 나니 그는 마음이 가벼워졌다. 괜히 숫자 놀음에 말려들었던 것 같아, 그는 스스로 타이르듯 말했다. 숫자에 대해 난 정말 문외한이야. 다만 숫자에 너무 큰 의미를 부여해서는 안 된다는 것만큼은 분명해. 숫자란 공공질서를 유지하기 위해 나라가 만들어 낸 장치에 불과한 거야. 여태껏 종이 말고 다른 곳에서 숫자를 본 사람은 없어. 예를 들어 어떤 모임에 가서 7을 만났다든가, 아니면 25를 만났다는 말은 있을 수 없어. 한마디로 숫자는 존재하지 않는 거야. 내가 무심결에 잠깐 시간과 돈을 혼동했을 뿐이야. 둘이 구분이 안 되는 걸로 생각했던 거지. 니콜라이 쿠스미치는 껄껄 소리 내서 웃을 뻔했다. 내 스스로 놓은 덫을 알아차린 것은 다행이야. 그것도 제때 말이다. 제때 알아차렸다는 것, 그게 중요한 거야. 이젠 달라져야지. 시간, 그래 이놈은 정말 묘한 거야. 그러나 이런 문제를 나만 겪는 걸까? 다른 사람들도 겪는 문제가 아닐까? 그가 초로 계산했던 것과 같은 문제를. 비록 그걸 의식하지 못하더라도.

남들도 그런 고통을 겪는다고 생각하니 니콜라이 쿠스미치는 은근히 기분이 좋았다. 시간이야 어찌 되든 그냥 두자고. 막 그렇게 생각하려는 찰나, 뭔가 이상한 일이 생겼다. 갑자기 웬 바람결이 얼굴에 느껴졌고, 귓전에도 스치고, 양손에도 느껴졌다. 그는 눈을 번쩍 떴다. 창문은 굳게 닫혀 있었다. 눈이 휘둥그레진 채 캄캄한 방에 앉아 있던 그는 방금 느낀 것이 스쳐 지나가는 진짜 시간임을 서서히 깨닫기 시작했다. 그는 그것들을, 모든 초들을 낱낱이 알아보았다. 그것들은 하나같이 미적지근했으나, 무척 빨랐다, 빨랐던 것이다. 그것들이 또 무슨 일을 꾸미려는지 알 수 없는 노릇이었다. 하필이면 바람을 모두 모욕으로 생각하는 그에게 이런 일이 생길 게 뭐람. 이제 도리 없이 그는 방에 앉아 있고, 바람은 늘 그렇게 불어오리라, 평생토록. 그렇게 있다가 온갖 신경통에 걸리게 될 것을 생각하니 그는 분노가 치밀었다. 그는 자리에서 벌떡 일어났다. 그러나 놀라운 일은 그것으로 끝이 아니었다. 발밑에서도 뭔가 움직임이 느껴졌다. 단 하나의 움직임이 아니라 여러 개의 움직임이 서로 뒤얽혀 이상하게 요동치는 것이었다. 그는 소스라치게 놀라 몸이 굳어 버렸다. 지구가 그런 것일까? 맞아, 분명 지구가 움직인 거야. 지구는 실제로 움직이고 있으니까. 학교 다닐 때 그런 얘기를 들은 건 사실이지만, 그때는 그냥 스쳐 지나갔고, 나중에는 전혀 거들떠보지도 않았다. 그리고 그런 얘기를 꺼내는 것은 별로 탐탁지 않게 여겨졌다. 그러나 아주 민감해지다 보니, 그는 이젠 이런 것까지도 느꼈다. 다른 사람들도 느꼈을까? 그럴지도 모른다. 그러나 사람들은 그런 내색을 하지 않았다. 원양 어선을 타는 선원들에게는 이런 것은 문제 될 것도 없었을 것이다. 그러나 니콜라이 쿠스미치는 이런 면에서 아주 민감한 편이라 전차를 이용하는 것도 피했다. 그는 방에 있을 때도 갑판에 서 있는 것처럼 비틀거렸고, 양손으로 꼭 잡고 있어야 했다. 그때 불행하게도 지구의 축이 약간 기울어져 있다는 생각까지 떠올랐다. 그래, 그는 이런 모든 움직임을 도무지 참아 낼 수가 없었다. 그는 자신이 비참하다고 느꼈다. 누워서 쉬어라, 그는 어디선가 이런 글을 읽은 적이 있었다. 그리하여 그 후로 니콜라이 쿠스미치는 계속 누워 있었다.

그는 눈을 감은 채 누워 있었다. 그리고 덜 흔들리는 날들이 있었는데 그럴 땐 꽤 견딜 만했다. 그때 그는 시를 읊어 보면 어떨까 생각했다. 그게 큰 도움이 되었다고 할 수는 없다. 그러나 어떤 시를 가지고 각운에 동일한 강세를 넣어 가면서 천천히 읊조리다 보면 뭔가 안정적인 것이 생겨나 거기에 시선을 고정할 수 있었다. 물론 마음의 시선을 말이다. 그가 그 모든 시를 암송할 수 있었던 것은 정말 다행이었다. 원래 그는 문학에 특별한 관심을 가진 사람이었다. 그는 자신의 신세를 한탄하는 법이 없다고 그의 오랜 지기인 대학생이 내게 말해 주었다. 다만 그 학생처럼 자유롭게 돌아다니면서 지구의 움직임을 잘 견뎌 내는 사람들을 지나치게 존중하는 버릇이 시간이 흐를수록 그의 마음에서 생겨났을 뿐이었다.

　내가 이 이야기를 이렇게까지 정확히 기억하는 것은 거기서 많은 마음의 위안을 얻었기 때문이다. 내가 니콜라이 쿠스미치처럼 괜찮은 이웃을 다시는 두지 못했다고 해도 과언은 아니다. 그 사람 역시 나를 칭송했을 것이다.

　이런 경험을 겪은 뒤로 나는 이와 유사한 경우를 만나면 즉시 사실을 확인하기로 마음먹었다. 나는 지레짐작과 비교할 때 사실이라는 것이 얼마나 간단하고 마음을 편안하게 해 주는 것인지 깨달았다. 우리의 모든 인식은 사실에 이어서 오는 것이며 최종적 결산에 다름 아니라는 것을 몰랐던 것처럼. 바로 그 다음 페이지에는 앞의 것이 이월되지 않고 전혀 다른 계산의 새로운 페이지가 시작된다. 이번에 말하려는 이야기의 경우, 쉽게 확인할 수 있는 몇 가지 사실들이 내게 무슨 도움이 되었는가. 그 사실들이 뭔지 알려 주기 전에 먼저 현재의 내 생각을 말하겠다. 말하자면 그 사실들은 (지금 인정하지만) 그렇지 않아도 힘겨운 내 상황을 더욱 어렵게 만들었다는 것이다.

　요즘 나는 글을 많이 쓰고 있다는 사실이 자랑스럽다. 정말 필사적으로 글을 쓰고 있다. 물론, 외출하면 집에 돌아가고 싶지 않았다. 심지어 길을 우회하여 오느라 30분을 잃기도 했다. 그 시간 동안 앉아 글을 쓸 수 있을 텐데. 그것이 내 약점이라면 약점이다. 그러나 일단 내 방에 앉아 있으면 남부러울 게 없었다. 나는 글을 쓰며 내 나름의 삶을 살았다. 내 옆방의 삶은 전혀 다른 삶이었고, 나와는 아무 관계가 없었다. 그것은 시험공부 중인 어느 의대생의 삶이었다. 나는 그런 것을 앞에 두고 있지 않았다. 그것만 해도 결정적인 차이였다. 게다가 우리가 처한 상황은 너무나 달랐다. 나는 그 모든 것을 훤히 꿰뚫고 있었다. 그것이 찾아올 것이라고 느끼기 전까지는. 그 순간부터 나는 우리 사이에 공통점이 전혀 없다는 사실을 잊어버렸다. 어찌나 집중해서 귀를 기울였던지 내 심장이 쿵쾅대는 소리까지 들렸다. 나는 모든 것을 제쳐 두고 귀를 기울였다. 마침내 그 소리가 들렸다. 내 느낌은 한 번도 틀린 적이 없다.

웬만한 사람이면 양철로 된 둥근 물건, 이를테면 깡통 뚜껑 같은 것이 바닥에 떨어지면서 내는 소리를 잘 알 것이다. 대개의 경우, 깡통 뚜껑은 바닥에 떨어지는 그 순간 큰 소리를 내는 경우가 없다. 다만 순간적인 충격이 있을 뿐이고, 이어서 테를 타고 굴러간다. 굴러가던 기세가 꺾여 사방 팔면으로 파닥대며 바닥에 부딪혀 벌러덩 드러누울 때 비로소 불쾌한 소리를 낸다. 자, 이게 전부다. 바로 이런, 양철로 된 물건이 옆방에서 바닥에 떨어져 굴러가다 멈추었다. 그러는 동안에 누군가 일정한 간격을 두고 발로 바닥을 구르며 쿵쿵거렸다. 반복을 통해 각인되는 소리들이 다 그렇듯이 이 소리 역시 나름의 내적인 체계를 갖추고 있었다. 이 소리는 그때마다 바뀌었기 때문에 늘 똑같은 소리는 아니었다. 그러나 바로 이것이 이 소리의 법칙성을 말해 주는 것이었다. 이 소리는 격하거나 부드럽거나 우

울할 수도 있고, 급한 듯이 지나가 버리거나 한없이 천천히 미
끄러지듯 흘러가다 멈출 수도 있었다. 그러나 마지막에 가서
뱅그르르 돌며 요동치는 소리는 늘 변함없이 놀라움이었다. 이
에 반해 그 소리에 더해 들리던 발 구르는 소리는 좀 기계적인
면이 있었다. 그러나 이 발 구르는 소리는 예의 그 소리를 그때
그때 다르게 끊어 놓았다. 그게 임무인 것 같았다. 이제 나는 이
런 세세한 것들을 훨씬 더 잘 간파할 수 있다. 지금 내 옆방은
비어 있다. 그 친구는 시골집에 가고 없다. 그에겐 휴식이 필요
했다. 나는 맨 꼭대기 층에 묵고 있다. 내 오른쪽엔 다른 건물이
있고, 내 아래층에는 아직 아무도 들어와 있지 않다. 현재로서
는 이웃이 없는 셈이다.

　이런 상태에 빠진 지금, 대체 왜 내가 이 일을 좀 더 쉽게 받
아들이지 않았을까 하는 생각이 들었다. 매번 나의 예감이 미
리 경고했음에도 불구하고. 그 예감을 잘 활용했더라면 좋았을
텐데. 놀라지 마, 지금 그것이 다가오고 있어, 그렇게 나 자신에
게 말해 주었어야 했다. 한 번도 직관이 틀려 본 적이 없는 내
가 아니던가. 그러나 내 상태가 이렇게 된 것은 아마도 내가 확
인한 그 사실들 때문인 것 같다. 그 사실들을 알고부터 나는 더
욱 두려움에 떨게 되었다. 예의 그 소리가 그 의대생이 책을 읽
는 동안 그의 눈꺼풀이 오른쪽 눈 위에서 제멋대로 자꾸만 내
리 닫히며 소리 없이 살짝 움직일 때 나는 소리라는 사실에 나
는 모골이 송연하기까지 했다. 이것은 사소하게 보일 수 있지
만, 사실 의대생 이야기의 핵심 포인트이다. 그는 벌써 몇 번이

나 시험을 뒤로 미루었으며 자존심도 무척 상했다. 게다가 고향의 가족들도 그에게 편지를 써서 자꾸만 닦달했던 것 같다. 그러니 정신을 바짝 차리는 수밖에 없었다. 그러나 결단의 순간을 몇 달 앞둔 상황에서 바로 이 약점이 나타난 것이다. 사소한 것 같지만 어찌할 도리가 없는 이 피로감은 마치 커튼이 매달려 있지 않고 자꾸만 떨어져 내리는 것처럼 우스꽝스러운 것이었다. 내가 보기에 그 친구는 첫 몇 주 동안은 잘만 하면 그 문제를 극복할 수 있으리라 생각했던 것 같다. 안 그러면 그에게 내 의지를 써 보도록 줄 생각도 안 했을 것이다. 어느 날, 나는 그의 의지가 바닥났음을 알았다. 그래서 그 뒤로는 그의 증세가 시작되는 것 같으면 나는 내 쪽 벽에 붙어서 어서 내 의지를 가져다 쓰라고 제안했다. 그리고 시간이 흐르면서 그가 내 제안을 받아들였음이 분명해졌다. 어쩌면 그는 내 제안을 받아들이지 말았어야 했다. 그것이 별 도움이 되지 않았음을 생각하면 더 그렇다. 그렇게 해서 시간이야 좀 벌 수 있겠지만 그렇게 번 짧은 순간을 그가 제대로 이용할 수 있을지는 의문스럽다. 그리고 내 의지의 지출에 관한 한, 나는 그 구멍을 점차 느꼈다. 지금도 기억나지만, 나는 계속해서 이렇게 해야 하는 건지 스스로에게 물었다, 우리 층에 누군가 새로 들어온 일요일의 일이다. 계단이 좁았기 때문에 누가 새로 들어오기만 하면 조그만 호텔에 온통 난리법석이 나곤 했다. 잠시 후 내 이웃의 방에 누군가 들어가는 것 같았다. 우리 방문들은 복도 맨 마지막에 있었고, 그의 방문은 나의 방문 오른쪽에 비스듬히 달려 있었다. 그의 친구들이 가끔 집에 찾아온다는 것은 알고 있었다. 앞에서 말했듯이 나는 그의 일에는 전혀 관심이 없었다. 문이 몇 번 더 열리고 사람들이 들어가고 나간 것 같았지만, 그것은 내가 신경 쓸 일이 아니었다.

그러나 바로 그날 저녁에는 여느 때보다 상태가 훨씬 심각했다. 시간이 아직 늦지 않았지만 몹시 피곤했던 터라 나는 일찍 잠자리에 들었다. 잠시 눈을 붙일 수 있을 것 같았다. 그때 누가 나를 툭 치는 것 같은 느낌에 나는 자리에서 벌떡 일어났다. 바로 이어 그 소음이 터져 나오기 시작했다. 뛰어 오르는 소리, 굴러가는 소리, 어디에 가서 부딪히는 소리, 비틀거리는 소리, 그리고 덜그럭 소리. 쿵쿵대는 소리는 끔찍했다. 소리가 나는 동안 아래층에 사는 사람은 화가 나서 천장을 마구 두드렸다. 새 세입자도 분명 방해를 받았을 것이다. 이번에 들린 소리는 분명 그의 문에서 난 소리였다. 나는 정신이 말짱해져서 그 사람이 극히 조심해서 문을 열었는데도 문소리를 들었다. 그 사람이 다가오는 것 같았다. 도대체 어느 방에서 나는 소리인지 알고 싶었던 게 분명했다. 내게 이해가 되지 않았던 것은 그 사람이 보인 지나친 조심성이었다. 이 건물에서는 평화로움이란 존재하지 않는다는 것을 방금 알아챘을 텐데 말이다. 대체 왜 그렇게 발걸음을 죽이며 걷는 걸까. 잠시 그는 내 방문 앞에 서 있는 것 같았다. 이어 나는 그 사람이 — 조금도 의심할 여지 없이 — 옆방으로 들어가는 소리를 들었다. 그는 서슴없이 옆방으로 들어갔다.

그리고 지금은(이걸 어떻게 묘사할까?), 지금은 조용해졌다. 통증이 가신 듯 조용해졌다. 상처가 아물 때처럼, 묘한 느낌의 쑤시는 듯한 고요였다. 나는 당장 잠을 청할 수도 있었다. 한번 크게 숨을 들이마시고 나서 잠이 들 수도 있었다. 그러나 놀라서 잠이 오지 않았다. 누군가 옆방에서 수군거렸다. 그러나 그것 역시 고요의 일부였다. 이런 고요가 어떠한지는 직접 경험해 봐야 안다. 묘사하기는 힘들다. 바깥도 아주 차분했다. 나는 자지 않고 앉아서 귀를 기울였다. 시골에 와 있는 것 같았다. 아, 이런, 학생의 어머니가 온 모양이군. 나는 생각했다. 어머니는 등불 옆에 앉아 아들에게 뭐라고 말을 하고, 아들은 어머니의 어깨에 머리를 약간 기대고 있겠지. 좀 있으면 어머니는 아들을 침대에 눕힐 거야. 아까 복도에서 들렸던 그 조용조용한 발걸음 소리가 뭐였는지 이제야 알겠군. 아, 그 소리가 여전히 들리는 것 같아. 그런 이에겐 문도 우리한테 하는 것하고는 다르게 열려 주는군. 그래, 이젠 잘 수 있겠어.

나는 나의 이 이웃을 어느새 거의 잊고 말았다. 그에게 진정한 관심이 있었던 것 같지 않다. 가끔 아래층을 지나갈 때 혹시 그 사람 소식이 있는지, 어떤 소식인지 물어보긴 한다. 좋은 소식이 있으면 기뻐한다. 그러나 사실 그것은 괜한 일이다. 내가 그런 것을 알 필요가 뭐가 있는가. 가끔 내가 옆방에 들어가 보고 싶은 갑작스러운 충동을 느낀다 해도 그것은 그 사람하고는 전혀 관계없는 일이다. 내 방문과 그의 방문은 불과 한 걸음 밖에 떨어져 있지 않다. 그리고 그 방은 잠겨 있지도 않다. 단지 그 방이 어떻게 생겼는지 궁금할 따름이다. 보통은 아무 방이 나 머릿속으로 그냥 그려 보면 그 방의 모습이 실제와 대략 들 어맞는 경우가 종종 있다. 그러나 내 옆에 있는 그 방만은 보통 상상하는 것과는 늘 사뭇 다르다.

솔직히 말해서 내가 그 방에 관심을 가진 것은 바로 이 때문 이다. 그러나 거기서 나를 기다리고 있는 것은 양철로 된 물건 임을 나는 너무 잘 알고 있다. 나는 그 물건이 정말로 깡통 뚜껑 일 것이라고 생각한다. 물론 내 추측이 틀릴 수도 있다. 나는 그 런 것은 괘념치 않는다. 그 모든 일을 깡통 뚜껑에 뒤집어씌우 는 것이 내 기질상 맞기 때문이다. 그 대학생 친구가 깡통 뚜껑 을 가져가지는 않았겠지. 누군가 방 청소를 하면서 뚜껑을 원 래의 깡통 위에 올려놓았을 가능성도 다분하다. 이렇게 해서 이제 두 개가 합쳐서 깡통이라는 개념을, 둥근 깡통을, 정확히 말해서, 간단하면서도 우리에게 아주 익숙한 개념을 만들어 낸 다. 벽난로 위에 이 두 개가, 즉 하나의 깡통을 이루는 이 두 개 가 놓여 있는 장면이 눈에 훤히 떠오른다. 그래, 게다가 이 깡통 은 거울 앞에 놓여 있어 이 깡통 뒤에 또 하나의 깡통이 있게 된 다. 깜박 속을 만큼 똑같이 생긴 또 하나의 상상 속의 깡통이다. 이런 거울 속의 깡통이야 우리에겐 아무런 의미도 없지만, 이 를테면 원숭이라면 붙잡으려 덤빌 것이다. 사실, 그 깡통을 향 해 손을 뻗고 있는 원숭이는 두 마리가 된다. 왜냐하면 원숭이가 거울이 있는 벽난로 위쪽으로 다가가자마자 원숭이는 두 마리가 되기 때문이다. 결국, 나를 겨냥한 것은 바로 이 깡통 뚜껑이다.

먼저 우리가 한 가지에 대해 의견을 일치시키자. 깡통 뚜껑은, 즉 휘거나 찌그러지지 않고 원래의 테두리를 그대로 간직한 건강한 깡통 뚜껑은 그 깡통 위에 얹혀 있는 것 외에는 다른 소망을 가질 리 없다. 이것은 뚜껑이 바랄 수 있는 최상의 상태이다. 이보다 더한 만족은 있을 수 없으며, 이는 모든 소망의 충족이다. 깡통의 작은 돌기에 몸을 맞추어 참을성과 부드러움으로 균형을 잡으며 앉아, 몸속으로 파고드는 모서리를 탄력 있게, 그리고 혼자 있을 때의 자신의 가장자리처럼 날카롭게 느끼는 것 역시 뚜껑으로서 매우 이상적인 것이다. 아, 그러나 이런 것을 제대로 평가할 줄 아는 뚜껑의 수는 얼마나 적은가. 여기서 인간과의 교제가 사물들에게 얼마나 혼란스러운 영향을 끼쳤는지 잘 드러난다. 그러니까 인간들은 — 여기서 잠시 인간들을 깡통 뚜껑에 비유해 볼 것 같으면 — 자기가 하는 일 위에 마지못해 대충 삐딱하게 앉아 있다. 경우에 따라서는, 서둘다가 자기한테 맞는 깡통을 제대로 찾지 못해 그럴 수도 있고, 화가 난 누군가에 의해 대충 삐딱하게 얹혔을 수도 있으며, 서로 잘 맞아야 할 홈이 제각각으로 뒤틀려 있기 때문일 수도 있다. 솔직하게 말하자. 인간들은 기회만 되면 뛰어내려 구르고 덜그럭 소리나 낼 생각만 하고 있다. 안 그러면 사람들이 말하는 기분풀이라든가, 사람들이 불러일으키는 소란이 대체 어디서 오겠는가?

사물들은 이미 수백 년 전부터 그런 모습을 보아 왔다. 사물들은 타락했으며, 본래 자신들의 타고난 조용한 목적을 사랑하던 마음도 잃어버렸고, 사방에서 이용당하는 모습을 보면서 오히려 생을 이용하려 한다 해도 놀랄 일은 아니다. 사물들은 본래 자신들에게 주어진 용도에서 벗어나려 애쓰고, 무기력해져 자신들이 해야 할 일도 소홀히 한다. 그리고 사람들은 방탕한 짓을 하는 사물들을 목격해도 별로 놀라지 않는다. 사람들은 자신들의 경험에 비추어 이들이 하는 짓을 잘 안다. 사람들은 이것을 보고 화를 낸다. 자신들이 더 강자이기 때문이며, 즐길 권한이야 자기들이 더 가져야 한다고 생각하기 때문이며, 자신들을 그대로 따라 하는 것 같아 기분이 나쁘기 때문이다. 그러나 사람들은 자신들이 행동을 아무렇게나 하듯이 사물들의 행동을 보고도 모른 척한다. 그러나 정신이 올바르게 박힌 사람, 낮이고 밤이고 오로지 자신의 통 위에 둥글게 잘 앉아 있으려 하는 몇몇 고독한 사람들은 타락한 사물들의 반대와 조롱과 미움을 산다. 사물들은 파렴치하기 짝이 없어서 누구든지 절제를 하며 나름의 의미를 찾으려 하는 모습을 참지 못한다. 그래서 사물들은 작당하여 고독한 사람을 방해하고 겁주고 당혹스럽게 한다. 다 알고서 하는 짓이다. 서로 눈짓을 보내면서 사물들은 유혹을 시작한다. 이 유혹은 그 규모가 한없이 확대되어 이 세상의 모든 존재뿐만 아니라 하느님까지도 꾀어서 한 사람, 이를 잘 참아 넘길지도 모를 한 사람, 즉 그 성자를 유혹으로 제압하려 한다.

나는 이제 그 놀라운 그림들*을 얼마나 잘 이해할 수 있는가. 그 그림들 속에서는 주제를 알고 일상의 틀 안에 있어야 할 사물들이 서로에게 손을 뻗고 호기심과 욕망으로 꿈틀거리며 서로에게 수작을 걸고 심심풀이로 아무렇게나 음란한 짓을 일삼고 있다. 펄펄 끓으며 돌아다니는 솥들, 뭔가 생심(生心)한 피스톤들, 재미를 보려고 구멍으로 들어가려 애쓰는 한가한 깔때기들. 그리고 그림 속에는 또 허망한 질투에 의해 내동댕이쳐진 팔다리와 손발들이 있고, 그것들에다 대고 뜨겁게 구토하는 얼굴들이 있으며, 즐기라고 들이대며 방귀를 뿡뿡 뀌는 엉덩이들도 있다.

그리고 성자는 몸부림치며 움찔하고 있다. 그러나 그의 눈에는 충분히 있을 수 있는 일이라고 인정하는 기색이 엿보였다. 성자는 다 들여다보았다. 그리고 그의 감각은 이미 영혼의 맑은 용액 속에 침전물을 만들고 있다. 그의 기도는 벌써 잎이 지고 있고 죽은 나무들처럼 그의 입에서 솟아 있다. 그의 심장은 넘어져 혼탁함 속으로 내용물을 다 쏟아 버렸다. 성자의 채찍은 파리를 쫓는 짐승의 꼬리처럼 약하다. 그의 성기는 한곳에 다소곳이 있다가 한 여자가 군중을 헤치며 풍만한 가슴을 드러내 놓고 당당하게 다가오면 마치 손가락처럼 그녀를 가리킨다.

나는 한때 이 그림들을 낡은 걸로 생각했다. 이 그림들을 의심했다는 뜻은 아니다. 그 시절에는 무슨 대가를 치르더라도 처음부터 곧장 신에게 이르려 했던 열렬하고 성급했던 그 성자들에게 그런 일이 일어났었음을 알 수 있었다. 우리는 더 이상 이러한 시험을 감당할 수 없다. 신은 우리에겐 너무 어려운 존재여서, 우리는 우선 신을 멀리 밀어 놓고 신과 우리를 갈라놓고 있는 기나긴 작업을 천천히 시작해야 한다는 것을 알고 있다. 그러나 이 작업 역시 성스러움만큼이나 쉽지 않다는 것을 나는 안다. 그리고 또 이런 시련은 자신의 작업을 위해 고독을 택한 모든 이들에게 벌어지고 있음도 안다. 이런 일이 지난날 동굴과 텅 빈 숙소에서 신을 섬기던 고독한 사람을 둘러싸고 벌어졌듯이 말이다.

고독한 사람에 대해 이야기할 때면, 사람들은 보통 많은 것을 알고 있다고 가정한다. 무슨 이야기가 나올지 다 안다는 생각이다. 그렇지 않다, 알지 못한다. 사람들은 고독한 사람을 한 번도 직접 본 적이 없다. 제대로 알지도 못하면서 증오만 했을 뿐이다. 고독한 자의 기력을 소모시킨 것은 이웃들이었고, 고독한 자를 시험에 들게 한 것은 옆방에서 나는 목소리였다. 이들은 사물들을 부추겨 고독한 자에게 맞서도록 하여 온갖 소음으로 그의 목소리가 들리지 않게 했다. 그가 힘없는 어린아이였을 때는 아이들끼리 편을 먹고 그를 따돌렸고, 자라나면서는 어른들이 모두 그의 적이 되었다. 어른들은 그가 어디 숨어 있든 마치 사냥감 찾듯 찾아냈고, 그의 긴 청춘기에는 수렵 금지 기간조차 없었다. 아무리 해도 그가 전혀 지치지 않고 슬쩍 도망쳐 버리면, 어른들은 그가 만들어 낸 것을 가지고 뭐라고 호통을 치며 더럽다고 하고 그것에 대해 의심의 눈초리를 던졌다. 그가 끄떡도 않자 그들은 아예 적극적인 방식으로 나왔다. 그들은 그의 음식을 먹어 치우고 그의 공기를 다 빼앗아 마셨으며 가난을 혐오하도록 만들 요량으로 그의 가난을 향해 침을 뱉었다. 그들은 마치 그가 무슨 전염병에 걸린 것처럼 악소문을 퍼뜨렸고 그를 향해 돌멩이를 던져 쫓아 버렸다. 그리고 사실 그들의 오랜 본능은 맞았다. 그는 정말로 그들의 적이었다.

그러나 그가 전혀 반응하지 않자, 그들은 이런저런 궁리를 했다. 그때 그들은 깨달았다. 그들이 그를 괴롭히려고 하는 모든 행위가 오히려 그의 의지만 더 강하게 해 주고, 그만의 고독을 더욱 강화시켜 주고, 그가 그들을 영원히 등지는 것을 도와줄 뿐이라는 것을 말이다. 이제 그들은 전략을 바꾸어 최후의 수단, 가장 극단적인 방법인 다른 저항 방식을 취했다. 그것은 바로 명성을 이용한 것이었다. 그리고 이 명성이라는 아우성이 들리자 고독한 사람들은 거의 모두 고개를 돌려 바라보았고, 주의가 산만해졌다.

지난밤에는 초록색 표지의 조그만 책 생각이 났다. 아마 그 책을 소년 시절에 한때 갖고 있었던 것 같다. 왜 이런 생각이 드는지는 모르지만, 그 책을 마틸데 브라헤에게서 받았던 것 같다. 책을 받았을 땐 별로 관심이 가지 않았다. 몇 년이 지나서야 읽었는데, 그게 아마 울스가르에서 보낸 방학 때였던 것 같다. 그러나 처음부터 그 책은 나를 사로잡았다. 모든 면에서 마음이 끌렸다. 외적으로 봐도 그랬다. 초록색 장정은 뭔가 뜻하는 바가 있는 것 같았다. 책의 안쪽도 이에 걸맞게 되어 있으리라 이내 짐작할 수 있었다. 미리 약속이나 한 듯, 먼저 순백색의 매끈한 면지가 보였고 이어 신비스러운 분위기의 표제지가 나왔다. 분위기로 보아 삽화도 있을 것 같았지만 삽화는 하나도 없었다. 조금 실망스럽기는 했지만, 그것도 본디 그렇게 되어야 한다고 인정해야 했다. 어떤 페이지에선가 얇은 책갈피를 발견하면서 앞의 실망에 대해 나름 보상받은 것 같았다. 무척 낡은 채로 약간 비스듬하게 언제부터인가 똑같은 페이지들 사이에 꽂혀 있었는데 여전히 분홍빛을 유지하고 있는 그 신뢰감이 감동스러웠다. 한 번도 사용한 적이 없는 것 같았다. 열심히 일하던 제본공이 별로 신경 쓰지 않고 아무 페이지에나 끼워 넣었는지도 모른다. 그러나 책갈피가 그곳에 끼워져 있는 것이 우연이 아닐 수도 있었다. 누군가 거기까지 읽다가 멈추고서 그 뒤로 다시는 읽지 않았을 수도 있다. 그 순간 운명이 그의 문을 두드려 다른 곳에 신경을 쓰지 못하게 하여 그가 책들을 손에서 놓았을 수도 있다. 책은 어차피 삶이 아니니까. 그 책이 그 뒤로 더 읽혔는지는 알 수 없었다. 아니면 그 책을 읽은 사람이 늘 같은 곳만 거듭해서 읽었을 수도 있다. 밤늦게 잠깐 늘 그렇게 했을 수도 있다. 아무튼 누군가가 이미 들여다보고 있는 거울 앞에 다가갈 때의 느낌으로, 나는 이 두 페이지 앞에서 머뭇거렸다. 그 두 페이지를 나는 절대 읽지 않았다. 사실, 그 책을 다 읽었는지조차 모르겠다. 그리 두꺼운 책은 아니었지만, 꽤 많은 이야기가 실려 있었다. 특히 오후가 되면 그 책을 읽었는데, 그때마다 안 읽은 이야기가 늘 하나씩은 있었다.

지금도 기억나는 이야기가 두 편이 있다. 무엇인지 말해 보면, 그리샤 오트레피오프*의 종말과 용감한 샤를 대공의 몰락이다.

그때 내가 깊은 인상을 받았었는지는 하느님만이 알 것이다. 그러나 세월이 많이 흐르긴 했지만 지금도 가짜 황제의 시신이 군중에게 던져져 칼에 찔리고 찢기며 마스크를 쓴 채 사흘간 바닥에 버려져 있던 묘사 장면이 뚜렷이 떠오른다. 그 작은 책이 다시 내 손에 들어올 가능성은 전혀 없다. 하지만 이 대목만은 특별했던 모양이다. 나는 그와 어머니의 만남이 어땠는지 그 대목을 다시 읽어 보고 싶다. 그는 어머니를 모스크바로 오게 했으므로 매우 안전하다고 느꼈던 것 같다. 나는 그가 그 당시 자신을 매우 믿었고, 실제로 어머니를 부를 수 있다고 생각했을 것이라고 확신한다. 그리고 궁색한 수도원에서 하루 만에 달려온 그 마리 나고이* 역시 시인(是認)만 하면 모든 것을 얻을 수 있었다. 그러나 그의 불안감은 그녀가 그를 자기 아들로 시인하면서부터 시작된 것이 아닐까? 나는 그가 가졌던 변신의 힘이 더 이상 누구의 아들도 아니라는 것에 기반하고 있었다는 점을 부인하고 싶지 않다.

(그것은 결국 집을 버리고 떠난 모든 젊은이의 힘이다.)*

백성들은 뚜렷한 생각 없이 그를 자신들의 왕으로 추대함으로써 그가 누릴 가능성의 폭을 더욱 자유롭고 무한하게 해 주었다. 그러나 어머니의 시인은 다 알고서 한 기만이기는 하지만 그의 가능성을 줄이는 힘을 가지고 있었다. 그녀의 시인은 또한 그를 충만한 상상의 세계에서 끄집어내 피곤한 모방이나 하는 존재로 전락시켜 버렸다. 그녀의 시인은 그를 본래의 모습이 아닌 한 개인으로 격하시켰으며 사기꾼으로 만들어 버렸다. 그리고 이번엔 마리나 므니체크*까지 끼어들어 그를 은근슬쩍 무너뜨렸다. 그녀는 그녀 나름의 방식으로 그를 부정했다. 나중에 가서 밝혀진 사실이지만, 그녀는 그를 믿지 않은 게 아니라 아무나 믿었던 것이다. 물론 이 이야기 안에서 이런 것들이 얼마만큼 다루어졌는지는 알 수 없다. 아무튼 이런 것들이 이야기 안에 포함되었을 것 같다.

그러나 이런 것들을 빼고서도 이 사건은 절대 진부한 것이 아니다. 이번에는 마지막 순간에 초점을 맞추는 현대적 작가를 생각해 볼 수 있다. 그의 방식은 틀렸다고 할 수 없다. 마지막 순간에 와서 많은 일이 벌어진다. 깊은 잠에서 깨어난 그는 창문으로 뛰어올라 마당으로 뛰어내린다. 그가 뛰어내린 곳에는 호위병들이 있다. 그는 혼자 힘으로는 일어설 수가 없다. 호위병들의 도움이 필요하다. 발을 삔 것 같다. 두 명의 호위병에 기대어 있으면서 그는 이들이 자신을 신뢰하고 있음을 느낀다.

그는 사방을 둘러본다. 다른 호위병들도 그를 믿고 있다. 이 건장한 호위병들이 불쌍해 보인다. 이것이야말로 엄청난 일이다. 이들은 이반 그로스니*의 면모를 다 알면서도 **그를** 믿는 것이다. 마음 같아서는 그들에게 다 털어놓고 싶다. 그러나 입을 벌리면 그냥 비명을 지를 것 같았다. 발의 통증이 극심했다. 지금이 순간, 그는 자신에 대해서는 전혀 생각하지 않았다. 다만 발의 통증만 느낄 뿐이었다. 이제 시간적 여유가 없다. 놈들이 우르르 몰려온다. 슈이스키가 보이고, 그 뒤에 많은 다른 놈들이 보인다. 잠시 후면 다 끝장이다. 그러나 그때 그의 호위병들이 그를 에워싼다. 그들은 그를 포기하지 않는다. 그리고 놀라운 일이 벌어진다. 이 늙은 병사들의 믿음이 번지자, 몸이 굳은 듯 아무도 감히 더 이상 앞으로 나오지 못한다. 바로 앞에 와 있던 슈이스키가 위쪽에 있는 한 창문을 향해 죽어라 소리를 질러댄다. 그는 고개를 돌리지 않는다. 그 창가에 누가 서 있는지 다 안다. 침묵이 깔린다. 온통 정적이 감돈다. 이제 목소리가 울릴 것이다. 전부터 알던 그 목소리가. 어지간히 용을 쓰는 높고 가식적인 목소리가. 그때 그의 귀에는 황제의 어머니가 그를 부인하는 소리가 들려온다.

여기까지는 이야기가 저절로 굴러간다. 그러나 이제는 이야기를 해 줄 사람, 그래, 서술자가 필요하다. 아직 남은 몇 줄의 글에서는 어떤 장애도 용납하지 않을 세찬 힘이 분출해야 하기 때문이다. 서술이 되든 안 되든, 목소리와 총성 사이의 극히 응축된 순간에 뭐든 되어 보겠다는 의지와 힘이 그의 마음속에서 다시 한번 솟구쳤음을 확실히 보여 주어야 한다. 안 그러면 사람들이 그의 몸속에서 뭔가 핵심적인 것을 찾으려는 듯 그의 잠옷을 헤집고 몸뚱어리 곳곳을 쑤셔 대는 것이 지극히 당연해 보인 것을 어떻게 이해할 것인가, 그리고 죽어서도 그가 사흘씩이나 거의 포기 직전까지 갔던 가면을 쓰고 있던 것이 지극히 당연해 보인 것을 어떻게 이해할 것인가.

　돌이켜 볼 때 참으로 야릇한 느낌이 드는 것은 바로 같은 책에서 평생을 거쳐 화강암처럼 단단하고 변함이 없었으며 자신을 받들던 사람들에게 갈수록 무겁게 느껴졌던 한 사나이에 대해 이야기되고 있다는 점이다. 디종에는 그의 초상화가 하나 있다. 그러나 초상화만 보아도 우리는 그가 무뚝뚝하고 삐딱하며 고집 세고 끈질긴 성격의 소유자였음을 알게 된다. 그래도 그의 손이 어땠는지는 미처 생각하지 못하리라. 그 손은 매우 뜨거워서 항상 식기를 원했으며, 자기도 모르게 차가운 것 위에 몸을 눕히고 손가락을 펴서 공기를 통하게 했다. 바로 이 손을 향해 마치 머리를 향해 솟구치듯 피가 몰려 들어갔으며, 둥글게 말려 있을 때면 그 손은 정말로 속에서 온갖 상상이 날뛰고 있는 미친 사람의 머리처럼 보였다.
　이런 피를 지니고 살려면 이루 말할 수 없는 주의가 필요했다. 대공은 피와 함께 자신 안에 밀봉되어 있었으며, 그의 피가 몸속을 암행하듯 은근슬쩍 돌아다닐 때면 피가 무서워지곤 했다. 그 자신에게도 이 피는 끔찍하리만큼 낯설었던 것 같다. 날쎄며, 포르투갈 사람의 피가 반쯤 섞인 이 피에 대해 그는 아는 것이 거의 없었다. 혹시라도 이 피가 잠든 그를 습격하여 발기발기 찢어 놓을까 봐 자꾸만 두려웠다. 행동이야 마치 자기 피를 손아귀에 넣은 것처럼 했지만, 실은 늘 피에 대한 두려움 속에서 살았다. 피의 질투가 두려워 그는 평생 여자 한 번 사랑해보지 못했으며, 격한 피 때문에 술 한 번 입에 대지 못했고, 술을 마시는 대신 장미 무스로 피를 달랬다. 그러나 딱 한 번 술을 마신 적이 있는데, 그랑송이 함락되던 날 로잔 앞의 숙영지에서였다. 그는 아프고 쓸쓸하여 아무것도 없이 포도주를 벌컥벌컥 들이켰다. 그러나 그때 그의 피는 잠들어 있었다. 제정신이 아니던 만년의 몇 해 동안 그의 피는 짐승 같은 이 깊은 잠에 떨어지곤 했다. 그럴 때면 그가 피의 손아귀에 있다는 게 분명히 드러났다. 피가 잠들면 그는 허섭스레기에 불과했다. 그럴 땐 아무도 그의 방에 들어갈 수 없었다. 그는 사람들이 하는 말을 알아듣지 못했다. 외국 사절들에게도 자신의 모습을 보여 줄 수가 없었다. 그는 정말 황량해 보였다. 그냥 자리에 앉아 그의 피가 잠에서 깨기만을 기다릴 뿐이었다. 그러다가 피는 갑자기 벌떡 일어나 그의 심장을 박차고 나오며 울부짖곤 했다.

이 피를 위해서 그는 꼭 필요치도 않은 온갖 것들을 다 끌고 다녀야 했다. 세 개의 큰 다이아몬드와 그 밖의 보석들, 산더미 같은 플랑드르 레이스와 아라스 양탄자, 금실 장식의 비단 천막과 수행원들을 위한 4백 개의 천막, 나무판에 그린 성화들과 순은의 십이 사도상, 그리고 타렌트 왕자와 클레베 공작, 바덴의 필리프 공, 샤토귀용. 이런 것들을 가지고 피를 설득해 볼 생각이었다. 자기는 황제이며, 세상에 자기보다 높은 사람은 아무도 없다고. 그러니 두려워해야 할 거라고. 그러나 이런 증거들을 들이대도 그의 피는 그를 믿지 않았다. 의심이 많은 피였기 때문이다. 그래도 잘하면 한동안은 의심이나 하는 상태로 잡아 둘 수 있었다. 그러나 우리에서 들려온 팡파르* 때문에 다 망치고 말았다. 그때부터 그의 피는 자신이 패배자의 몸속에 있음을 알고 밖으로 나가고 싶어 했다.

이것은 내가 지금의 관점에서 본 그 이야기이다. 그러나 당시에 내게 강력한 인상을 주었던 것은, 사람들이 황제를 찾아 헤매던 공현절 묘사 부분이다.

공현절 하루 전날, 어처구니없을 만큼 전투가 빨리 끝나자, 그 즉시 자신의 비참한 도시 낭시에 입성했던 로트링겐의 젊은 영주는 이튿날 새벽같이 측근들을 깨워 대공의 안위를 물었다. 전령을 연달아 보내 놓고 그는 몹시도 불안하고 걱정이 되어 창가에 서곤 했다. 마차나 들것에 실려 오는 게 누구인지 일일이 다 알 수는 없었지만 거기에 대공이 없다는 것만은 분명했다. 그리고 부상자 중에도 대공은 없었다. 계속해서 끌려 들어오는 포로들에게 물어봐도 대공을 본 자는 없었다. 그러나 피란민들은 동네방네 다니며 별의별 소문을 다 퍼뜨렸다. 그들은 대공과 마주치면 어쩌나 겁먹고 두려운 표정이었다. 어느새 날이 어두워졌다. 그러나 대공의 소식은 없었다. 대공이 사라졌다는 소문은 긴 겨울밤을 두고 곳곳으로 퍼져 나갔다. 그 소문은 번지는 곳마다 사람들의 마음속에 대공은 분명 살아 있을 거라는 느닷없는 과장된 확신을 심어 주었다. 그날 밤처럼 모든 사람이 대공의 모습을 그토록 생생하게 마음속으로 그린 적은 없었을 것이다. 모든 집에서 사람들이 깨어 그를 기다리며 그가 문을 두드릴 순간만 생각했다. 그리고 대공이 나타나지 않으면 벌써 지나간 걸로 여겼다.

그날 밤에는 세상이 얼어붙었다. 그리고 대공이 아직 살아 있다는 생각도 얼어붙었다. 때문에 그 생각이 녹으려면 오랜 세월이 흘러야 할 것 같았다. 사람들은 누구나 제대로 알지 못하면서도 대공이 아직 살아 있다고 굳게 믿었다. 대공이 그들에게 내린 운명을 견디려면 대공의 모습이 있어야 했다. 대공이 살아 있다는 것을 익히는 일은 힘들었지만, 이제 그 과정을 다 겪어 냈으므로 그들에게 대공을 기억하는 것은 쉬운 일이었으며 다시는 잊지 않을 것 같았다.

그러나 이튿날 아침, 1월 7일 화요일에 수색이 재개되었다. 그리고 이번엔 길을 안내할 사람이 있었다. 대공의 시동(侍童)이었다. 멀리서 대공이 고꾸라지는 모습을 봤다고 했다. 이제 그 아이가 그 자리를 알려 줄 것이다. 그 아이는 아무 이야기도 하지 않았다. 캄포바소 백작이 그 아이를 데려왔으며 아이를 대신해서 말했다. 이제 시동이 앞장서고 그 뒤를 다른 사람들이 바로 뒤따랐다. 천으로 얼굴을 가리고 왠지 자꾸 불안해하는 이 소년이 바로 여자애처럼 예쁘고 관절이 하늘하늘한 장바

티스타 콜론나라고 믿을 사람은 드물었다. 소년은 추워서 덜덜 떨었다. 간밤에 내린 서리 때문에 바람이 매서웠다. 발밑에서 얼음 부서지는 소리가 꼭 이 가는 소리처럼 들렸다. 모두가 추위에 꽁꽁 얼어붙었다. 다만 루이 옹즈라고 하는 대공의 어릿광대만 쉴 새 없이 움직였다. 그는 개 흉내를 내며 먼저 앞으로 달려 나갔다가 되돌아와서는 잠시 소년 옆을 네발로 어슬렁거렸다. 그러나 멀리 있는 시체를 발견하면 날래게 달려가 시체를 향해 꾸벅 절을 하고는 어서 정신 좀 차리고 그들이 찾고 있는 그 사람이 되어 달라고 다그쳤다. 그는 시체에게 잠시 생각할 시간을 준 다음, 기분 나쁜 표정으로 사람들이 있는 곳으로 돌아와서는 죽은 것들이 고집불통에다 게으르기 짝이 없다며 으르렁대고 욕하고 불평했다. 그들은 계속해서 걸었다. 수색은 끝이 없을 것 같았다. 낭시는 시야에서 거의 사라졌다. 날씨는 추웠지만 주위가 잿빛으로 물들어 시야가 좋지 않았기 때문이다. 땅은 평평했고 무관심해 보였다. 그리고 밀집한 그 작은 무리는 앞으로 나아갈수록 자꾸만 헤매는 것 같았다. 아무도 말을 꺼내지 않았다. 다만 그들과 함께 온 한 노파만이 뭐라 웅얼대며 고개를 가로저었다. 아마도 기도를 올리는 것 같았다.

앞장서서 가던 소년이 갑자기 걸음을 멈추더니 사방을 살폈다. 이어 그는 대공의 주치의인 포르투갈 사람 루피를 쳐다보며 손가락으로 앞쪽을 가리켰다. 몇 걸음 앞쪽에 빙판이 있었다. 웅덩이나 연못 같았다. 거기에 열 내지 열둘 정도의 시체가 얼음 속에 반쯤 처박혀 있었다. 옷이 거의 벗겨진 채 알몸이었고 약탈당한 것 같았다. 루피는 허리를 구부린 채 하나하나 살펴고 다녔다. 사람들이 나서서 하나씩 살펴보는 중에 올리비에드 마르셰와 신부를 찾아냈다. 그러나 노파는 어느 틈엔가 눈속에 무릎을 꿇고 흐느끼면서 어느 큼직한 손 위에 몸을 구부리고 있었다. 벌어진 손가락들은 그녀를 응시하고 있었다. 모두 그리로 달려갔다. 루피가 몇몇 시종들과 함께 앞으로 고꾸라져 있는 시체를 바로 눕혀 보려 했다. 그러나 얼굴이 빙판에 얼어붙어 있었다. 얼음에 붙어 있는 얼굴을 잡아당기자, 한쪽 뺨의 피부가 갈라 터지며 살짝 벗겨졌다. 반대편 뺨은 개인지 늑대의 이빨에 물어뜯겨 있었다. 그리고 얼굴은 전체적으로 귀쪽에서 시작된 큰 상처로 갈라져 있어 사실 얼굴이라고 부를 수도 없었다.

그들은 연달아 고개를 돌려 보았다. 왠지 대공이 자기 뒤에 있을 것 같았다. 그러나 그들의 눈엔 악의에 차고 피투성이인 채로 달려온 어릿광대뿐이었다. 그는 뭐라도 나올까 싶어 외투를 손에 들고 마구 털었다. 그러나 외투에는 아무것도 들어 있지 않았다. 사람들은 대공의 신체적 특징이 될 만한 것들을 찾으려 했고, 실제로 몇 개의 것을 찾았다. 그들은 불을 피워 놓고 따뜻한 물과 포도주로 시신을 닦아 냈다. 목덜미의 흉터가 보였고, 두 개의 큰 종기 자국도 있었다. 주치의는 더 이상 의심할 필요가 없었다. 게다가 다른 증거들도 발견되었다. 어릿광대 루이 옹즈는 거기서 몇 걸음 떨어진 곳에서 덩치 큰 흑마 모로의 사체를 발견했다. 낭시 전투 때 대공이 탔던 말이었다. 대공은 그 말 위에 타고는 짧은 다리를 내려뜨렸다. 피가 아직도 말의 코에서 입으로 흘러들고 있었다. 제 피 맛을 다시는 듯 보였다. 그때 조금 떨어진 곳에 있던 시종들 중 하나가 대공의 왼발 발톱 하나가 살 속에 박혀 있다는 것을 기억해 냈다. 이제 모두 그 발톱을 찾아 나섰다. 그러나 어릿광대는 누가 간지럼을 태우기라도 하는 듯 안절부절못하며 큰 소리로 외쳤다. "아이고, 전하, 전하의 결점이나 찾아내려는 저 무지몽매한 자들을 용서하소서. 이자들은 전하의 덕망이 깃들어 있는 소인의 이 침울한 얼굴을 보고도 전하를 알아보지 못하나이다."

(시신이 안치되었을 때 제일 먼저 들어간 것도 대공의 어릿광대였다. 게오르그 마르키의 집이었는데, 그곳에 안치된 이유를 아는 사람은 없었다. 관대의 천이 아직 덮여 있지 않아 어릿광대는 전체적인 인상을 한눈에 볼 수 있었다. 저고리의 흰색과 외투의 진홍색은 침대 차양과 침대의 두 검은빛 사이에서 거친 대조를 이루고 있었다. 앞쪽에는 큼직한 금빛 박차가 달린 진홍색 승마용 장화가 그를 바라보고 놓여 있었다. 그러므로 왕관이 바로 보였으니, 저편에 머리가 놓여 있음엔 이의가 있을 수 없었다. 보석 장식들이 박힌 대공의 큰 왕관이었다. 어릿광대 루이 옹즈는 이리저리 돌며 샅샅이 살펴보았다. 그는 천에 대해 아는 것이 없었지만 공단을 어루만져 보았다. 훌륭한 공단 같기는 했지만, 부르고뉴 가문에 비추어서는 좀 값싼 듯한 느낌이 들었다. 그는 뒤로 한 걸음 물러나 전체를 한눈에 살펴보았다. 눈[雪]에 반사된 빛 속에서 색깔들이 다 이상하게

따로 노는 것 같았다. 그는 각각의 색깔을 하나씩 마음에 새겼다. "차림을 잘 갖추었어." 그는 마침내 인정하며 말했다. "색깔이 좀 과하긴 하지만." 그는 마치 죽음이 대공 인형을 간절히 필요로 하는 인형 놀이꾼처럼 느껴졌다.)*

어떤 일이 더 이상 바뀌지 않을 것이라면, 그것을 한탄하거나 비판하지 말고 그냥 있는 사실로 인정하는 것이 좋다. 말하자면 나는 분명 한 번도 올바른 독서가가 아니었다. 어릴 적에 나는 독서라는 것을 언젠가 여러 소명을 하나씩 고려해 봐야 할 때 그중에 택하게 될 하나의 소명으로 생각했다. 솔직히 말해서 그 시점이 언제가 될지는 전혀 알지 못했다. 생이 방향을 바꾸어 예전에는 내면으로부터 오던 것이 이제는 외부에서 다가올 때가 되면, 그때가 되면 그 시점을 알 수 있지 않을까 생각했었다. 그때가 되면 너무나 뚜렷하고 분명해져서 그 시점을 놓치지 않을 걸로 생각했다. 결코 간단한 일이 아니고 오히려 좀 까다롭고 복잡하고 어려운 일이기는 하겠지만, 아무튼 눈에 뚜렷이 보일 것으로 생각했다. 그렇게 되면 어린 시절의 그 야릇한 막막함과 균형감의 부재, 예측 불가능함 같은 요소들을 극복할 수 있으리라 생각했다. 그렇다고 그 방법을 분명히 알고 있었던 것은 아니다. 그 시절은 나의 사방의 벽을 막아 가면서 내면의 세계가 커 가던 때이다. 그래서 내가 밖을 바라볼수록 내 안의 것들은 그만큼 더 혼란스러워졌다. 어쩌다 그렇게 됐는지는 아무도 모른다. 그러나 내면의 것은 극단적으로 커지다가 마침내는 단번에 박살 날 것만 같았다. 어른들은 이런 것에 전혀 영향을 받지 않는다는 것을 금세 알 수 있었다. 어른들은 이리저리 돌아다니며 이런저런 판단을 하고 행동을 했다. 어른들이 난관에 봉착할 경우가 있다면, 그것은 다 외부의 탓이었다.

나는 그런 변화들이 시작되면 비로소 독서를 시작하기로 결심했다. 그때가 오면 지인들과 지내듯 책들과 함께 지내리라 생각했다. 책 읽을 시간이야 충분히 가질 수 있겠지. 내게 필요한 만큼 편안하고 느긋하게 보낼 수 있는 시간을 말이다. 어떤 책들은 다른 어떤 책들보다 더 각별할 수 있다. 그 책들을 읽다가 때로 산책이나 약속, 아니면 극장 개막 시간이나 급한 편지 답장에 30분쯤 늦는 것으로부터 완전히 자유로울 수는 없는 일이다. 마치 머리 위에 무언가가 놓여 있었던 듯 머리카락이 눌리고 헝클어지거나, 귓불이 화끈거리고 손이 얼음장처럼 차가워지거나, 옆에 긴 촛불이 다 타서 촛대 바닥에까지 이르는 일은, 다행히도, 완전히 배제될 것이다.

이런 상황들을 일일이 열거하는 까닭은 울스가르에서 방학을 보내면서 갑자기 책 읽는 데 취해서 내가 겪었던 일들이 마음속에 인상 깊게 남았기 때문이다. 그때 제대로 된 독서를 할 능력이 내게 없다는 것은 금방 판가름이 났다. 내가 스스로 예정했던 시기보다 너무 이르게 독서를 시작했던 탓이다. 소뢰에 있던 그해에 대략 비슷한 또래의 많은 애들과 지내다 보니 그런 예측에 혼동이 왔다. 그곳에 있는 동안 나는 예기치도 않은 여러 가지 갑작스러운 경험을 했다. 그 경험들을 통해 나는 마치 어른이 된 듯 느끼곤 했다. 그것은 실제와 거의 맞먹는 경험들이었으며, 그 경험들은 제 무게로 나를 짓눌렀다. 그러나 그런 경험의 세계를 깨닫는 만큼 나는 어린 시절의 광대무변함에도 눈을 떴다. 어린 시절이 결코 사라지지 않을 것임을 깨달았고 이제 막 어른의 세계가 시작되고 있음을 알았다. 시기를 구분하는 거야 각자 마음대로 할 수 있지만 실제로는 꾸며 낸 것에 지나지 않는다고 나는 속으로 생각했다. 그리고 나는 그런 구분을 지을 능력이 없다는 것이 드러났다. 그런 구분을 하려고 할 때마다 삶은 나에게 그런 것은 없다고 알려 주었다. 하지만 내가 내 어린 시절이 끝났다고 주장하면, 그 순간 다가오는 모든 것들이 사라져 버렸고, 나에게 남은 것은 납 인형이 서 있을 수 있을 만큼의 무게뿐이었다.

이런 사실의 발견은 당연히 나를 더욱 주위로부터 고립시켰다. 그 사실을 깨닫고 나는 더욱 나만의 세계에 몰두했고 그러는 가운데 더없는 기쁨을 느꼈다. 그때 그 기쁨이 혹시 걱정에서 나오는 것은 아닌가 하는 생각이 들었다. 아직은 그런 기쁨을 느낄 만한 나이가 아니었기 때문이다. 지금 와서 돌이켜 보면, 당시엔 아무것도 미리 정해진 것이 없으므로 잘못하다간 많은 것을 놓칠지도 모른다는 생각에 불안해하기도 했다. 그런 마음으로 울스가르에 돌아와 그 많은 책을 보는 순간, 나는 책

속에 파묻혔다. 나는 조급하게 서둘렀고, 약간은 양심의 가책까지 느꼈다. 훗날 자주 느끼게 될 것을 나는 그때 이미 어렴풋하게나마 예감했다. 즉 모든 책을 다 읽지 않으려면 한 권의 책도 펼칠 권리가 없다는 것이다. 한 줄 한 줄 읽을 때마다 세계가 무너져 내리기 시작했다. 책들을 읽기 전에 세계는 온전하게 보였다. 이제 그 세계는 나중에 가서 다시 온전한 모습을 찾을 것 같았다. 그러나 책 읽기에 서툴던 내가 어찌 그 모든 책을 상대하려 했던가. 그곳의 대단치 않은 서재에도 책들은 압도적인 수적 우세를 지키며 똘똘 뭉쳐 있었다. 나는 임전무퇴의 자세로 이 책 저 책과 맞서며 페이지들을 뚫고 나아갔다. 그것은 어마어마한 사명을 앞에 둔 사람의 태도였다. 당시에 나는 실러, 바게센,* 윌렌슐레거* 그리고 샤크 슈타펠트*를 읽었다. 그리고 거기에 있던 월터 스콧*과 칼데론*의 저작도 읽었다. 내 손에 잡힌 책들 중에는 진작 읽었어야 할 것도 있었고, 어떤 것들은 너무 이르게 느껴졌다. 당시의 나이로 읽기에는 적합하지 않은 것들이었다. 그래도 아랑곳하지 않고 나는 읽었다.

그로부터 몇 년 뒤, 나는 가끔 한밤중에 잠에서 깨곤 했는데, 그때 의미심장하게 빛나는 별들을 바라보며 사람들이 이렇게 많은 세계를 놓치고 지나친다는 사실이 믿기지 않았다. 책을 읽다가 눈을 들어 여름이 펼쳐진 밖을 바라볼 때도 이런 느낌이 들었던 것 같다. 밖에서는 아벨로네가 나를 부르고 있었다. 그녀는 계속 부르고, 나는 대답조차 하지 않는 전혀 예기치 못한 상황이 찾아왔다. 그때는 우리가 가장 행복했던 시기였는데. 그러나 일단 시작하자, 나는 줄기차게 책 읽기에 매달렸고 잘난 척하며 찾아오는 우리의 일상적인 휴일들로부터 몸을 숨겼다. 눈에 잘 띄지 않는 많은 자연스러운 행복의 기회를 잡을 재주가 없던 나는 커져만 가는 우리 사이의 불화를 지켜보면서 나중에 있을 화해를 기대하지 않을 수 없었다. 뒤로 미룰수록 화해의 맛은 더욱 짜릿해질 것만 같았다.

아무튼 나의 독서열은 시작할 때 그랬던 것처럼 어느 날 돌연 끝나 버렸다. 그때 우리는 한바탕 싸웠다. 아벨로네는 나만 보면 조롱하며 우월감을 드러냈다. 정자에서 마주치기라도 하면 그녀는 책을 읽고 있으니 비켜 달라고 했다. 어느 일요일 아침엔가는 옆에다 책을 덮은 채로 두고 있기는 했다. 하지만 보아하니 붉은 구스베리 따는 일에 정신이 팔려 있는 것 같았다. 그녀는 포크를 이용해 작은 송이에 매달려 있는 열매들을 훑어 내렸다.

7월이면 볼 수 있는 그런 어느 이른 아침 중 하나였던 것 같다. 잠을 푹 잔 뒤 곳곳에서 즐거운 일들이 툭툭 터져 나오는 새로운 시간이다. 수백만 개의 억제할 수 없는 작은 움직임들이 모여 인상적인 생명의 모자이크를 만들어 내는 시간이다. 이 시각이면 온갖 사물들이 뒤섞여 허공을 향해 나부끼고, 그 안에 스며든 서늘함이 그늘을 더욱 선명하게 만들어 주고 햇살에 경쾌함과 영혼을 불어넣는다. 정원에서는 어떤 것이 다른 것보다 더 우위에 있지 않다. 모든 것이 어디에나 존재하고 있다. 하나라도 놓치고 싶지 않다면 그 모든 것과 함께해야 한다.

그러나 아벨로네의 작은 손놀림 속에는 이 모든 것이 고스란히 들어 있었다. 그렇게 앙증맞게 손을 놀리는 그녀의 모습은 정말 행복해 보였다. 그늘 속에서 더 밝게 빛나는 그녀의 두 손은 일사천리로 경쾌하게 움직였다. 포크가 움직일 때마다 둥근 열매들이 이슬에 젖은 포도 잎사귀가 깔린 쟁반 속으로 펄떡펄떡 뛰어들었다. 쟁반에는 시큼한 속살 안에 건강한 씨앗을 품고 반짝반짝 빛나고 있는 붉거나 노란 열매들이 수북했다. 그 모습을 보니 나는 그저 아벨로네를 바라보고 싶었다. 그러나 아무래도 그녀가 뭐라고 할 것 같았기 때문에 아무렇지도 않은 척하며 책을 집어 들고 탁자 맞은편에 앉았다. 그리고 책을 잠깐 뒤적이다가 아무 데나 그냥 읽기 시작했다.

"기왕 읽는 거 큰 소리로 읽어 봐, 책벌레야." 잠시 후 아벨로네가 말했다. 시비를 거는 말투는 아니었다. 지금이야말로 화해할 절호의 기회라고 생각하고 나는 곧 큰 소리로 읽기 시작했다. 한 단락 끝까지 내리읽고 다음 단락의 제목까지 읽었다. '베티네*에게.'

"됐어, 답장은 안 읽어도 돼." 아벨로네는 나의 낭독을 끊고서 갑자기 지쳤는지 작은 포크를 내려놓았다. 그러더니 그녀를 바라보는 내 얼굴을 보며 깔깔대고 웃었다.

"맙소사, 참 못 읽는구나, 말테야."

한순간도 집중하지 못했음을 인정할 도리밖에 없었다. "그만 읽으라고 할 때까지 그냥 읽은 거야." 나는 속마음을 털어놓고 얼굴이 붉어져 책장을 뒤로 넘겨 책 제목을 보았다. 그제야 나는 그 책이 무슨 책인지 알았다. "왜 답장은 읽지 말라고 한 거지?" 나는 궁금한 표정으로 물었다.

아벨로네는 내 말을 듣지 않은 것 같았다. 그녀는 밝은 드레스 차림으로 앉아 있었다. 그녀의 내면 곳곳이 어둠으로 물드는 것처럼 보였다. 그녀의 눈에도 어둠이 내렸다.

"이리 내." 그녀가 갑자기 화난 듯한 목소리로 말하며 내 손에 들려 있던 책을 빼앗아 읽고 싶은 부분을 얼른 펼쳤다. 그러더니 베티네의 편지 중 한 편을 읽기 시작했다.

내가 그 편지의 내용을 얼마나 이해했는지는 모른다. 그래도 언젠가는 그 모든 것을 깨닫게 되리라는 숭고한 약속을 받은 것 같았다. 그리고 그녀의 목소리는 갈수록 커져서 마침내는 그녀가 노래 부를 때 들었던 음조가 되어 있었다. 그러는 동안 우리 사이의 화해에 크게 신경을 쓰지 않은 나 자신이 부끄러워졌다. 화해라는 게 바로 이런 것임을 깨달았기 때문이다. 그러나 이번의 화해는 내 손이 닿지 않는, 내 머리 위의 어딘가 광활한 우주 공간에서 이루어지고 있었다.

약속은 언젠가는 이루어진다. 언제부터인지 모르지만 바로 그 책이 내가 애지중지하는 책들 중 하나가 되었다. 이젠 펼치기만 하면 내가 원하는 대목이 나온다. 그 구절을 읽다 보면 내가 베티네를 생각하는 건지, 아니면 아벨로네를 생각하는 건지 알 수가 없다. 아니다, 내 안에서는 베티네가 더 진정한 존재가 되었다. 내가 사귀었던 아벨로네는 베티네를 위한 준비 과정 같은 것이었다. 이제 그녀는 본래의 자기 모습으로 돌아가듯 베티네와 완전히 하나가 되었다. 왜냐하면 이 놀라운 베티네 는 그녀의 수많은 편지로 공간을, 우주적 차원의 세계를 만들 어 냈기 때문이다. 그녀는 죽음으로써 그렇게 되는 것처럼 처 음부터 삼라만상 속에 깃들어 있었다. 그녀는 어디서나 존재의 심연 속으로 들어갔으며 그것의 일부가 되었다. 그녀에게 무슨 일이 일어나든 그것은 영원히 자연 속의 일부였다. 자연 속에 서 그녀는 자신을 알아보았으며 고통스레 인연을 끊었다. 전설 을 통해 꿰맞추듯 간신히 자신을 되찾고, 주문으로 유령을 부 르듯 자신을 불러내 버티어 냈다.

베티네, 그대는 얼마 전까지만 해도 이곳에 있었다. 아직도 그대가 느껴진다. 대지는 아직도 그대의 온기를 간직하고 있 고, 새들은 여전히 그대의 목소리를 위해 공간을 남겨 주지 않 는가. 이슬은 다른 이슬이어도, 별들은 그대의 밤을 비추던 별 들이다. 사실, 이 세상 모두가 그대의 것이 아니던가? 수시로 그대는 그대의 사랑으로 이 세상에 불을 질러 놓고 활활 타오 르는 광경을 지켜보다가, 세상 모두가 잠든 사이 이 세상을 다 른 세상으로 바꾸어 놓았다. 신이 만든 세상들이 돌아가며 모 두 나타나도록 그대가 매일 아침 신에게 새로운 세상을 달라고 요구할 때면, 그대는 신과의 조화로운 관계를 느꼈을 것이다. 세상들을 아껴 두거나 수선하는 것을 그대는 궁색한 짓이라 생 각했다. 그대는 세상을 다 써 버리고는 또 달라고, 또 달라고 손을 내밀었다. 그대의 사랑은 뭐든지 감당할 수 있었기에.

아직도 그대의 사랑을 이야기하지 않는 사람들이 있다니, 어찌 그럴 수가 있는가? 혹시 그 이후에 그대의 사랑보다 더 놀라운 일이 일어났다는 것인가? 사람들은 대체 무엇을 생각하고 있는가? 그대는 그대의 사랑의 가치를 스스로 잘 알고 있었다. 그대는 그대의 사랑을 이 세상에서 가장 위대한 시인* 앞에서 크게 말했다. 그대의 사랑을 인간적으로 만들어 달라고. 그대의 사랑은 아직 원소에 불과했으니. 그러나 그 시인은 그대에게 편지를 쓰면서 사람들에게 그대의 사랑을 믿지 말라고 설득했다. 모두 그가 쓴 답장들을 읽었다. 그들은 그 답장의 내용을 더 믿는다. 자연보다는 시인의 말이 이해하기 쉬우니까. 그러나 그 위대한 시인의 한계였음이 언젠가는 밝혀지리라. 이 사랑하는 여인은 시인에게 주어진 과제였지만, 시인은 그것을 감당하지 못했다. 그는 왜 응답하지 못했을까? 그러한 사랑은 응답이 필요한 사랑이 아니다. 그런 사랑은 구애의 외침과 대답을 안에 함께 가지고 있다. 그 사랑은 자기의 기도에 귀 기울인다. 그러나 그는 정중한 차림으로 파트모스섬의 요한*처럼 그녀 앞에 공손하게 무릎을 꿇고 그녀가 불러 주는 것을 두 손으로 받아 적었어야 했다. "천사의 직무를 수행하는" 이 목소리 앞에서 선택이란 있을 수 없었다. 그 목소리는 시인을 감싸안아 영원으로 데려가려고 내려온 소리였다. 그곳엔 그의 승천을 위해 불수레*가 와 있었다. 그곳엔 그의 죽음을 노래할 어두운 신화가 마련되어 있었다. 그러나 그는 그것을 비워 두었다.

운명은 숱한 문양과 형상들을 만들어 내는 것을 좋아한다. 운명의 난점은 그 복잡함에 있다. 반면에 삶은 그 단순함으로 어려움을 겪는다. 우리 인간의 치수를 벗어나는 삶은 소수에 불과하다. 성자는 운명을 거부하고 바로 이런 소수의 삶을 택함으로써 신과 마주한다. 여자도 천성적으로 남자와의 관계에서 성자와 같은 선택을 할 수밖에 없는 존재이기 때문에 사랑의 관계를 맺을 때마다 불행이 싹틀 수밖에 없다. 단호하면서도, 운명에서 벗어난 모습으로, 마치 영원한 존재처럼 여인은 자꾸만 변하는 남자의 옆자리를 지킨다. 사랑을 하는 여인은 사랑을 받는 남자를 언제나 능가하니, 이는 삶이 운명보다 더 위대하기 때문이다. 여인의 헌신은 무한을 지향한다. 이것이 바로 여인의 행복이다. 그러기에 여인의 사랑이 겪는 말할 수 없는 고통은 항상 사랑의 헌신을 줄이도록 요구당하는 것, 바로 그것이었다.

여인들은 결코 다른 한탄을 제기한 적이 없다. 엘로이즈*가 쓴 첫 두 편지에는 오직 이 한탄만 담겨 있다. 그리고 이 한탄은 5백 년 뒤에 포르투갈 수녀의 편지에서 다시 나타난다. 우리는 그것을 새소리처럼 인식한다. 그리고 갑자기 이 인식의 밝은 공간을 가로질러 가장 먼 인물인 사포의 형상이 나타난다. 수세기 동안 사람들이 그녀를 찾지 못한 까닭은 그녀를 운명에서 찾으려 했기 때문이다.

나는 차마 그 남자에게서 신문을 살 엄두가 나지 않았다. 그가 뤽상부르 공원 바깥에서 저녁 내내 이리저리 서성일 때, 과연 몇 부의 신문이라도 들고 있긴 한지 확신이 서지 않는다. 그는 철제 난간에 등을 기댄 채 손으로 철제 막대들이 박혀 있는 갓돌을 어루만지고 있다. 그는 난간에 착 달라붙어 있어서, 매일 많은 사람이 그 곁을 지나가지만, 그의 존재를 알지 못한다. 목소리가 조금 남은 게 있어 그는 그걸로 사람들의 주의를 끌어보려 하지만, 등잔이나 난로에서 나는 소음, 아니면 동굴에서 불규칙하게 떨어지는 물방울 소리와 별반 다를 바 없다. 세상은 참으로 묘하다. 그 남자가 움직이는 어떤 것, 즉 시곗바늘, 아니 시곗바늘의 그림자, 아니 시간 자체보다도 더 조용히 움직이며 잠시 쉬고 있을 때만 사람들이 그의 곁을 지나가다니.

부러 그 남자 쪽으로 시선을 던지지 않으려 한 것은 참으로 잘못된 일이었다. 그 남자가 있는 곳에 가까워지면 그를 전혀 본 적이 없는 것처럼 다른 사람들의 걸음걸이를 흉내 내어 그곳을 지나쳤다는 말을 적으려니 좀 부끄럽다. 그 순간마다 나는 그의 안에서 나오는 "라 프레스"라는 소리를 들었다. 곧이어 다시 한번 들려왔고, 아주 짧은 간격을 두고 세 번째로 들려왔다. 내 옆에 가던 사람들은 주위를 살피며 어디서 나는 소리인지 두리번거렸다. 나만은 다른 사람들보다 서둘러 갔다, 마치 아무 소리도 못 들은 것처럼, 머릿속으로 생각할 것이 많은 것처럼.

사실이 그랬다. 나는 그 남자의 모습을 떠올리느라 바빴다.

그 남자를 마음속으로 그려 보기 시작했다. 너무 힘을 써서 땀까지 났다. 어떤 증거도 어떤 부분도 남은 게 하나도 없는 상태에서 죽은 사람을 그려야 할 때처럼, 오로지 마음속으로만 구성해야 하는 그런 경우처럼 그 남자를 그려 보아야 했다. 지금 생각해 보니, 어느 골동품 상점에나 나뒹구는 단단한 상아로 만든, 십자가에서 끌어 내려진 예수상들을 떠올려 본 것이 조금은 도움이 된 것 같다. 어떤 피에타의 형상이 떠올랐다가 사라졌다. 이 모든 것은 물론 그의 긴 얼굴이 기울어져 있는 각도와, 움푹 들어간 뺨에 나 있는 꺼칠한 수염과, 비스듬히 위를 바라보는, 닫힌 표정에 서린 궁극적인 고통의 맹목성을 마음속에 떠올려 보기 위해서였다. 그러나 이런 것들 외에도 그 사람의 특징을 말해 줄 만한 것은 많았다. 왜냐하면 이미 그 당시에 나는 그 남자의 어떤 것도 사소하지 않다는 것을 알았기 때문이다. 그의 외투나 저고리가 뒤쪽으로 처져서 옷깃만 드러나 보이는 모습과, 낮은 높이의 이 옷깃이 움푹 들어간 긴 목을 건드리지 않고 둥글게 감싸고 있는 모습도 빼놓을 수 없었다. 암녹색 넥타이가 헐렁하게 매여 있는 모습도 빼놓을 수 없었다. 그리고 무엇보다도 위쪽이 봉긋하게 생긴 빳빳하고 낡은 펠트 모자도 빼놓을 수 없었다. 이 모자를 그 남자는 그냥 다른 장님들이 쓰니까 자기도 쓴 모양이었다. 자기 얼굴 윤곽이나 전체적인 외모와 잘 어울리는지는 따지지 않고 색다른 유행을 따라 쓴 것 같았다. 괜한 두려움에 제대로 쳐다보지도 않고서 나는 자꾸만 상상력만 가동하여 그 남자의 모습을 별 특별한 이유도 없이 내 마음속에서 극히 고통스럽고 처절한 형상으로 만들어버렸다. 이에 부담을 느낀 나는 제멋대로 날뛰는 나의 상상력을 외적인 사실들을 동원하여 제지하고 없애기로 마음먹었다. 저녁때였다. 나는 당장 그 남자 곁을 지나가며 유심히 살펴보기로 결심했다.

때는 바야흐로 봄이 다가오고 있는 시점이다. 낮 동안 불던 바람은 잠잠해졌고, 골목길들은 길고 편안하게 뻗어 있었다. 골목길들이 끝나는 지점에는 하얀 금속의 새 절단면처럼 산뜻한 모습으로 집들이 은은히 빛나고 있었다. 그러나 그것은 의외로 가벼운 금속 같았다. 널찍한 도로에는 많은 사람이 넘실대며 가끔 지나가는 자동차 따위는 두려워하지도 않는 것 같았다. 일요일이 틀림없었다. 생쉴피스 성당의 탑들이 고요한 대기 속에서 밝은 모습으로 평소보다 높아 보였다. 그리고 로마풍에 가까운 좁은 골목길들 사이로 봄의 기운이 느껴졌다. 공원 안쪽과 공원 바깥쪽에는 사람들이 북적대서 그 남자의 모습을 금방 찾을 수가 없었다. 아니면 사람들 틈에 끼여 있는 그의 모습을 내가 쉽게 알아보지 못한 걸까?

그 즉시 나는 나의 상상이 쓸모없는 짓이었음을 깨달았다. 전혀 조심도 꾸밈도 없는 그의 비참함의 극한적인 모습은 내 상상력을 넘어섰다. 몸을 숙이고 있는 각도도, 그의 눈꺼풀 안쪽을 줄기차게 채우고 있는 공포도 나는 전혀 예상하지 못했다. 그의 입이 배수구 입구처럼 움푹 꺼져 있으리라고는 생각조차 하지 못했다. 그도 아마 기억이 있었을 것이다. 그러나 지금 그의 영혼에 더해진 것은 고작 날마다 등 뒤의 손으로 어루만진 갓돌에서 느낀 무정형의 감촉뿐이었다. 나는 그 자리에 멈춰 있었다. 그 모든 것을 한순간에 바라보면서 그 남자가 내가 생각했던 것과는 다른 모자를 쓰고 있으며 분명 일요일에만 착용할 것 같은 넥타이를 매고 있다는 것을 알았다. 넥타이에는 노란색과 보라색 체크무늬가 대각선 방향으로 새겨져 있었다. 모자는 녹색 띠를 두른 싸구려 새 밀짚모자였다. 물론 이 색깔들은 그다지 중요치 않다. 그리고 내가 그것들을 기억하고 있다는 것이 좀 사소하다는 생각이 든다. 내가 말하고 싶은 것은 그 색깔이 새 앞가슴의 가장 부드러운 털과 같았다는 것이다. 그 자신은 색깔에는 별 관심이 없었다. 그리고 여기 이 모든 사람 중에서 (나는 주위를 둘러보았다) 누가 그의 화려한 차림이 그 자신을 위해 꾸민 것이라고 생각할 수 있을까?

그때 퍼뜩 이런 생각이 들었다. 신이여, 그러므로 당신은 **존재**합니다. 당신의 존재를 알려 주는 여러 증거가 있습니다. 나는 그 증거들을 다 잊었고, 그런 증거를 한 번도 요구한 적이 없습니다. 당신이 존재한다는 확신에는 엄청난 의무가 따르니까요. 하지만 드디어 증명되었습니다. 이것이 당신의 취향이군요. 여기서 당신은 기쁨을 느낍니다. 우리가 배운 것이 있다면, 무엇보다 참고 견딜 뿐 판단하지 말라는 것이지요. 어떤 것이 어려운 것인가요? 어떤 것이 자비로운 것인가요? 그것은 당신만이 압니다.

겨울이 다시 오고 새 외투가 있어야 할 때, 내가 그 외투를 아직 새것일 때만 입을 수 있게 해 주십시오.

  내가 굳이 여기서 이들과 나를 구별하려는 것은 아니다. 내가 처음부터 이들보다 더 좋은 나만의 옷을 입고 다니고, 어딘가에 거처할 곳이 있다고. 그러나 나는 그들 정도의 수준에 이르지 못했다. 나는 그들과 같은 삶을 살 용기가 없다. 나는 한쪽 팔이 불편해지면 그걸 감추겠지. 그러나 그 여자는 (이것밖에 내가 그 여자에 대해 아는 것은 없다) 날마다 카페의 테라스 앞에 나타나서는 외투를 벗고, 이어 불분명한 옷가지와 속옷에서 아주 힘겹게 몸을 빼냈다. 그녀는 그런 수고 따위는 아랑곳하지 않고, 보는 사람이 기다리기 힘들 정도로 아주 천천히 옷을 벗고 몸을 빼냈다. 그런 다음 그녀는 말라비틀어진 그루터기 같은 몸으로 겸손하게 우리 앞에 서 있었다. 정말 보기 드문 장면이었다.

  그래, 내가 굳이 이들과 나를 구별하려는 것은 아니다. 내가 그들과 같다고 생각한다면 그건 참으로 오만한 생각이다. 나는 그렇지 않다. 내가 그들만큼 견고함과 자제력을 가지고 있다면 좋겠지. 나는 끼니를 굶지 않고, 매 끼니를 드러내 놓고 먹곤 한다. 그러나 이들은 영원한 존재인 것처럼 연명한다. 이들은 11월에도 날마다 서 있는 그들만의 모퉁이에 서서 겨울이 되어도 소리치지 않는다. 안개가 끼면 그들의 모습은 희미하고 불확실해진다. 그래도 그들은 그 자리에 있다. 나는 여행도 했고 병에 걸리기도 했다. 정말 많은 일들을 겪었다. 그래도 이들은 죽지 않았다.

(잿빛 냄새 나는 추위로 가득한 방에서 어린 학생들이 어떻게 아침에 일어나는지 참으로 모를 일이다. 도대체 누가 이들에게, 이 허둥대는 어린 해골들에게 힘을 주어 어른들의 도시 속으로, 끝나 가는 밤의 우울함 속으로, 영원한 학창 시절 속으로 달려가게 하는 것인가, 언제나 어린 모습으로, 언제나 기대감을 가지고, 언제나 지각을 하며. 도대체 그 도움의 힘이 얼마나 많기에 아무리 써도 다하지 않는가.)*

이 도시는 점차 이들의 수준으로 미끄러져 떨어지고 있는 사람들로 가득하다. 그들 대부분은 처음엔 저항한다. 그러나 그 다음엔 이미 시들어 버린 처녀들이 있는데, 이 노처녀들은 아무런 저항도 하지 않고 순순히 이들의 수준으로 넘어간다. 강하고, 가슴 깊은 곳을 한 번도 사용한 적이 없는 처녀들, 단 한 번도 사랑받은 적이 없는 처녀들이다.

오, 신이여, 당신은 내가 모든 것을 버리고 그들을 사랑하길 원하는 것 같군요. 안 그렇다면, 왜 그들이 나를 추월할 때 그들을 따라가지 않기가 그리 힘든 걸까요? 왜 이리 느닷없이 밤에 건네면 더없이 좋을, 이토록 달콤한 말들이 떠오르는 걸까요? 왜 내 목소리는 그토록 부드럽게 목구멍과 심장 사이에서 서성이는 건가요? 왜 나는 생이 가지고 놀던 이 인형들을 말할 수 없이 조심스레 내 입김이 닿을 정도로 가까이 두고 싶은 상상을 하는 걸까요? 생은 봄이 오면 뭐라도 찾아올 것처럼 매년 봄마다 인형들의 팔을 자꾸만 벌려 놓았지요. 하지만 아무것도 온 것은 없고 인형들의 어깻죽지만 늘어져 버렸습니다. 이 인형들은 결코 까마득히 높은 희망에서 추락한 것이 아니어서 부서지지는 않았지만, 이미 너절해져서 생에겐 쓸모가 없어졌습니다. 다만 길 잃은 고양이들만 저녁이면 그들의 방으로 찾아와 그들을 슬쩍 할퀴고는 그들의 배 위에서 잠을 잡니다. 가끔 나는 이런 처녀들 중 한 처녀의 뒤를 밟아 봅니다. 한두 골목쯤 따라가지요. 이들은 건물들을 따라 걸어가고, 사람들이 자꾸만 다가와 이들의 모습을 가립니다. 그리고 처녀들은 그들 너머로 마치 먼지처럼 사라집니다.

그러나 한 남자가 그들을 사랑하려 한다면, 그들은 너무 많이 걸어서 걷기를 그만둔 사람처럼 그의 어깨에 몸을 기댈 겁니다. 아마도 사지 마디마다 아직 부활의 힘을 지닌 예수나 그들을 견딜 수 있겠지요. 그러나 예수에게 그들이 뭐겠습니까? 꺼진 등불을 들고 기다리는 여인들처럼* 사랑을 받는 조그만 재주를 가지고 기다리는 여인이 아니라 사랑을 베푸는 여인들만이 예수를 유혹할 수 있습니다.

내가 만일 더없이 비참한 존재가 될 운명이라면 아무리 좋은 옷으로 변장한들 무슨 소용이랴. 그 왕은 자신의 왕국에 있으면서도 말단의 존재들 속으로 미끄러져 떨어지지 않았던가? 상승하기는커녕 바닥에 추락한 그였다. 사실 가끔 나는 다른 왕들을 믿었다. 물론 그들이 만든 정원들은 그들의 존재를 증명할 어떤 흔적도 남기지 않았지만.* 그러나 지금은 밤, 그리고 겨울이다. 추위에 떨지만 나는 그 왕을 믿는다. 영광은 한순간일 뿐이고, 이 세상에 비참함보다 더 오래가는 것은 없으니까. 그러니 그 왕*은 영원하리라.

그는 유리병 속의 밀랍 꽃처럼 자신을 광기 속에 보존한 유일한 왕이 아니었을까? 다른 왕들을 위해 교회에 모인 사람들이 만수무강을 빌어 주었지만, 이 왕을 위해서는 파리 대학 학장이었던 장 샤를리에 제르송*이 영생을 빌어 주었다. 당시에 그는 왕관을 쓴 왕임에도 불구하고 초라하고 지저분하기 짝이 없었고 극도로 가난했다.

그 시절, 가끔 얼굴에 검정 칠을 한 낯선 남자들이 침대에 누워 있는 왕에게 들이닥치곤 했다. 종기에 들러붙은 채 썩어 버린 속옷을 떼어 내기 위해서였다. 왕은 꽤 오래전부터 그 셔츠가 자기 몸인 줄 알고 있었다. 방은 어두웠다. 그리고 그들은 뻣뻣하게 굳은 왕의 양팔 밑으로 손을 넣어 썩어 문드러진 천 조각을 잡히는 대로 잡아당겼다. 그러고 나서 일행 중 하나가 불을 켰다. 그제야 그들은 왕의 가슴에서 고름투성이의 상처를 발견했다. 거기엔 쇠로 된 부적이 깊이 박혀 있었다. 그것을 왕은 매일 밤 열정적으로 가슴에 대고 짓눌렀기 때문이다. 이제 부적은 극히 소중한 물건처럼 몸속 깊이 박혀 있었다. 진주 같은 고름에 에워싸여 있는 모습이 꼭 우묵한 성유물함(聖遺物函) 속에 들어 있는, 기적을 행하는 성자의 유물 같았다. 이 사내들은 험한 일을 하는 막일꾼들이어서 불려 온 것이지만, 이들 역시 가만히 있던 구더기들이 그들을 향해 머리를 쳐들고 꿈틀대며 플란넬 속옷을 헤치고 기어 올라와 주름에 이르러 바닥에 떨어졌다가 다시 그들의 옷소매 이곳저곳으로 기어 올라올 때는 역겨움을 참을 수 없었다. 왕의 상태는 파르바 레기나*와 지냈던 때보다 훨씬 나빠졌다. 그녀는 젊고 깨끗한 여자였지만 왕과 함께 눕는 것을 싫어하지 않았다. 그러던 중 그녀는 죽었다. 그러니 이제 어떤 여자에게도 그 썩어 가는 고깃덩어리와 동침하라고 말할 수 없었다. 파르바 레기나는 왕에게 위안이 될 만한 사랑의 말 같은 것은 남겨 놓지 않았다. 이제 왕의 정신의 황무지에 발을 들여놓을 사람은 없었다. 영혼의 구렁텅이에 빠진 왕을 구해 줄 사람도 없었다. 그러다가 느닷없이 풀밭 위에서 풀을 뜯는 짐승의 둥근 눈빛으로 왕이 구렁텅이에서 걸어 나오면 그를 알아보는 이 아무도 없었다. 이윽고 분주한 표정의 주베날*의 얼굴을 알아본 순간, 왕의 생각은 마지막으로 보았던 국사(國事) 쪽으로 되돌아왔다. 그리고 왕은 그동안 하지 못했던 일을 처리하겠다고 나섰다.

그러나 그 시대에 벌어진 사건들을 말할 때 조심할 수밖에 없었던 까닭은 그 사건들이 지닌 성격 때문이었다. 무슨 사건이 일어났다 하면 그 사건은 그 자체로 엄청났으며, 그것을 묘사할 땐 마치 한 덩어리처럼 모두 묘사해야 했기 때문이다. 아니면 어떤 내용을 빼야 할 것인가. 왕의 동생*이 살해당했다, 어제는 발렌티나 비스콘티*가, 즉 왕이 '사랑하는 나의 누이'라 부르는 바로 그녀가 검은 미망인 상복의 베일을 들어 올려 슬픔과 비난으로 일그러진 얼굴을 드러내며 왕 앞에 무릎을 꿇었다. 그리고 오늘은 끈질기고 말 잘하는 변호인이 한참 동안 서서 암살을 지시한 부르고뉴 공작의 정당성을 논증했다.* 그 범죄 행위가 투명해져 하늘로 올라가려는 것 같았다. 그리고 공정하다는 게 무엇인가, 그것은 누구나 납득할 수 있는 결정을 내리는 것이다. 오를레앙 공의 아내 발렌티나는 복수의 약속을 받았지만 슬픔을 이기지 못하고 죽었다. 부르고뉴 공작을 용서하고 또 용서한다 한들 그게 다 무슨 소용이 있는가. 그는 미칠 듯한 절망에 사로잡혀 벌써 몇 주째 아르질리 숲 깊은 곳에 천막을 쳐 놓고 밤마다 사슴들 울음소리를 유일한 위안으로 삼고 있다고 했다.

일단, 이 모든 사건에 대해 깊이 생각하고, 끝까지 되짚어 본 후, 간단히 말하자면, 백성들은 한 사람, 즉 왕을 보고 싶어 했다. 그리고 백성들은 왕을 보았다. 어쩔 줄 몰라 하는 왕의 모습을 보았다. 그러나 백성들은 왕의 그런 모습을 보고 기뻐했다. 백성들은 그 사람이야말로 왕임을 깨달았다. 조용하고 참을성 있는 이 사람이야말로 말이다. 그는 오로지 참다 참다못한 신이 마침내 나서서 그를 넘어 행동하기 위해 존재할 뿐이었다. 생폴 궁전의 발코니에서 깨달음의 순간에 왕은 자기도 모르게 이루어 낸 진보를 느꼈을지도 모른다. 로스베케* 전투의 그날이 떠올랐다. 그날, 그의 백부 드 베리는 그의 손을 잡아 이끌어 손쉬운 생애 첫 승리를 그에게 안겨 주었다. 웬일인지 날이 오래도록 환했던 11월의 그날, 그는 산더미처럼 쌓여 있는 겐트인들의 시체를 바라보았다. 사방에서 말을 탄 병사들이 공격해 오자 이들은 뒤로 물러서며 자꾸만 움츠러들다가 자기들끼리 질식해서 죽은 것이었다. 이들은 거대한 뇌 모양으로 서로 뒤엉킨 채 산더미처럼 쌓여 있었다. 서로 떨어지지 않으려다 보니 뭉쳐서 한 덩어리가 되어 있었다. 질식해 죽어 있는 그들의 얼굴을 보자 자신도 숨이 멎는 것 같았다. 그들로부터 많은 절망한 영혼들이 갑작스레 빠져나가는 통에 옴짝달싹하지 못하고 서 있는 죽은 시체 더미들 위쪽으로 공기가 확 밀려 올라간 게 아닌가 하는 생각이 자꾸만 들었다.

이것은 그가 거둔 영광의 시작으로 새겨졌다. 그는 그것을 마음에 간직하고 있었다. 그러나 당시의 일을 죽음의 승리였다고 한다면, 수많은 눈들이 바라보는 가운데 약해진 무릎으로 이렇게 똑바로 서 있을 수 있는 것은 다름 아닌 사랑의 신비였다. 다른 사람들의 반응을 보고서 그는 그 전쟁터에서 있었던 일은 비록 무시무시하긴 하나 이해할 수 있는 일임을 알았다. 그러나 여기서 벌어지고 있는 이 일은 도무지 이해되지 않았다. 몇 년 전에 샹리스 숲에 금목걸이를 달고 나타났던 사슴*만큼 놀라웠다. 다만 이번엔 그 자신이 바로 그 사슴이 되어 있었고, 다른 사람들은 그를 쳐다보느라 정신이 없다는 것만 다를 뿐이었다. 그리고 의심할 바 없이 백성들은 숨을 죽이고서, 젊은 날의 사냥 길에서 나뭇가지 사이로 불쑥 나타나 그를 쳐다보던 그 조용한 얼굴과 마주친 순간 그가 느꼈던 것과 같은 예의 그 한없는 기대감으로 그를 바라보고 있었다. 눈으로 볼 수 없던 신비로움이 그의 부드러운 자태에 서려 있었다. 왕은 혹시라도 사라질까 봐 미동도 하지 않았다. 소박하게 생긴 왕의 큰 얼굴엔 옅은 미소가 성자의 석상에 어린 미소처럼 영원할 듯이 번졌다. 그리 애쓰지 않아도 되었다. 왕은 영원을 축약해 놓은 듯한 그 한순간 동안 자신을 바쳤다. 군중은 이제 가만 있을 수가 없었다. 끝없이 커져만 가는 위안에서 힘을 얻고 기운을 받은 백성들은 기쁨의 함성으로 고요를 깨뜨렸다. 그러나 저 위 발코니에는 주베날 드 우르쟁만 남아 있었다. 그는 군중의 함성이 잠시 잦아진 틈을 타 왕은 생드니 거리로 가서 수난교단*에서 하는 신비극을 관람할 예정이라고 외쳤다.

이런 날에는 왕은 아주 온화하고 부드러웠다. 만일 그 시절에 어떤 화가가 천국의 삶을 보여 주고 싶었다면, 루브르 궁전의 높은 창문의 둥근 아치 아래 온유한 표정으로 서 있던 왕의 자태보다 더 완벽한 모델을 찾지는 못했을 것이다. 왕은 크리스틴 드피상*이 쓴 작은 책을 넘겨보고 있었다. '긴 배움의 길'이라는 제목의 책으로 그에게 헌정된 것이었다. 그는 그 책에서 우화적인 의회가 세상을 통치할 만한 왕의 자질에 대해 현학적인 논쟁을 벌이는 부분은 읽지 않았다. 책을 펼치기만 하면 가장 단순한 대목이 나왔다. 고통의 불길 위에 놓인 플라스크처럼 13년 동안 오직 고통의 눈물을 증류하는 데만 봉사했던 심장에 대한 이야기가 적혀 있는 부분이었다. 그는 진정한 위안이란 행복이 끝나고 한참 뒤에야, 행복이 영원히 지나간 뒤에야 시작된다는 것을 깨달았다. 왕에겐 이 위안이란 말보다 더 좋은 것은 없었다. 그리고 그의 눈길은 저편 다리를 넘겨다 보는 것 같았지만, 강력한 쿠마이의 무녀들의 가르침을 받아 대담한 모험의 길로 나선 크리스틴의 마음을 통해 세상을 보는 게 좋았다. 위험천만의 바다, 짓누르는 광활한 공간에 의해 닫힌 듯한 이국적인 탑들이 있는 도시들, 첩첩산중의 황홀한 고독, 두려운 의심 속에 탐색한 하늘, 마치 젖먹이의 두개골처럼 봉합된 하늘이 있는 당시의 세상을 말이다.

그러나 누가 방에 들어오기만 하면 왕은 소스라치게 놀랐고, 그의 정신엔 안개가 서리기 시작했다. 사람들은 왕을 창가에서 데려가 뭔가 소일거리를 주었고, 그는 그들이 하는 대로 가만있었다. 그들은 왕이 몇 시간이고 그림이나 보며 소일하는데 익숙해지도록 만들었다. 왕도 거기에 만족스러워했다. 다만 책장을 넘기다 보면 한꺼번에 여러 장의 그림을 볼 수 없다는 것, 그리고 그림들이 큰 책 속에 붙박여 있어서 서로 섞어 놓을 수 없다는 것이 짜증스러웠을 뿐이다. 그때 누군가 까맣게 잊고 있던 카드놀이를 기억해 냈다. 왕은 카드를 가져다준 사람을 남달리 아꼈다. 색깔이 다채롭고 낱개로 따로 놓을 수도 있고 그림도 아주 다양한 이 카드들은 왕의 마음에 쏙 들었다. 그리고 궁정 사람들 누구나 카드놀이를 즐기게 되었지만, 왕은 서재에 앉아 혼자 카드놀이를 했다. 킹 카드가 연달아 두 장이 나오자, 신은 최근에 그와 벤첼 황제의 회합을 주선했다.* 가끔 여왕이 죽으면* 왕은 하트 에이스를 마치 묘비처럼 그녀의 위에 올려놓았다. 한 벌의 카드에 교황이 여럿*인 것이 그는 별로 놀랍지 않았다. 그는 책상 건너편 한 모퉁이에 로마를 두었으며, 그리고 이곳, 그의 오른쪽 아래편에는 아비뇽이 있었다. 그는 로마에는 별 관심이 없었다. 왜 그랬는지는 모르지만, 로마가 둥글게 생겼을 걸로 생각했다. 그냥 그렇게 생각했을 뿐이다. 그러나 아비뇽에 대해서는 잘 알았다.* 아비뇽을 떠올리는 순간, 높고 밀폐된 궁전의 기억이 되살아났다. 기억만 해도 진이 빠졌다. 왕은 눈을 감고서 이어 깊이 심호흡을 해야 했다. 그날 밤에 악몽을 꿀까 두려웠다.

그러나 대체로 카드놀이는 마음에 안정을 주는 소일거리였다. 왕에게 카드놀이를 줄곧 상기시켜 준 것은 잘한 일이었다. 이렇게 카드놀이를 하며 시간을 보내면서 그는 자신이 왕이라는, 샤를 6세라는 확신을 갖게 되었다. 그가 자신을 과대평가했다는 뜻은 아니다. 그는 절대 자기가 한 장의 카드 이상의 존재라고는 생각하지 않는다. 그러나 그의 마음속에서는 그 역시 한 장의 특정한 카드일 뿐이라는, 어쩌면 늘 지기만 해서 화가 나 내동댕이쳐 버리는 나쁜 카드일 뿐이라는, 하지만 언제나 같은 카드일 거라는, 그리고 결코 다른 카드가 될 수도 없을 거라는 확신이 커졌다. 계속해서 자기 존재나 확인하면서 일주일이 지나자, 그는 자신 안에 갇힌 느낌이 들었다. 이마와 목덜미가 뻣뻣해지는 것이 마치 자신의 윤곽을 갑자기 너무 뚜렷이 느낀 것 같았다. 그리고 대체 무슨 바람이 들어서인지 왕은 신비극은 어떻게 된 거냐고 물으며 극이 시작되기만을 초조하게 기다렸다. 마침내 극이 열리자, 왕은 자신의 생폴 궁전보다 생드니 거리*에 더 많이 머물렀다.

그런데 여기서 상연된 극시들의 결정적 단점은 내용을 자꾸만 보충하고 늘리다 보니 시구가 수만 행에 이르는 바람에 결국엔 극의 상연 시간이 현실의 시간과 동일해졌다는 데 있다. 지구의를 지구 크기로 만드는 격이었다. 움푹하게 파인 무대의 아래쪽은 지옥이고, 그 위쪽은 기둥 위에다 난간이 없는 발코니를 만들어 높은 곳에 있는 천국을 나타냈는데, 이런 무대 방식은 환상을 떨어뜨리는 역할만 할 뿐이었다. 사실 이 세기에는 천국이나 지옥이나 다 이 지상에 있었으니까. 그 세기는 생존을 위해 양쪽의 힘을 빌렸다.

때는 아비뇽 기독교 시대였다.* 이 아비뇽 기독교 시대는 한 세대 전에 교황 요한 22세*를 중심으로 하여 결성되었다. 당시는 많은 사람들이 본능적으로 피난처를 찾던 때였다. 그래서 요한 22세가 교황의 지위에 올라 정처(定處)를 잡은 그곳에 즉시 웅장한 궁전이 세워졌다. 굳게 닫힌 육중한 모습은 꼭 이 세상의 모든 집 없는 영혼들을 위한 비상용 몸뚱어리 같았다. 그러나 작고 가벼운 몸집의 분별력 있는 노인이던 교황 자신은 여전히 개방적으로 살고 있었다. 정착과 함께 그는 즉각 모든 분야에 걸쳐 신속하고도 활기찬 조처를 취하려 하였으나 그의 식탁에 올라온 음식 접시에는 독약이 묻어 있었다. 첫 잔은 늘 쏟아 버려야 했다. 시식(侍食) 시종이 일각수의 뿔 조각을 음식 접시에 넣었다 꺼내면 색깔이 변했기 때문이다. 이 일흔의 노인은 누군가가 자신의 목숨을 단축시키려고 자신을 본떠 만든 밀랍 인형을 도대체 어디에 숨겨야 할지 몰라 안절부절못하고 그냥 들고 다니기만 했다. 그러던 중 인형에 꽂혀 있는 긴 바늘들에 찔려 상처를 입기도 했다. 사실 녹여 없애 버리면 그만이었다. 그러나 자신을 모방해서 만든 그 은밀한 물건이 어찌나 끔찍했던지 그는 자신의 강력한 의지에도 불구하고 혹시라도 그 물건을 녹여 없애려다 자기도 불 속의 밀랍처럼 녹아서 죽어 버릴지도 모른다는 생각에 자꾸만 사로잡혔다. 그렇지 않아도 빼빼 마른 그의 몸은 공포로 인해 더욱 말라서 오히려 더 오래 살 것 같았다. 그러자 이제 그들은 그의 제국의 몸뚱어리를 위협하고 나섰다. 그라나다에서 유대인들은 모든 기독교인을 말살하라는 사주를 받았다. 그리고 이번에는 더 끔찍한 집행자들을 고용했다. 이미 첫 소문 때부터 나환자들이 음모를 꾸미고 있는 게 분명하다고들 생각했다. 몇몇 사람들은 나환자들이 자신들의 부스럼 덩어리를 우물에 던져 넣는 것까지도 보았다. 이런 이야기를 사람들이 금방 사실로 받아들인 것은 단순히 귀가 얇아서가 아니었다. 오히려 믿음이 너무 무거워져서, 그것을 들고 바들바들 떨고 있던 그들의 손에서 미끄러져 빠져 우물 바닥으로 떨어진 것이다. 이 정력적인 노인은 이번에도 독이 피에 들어오는 것을 막아 내야 했다. 스스로가 자꾸만 미신 쪽으로 쏠리자, 자신과 측근들을 지켜 내기 위해 그는 황혼의 악마들을 쫓아내는 삼종 기도를 올리도록 하는 처방을 내렸다. 그리하여 매일 저녁이면 불안에 떨고 있는 세상 곳곳을 향해 위무의 종소리가 울려 퍼졌다. 그러나 이것만 빼놓고는 교황이 내린 모든 칙서와 서찰들은 약물이 아닌 향료 친 포도주에 가까웠다. 황제의 제국은 교황의 치료 방식에 자신을 맡기지 않았다. 그러나 교황은 조금도 지치지 않고 황제의 제국이 병들었다는 증거를 계속해서 제시했다. 이미 먼 동방의 나라에서도 이 권위 있는 의사의 상담을 받으려는 사람들이 찾아오고 있었다.

그러나 그때 믿기지 않는 일이 벌어졌다. 만성절을 맞이하여 교황은 평소보다 열정적으로 오랫동안 설교를 했다. 갑자기 자신의 신앙을 직접 확인해 보고 싶었는지 사람들에게 자신의 신앙을 꺼내 보였다. 그는 85년 묵은 성궤에서* 자신의 신앙을 온 힘을 다해 천천히 꺼내서 설교단 위에 올려놓았다. 그 순간 사람들이 그를 향해 고함을 질러 댔다. 전 유럽이 소리쳐 댔다. 이 신앙은 잘못된 거라고.

그때 교황이 보이지 않았다. 며칠간에 걸쳐 그는 아무런 활동도 하지 않았다. 다만 기도실에서 무릎을 꿇고, 행동을 통해 결국 자신들의 영혼에 해를 끼치는 인간들은 왜 그러는 건지 그 비밀을 따져 보았다. 마침내 그는 모습을 드러냈다. 무거운 명상으로 지쳐 보였다. 그리고 그는 자신의 신앙을 철회했다. 철회하고 또 철회했다. 철회하는 그의 모습에서 노년의 열정이 엿보였다. 때로는 한밤중에 추기경들을 깨워 자신의 회오의 감정을 털어놓기도 했다. 그에게 평균 이상의 수명을 가능케 해 준 것은, 아마도 자신을 미워하여 만나러 오지 않는 나폴레오네 오르시니* 추기경 앞에 무릎을 꿇을 날이 언젠가는 오지 않겠느냐는 희망이었다.

야코프 폰 카오르*는 자신의 신앙을 철회했다. 그리고 사람들은 이렇게 생각할지도 모른다. 하느님 자신이 그의 잘못을 드러내고자 한 게 아닐까, 그 일이 있고 나서 얼마 후 리니 백작의 아들*을 세상에 내보낸 것은 말이다. 이 청년은 어른의 자격으로 하늘나라에서 영혼의 감각적 즐거움을 누리기 위해 이 지상에서 어른이 될 때까지 기다린 것은 아닐까. 많은 이들이 살아서, 추기경 시절의 이 맑은 소년의 모습을 기억했으며, 막 청년으로 접어들던 시점에 주교가 되어 불과 열여덟의 나이로 완성의 황홀감을 맛보며 세상을 떠난 그의 모습도 기억했다. 이미 죽은 자들을 만날 수 있었다. 그의 무덤 주위의 공기, 자유로워진 순수한 생명이 가득한 그 공기가 그곳의 시체들에게 오래도록 영향을 미쳤기 때문이다. 그러나 이렇듯 조숙하게 성자가 된 것은 그 안에 뭔가 절망적인 것을 품고 있는 게 아닌가? 그저 그 시대의 잘 익은 진홍색 물감으로 산뜻하게 염색하려고 이 소년의 순수한 영혼의 천을 그냥 한 번 삶 속에 담갔다 빼낸 것은 다른 모든 이들에겐 좀 불공평한 것이 아닌가? 이 젊은 왕자가 이 지상을 박차고 뛰어올라 열정의 승천을 하였을 때, 사람들은 한 대 얻어맞은 듯한 느낌을 갖지 않았을까? 이 빛나는 영혼들은 왜 고단하게 양초에 심지를 꿰고 있는 이들 사이에 머물지 않는가? 바로 이 캄캄한 어둠이 교황 요한 22세로 하여금 최후의 심판 **전에는** 이 세상 어디에도, 심지어 천국에 있는 이들에게도 완전한 행복이 존재할 수 없다고 주장하도록 만든 것이 아니던가? 그리고 사실, 이 지상엔 온통 혼돈뿐인데 저편 어딘가에는 벌써 신성한 빛을 향한 채 천사들에게 기대어 그들이 지치지 않고 들려주는 하느님의 희망을 믿으며 만족해하는 얼굴들이 있다고 상상하다니, 이 얼마나 뻔뻔스럽기 짝이 없는 일인가?

차가운 밤, 나는 여기 앉아 글을 쓰고 있다. 이 모든 것을 다 알고 있다. 내가 이렇게 잘 아는 이유는 내가 어린 소년이었을 때, 그 남자와 직접 마주쳤던 경험 때문인 것 같다. 그 남자는 키가 컸다. 아마도 그의 큰 키 때문에 눈에 띌 수밖에 없었을 것이다.

어쩌다 그렇게 됐는지는 모르겠지만, 아무튼 나는 저녁이 되었을 때 혼자서 집을 빠져나왔다. 나는 마구 달렸다. 모퉁이를 막 돌아서는 순간, 그 남자와 충돌했다. 그다음의 일들이 어떻게 5초 동안에 벌어질 수 있었는지 도무지 이해가 안 된다. 아무리 줄여서 이야기해도 이보다는 훨씬 오래 걸릴 것이다. 그 남자와 세게 부딪쳐서 나는 무척 아팠다. 아직 어렸던 나로서는 울음을 터뜨리지 않은 것만도 대단한 일이었다. 게다가 나는 나도 모르게 그에게서 무슨 위로의 말이 나오기를 기다렸다. 그가 아무 말도 하지 않자, 혹시 당황해서 그러는 게 아닌가 생각했다. 이 상황을 타개할 만한 적절한 농담이 떠오르지 않

아서 그런 것으로 생각했다. 나는 그런 일이라면 흔쾌히 도와
줄 자세가 되어 있었다. 그러려면 그 사람의 얼굴을 똑바로 쳐
다보아야 했다. 앞에서 말했듯이, 그는 키가 컸다. 당연히 그래
야 했겠지만, 그는 나를 향해 허리를 구부리지 않았다. 그래서
그는 내가 상대할 수 없는 높이에 있었다. 여전히 내 앞에 어른
거리는 것은 방금 전에 그의 옷에서 느꼈던 냄새와 독특한 거
친 느낌뿐이었다. 느닷없이 그의 얼굴이 나타났다. 어떻게 생
겼지? 모르겠다. 알고 싶지도 않다. 그것은 적(敵)의 얼굴이었
다. 그리고 그 얼굴 옆에는, 그 바로 옆에는, 무시무시한 두 눈
이 바라보고 있는 그 높이에는 또 하나의 머리처럼 그의 주먹
이 자리하고 있었다. 눈길을 다시 돌릴 틈도 없이 나는 어느새
내달리고 있었다. 나는 그 남자의 왼쪽을 스치며 무섭고 황량
한 골목길을, 용서라는 것을 모르는 어느 낯선 도시의 그 골목
길을 곧장 달려 내려갔다.

이미 당시에 나는, 지금 내가 이해하고 있는 것, 즉 그 육중하
고 무겁던 절망의 시대를 경험했다. 두 사람이 나누는 화해의
키스가 바로 옆에 서 있던 자객들에게 보내는 신호일 뿐이던
그 시대를 말이다. 두 사람은 같은 잔으로 술을 마셨고, 모든 사
람이 보는 앞에서 같은 말을 탔으며, 그리고 밤에는 둘이 한 침
대에서 잔다는 소문까지 나돌았다. 이렇게 친밀하면서도 둘 사
이의 반감은 피할 수 없어, 상대방의 핏줄이 팔딱거리는 것을
보기만 하면 이쪽에서는 마치 두꺼비를 보는 것처럼 역겨운 구
역질이 솟구쳤다. 동생이 더 많은 유산을 받았다고 해서 형이

불시에 동생을 덮쳐 감옥에 가두던 시절이었다. 왕은 학대받은 동생의 편을 들어 자유와 재산을 돌려주고, 먼 고장에 가서 다른 일에 정신이 팔려 있던 형은 이제 다시는 괴롭히지 않겠다며 편지로 자신의 잘못을 뉘우쳤지만, 온갖 시련을 다 겪고 난 동생은 비록 감옥에서 풀려나긴 했어도 마음의 갈피를 잡지 못했다. 그 시대는 순례자의 복장으로 이 교회에서 저 교회로 떠돌며 갈수록 더 기이한 서약을 만들어 내는 그의 모습을 보여 준다. 부적을 몸에 지닌 채 그는 생드니 수도원*의 수사들에게 자신이 두려워하는 것을 살며시 털어놓았으며, 그들의 문서에는 그가 성 루이에게 바치길 원했던 백 파운드짜리 양초 이야기가 오래도록 기록되어 있었다. 그는 본래의 자기 삶을 찾지는 못했다. 생의 마지막에 이르도록 그는 형의 질투와 분노가 일그러진 형태로 모양새를 바꿔 가며 그의 마음을 지배하는 것을 느꼈다. 그리고 만인의 경탄을 받던 드 푸아의 백작 가스통 푀부스*는 자신의 사촌이자 영국 왕이 루르드에 임명한 대장 에르노를 공개적으로 살해하지 않았던가? 그런데 이 명백한 살인은, 그 백작이 격분하여 호통을 치다가 작고 날카로운 손톱깎이 칼을 손에 쥐고 있는 것을 잊고 아름답기로 유명한 자기 손으로 앞에 누워 있던 아들의 맨목에 상처를 낸 그 끔찍하기 이를 데 없는 우연에 비하면 뭐란 말인가? 방이 어두웠기 때문에 피를 확인하려면 불을 켜야 했다. 아주 먼 곳에서부터 흘러왔던 그 피는 이제 탈진한 소년의 조그만 상처에서 남몰래 흘러나와 이 명망 있는 가문을 영원히 떠나가고 있었다.*

그 누가 그토록 마음이 강해서 살인을 자제할 수 있단 말인가? 당시에 극단적인 방식을 피할 수 없다는 것을 모르는 이가 어디 있었을까? 대낮에, 어디서나 자신의 목숨을 노리는 듯한 암살자의 눈빛과 마주칠 때마다 그는 자꾸만 야릇한 예감이 들곤 했다. 그는 방으로 들어와 문을 걸어 잠그고 유언장을 마무리했다. 유언장 끝머리에다 버드나무로 엮은 들것과 첼레스티노 수도복을 준비하고 재를 뿌려 달라고 썼다. 낯선 음유 시인들이 그의 성 앞에 나타났고, 그는 자신의 막연한 예감이 담긴 듯한 노래를 부르는 이들에게 영주답게 듬뿍 선물을 주었다. 올려다보는 개들의 눈빛에도 뭔가 의심의 기색이 엿보였고, 그의 부름에 응답하는 태도도 예전 같지 않았다. 그가 평생 모토로 삼았던 글귀에서도 새롭고 명백한 또 하나의 의미가 슬쩍 나타났다. 이런저런 오래된 습관들이 이제는 몹시 낡아 보이긴 했지만 그렇다고 그것들을 대체할 만한 것도 만들어진 것은 없었다. 어떤 계획들을 세워 놓으면 그냥 대충 하는 척만 했지 실제로 확신이 있는 것은 아니었다. 이에 반해 어떤 추억들은 예기치 않게 궁극적인 빛깔을 띠었다. 저녁마다 난롯가에 앉아 차라리 추억에 모든 것을 맡기고 싶었다. 그러나 이제는 낯설기만 한 바깥의 밤이 돌연 무척 소란스러워졌다. 온갖 종류의 자유롭거나 위험스러운 밤들을 경험한 그의 귀는 낱낱의 적막을 구분할 줄 알았다. 그러나 이번에는 다른 밤이었다. 어제와 오늘 사이에 늘 오는 그런 밤이 아니었다. 바로 그 밤이었다. 사랑하는 신이여, 그다음에는 부활이다. 그런 순간에 어찌 사랑하는 여인을 향한 찬가가 가능하랴. 그가 사랑했던 여인들은 모두 변장한 모습으로 아침 이별의 노래나 헌시 속으로 들어가 버렸고, 이름마저 길게 질질 끄는 투로 화려하게 만들어 버렸으니 이젠 알아볼 수도 없다. 이제는 기껏해야 빤히 올려다보는 사생아의 여성스러운 눈빛에서나 어렴풋이 알아볼까.

그리고 이어, 늦은 밤참을 먹기 전에, 그는 은대야에 두 손을 담그고서 그것을 바라보며 골똘히 이런 생각에 잠겼다. 내 두 손이군. 이 손들과 당신의 행위 사이에 무슨 연관성이 있었나? 움켜쥐거나 놓는 그런 동작에 무슨 순서나 연속성이 있는가? 아니다. 모두 한때는 이것을 구하고 다음에는 다른 것을 구했다. 모두 서로를 상쇄하여, 남은 행위란 아무것도 없다.

행위는 없었다, 수난극 형제들을 제외하고는. 왕은 그들이 연기하는 모습을 보고 그들을 위해 친히 허가증을 발급했다. 왕은 그들을 사랑하는 형제들이라고 불렀다. 여태껏 어느 누구도 그에게 그렇게 가까이 다가온 적은 없었다. 왕은 이들이 소명을 갖고 세상 곳곳을 누빌 수 있도록 허락해 주었다. 왕은 그들이 가능한 한 많은 사람들에게 감화를 주어, 이들을 질서 있는 강력한 행동으로 끌어들이기를 바랐다. 왕 자신도 그들에게서 뭔가 배우고 싶어 했다. 그 또한 그들과 마찬가지로 나름의 의미를 지닌 의복과 표식을 지니고 있지 않은가? 그들의 연기를 지켜보고 있으면 이런 것들을 배울 수 있을 것 같았다. 들어오고 나가고, 발언하고 대화의 방향을 바꾸는 것, 의심의 여지가 없도록. 그의 가슴은 넘치는 희망으로 가득 찼다. 왕은 날마다 삼위일체 교회의 조명도 불안하고 뭔가 비현실적인 홀의 가장 좋은 자리에서 극을 보다가 흥분해서 자리에서 벌떡 일어나기도 하고 학생처럼 정신을 바짝 차리기도 했다. 다른 사람들은 울었지만, 왕은 마음속은 찬란한 눈물로 가득 찼어도 차가운 양손을 가슴에 모으고 그냥 꾹 참고만 있었다. 가끔 결정적인 순간에 이르러 대사를 마친 배우가 눈을 휘둥그레 뜨고 있던 그의 시야에서 갑자기 사라지면 왕은 고개를 들고는 깜짝 놀라곤 했다. 아니 저 천사가 언제부터 저기 나와 서 있었지? 성 미카엘*이잖아. 저 위에, 저 무대 가장자리에. 번쩍이는 은빛 갑옷을 입고 있군.

그런 순간마다 왕은 벌떡 일어났다. 결단의 순간을 앞둔 사람처럼 왕은 사방을 둘러보았다. 그때면 그는 지금 무대에서 벌어지고 있는 이 서사와 다른 또 하나의 연극을 이해할 수 있을 것만 같았다. 바로 왕 자신이 한 역할을 맡고 있는, 위대하고 두려운 세속적인 수난극이었다. 그러나 갑자기 모든 것이 끝나 버렸다. 모두 무의미하게 움직였다. 활활 타는 횃불들이 그를 향해 다가왔고, 둥근 천장에는 일그러진 그림자들이 어렸다. 그가 알지 못하는 사람들이 그를 잡아끌었다. 그는 연기를 해 보고 싶었지만, 입에서는 한마디 말도 나오지 않았고, 그의 움직임은 아무런 제스처도 만들어 내지 못했다. 사람들이 왕을 이상하게 에워싸고 있었다. 순간, 왕은 아무래도 자신이 십자가를 져야 할 것 같은 느낌이 들었다. 그래서 왕은 그들이 십자가를 가져올 때까지 기다리려고 했다. 그러나 그들이 그보다 강했다. 그리고 그들은 그를 천천히 밖으로 내몰았다.

　바깥세상은 많이 변했습니다. 얼마나 변했는지는 나도 모릅니다. 그러나 안쪽에서는, 그리고 당신 앞에서는, 나의 신이여, 안쪽에 있는 당신 앞에서는, 관객인 당신이여, 우리는 아무런 행위도 하지 않고 있는 게 아닐까요? 우리는 우리가 맡은 역할이 뭔지 모르고 있다는 것을 깨달았습니다. 우리는 거울을 찾고 있습니다. 분장을 지우고 싶습니다. 거짓된 것을 없애고 진실되고 싶습니다. 어딘가에는 우리가 지우지 못한 분장의 흔적이 남아 있을 겁니다. 우리의 눈썹에는 과장의 흔적이 남아 있고, 우리의 입언저리가 일그러진 것도 우리는 깨닫지 못합니다. 우리는 이런 모습으로 돌아다니고 있습니다. 조롱거리이자 반쪽입니다. 진정한 존재도 되지 못하고 배우도 되지 못하는 존재입니다.

　오랑주*의 원형 극장에서였다. 나는 고개를 들고 제대로 둘러보지도 않고 다만 거친돌쌓기 방식으로 되어 있는 현재의 정면부에만 신경 쓰며 매표소의 작은 유리문을 통과해 안으로 들어갔다. 나는 누워 있는 원형 기둥들과 키 작은 당아욱 관목들 사이에 가서 섰다. 이것들 때문에 조개껍질 모양의 탁 트인 관람석이 잠깐 가려졌다. 관람석은 오후의 그늘로 갈라져 있었고, 마치 오목한 모양의 거대한 해시계 같았다. 나는 서둘러 그쪽으로 발걸음을 옮겼다. 좌석의 열들 사이로 올라가던 중 전체적인 분위기에 압도되어 내가 왜소해지는 것을 느꼈다. 내 머리 위쪽 꼭대기에는 몇몇 외국인들이 아주 한가롭게 주위를 둘러보며 군데군데 무리를 지어 서 있었다. 주위 분위기에 비해 그들이 입고 있는 옷들은 너무 튀었지만, 무시할 만한 정도였다. 잠시 그들은 나를 쳐다봤다. 뭐 저리 왜소한가 하는 눈치였다. 그걸 보고 나는 얼른 고개를 돌렸다.

아, 나는 전혀 준비가 되어 있지 않았다. 극이 상연되고 있었다. 거대한, 초인적인 드라마가 진행되고 있었다. 그것은 압도적인 무대 벽이 연출하는 드라마였다. 수직의 세 부분으로 나뉜 그 벽은 그 엄청난 규모로 인해 굉음이 울려 퍼졌고, 모든 것을 초토화할 기세였다가 갑자기 그 과도함을 다스리며 차분해졌다.

나는 행복한 충격에 휩싸여 그 자리에 주저앉았다. 저기 우뚝 솟아 있는 무대 벽은 그림자에 의해 형성된 얼굴 같은 모습과 가운데 모인 짙은 어둠, 위쪽의 추녀 돌림띠의 한결같은 곱슬머리로 보아 무엇으로든 변장할 수 있는, 온 세계를 변형시킬 수 있는 힘을 가진 강력한 고대의 가면이었다. 여기, 이렇게 웅장하고 둥근 관람석에는 뭔가를 기대하고 빨아들이는 텅 빈 존재가 지배하고 있었다. 그리고 모든 사건은 저편에서 벌어졌다. 신들과 운명들이었다. 그리고 저편으로부터 (고개를 들어 바라보면) 벽의 능선을 넘어 아주 가볍게 하늘이 영원히 등장했다.

지금 느끼는 것이지만, 거기서 보낸 그 순간이 나를 우리 시대의 극장에서 영원히 떼어 놓은 것 같다. 우리 시대의 극장들이 내게 뭘 주겠는가? 이런 벽(러시아 교회의 성화 벽)을 치워 버린 무대 앞에 내가 뭣 하러 앉는단 말인가? 이제는 이 단단한 벽으로 무대에서 일어나는 사건들을, 무대에서 벌어지는 가스 형태의 행동들을 걸러서 묵직한 기름방울이 되어 떨어지도록 할 만한 힘이 없는데. 요즘엔 연극들이 무대의 성긴 체를 통해 덩어리로 떨어져 쌓여 있다가 너무 많이 쌓이면 다 치워진다. 그러니 길거리나 집에서 마주치는 덜 익은 현실과 다를 것이 없다. 다만 연극에서는 보통 현실에서 하룻저녁에 대할 수 있는 것보다 더 많은 일이 한꺼번에 벌어질 뿐이다.

(솔직하게 말해 보자. 우리에게는 신이 없는 것과 마찬가지로 극장 또한 없다. 이런 것들을 위한 합당한 공동의 관심사가 없기 때문이다. 우리 각자는 나름의 생각과 걱정거리가 있지만, 자신에게 뭔가 도움이 될 때만 남에게 보여 준다. 우리는 자꾸만 우리의 이해력에다 물을 탄다, 혹시라도 이해력이 고갈될까 봐 두려워서 그러는 것이다. 차라리 공동의 고뇌의 벽에 대고 울부짖는 게 낫지 않을까. 그 벽 뒤에는 이해할 수 없는 것이 여유를 갖고 제 힘을 모으고 있으니.)*

그대 비극의 여인*이여, 만일 우리에게 고대 극장이 존재한다면, 그렇게 여리고, 그렇게 벌거벗은 모습으로, 그렇게 배역의 가면도 없이 그대가 진열해 놓은 고통으로 허겁지겁 호기심을 채우려는 사람들 앞에 서고 또 서겠소? 이루 말할 수 없이 심금을 울리는 그대여, 그대는 그때 베로나에서 아직 어린 애에 불과한 몸으로* 연기를 하면서 장미꽃을 마치 가면처럼 가슴 앞에 들었을 때 그대의 고뇌의 실체를 미리 내다보았지요? 가면이라면 차라리 당신을 더 잘 감추어 주었을 텐데.

당신이 배우 집안의 자식임은 사실이지요. 당신의 부모는 연기를 통해 자신을 드러내고 싶어 했습니다. 그러나 당신은 그들의 방식을 따르지 않았지요. 당신에겐 이 직업이, 스스로 깨닫지는 못했지만 마리안나 알코푸라두에게 수녀의 삶이 가졌던 것과 같은 의미를 지녀야 했지요. 바로 변장입니다. 그것은 촘촘하고도 질긴 변장이어서 그 뒤에서 마음껏 고통에 몰두할 수 있었습니다. 눈에 보이지 않는 천국의 영혼들이 열정적으로 행복해하듯 말입니다. 어느 도시를 가나 사람들은 당신의 몸짓만을 이야기했을 뿐, 나날이 희망이 사라져 가도 혹시 자신을 감추어 줄까 하여 계속해서 시를 들어 올렸음을 아는 이는 없었습니다. 당신은 몸에 조금이라도 드러나는 곳이 있으면 머리카락이나 손 또는 촘촘한 것으로 다 가렸습니다. 얼비치는 곳이 있으면 입김을 훅 불어 흐릿하게 만들었지요. 당신은 몸을 작게 만들어 아이들이 숨바꼭질하듯 숨었습니다. 그러고서는 쾌재를 불렀습니다. 아마 천사나 당신을 찾을 수 있었을 겁니다. 그러나 당신이 조심스레 고개를 들어 보면, 어디 의심할 여지가 있었을까요. 그 움푹한 추한 관람석에서 사람들이 눈알을

굴리며 내내 당신만을 바라보고 있었으니까요. 당신을, 당신을, 다른 누구도 아닌 당신만을.

그러면 당신은 그들을 향해 팔을 짧게 뻗어 음흉한 눈길에 맞서 손가락 표시를 했습니다. 그렇게 당신은 그들이 파먹은 당신의 얼굴을 그들에게서 되찾았지요. 그렇게 해서 당신은 당신 자신이 되었습니다. 당신의 동료 배우들은 두려움을 느꼈습니다. 이들은 누군가가 자신들을 표범과 한 우리에 가두어 놓기라도 한 것처럼 무대 배경을 따라 기어가다가 자신의 대사 차례가 되면 얼른 말을 하곤 했는데 당신을 자극하지 않으려는 것 같았습니다. 그러나 당신은 그들을 끌어내 앞에 세우고, 마치 진짜 사람들처럼 대했습니다. 대충 걸쳐 놓은 문들, 눈속임으로 그려 놓은 커튼들, 뒷면이 없는 물건들이 당신의 눈에는 모순처럼 보였습니다. 당신은 당신의 심장이 어마어마한 현실을 상대할 수 있을 만큼 걷잡을 수 없이 자라나는 것을 느꼈습니다. 그러다가 화들짝 놀라서는 당신의 얼굴에 붙은 관객들의 시선을 마치 늦여름 하늘에 쳐진 거미줄을 걷어 내듯 떼어 내려 했습니다. 그 순간 관객들은 최악의 상황을 맞을까 봐 두려워 갈채를 퍼부었습니다. 말하자면 마지막 순간에 가서 그 무엇, 즉 당신들의 생을 바꾸라고 강요할 그 무엇을 피하려고 했던 것입니다.

사랑을 받는 여인들은 위험 속에서 힘겹게 살아간다. 아, 그

들이 스스로를 극복하여 사랑을 베푸는 여인들이 되었으면! 사
랑을 베푸는 이들 주위에는 순수한 안전만이 감돈다. 사랑을
베푸는 이들을 의심할 자는 없다. 그리고 이들은 자신들의 비
밀을 털어놓을 입장도 아니다. 이들의 마음속에서 비밀은 완성
되었고, 이들은 비밀을 전할 때 마치 꾀꼬리처럼 온전히 외친
다. 이들의 비밀은 조각난 것이 아니다. 이들은 한 남자를 애태
워 슬퍼하지만, 온 자연이 그들 편이 되어 함께 노래한다. 그것
은 영원한 자를 위한 탄식의 노래다. 이들은 잃어버린 남자의
뒤를 마구 쫓는다. 그러나 이미 첫 몇 발걸음에 이들은 그를 추
월해 버린다. 그리하여 그들 **앞에는** 이제 신만이 있을 뿐이다.
이들의 전설은 리키아까지 카우노스를 쫓아간 비블리스*의 이
야기이다. 타오르는 사랑의 열망을 이기지 못하여 그녀는 그의
뒤를 쫓아 이 나라 저 나라를 떠돌았다. 그러다 결국 그녀는 힘
이 다했다. 그녀가 가슴에 품었던 사랑의 감정이 얼마나 강렬
했는지, 그녀는 쓰러진 후에도 죽음을 넘어 샘물로 다시 나타
났다. 서둘러, 서둘러 달리는 샘물로.

그 포르투갈 여인*에게 일어난 일 역시 과연 다를 것이 무엇
이겠는가. 다만 그녀는 마음속에서 샘물이 되었을 뿐이다. 엘
로이즈, 그대는 어떤가? 우리에게까지 비탄의 소리를 울린 그
대 사랑의 여인들, 가스파라 스탐파, 디* 백작 부인, 클라라 당
뒤즈,* 루이즈 라베,* 마르셀린 데보르드,* 엘리자 메르쾨르,* 그
대들도 그렇지 아니한가? 그러나 그대, 가련하고 덧없는 아이
세,* 그대는 망설이다가 결국엔 굴복하고 말았다. 지친 줄리 레

피나스.* 행복한 정원의 슬픈 전설, 마리안 드 클레르몽.*

　지금도 뚜렷이 떠오른다. 아주 오래전 어느 날, 나는 집에서 보석함을 하나 발견했다. 크기는 두 뼘 정도로 부채 모양이었으며, 짙은 녹색의 모로코가죽 가장자리엔 꽃무늬가 박혀 있었다. 상자를 열어 보니 안은 텅 비어 있었다. 그사이에 시간이 흘렀으니 나는 그렇게 말할 수 있다. 그러나 당시에 내가 그 보석함을 열었을 땐 이 텅 빔을 형성하고 있던 것만을 보았다. 벨벳, 상자 바닥에 볼록하게 튀어나온, 더 이상 새것이라고 할 수 없는 밝은 색깔의 벨벳, 보석함 안쪽에 비애의 흔적처럼 밝게 패어 비어 있는 홈 자국 등이 그것이다. 그것을 한순간은 참을 수 있었다. 그러나 사랑받다가 뒤에 남겨진 여인들을 접하면, 우리는 늘 이런 마음이 들 것이다.

　너희들의 일기장을 넘겨 보라. 매년 봄이 되면, 싹트는 새해가 너희를 나무라던 때가 늘 있지 않았던가? 너희는 왠지 마음이 들뜰 때가 있었다. 그래서 들판으로 나가 보면 오히려 바깥 공기에서 당혹스러움 같은 것을 느끼곤 했다. 그러면 너희의 걸음걸이는 마치 갑판 위를 걷는 것처럼 불안스러웠다. 정원은 꿈틀대기 시작했다. 그러나 너희는 (그래, 바로 그거다) 겨울과 묵은해를 정원 안으로 질질 끌고 들어간다. 그러니까 너희는 봄을 시간의 연속 정도로 생각했다. 너희의 영혼이 새봄과 함께하기를 기다리다가 너희는 갑자기 사지가 무거워져 혹시 병이 나는 게 아닌가 하는 느낌을 받았다. 너희는 그게 다 옷을 너무 얇게 입어서 그렇다고 생각하고 어깨에 숄을 질끈 동여매고서 가로수 길 끝까지 내달렸다. 그런 다음 너희는 심장을 펄떡이며 둥근 꽃밭 가장자리에 서서 이 모든 것과 하나가 되겠다고 다짐했다. 그러나 한 마리 새가 울었다. 새는 혼자였고, 너희를 부인했다. 아, 너희는 죽어야 했나?

어쩌면. 어쩌면 우리에게 새로운 것은 그것, 즉 새해와 사랑을 극복하는 일인지도 모른다. 꽃과 열매는 무르익으면 땅에 떨어지고, 짐승들도 서로를 느끼면 정을 나누고 그것으로 만족한다. 그러나 우리는, 신을 시작한 우리만은 끝을 모른다. 우리는 우리를 재촉하는 자연을 뒤로 미루어야 한다. 우리는 여전히 시간이 필요하다. 1년이란 우리에게 무엇인가? 모든 시간이란 무엇인가? 신을 채 시작하기도 전에 우리는 벌써 이런 기도를 올린다. 저희가 밤을 극복하게 해 주소서. 그다음에는 병을 극복하게 해 주소서. 그리고 사랑을 극복하게 해 주소서.

클레망스 드 부르주*는 한창 꽃필 나이에 죽어야 했다. 그녀는 이 세상 누구와도 견줄 수 없는 처녀였다. 그리고 어떤 악기든 뛰어나게 연주했지만, 그녀가 가장 아름답게 연주할 수 있던 악기는 그녀 자신이었다. 그녀는 아주 미세한 목소리로도 잊을 수 없는 아름다운 연주를 할 수 있었다. 비할 데 없는 그녀의 처녀다운 모습에 매료된 한 여인은 피어나는 그녀의 마음을 향해 소네트 시집을 바쳤고, 매 행마다 사랑의 갈망이 담겨 있었다. 루이즈 라베는 사랑의 고통으로 그 처녀를 두렵게 하는 것 따위는 아랑곳하지 않았다. 라베는 밤마다 그리움에 애태우는 모습을 그녀에게 보여 주었다. 라베는 그녀에게 우주보다도 큰 고통의 세계를 보여 주겠다고 약속했다. 그리고 경험으로 고통을 아는 자신이 어렴풋이 예감하는 고통을 가진 그녀에게 한참 못 미친다는 것을 느끼고 있었다. 어렴풋이 예감하는 고통으로 그 처녀는 아름다운 것이었다.

내 고향의 소녀들아, 너희 중 가장 아름다운 소녀가 어느 여름날 오후에 어둑어둑한 도서관에서 장 드 투르네*가 1556년에 출간한 그 조그만 책*을 손에 쥔다면 얼마나 좋을까. 서늘하고 매끄러운 그 책을 들고 벌들이 윙윙거리는 과수원이나 그 너머의 코를 자극하는 달콤한 향기 속에 순수한 달콤함이 가득한 협죽도 사이로 가면 좋으리라. 그 책을 어린 나이에 찾으면 더 좋겠지. 눈은 이미 자라서 자기를 바라보며 즐길 줄 알지만, 입은 아직 어려서 사과 한입 크게 물면 볼이 봉긋해지는 그런 나이면 더 좋으리라.

그러다가 더욱 열정적인 우정의 시기가 오면, 소녀들아, 너희는 서로를 디카, 아낙토리아, 기리노, 아티스*라 부르며 그것을 비밀로 삼으리라. 웬 남자가, 어쩌면 너희의 이웃일지 모를 웬 중년의 남자가, 소싯적에 여행 좀 했고 주위에서 이미 오래전부터 괴짜로 소문난 그 남자가 너희에게 그 이름들을 알려 주리라. 혹 그 남자는 소문난 복숭아를 먹으러 오라거나 아니

면 자기 집 위층의 흰 복도에 승마를 주제로 한 리딩거*의 동판
화들이 있는데 사람들이 많이 이야기하는 작품이니 꼭 보러 와
야 한다며 너희를 집으로 가끔 초대할지도 모른다.

　너희는 아마 그 남자에게 이야기 좀 해 달라고 조르리라. 어
쩌면 너희 중 누가 그럴지는 모르지만, 누군가 나서서 그 남자
에게 옛날에 쓴 그 여행 일기를 보여 달라고 간청할지도 모른
다. 누가 알겠는가? 바로 그 소녀가 다시 나서서 어느 날엔가는
그가 사포의 시 중 우리에게 전해진 것이 몇 편 있다고* 말하게
만들고, 또 그 소녀는 거기에 만족하지 않고 더욱 졸라서 세상
을 등지고 사는 그 남자가 틈틈이 그 시들을 번역하며 즐거움을
느낀다는 비밀까지 털어놓게 만들지도 모른다. 그 남자에게서
일에 손을 못 댄 지도 벌써 한참 됐다는 말까지도 나오게 할지
도 모르며, 또 해 놓은 것도 별로 입에 올릴 만하지도 못하다는
말까지 덧붙이게 하리라. 그러나 너희가 자꾸 졸라 대면 그는
순진한 여자 친구들 같은 너희 앞에서 시 한 구절을 읽어 주며
무척 즐거워하리라. 어쩌면 기억을 더듬어 그리스어 원문까지
들려주리라. 번역으로는 전해 줄 수 있는 게 아무것도 없다며.
강렬한 불로 단련해 낸, 웅장하고 장식적인 그 언어의 참되고
아름다운 조각 하나를 이 청춘들에게 알려 주고 싶어 하리라.

　이렇게 하다 보니 일에서 멀어졌던 그의 관심이 다시 돌아온
다. 청춘 시절에 보냈던 그런 아름다운 저녁들이 찾아온다. 예
를 들어, 고요하고 광대무변한 밤을 앞둔 가을 저녁들이 찾아
온다. 그럴 때면 그의 서재에는 오랫동안 불이 켜져 있다. 그가

항상 종이 위에 얼굴을 박고 있는 것만은 아니다. 그는 몸을 의자 등받이에 기댄 채 눈을 감고 방금 읽은 시구절을 떠올려 보기도 한다. 그러면 시구절의 의미가 그의 피를 타고 몸속으로 번진다. 그리스를 이토록 명쾌하게 이해해 본 적은 한 번도 없었다. 자신들이 출연하고 싶었지만 이제는 사라져 버려 출연할 수 없게 된 드라마처럼 그리스 문화를 애도했던 세대들을 비웃어 주고 싶다. 그리스인들이 말했던 세계 통합의 역동적 의미를 이제야 알 것 같다. 그러니까 인간이 이루어 낸 모든 작업을 새롭게, 그리고 동시에 수용하는 것, 바로 그것이 아니던가.* 고대 그리스 문화는 연결 고리 하나 빠짐없는 철저함과 총체적 능력의 표출로 인하여 후세 사람들의 눈에는 어느 정도 완벽함을 구가했던 것으로, 그래서 이제는 완전히 과거의 것이 되었다는 사실이 그에게는 그리 혼란스럽지도 않다. 그리스 세계에서는 실제로, 두 개의 완전한 반구가 합쳐져 하나의 온전한 황금 구체(球體)가 되듯, 생의 천상의 반쪽을 지상적 삶의 반구에 밀착시켜 놓았다. 그러나 이것이 거의 이루어지자마자, 그 안에 갇힌 영혼들은 이러한 완전한 실현조차도 결국 하나의 비유에 불과하다고 느꼈다. 육중한 천체는 무게를 잃어 가며 우주 공간으로 떠올랐고, 그 황금 구체의 표면에는 아직 이루어지지 않은 것들의 슬픔이 은은히 비쳤다.

그가, 그 고독한 남자가 밤에 이런저런 것을 생각하고 또 깨달아 가고 있는데, 그의 눈에 창문턱에 놓인 과일 접시가 들어온다. 그는 무심코 접시에 손을 뻗어 사과를 하나 집어서 책상 앞쪽에 놓는다. 나의 생은 이 과일을 어떻게 감싸고 있을까, 그는 생각한다. 인생에서 이루어 낸 것 주위에는 아직 이루어 내지 못한 것들이 쌓이지. 이것들은 빠르게 자라난다.

그가 이렇게 자기가 아직 이루지 못한 것이 무엇인지 생각하고 있는데, 그때 순식간에 그의 눈앞에는 호리호리한 형상이 무한을 향해 솟은 듯한 모습으로 나타난다. (갈레노스*의 증거에 의하면) 여성 시인 하면 누구나 떠올리는 바로 그녀*였다. 헤라클레스의 위업 이후로 세계의 모든 파괴와 개조가 성취를 열망했던 것처럼, 그녀는 삶을 향한 열망으로 존재의 곳간에서 황홀과 절망을 꺼내 와 그것을 마음의 작업을 통해 치열하게 다듬었다. 우리의 각 시대는 그것을 자양으로 삼아 살아가야 한다.

그는 문득 완전한 사랑을 끝까지 밀어붙이려 한 사포의 결연한 마음을 이해하게 된다. 사람들이 그녀를 오해한 것도 별로 놀랍지 않다. 사람들이 미래의 사랑의 여인이라 할 그녀에게서 고작 과도함만을 보고 사랑과 고뇌의 새로운 척도를 보지 못한 것도 별로 놀랍지 않다. 그리고 그녀의 삶에 얽힌 이야기를 당시 사람들 입맛대로 해석한 것도 별로 놀랍지 않고, 마침내는 신의 부름에 따라 아무런 응답도 없는 사랑을 하다가 죽은 여인들의 죽음까지도 모두 그녀에게 뒤집어씌운 것도 놀랍지 않다. 그녀로부터 사랑을 배운 여인들 중에도 그녀를 이해하지 못한 여자들이 있었으리라. 사랑의 감정이 정점에 이르렀을 때 그녀가 한탄한 이유는 한 남자가 그녀의 포옹을 받아 주지 않았기 때문이 아니라, 오히려 남자가 그녀의 사랑을 버텨 낼 만한 능력을 갖추지 못했기 때문이다.

이때 그는 생각에 잠긴 채 자리에서 일어나 창가로 걸어간다. 높은 천장의 방이 아주 낮아 보인다. 볼 수만 있다면 별을 보고 싶다. 그는 자신을 속이는 사람이 아니다. 그가 이런 감정에 휩싸이는 것이 이웃의 젊은 처녀들 중 그가 마음에 두고 있는 처녀가 있기 때문임을 그는 안다. 그는 몇 가지 소망이 있다. (그 자신을 위한 것이 아니라, 오히려 그녀를 위한 것이다.) 그녀를 생각하며 그는 스쳐 지나가는 한밤중의 시간에 사랑의 요구가 무엇인지 깨닫게 된다. 그녀에게는 전혀 내색하지 않기로 다짐한다. 그가 보기에 그녀를 위해 할 수 있는 가장 좋은 일은 혼자 있으면서 자지 않고 깨어서 이런 생각을 해 보는 것인 것 같다. 사포의 생각은 정말 얼마나 옳았던가. 사랑하는 두 사람의 결합은 결국 고독을 늘리는 것 이외는 아무것도 아니라는 사실을 깨닫게 된다. 성의 무한한 목표점을 내세워 성이 갖는 일시적인 목적을 깨부수다니. 포옹의 어둠 속에서 욕망의 충족을 찾지 않고 오히려 그리움을 찾다니. 그녀는 두 사람 중 하나는 사랑을 베푸는 사람이 되고, 다른 하나는 사랑을 받는 사람이 되는 것을 경멸했다. 그녀는 사랑을 받는 약한 여인들을 자신의 잠자리로 데려와 결국엔 스스로 사랑을 베푸는 자로 활활 타게 만들어 떠나보냈다. 이러한 지고한 이별을 통하여 그녀의 마음은 자연 그 자체가 되었다. 운명을 초월하여, 그녀는 오랫동안 사랑했던 여인들을 위해 축혼가를 불러 주었다. 그들의 결혼을 숭고하게 드높여 주고 신랑감을 추켜세워 주었다. 그렇게 해서 그들이 마치 신을 대하듯 신랑을 대하고, 끝에 가서는 빛나는 그의 모습마저 넘어서기를 원했다.

　요 몇 년 사이에, 아벨로네, 한 번 더 당신을 느꼈어. 그리고 또 당신을 이해하게 되었어. 참으로 느닷없는 일이었어. 이미 오랫동안 당신 생각을 하지 않았는데 말이야.
　베네치아에서였어. 때는 가을이었고 어느 살롱에서였지. 여주인 때문에 외국인들이 잠시 들르는 곳이야. 그 집 여주인이 외국인이야. 이들은 찻잔을 손에 든 채 빙 둘러서서, 손님 중에서 현지 사정을 잘 아는 손님 하나가 잽싸면서도 조심스레 그들의 시선을 문 쪽으로 돌리며 베네치아풍으로 들리는 이름을 속삭여 줄 때마다 몹시 기뻐해. 이들은 아주 극단적인 이름에 대비하고 있어서 웬만한 이름에는 놀라는 법이 없어. 평소에는 경험의 폭이 그리 크지 않지만, 이 도시에서는 태연하게 과장된 가능성에 자신을 맡기고 싶은가 봐. 일상에서는 비범한 것과 금지된 것을 늘 혼동하는 사람들이라 그런지 뭔가 놀라운 일이 생기지 않을까 하는 기대감이 거칠고 방탕한 빛으로 그들의 얼굴에 역력히 나타나. 원래 집에서 음악회에 가거나 소설을 읽을 때 가끔 느끼던 그런 감정을 이런 특별한 상황에서는 대놓고 경험하려 하는 거지. 마치 당연한 권리인 것처럼 말이야. 전혀 아무런 대책도 없이, 위험도 감지하지 못한 채, 음악의 거의 치명적인 고백이나 육체적 방종에 몸을 맡기듯, 이들은 베네치아의 실체를 전혀 모르는 채 곤돌라의 무력함에 몸을 맡기고 즐거워해. 이제 더는 신혼이 아니어서 여행 내내 상대방의 물음에 퉁명스러운 대답만 쏘아붙이던 부부들도 평화로운 침묵에 빠져. 이상만 찾던 남편도 이젠 지쳐 그냥 마음이 느긋해지고, 아내는 스스로 젊게 느끼고 느릿느릿한 이곳 사람들에게 고개를 끄덕이며 마치 아무리 빨아도 녹지 않는 설탕으로 만들어진 이를 가진 것처럼 격려의 미소를 보내. 살짝 귀 기울여 보면, 이들은 내일이나 모레, 아니면 주말에 떠난다고 해.

나는 그들 사이에 서 있다가, 내가 떠나지 않아도 된다는 사실이 좋았어. 날씨가 곧 추워질 거야. 이 한가한 외국인들이 가고 나면, 이들의 편견과 필요에 의해 만들어진 이 부드럽고 아편 같은 베네치아도 사라지고, 어느 날 아침 문득 또 다른 베네치아가, 즉 건드리기만 하면 당장이라도 부서질 것만 같은, 누구도 꿈꾸지 않은 깨어 있는 현실의 베네치아가 나타날 거야. 아무것도 없는 곳, 그 한가운데의 물에 가라앉은 숲 위에 온전히 인간의 힘으로 만들어져 마침내 분명하게 존재하는 베네치아가 말이야. 탄탄하게 단련된, 꼭 필요한 최소한의 것만 걸친 몸이야. 잠을 잊은 아르세날레 조선소는 이 몸속으로 노고의 피를 돌게 만들었어. 그리고 이 몸에 깃든, 스스로를 넓혀 가는 불굴의 정신은 향수를 자랑하는 어느 나라의 향보다도 훨씬 강했어. 자신의 가난의 소금과 유리를 다른 나라들의 보물과 맞바꾸었던 수완 좋은 나라. 전 세계의 아름다운 균형추, 장식까지도 신경계를 타고 돌며 점점 더 섬세해지는 온갖 잠재력으로 가득 찬 도시, 바로 이 베네치아야.

이 도시를 잘 안다는 생각이 이곳의 무지한 사람들 틈에 서 있는 내게 강력하게 밀려와서, 자꾸 고개를 들고 이런 얘기를 해 줄 사람이 없을까 두리번거리며 찾게 되었어. 이곳에는 여러 개의 살롱이 있으니, 그중에는 은연중 이 도시의 진면목에 얽힌 이야기를 듣고 싶어 하는 사람이 하나라도 있지 않을까? 아, 이 도시에는 단순한 즐길 거리나 즐비한 것이 아니고 오히려 이 도시는 사람의 의지가 다른 어디에서도 볼 수 없을 만큼 까다롭고 엄격하게 모범적으로 구현된 곳임을 곧바로 알아차릴 그런 젊은이가 있을까? 나는 이리저리 돌아다녔어. 가슴에 품은 진실 때문에 가만히 있을 수가 없었어. 그 진실이 하필이면 그 많은 사람들 중에서 나를 붙들고는 제발 좀 남들에게 자기에 대해 말도 해 주고 방어도 해 주고 증명도 해 달라는 거였어. 사람들이 제멋대로 오해하고 아무렇게나 떠들고 있는 모습을 보니, 당장이라도 손뼉을 쳐서 막아야 하는 게 아닌가 하는 기괴한 상상까지 해 봤어.

이런 엉뚱한 기분에 젖어 있던 중에 나는 그녀를 보았어. 그녀는 햇살이 환히 비치는 창가에 홀로 서서 나를 바라보고 있었어. 그런데 진지하고 사려 깊어 보이는 그 눈이 아니라, 바로 그 입으로 나를 보고 있었던 거야. 그 입으로 내 얼굴에 적혀 있었을 게 분명한 화난 표정을 빈정대듯이 흉내 내고 있었으니 말이야. 당장 나는 내 표정에 초조한 긴장의 빛이 어려 있음을 깨닫고서 얼른 차분한 표정을 지었어. 그랬더니 그녀의 입도 금방 자연스레 거만한 표정으로 돌아가는 거였어. 이어 잠깐 생각한 뒤, 우리는 서로를 바라보며 동시에 미소를 지었어.

그녀는 젊은 베네딕테 폰 크발렌*의 초상화를 떠올려 주었어. 바게센의 생에서 중요한 역할을 했던 아름다운 여인이야. 그녀의 눈에 깃들어 있는 어두운 고요를 보니, 그녀의 목소리에도 맑은 어둠이 배어 있을 것 같았어. 게다가 머리를 땋은 모양새나 밝은 드레스의 목선이 코펜하겐 스타일이어서 그녀에게 덴마크어로 말을 걸어 보기로 마음먹었어.

하지만 내가 그녀에게 다가가기도 전에, 반대편에서 한 무리의 사람들이 그녀를 향해 우르르 몰려갔어. 손님들과 함께 즐기는 것을 좋아하고 따뜻하고 열정적인 기분파인 우리의 백작 부인이 직접 나서서 한 무리의 지원군을 거느리고 그녀 쪽으로 달려갔어. 그녀에게 당장 노래를 시켜 볼 생각이었어. 그때 나는 말이야, 그 젊은 아가씨가 사람들에게 덴마크어로 노래를 듣고 싶어 하는 사람은 없을 것이라며 양해를 구할 줄 알았어. 그녀는 말할 기회를 잡아 정말 얼른 그렇게 했어. 그러자 환하게 빛나는 그 여자를 에워싸고 있던 사람들은 더욱 재촉했어. 그들 중에서 누군가 그녀는 독일어로도 노래할 줄 안다고 했어. "그리고 이탈리아어로도요." 누군가 짓궂게 웃으며 덧붙였어. 그녀가 무슨 핑계를 대야 좋을지 나로서는 난감했지만 아무튼 이번에도 그녀가 버틸 걸로 생각했어. 한번 해 보라고 간청하며 오랫동안 웃음기를 띠고 있느라 지쳐 버린 사람들의 얼굴에는 이미 재미없다는 듯한 기색이 번졌어. 마음씨 좋은 백작 부인 역시 알겠다며 체면을 잃지 않으려고 정중하게 한 걸음 뒤로 물러났어. 그래서 이젠 더 이상 뭘 어떻게 할 필요가 없는 상황이었어. 그런데 바로 그 순간, 그 여자가 손을 들어 버렸어. 실망이 얼마나 컸던지 나는 얼굴에 핏기가 가시는 것 같았어. 내 눈에는 원망의 빛이 가득 고였어. 나는 얼굴을 돌려 버렸어. 그 여자한테 나의 그런 모습을 보일 필요가 뭐 있겠어. 그런데 그녀가 그들 무리에서 빠져나와 어느새 내 옆에 와서 서 있는 게 아니겠어. 그녀의 드레스가 나를 비추었고, 그녀의 체온에서 느껴지는 꽃향기가 내 몸을 감쌌어.

"정말로 노래 한번 해 보고 싶어요." 그녀는 내 뺨에 바짝 대고 덴마크어로 말했어. "저 사람들이 원해서 그러는 건 아니에요. 괜히 그러는 것도 아니고요. 지금 노래를 하지 않으면 안 될 것 같아서요." 그녀의 말에서는 약간 노기 어린 긴장감이 얼비쳤어. 아까 내 얼굴에 서려 있던 것과 같은 것이었어. 아까는 나의 그 긴장감을 그녀가 덜어 주었지.

나는 천천히 사람들 뒤를 따라갔어. 그들은 그녀와 함께 자리를 옮겼어. 그러나 나는 높은 문 뒤에 남아 사람들이 서성대며 자리를 정리할 때까지 그냥 기다렸어. 나는 검은색으로 번쩍이는 문틀에 기댄 채 기다렸어. 웬 사람이 무슨 일이냐고, 혹시 누가 노래하느냐고 물었어. 나는 아무것도 모른다고 했어. 내가 거짓말을 하는 사이 그 처녀는 어느새 노래를 시작했어.

그녀의 모습은 내 눈에는 안 보였어. 그녀가 노래를 부르자 그녀를 둘러싼 공간은 점차 이탈리아 노래를 위한 공간이 되었어. 듣기만 해도 외국인 누구라도 이탈리아 노래라고 생각할 만한 그런 거였어. 하지만 노래를 부르고 있는 그녀만은 그렇게 생각하지 않는 것 같았어. 노래를 들어 올리기가 무척 힘든 모양이었어. 그녀는 노래를 아주 힘들게 옮겼어. 앞쪽에서 들리는 박수 소리로 노래가 언제 끝났는지 알 수 있었어. 나는 슬프고 당혹스러웠어. 사람들이 움직이기 시작했어. 그래서 누군가 나가면 그 틈을 타서 따라 나가기로 결심했어.

하지만 그 순간 갑자기 고요해진 거야. 조금 전까지만 해도 불가능할 것만 같았던 적막이었어. 적막이 이어졌어. 긴장감은 더욱 커졌지. 그때 그 적막 속에서 목소리가 솟아올랐어. (아벨로네야, 나는 생각했어. 아벨로네라고.) 이번에는 목소리가 힘차고 풍부했어. 무겁지는 않았어. 중단된 곳이나 봉합된 곳 없이 아주 매끄럽게 전체가 한 덩어리로 된 것이었어. 잘 모르는 독일 노래였어. 그녀는 마치 꼭 그래야 하는 것처럼, 그 노래를 아주 단순한 곡조로 불렀어. 그녀는 이렇게 노래했어.

그대여, 이런 말은 하고 싶지 않아요,
밤마다 이렇게 누워 눈물 흘린다고.
그대가 나를 요람처럼 흔들어
이렇게 지치게 한다고 말이에요.
그대여, 그대도 내게 말하지 말아요,
나 때문에 잠 못 이루면서도.

우리 이런 찬란한 마음을
밖으로 드러내지 말고
마음속으로 견디면 어떨까요?
(잠시 멈추고 머뭇거리며)
저 연인들을 보아요,
사랑의 고백을 털어놓더니
어느새 거짓말을 하고 있네요.

 다시 적막이 펼쳐졌어. 하지만 그 적막을 만든 게 누군지는
아무도 모르고 있었어. 이어 사람들이 웅성대기 시작했어. 서
로 부딪쳐 사과하고 기침했지. 사람들이 막 본격적으로 웅성대
려 하는데, 그 순간 돌연 그 목소리가 터져 나왔어. 결연하고 폭
이 넓고 강도가 깊은 목소리였어.

 그대는 나를 홀로 있게 만들지요.
 나 그대를 아무것하고나 바꿀 수 있어요.
 그대는 잠시 그대였다가 이내 살랑대는 바람이나
 마르지 않는 향기가 되어요.
 아, 내 품에 안은 그 모든 것 다 잃어도
 그대만은, 그대만은 언제나 다시 태어나지요.
 나 그대를 붙잡은 적 없기에 그대를 간직할 수 있어요.

 전혀 예상치 못했던 거였어. 모두 그녀의 목소리 아래 허리

를 구부린 듯한 자세로 서 있었어. 결국 그녀의 가슴속에는 확신이 있었던 거야. 이미 몇 년 전부터 바로 이 순간에 부름을 받을 걸로 생각하고 있었지.

예전에 가끔 나는 왜 아벨로네는 그녀의 숭고한 감정의 칼로리를 신에게로 향하지 않는 건지 스스로에게 묻곤 했다. 그녀가 자신의 사랑에서 모든 타동사적인 면을 제거하고 싶어 했다는 것을 나는 잘 알고 있다. 그런데 그녀의 진실한 마음은 신이 사랑의 대상이 아니라 사랑의 방향이라는 것을 어찌 몰랐던 걸까? 신에게서 되사랑을 두려워할 필요가 없다는 것을 그녀는 몰랐던 걸까? 그녀는 이 우월한 사랑의 대상인 신이 우리처럼 느린 자들로 하여금 우리의 온 마음을 다 쓰게 하려고 자신의 욕망을 슬쩍 옆에다 밀쳐 두는 자제력을 발휘한다는 것을 몰랐던 것일까? 아니면 그녀는 그리스도를 피하려 한 걸까? 그녀는 도중에 그리스도에게 붙잡혀 그의 애인이 될까 봐 두려웠던 걸까? 그래서 그녀는 줄리 레벤틀로*를 달갑지 않게 생각했던 걸까?

아무래도 그런 것 같다. 다음을 생각해 보면 그렇다. 이 신의 대리자에게 걸려 메히트힐트* 같은 순진한 사랑의 여인, 테레사 데 아빌라* 같은 열정적인 사랑의 여인, 복자 로사 데 리마* 같은 상처받은 사랑의 여인들이 쓰러져 그의 사랑 앞에 굴복하고 말았다. 아, 약한 이들에겐 구원자였던 그가 이 강한 여인들에겐 부당한 존재였을 뿐이다. 그들이 이젠 바야흐로 막히지 않은 영원의 길만 앞에 있다고 생각하는 그 순간, 다시 한번 인간의 모습을 한 그리스도가 천국 입구의 긴장된 장소에 나타나 이들에게 안식처를 제공하며 잘해 주는 척하고, 이들을 남성의 매력으로 현혹한다. 굴절력이 아주 강한 그리스도의 렌즈는 이미 평행으로 달려가던 이 여인들의 마음의 광선을 다시 한데 모이게 하고, 그 결과 천사들이 오로지 신을 위해서 보존해 두려 했던 이 여인들은 그들의 동경의 사막에서 활활 타 버린다.

(사랑받는다는 것은 불타 사라지는 것, 사랑한다는 것은 아무리 써도 마르지 않는 기름처럼 밝게 빛나는 것이다. 사랑받는다는 것은 사라지는 것이고, 사랑한다는 것은 지속하는 것이다.)*

그렇긴 해도 아벨로네는 생의 만년에 가서는 떠들썩하지 않으면서 신과 직접 교류하기 위해 가슴을 써서 생각하려 했던 것 같다. 어쩌면 아벨로네가 아말리에 갈리친* 후작 부인의 섬세한 내적 성찰을 떠올리게 하는 편지들을 남겼을지도 모른다. 그러나 만약 아벨로네와 몇 년 전부터 가까이 지내던 누군가가 이 편지를 받아 보았다면 그 사람은 그녀의 변한 모습을 보고 얼마나 큰 고통을 겪었을까. 그리고 그녀 자신도 자기 모습이 유령처럼 변하는 것을 보고 두려워했을 것이다. 사실 사람들은 자기가 변하는 모습을 느끼지 못한다. 왜냐하면 사람들은 그런 변화의 증거들을 보이는 대로 마치 낯설기 짝이 없는 것을 손에서 털어 내듯 계속해서 털어 내기 때문이다.

돌아온 탕아 이야기가 사랑받기를 원치 않는 자의 전설이 아니라고 그 누구도 나를 설득할 수 없을 것이다. 그가 어릴 적에는 집안 식구들이 모두 그를 사랑했다. 그는 다른 것을 알지 못한 채 그렇게 자랐고, 아직 어렸기 때문에 가족들의 다정한 사랑에 익숙해졌다.

　그러나 소년이 되자, 그는 그런 습관을 버리고 싶었다. 입 밖으로 표현할 수는 없었지만, 그가 바깥으로 하루 종일 떠돌면서도 개들을 데리고 나가지 않은 것은, 개들까지도 그를 사랑했기 때문이며, 개들의 눈길에도 관찰과 동정, 기대와 걱정이 들어 있었기 때문이고, 개들 앞에서도 이들을 기쁘게 하거나 마음 상하게 하지 않고는 아무것도 할 수가 없었기 때문이다. 그가 그 시절에 원했던 것은 마음 깊이 느끼는 무관심이었다. 가끔 새벽에 들판에 나가면 아주 순수하게 그런 느낌을 받곤 했는데, 그럴 때면 그는 시간과 호흡을 잊기 위해 달리기 시작했고, 그렇게 해서 아침이 스스로를 의식하는 그 가벼운 순간보다 더 가벼운 존재가 되려고 했다.

　아직 살아 보지 못한 삶의 신비가 그의 눈앞에 펼쳐져 있었다. 그는 무심코 오솔길을 벗어나 온 세상을 한꺼번에 다 가지려는 듯 양팔을 크게 벌리고 들판으로 내리 달렸다. 그러고 나서 그는 산울타리 너머로 몸을 던졌다. 그를 거들떠보는 사람은 아무도 없었다. 그는 나뭇가지를 벗겨 풀피리를 만들기도 하고, 작은 짐승을 향해 돌멩이를 던지기도 하고, 땅에 허리를 구부리고 앉아 딱정벌레를 되돌아가게 하기도 했다. 이런 것들은 그 어느 것도 운명이 되지 않았으며, 하늘들은 자연 위를 지나가듯 그냥 지나갔다. 마침내 많은 상상력과 함께 오후가 찾아왔다. 즉 그는 토루트가섬의 해적 부카니에*가 되었지만, 거기에 어떤 의무가 있는 것은 아니었다. 그는 캄페체를 포위하기도 하고 베라크루스를 점령하기도 했다. 그는 군대 전체가 될 수도 있었고, 말을 탄 우두머리가 될 수도 있었으며, 바다 위에 떠 있는 배가 될 수도 있었다. 마음 내키는 대로 무엇이든 될 수 있었다. 그러나 무릎을 꿇어야겠다는 생각이 들면, 그는 얼른 데오다트 드 고종*이 되어 용을 죽였다. 그러고는 아직 그 열기가 식지 않은 상태에서 그런 영웅적 행동이 오만하기 짝이 없고 복종도 모르는 행위라는 말을 들었다. 그의 상상에 꼭 필요한 것이라면 그는 아무것도 아끼지 않았다. 그렇게 온갖 공상이 떠올랐지만, 그는 가끔 다름 아닌 한 마리 새가 되었다. 어떤 종류의 새인지는 모르지만. 그때가 되면, 아무튼, 그는 집에 돌아가야 했다.

신이여, 그는 대체 그곳에 있는 얼마나 많은 것을 버려야 했는가, 그리고 잊어야 했는가. 지금 필요한 것은 오직 잊는 일뿐이니. 안 그랬다간 식구들이 자꾸 졸라 대면 다 털어놓게 되기 마련이니까. 아무리 얼쩡거리며 빈둥거려도 끝내는 합각머리 지붕이 나타났다. 위층의 첫 번째 창문이 그를 쳐다보았다. 거기 누군가 서 있겠지. 하루 종일 마음속에 기대감을 키워 놓았던 개들은 덤불을 헤치고 쏜살같이 달려와 한데 힘을 합쳐 그를 자기들이 알고 있는 그 소년이 되라고 몰아쳤다. 그리고 나머지는 집이 알아서 했다. 나름의 냄새 가득한 집 안으로 들어서는 순간, 이미 거의 대부분의 것은 결정된 거나 마찬가지였다. 바꿀 수 있는 것은 사소한 것 몇몇뿐이었고, 대체로 그는 이미 이 집에서 생각하는 그런 사람이 되어 있었다. 그의 조그만 과거와 그들 자신의 소망 어린 생각을 가지고 식구들이 이미 오래전에 만들어 놓은 바로 그런 사람이 되어 있었다. 밤이나 낮이나 그들의 사랑의 영향 아래 있으며, 그들의 희망과 의심 사이에 있으며, 그들의 꾸지람이나 칭찬 앞에 서 있는 바로 그들 공공 소유의 인간이 되어 있었다.

그런 그가 아무리 조심조심 계단을 올라가 봤자 아무 소용 없다. 모두 거실에 앉아 있다가 문이 열리기만 하면 그를 쳐다볼 텐데. 그는 물어보고 싶은 게 있으면 어서 물으라는 투로 그냥 어둠 속에 서 있다. 그러나 이어 최악의 사태가 벌어진다. 그들은 그의 손을 잡고 식탁으로 데려간다. 그런 다음 그 자리에 있던 사람은 누구 하나 빠짐없이 궁금한 눈빛으로 등불 앞에 앉는다. 그들 쪽이 훨씬 유리하다. 반면 그에게만 불빛이 비친다. 얼굴이 있다는 게 치욕이다.

그냥 집에 남아 이들이 원하는 대로 대충대충 거짓으로 살면서 표정까지 그대로 이들 흉내나 낼 것인가? 자신의 의지를 둘로 나눠, 한쪽은 아주 나긋나긋하게 진실을 추구하고, 다른 한쪽은 거칠게 그걸 깨부수는 기만 쪽을 택해야 하나? 가족 중 마음이 약한 사람들에게 해를 끼칠 수 있는 존재가 되는 것을 포기해야 할까?

아니다, 떠나야 한다. 가령 식구들이 모두 달려들어 전혀 엉뚱한 생일 선물들을 가지고 그의 생일상을 차리느라 정신이 없을 때 떠나는 거다. 그깟 생일 선물로 또다시 모든 걸 무마하려 하다니. 영원히 떠나는 거다. 훗날 그는 자신이 남으로부터 사랑받는다는 끔찍한 상황에 빠뜨리지 않기 위해 결코 사랑을 하지 않겠다고 그때 얼마나 굳게 다짐했는지 알게 되리라. 몇 년 후 이 다짐이 떠오를 테고, 결국 이 다짐도 다른 계획들과 마찬가지로 수포로 돌아갔음을 알게 되리라. 그는 고독 속에서도 사랑하고 또 사랑했기 때문이다. 사랑할 때마다 그는 자신의 모든 것을 쏟았고, 상대방의 자유를 해칠까 봐 이루 말할 수 없는 두려움을 느꼈다. 그는 사랑하는 대상을 자신의 감정의 빛으로 태워 없애 버리는 대신, 그 빛으로 그 대상을 비추는 법을 서서히 배워 갔다. 그리고 그는 점점 더 투명해지는 사랑하는 이의 모습을 통해 자신의 끝없는 소유욕 앞에 펼쳐지는 광활한 전망을 보며 더없는 기쁨에 젖었다.

그리고 자기도 그러한 비추임을 받고 싶다는 그리움에 그 얼마나 많은 밤을 눈물로 지새웠던가. 하지만 사랑에 굴복하는 여인은 결코 진정한 사랑하는 여인이 될 수 없다. 아, 그에게서 물결처럼 흘러나갔던 선물들을 하나둘 되돌려받던 허망하기 그지없던 황량한 밤들이여. 그는 그때마다 얼마나 중세의 음유 시인들을 생각했던가. 이들에겐 자신의 소망이 받아들여지는 것보다 더 두려운 것이 없었으니. 그는 이런 일을 겪게 될까 봐 두려워 그동안 모은 돈을 마구 쓰고 다녔다. 그는 자신의 사랑에 응할까 봐 두려워 거칠게 돈을 던져 주며 여자들의 마음에 상처를 입혔다. 이제는 자신을 비추어 줄 여인을 만날 수 있으리라는 희망을 버렸기 때문이다.

가난이 매일 새로운 궁핍으로 그를 놀라게 하던 시절에도, 그의 머리가 고난의 장난감이 되어 닳아 버렸을 때에도, 검은 복면을 쓴 자객을 경계하는 눈동자처럼 온몸에 종기가 번졌을 때에도, 오물 취급을 당하며 오물 더미에 뒹굴면서도 오물을 무서워하던 시절에도, 바로 그런 시절에도, 곰곰이 생각해 보면, 그가 가장 소름 끼치는 것으로 여겼던 것은 바로 자신의 사랑에 대한 응답을 받는 일이었다. 그가 겪은 이런 어두운 시간들은 도대체 무엇이란 말인가? 모든 것을 다 잃게 만든 그 포옹들의 깊은 슬픔에 비한다면 말이다. 아무런 미래도 없는 듯한 느낌으로 눈을 뜨지 않았던가? 어떤 위험도 감수할 자신감 없이 멍청하게 헤매 다니지 않았던가? 죽지 않겠다고 수백 번이나 약속해야 하지 않았던가? 이런 쓰레기 더미 속에서도 그를 지켜 준 것은 끊임없이 돌아오고 다시 돌아와 자기 자리를 지켜 준 이 쓰라린 기억의 고집이었을 것이다. 마침내 그는 다시 발견되었다. 그제야, 즉 목동 시절에 이르러서야 비로소 소란스러웠던 과거는 거의 잠잠해졌다.

그 시절에 그가 겪은 일을 누가 제대로 묘사할 수 있겠는가? 어떤 시인이 그 시절에 그가 보낸 나날들의 길고 길었던 여정과 그의 짧은 생의 의미를 조화롭고 설득력 있게 묘사할 수 있겠는가? 외투를 걸친 호리호리한 그의 모습과 그가 보낸 무한

한 밤들의 광활한 공간을 동시에 불러내 보여 줄 만한 예술이
어디 있겠는가?

그때는 그가 보편적이고 익명의 존재로 느끼기 시작하던 시
기였다. 마치 병에서 서서히 회복 중인 환자 같았다. 그는 사랑
하지 않았다. 다만 자신이 살아 있음만을 사랑했다. 그의 양들
의 낮은 사랑은 그에게 아무런 부담이 되지 않았다. 그 사랑은
구름 사이로 내리쬐는 빛처럼 그의 주위를 감싸며 초원 위에서
은은히 빛났다. 죄 없는 양들의 배고픔의 자취를 따라가며 그
는 말없이 세계의 초원을 누볐다. 이방인들은 아크로폴리스에
서 그를 목격했다. 그리고 어쩌면 오랫동안 프랑스의 레보*에
서 목동으로 살며, 화석화된 시간이 그 명문가, 즉 숫자 7과 3*
을 그렇게 많이 얻고도 가문의 문장에 새겨진 별의 16개의 광
선을 이겨 내지 못했던 그 가문보다 더 오래 살아남는 것을 목
격했을지도 모른다. 아니면 오랑주의 시골 개선문*에 기대어
있는 그의 모습을 떠올려야 할까? 아니면 알리스캉 공동묘지*
의 영혼들이 머무는 그늘에 서서, 눈으로 부활한 자들의 무덤
처럼 열려 있는 무덤들 사이로 잠자리를 쫓고 있는 그의 모습
을 그려 봐야 할까?

그건 아무래도 상관없다. 나는 외면적인 탕아의 모습 이상의
것을 보고 있다. 나는 그때 신을 향한 사랑을, 그 조용하고 목표
없는 작업을 시작한 그의 존재를 보고 있다. 영원히 자신을 억
누르며 살고자 했던 그가 다시 한번 점점 커져 가는 마음의 충
동에 휩쓸리게 되었다. 그리고 이번에는 그는 자신의 소망이

받아들여지기를 바랐다. 오랜 고독을 통해 예지와 흔들림 없는 자세를 갖추게 된 그의 온 존재는 그가 지금 마음속에 그리며 생각하는 그분이 깊고 빛나는 사랑으로 그를 사랑해 줄 것임을 약속했다. 그러나 마침내 그렇듯 거장다운 사랑받기를 열망하는 동안, 먼 곳에 이미 익숙해진 그의 감정은 신의 극단적인 거리를 깨닫게 되었다. 때로 어떤 밤에는 신을 향해 우주 속으로 몸을 던지는 상상을 하기도 했다. 어떨 땐 모든 것을 발견한 것만 같아 스스로 무척 강해진 것을 느끼면서 지상으로 뛰어들어 그의 마음의 해일에 그것을 실어 올릴 수 있을 것 같았다. 그는 장엄한 언어를 듣고 그 언어로 시를 쓰기로 결심한 사람 같았다. 이 언어가 얼마나 어려운지 깨달아야 하는 난감한 순간이 아직 그의 앞에는 남아 있었다. 짧고 의미 없는 첫 문장을 쓰려다가 인생이 다 흘러갈 수도 있다는 사실을 그는 처음에는 믿고 싶지 않았다. 그는 달리기 경주에 나선 선수처럼 배움에 몸을 던졌다. 그러나 그가 넘어가야 할 것들의 밀도가 그의 속도를 늦추었다. 이렇게 초심자가 되는 것보다 더 굴욕적인 것은 없을 것 같았다. 그는 현자의 돌을 발견했지만, 이제는 갑자기 얻은 행복의 황금을 끊임없이 인내의 납덩이로 바꿔야만 했다. 무한한 공간에 익숙해진 그는 이제 한 마리 벌레처럼 출구도 방향도 없는 길을 기어가고 있었다. 그러나 힘겹고 괴롭게 진실한 사랑을 알게 된 지금 그는 자신이 그때까지 쏟았다고 믿었던 사랑이라는 게 얼마나 하찮고 보잘것없는 것이었는지를 깨닫게 되었다. 그런 사랑에서는 아무것도 태어날 수 없다는 것이었다. 왜냐하면 그는 그런 사랑의 작업을 수행하고 실현하는 일을 한 번도 시작한 적이 없기 때문이다.

이 몇 년 동안 그의 안에서는 대단한 변화가 생겼다. 신에게 다가가려는 힘든 작업에 몰두하느라 그는 거의 신을 잊었다. 시간이 흐르면서 언젠가 신에게서 얻고 싶은 것이 있다면, 그 것은 오로지 "하나의 영혼을 참아 주는 신의 인내심"*이었다. 사람들이 중요하게 여기는 운명의 우연들은 그에게서 떨어져 나간 지 이미 오래다. 이제는 기쁨과 고통의 정수(精髓)에서도 텁텁한 양념 맛이 사라지고, 순수한 맛만 남아 그의 자양분이 되었다. 그의 존재의 뿌리에서는 풍요로운 기쁨의 튼튼한 다년 생 식물이 자라났다. 그는 자신의 내면의 삶을 구성하는 것들을 극복하는 일에 몰두했다. 그는 어느 것 하나 빠뜨리고 싶지 않았다. 왜냐하면 이 모든 것들 속에 그의 사랑이 담겨 있고, 그 곳에서 무성하게 자란다는 것을 잘 알고 있었기 때문이다. 그 래, 그의 마음 상태가 이제 아주 높은 단계에 이르러서, 그는 어린 시절에는 손을 쓸 수 없어 치워 두었던 일 중 가장 중요한 것을 다시 집어 들기로 결심했다. 특히 어린 시절을 생각했다. 생각하면 생각할수록 그의 어린 시절은 그만큼 더 이루어지지 않은 것으로 여겨졌다. 어린 시절과 관련된 기억들은 예감과 같은 모호한 면이 있었고, 그것들이 이미 과거의 것으로 간주된 다는 사실이 오히려 이것들을 미래의 것으로 만들어 주었다. 이 모든 것을 다시 한번, 그리고 이번에는 참되게 상대해 보려는 것이 이제는 낯설어진 그가 집에 돌아온 이유이다. 그가 집에 머물렀는지는 알 수 없다. 다만 우리가 아는 것은 그가 다시 돌아왔다는 사실이다.

이 이야기를 하는 사람들은 대개 이 대목에 이르면 그 당시 그의 집이 어떤 모습이었는지 일깨워 주려 한다. 그의 집에서는 시간이 별로 흐르지 않았기 때문이다. 숫자로 헤아릴 수 있을 만큼의 짧은 시간이었다. 그 집에 사는 누구나 얼마의 시간이 흘렀는지 말할 수 있다. 개들은 늙기는 했지만 아직 살아 있다. 기록을 보면, 그중 한 마리는 요란하게 짖었다고 한다. 집안에서 벌어지고 있던 하루 일과가 일제히 멎는다. 얼굴들이 창가에 나타난다. 그사이 좀 더 늙거나 성숙해지기는 했지만, 눈물이 날 정도로 기억 속의 모습들과 너무나 흡사하다. 그리고 어느 아주 늙은 얼굴에 갑자기 그를 알아보는 창백한 표정이 스친다. 알아보았다고? 그냥 알아보기만 했을까? 아니, 그것은 용서다. 무엇을 용서한단 말인가? 아니, 그건 사랑이다. 아, 사랑이다.

그는, 즉 식구들이 얼굴을 알아본 그는 자기 일에 몰두해 있었기 때문에 아직 사랑이 남아 있으리라고는 전혀 생각하지 못했다. 그때 있었던 일 중에서 다음의 단 한 가지만 전해 내려온다는 사실도 이해 가능하다. 그것은 바로 그의 몸짓이다. 전례 없는 몸짓이다. 한 번도 보지 못했던 몸짓이다. 애원의 몸짓이다. 이 몸짓과 함께 그는 식구들의 발밑에 털썩 꿇어앉으며 그들에게 제발 사랑하지 말아 달라고 애원했다. 그들은 깜짝 놀라 당황하며 그를 일으켜 세웠다. 그들은 그의 격한 태도를 그들 나름대로 해석하고는 그를 용서했다. 그의 태도가 명명백백하게 분명했는데도 모두가 그를 오해했다는 사실에 그는 틀림없이 말할 수 없는 해방감을 느꼈을 것이다. 그러니 십중팔구 그는 집에 머물러 있었을 것이다. 왜냐하면 그는 날이 갈수록 더욱 분명하게 깨달았기 때문이다. 그들이 그토록 뽐내는 그 사랑이, 그리고 그들이 서로 격려하며 이루어 내려는 그 사랑이 이젠 자기와는 전혀 관계가 없다는 것을 말이다. 그렇게 용쓰는 그들의 모습을 보며 그는 미소 짓지 않을 수 없었다. 그리고 이제는 그들이 그를 거의 마음에 담지 못한다는 사실이 분명해졌다.

그가 누구인지 그들이 어떻게 알 수 있었겠는가. 그는 이제 사랑하기에는 너무나 힘든 존재가 되어 있었다. 그리고 그는 이 세상에서 오직 한 분만이 그를 사랑할 수 있음을 느꼈다. 그러나 그분은 아직 그럴 생각이 없었다.

수기의 끝

주

113 **바우타** baùtta 베네치아의 카니발 마스크.

119 **[요한 카스퍼] 라바터** Johann Kasper Lavater(1741~1801). 스위스의 신학자이자 시인으로, 주로 영혼과 관련된 주제를 다루었다.
레베카 Rebekka. 시인 마티아스 클라우디우스(1740~1815)의 아내로 11남매를 낳았다. 클라우디우스는 라바터와 친한 사이였다. 둘은 1793년 7월 15일 라바터가 덴마크로 여행하는 중에 만났으며, 여기 인용된 문구는 라바터가 덴마크 여행을 하면서 쓴 일기의 구절 "클라우디우스와 그의 겸손하고 충실하며 아이를 낳아 행복을 찾는 레베카가 왔다"에서 가져온 것이다. 클라우디우스와 그의 아내 이야기를 원용한 것이다.

120 **그건 그렇고 나의 아버지에 대해 몇 마디 덧붙이자면~엄마는 이미 오래 전에 돌아가셔 이 세상에 계시지 않았다** 원고의 여백에 쓰여 있다.

123 **크리스티안 4세** Christian IV(1577~1648). 덴마크의 왕. 처음에는 브란덴부르크의 공주 안나 카타리나와 결혼했으나 그녀가 세상을 뜨자 자신과 신분이 맞지 않는 키르스티네 뭉크와 결혼했다.

124 **엘렌 마르스빈** Ellen Marsvin(1572~1649). 키르스티네 뭉크의 어머니.
엘레오노레 Eleonore. 엘레오노레 크리스티나는 1663년부터 1685년까지 감옥에 갇혔다.
길덴뢰베 Gyldenløve. 길덴뢰베 가문은 야콥센의 작품 『마리 그루베 부인』에서 중요한 역할을 한다. 한스 울리크 길덴뢰베는 마리 그루베의 아버지의 여동생인 레기체 그루베와 결혼했다. 그는 크리스티안 4세의 사생아 중 하나였다. 길덴뢰베 가문의 자손인 울리크 크리스티안(1630~1658)은 마리 그루베의 첫사랑이었다.
이 세상 누구도 다시는 잊지 못할 야콥센의 소설에서 묘사된 마리 그루베의 이른 죽음을 암시한다.

130 **옛날에 처형된 사람** 스웨덴의 백작으로, 모반에 가담한 혐의로 처형된 에리크 브라헤(1722~1756)라는 실제 인물이 있다.

131 **잔인하게 죽임을 당했다고 한다** 펠릭스 리크노브스키(1814~1848)는 프랑크푸르트 의회의 보수당원이었는데 10월 봉기 때 피살되었다.

139 **벽걸이 양탄자** 파리 클뤼니 박물관에 있는 「여인과 일각수」라는 벽걸이 양탄자를 말한다. 릴케는 1906년에 이 양탄자를 보고 경탄한 바 있다.

143 **부사크** Boussac. 한때 융단 생산으로 유명했던 프랑스 오뷔송 근처에 있는 성 이름.

델레 비스테 Delle Viste. 벽걸이 양탄자 「여인과 일각수」를 소장했던 가문.

피에르 도뷔송 Pierre d'Aubusson(1423~1503). 부사크성(城)의 소유주로, 1882년 클뤼니 박물관이 구매하기 전 「여인과 일각수」 태피스트리를 소장했다.

146 **가스파라 스탐파** Gaspara Stampa(1523~1554). 이탈리아의 여성 시인. 베네치아의 콜라토 백작과의 불행한 사랑을 나중에 시로 형상화하였으며, 마리안나 알코푸라두, 베티나 폰 아르님, 루이즈 라베 등과 함께 『말테의 수기』에 등장하는 위대한 사랑의 여인들의 대표적 인물이다.

포르투갈 여인 마리안나 알코푸라두(1640~1723)를 말한다. 열두 살에 수녀원에 들어갔으며 그곳에서 사랑하는 남자 샤밀리 후작을 만난다. 그에게 보낸 사랑의 편지가 유명하다.

149 **드론워크** drawn work. 천의 씨실이나 날실을 뽑은 뒤 그 자리에 여러 가지 무늬를 넣는 서양 자수. 손수건이나 식탁보 따위에 쓴다.

151 **뤼스타거** Lystager. 장원 이름.

163 **[에마누엘] 스베덴보리** Emanuel Swedenborg(1688~1772). 스웨

덴의 신비주의자.

생제르맹 Saint-Germain(1710경~1784?). 18세기에 기인으로 알려진 유명한 신비주의자.

165 **자르댕 다클리마타시옹** Jardin d'Acclimatation. 파리에 있는 동물원 명칭.

167 **베른슈토르프 모임** 요한 하르트비히 에른스트 폰 베른슈토르프 (1712~1772)와 그의 조카인 안드레아스 페터 폰 베른슈토르프 (1735~1797)는 원래 하노버 가문 출신으로 덴마크 궁정에 와서 봉사하고 있었으며, 영향력 있는 지적·정치적 서클의 중심에 있었다.

170 **심장 찌르는 일 때문에 오셨군요** 릴케는 프랑스의 번역자인 모리스 베츠에게 자기 아버지에게도 똑같은 심장 찌르기 시술이 행해지는 것을 목격했다고 말했다. 대부분의 유럽에서는 심장 찌르기 시술이 적잖이 이루어지는데, 이는 산 채로 땅에 묻히는 것을 방지하기 위함이다.

173 **랑에리니** Langelinie. 덴마크 코펜하겐에 있는 산책로.

176 **되덴** Döden. 덴마크어로 죽음을 뜻한다.

181 **펠릭스 아르베르** Félix Arvers(1806~1850). 프랑스의 작가.

182 **장 드 디외** Jean de Dieu(1495~1550). 포르투갈 태생의 성자.

199 **놀라운 그림들** 히에로니무스 보스(1460년경~1516)나 피터르 브뤼헐 2세(1564~1638)의 환상적인 그림을 지칭하는 듯하다.

203 **그리샤 오트레피오프** Grischa Otrepjow. 1591년에 우글리치에서 차르 이반 4세의 막내아들이었던 드미트리 이바노비치가 열 살의 나이로 살해되었다. 이 살해 사건으로 당시 후사도 없고 심약하던 표트르 1세가 통치를 하다 1598년에 죽자, 그의 처남인 보리스 고두노프가 왕위를 이어받았다. 권력 암투의 와중에서 보리스 고두노프가 법적 상속자인 드미트리를 죽인 범인이라는 혐의가 제기되면서 연이어 네 명의 사내가 나타나 자기가 천신만

고 끝에 목숨을 건진 드미트리 이바노비치라고 자처하며 왕위를 요구한다. 1605년에 맨 처음으로 나타난 사람이 그리샤 오트레피오프이다. 그는 폴란드의 도움을 받아 모스크바를 정복했으며 그 후 왕위에 올랐다. 그러나 얼마 못 가 1606년에 일어난 반란으로 목숨을 잃었다.

마리 나고이 Marie Nagoi. 이반 4세의 일곱 번째 부인이자 1591년에 살해당한 본디 후계자 드미트리의 어머니. 그녀는 아들이 죽은 뒤 수도원에 들어갔다.

204 **그것은 결국 집을 버리고 떠난 모든 젊은이의 힘이다** 원고지 여백에 기록되어 있다.

마리나 므니체크 Marina Mniczek. 폴란드 귀족의 딸로, 오트레피오프와 결혼하여 왕비가 된 여자. 오트레피오프가 살해되자 제2의 디미트리와 결혼했다. "그녀는 그를 믿지 않은 게 아니라 아무나 믿었던 것이다"는 대목은 이와 관련된다.

205 **이반 그로스니** Iwan Grosnij. 이반 4세. 드미트리와 표트르 1세의 아버지.

208 **우리에서 들려온 팡파르** 스위스의 우리(Uri)주에서 스위스군의 승리.

213 **시신이 안치되었을 때~인형 놀이꾼처럼 느껴졌다** 원고지 여백에 기록되어 있다.

216 **[임마누엘] 바게센** Immanuel Baggesen(1764~1826). 덴마크의 시인.

[고틀로프] 욀렌슐레거 Gottlob Oehlenschläger??(1779~1850). 덴마크의 시인. 극작가.

[아돌프 빌헬름] 샤크 [폰] 슈타펠트 Adolph Wilhelm Schack von Staffeldt(1769~1826). 덴마크의 시인.

월터 스콧 Walter Scott(1771~1832). 스코틀랜드의 시인.

칼데론 [데 라 바르카] Calderón de la Barca(1600~1681). 스페인

의 극작가.

218 **베티네** Bettine. 베티나 폰 아르님(1785~1859). 독일 낭만주의
시인 루트비히 아힘 폰 아르님(1781~1831)의 아내로, 클레멘스
브렌타노(1778~1842)의 여동생. 스물두 살 때 요한 볼프강 폰
괴테를 만났으며 그와 서신을 교환했다. 괴테가 죽고 3년이 되는
해에『어느 아이와 나눈 괴테의 서신 교환』이라는 좀 허구적으로
꾸민 책을 펴냈다.

221 **가장 위대한 시인** 괴테를 말한다.

파트모스섬의 요한 「요한 계시록」에 대한 암시. 요한은 하느님의
계시를 받아 적는다.

불수레 「열왕기하」2장 11절 참조.

222 **엘로이즈** Héloïse. 아벨라르(1079~1142)와 나눈 비극적인 사랑
과 어쩔 수 없이 떨어졌을 때 주고받은 편지로 유명하다.

228 **잿빛 냄새 나는 추위로 가득한 방에서~도움의 힘이 얼마나 많기에 아무
리 써도 다하지 않는가** 원고지 여백에 기록되어 있다.

229 **꺼진 등불을 들고 기다리는 여인들처럼** 「마태복음」25장 8절의 우
매한 여인들의 비유에서 가져온 듯하다. "우리의 등불이 꺼졌나
이다."

230 **나는 다른 왕들을 믿었다~어떤 흔적도 남기지 않았지만** '다른 왕들'
은 강력한 권력의 소유자로 거대한 성과 정원들을 건설한 자들
이다. 이것들이 그들의 존재의 증거들이다. 그러나 이것들은 외
적인 것에 불과하다. 말테는 여기서 이들의 덧없는 권력에 대해
샤를 6세의 내적인 경험을 대비시키고 있다.

그 왕 프랑스의 왕 샤를 6세(1368~1422)를 말한다. 1380년부
터 통치했으며 여러 가지 정신병에 시달렸다.

장 샤를리에 제르송 Jean Charlier Gerson(1363~1429). 신학 교수
이자 파리의 목사.

231 **파르바 레기나** parva regina. 라틴어로 '작은 왕비'라는 뜻. 병든

왕을 위해 후궁으로 들어온 젊은 오데트 드 샹디베르.

주베날 [데 우르쟁] Jouvenel des Ursins(1369~1431). 당시 큰 영향력을 가졌던 정치가. 릴케는 그가 작성한 연대기를 여기서 사용하고 있다.

왕의 동생 샤를 6세의 동생 오를레앙 공작(1372~1407)을 말한다. 1407년 11월 23일에 부르고뉴 공작(1371~1419)에게 살해당했다. 부르고뉴 공작 역시 1419년에 암살당했다.

발렌티나 비스콘티 Valentina Visconti(1366~1408). 암살당한 오를레앙 공작의 아내로, 샤를 6세의 극진한 총애를 받았다. 연대기에 의하면, 샤를 6세는 실제로 그녀를 '사랑하는 나의 누이'라고 불렀다. 왕 앞에 무릎을 꿇고 정의를 베풀어 달라고 애원하는 장면은 연대기 삽화에 들어 있다.

232 **부르고뉴 공작의 정당성을 논증했다** 발렌티나의 기소에 대해 재판이 이루어졌으며, 이때 변호인의 변론이 빛을 발했다. 샤를 6세는 병 때문에 그 자리에 없었다.

로스베케 Roosebeke. 이 전투(1382)에서 샤를 6세는 플랑드르 반란군에 승리를 거두었다.

233 **금목걸이를 달고 나타났던 사슴** 로스베케 전투가 있던 전날 밤에 꾼 꿈에 나타난 것.

234 **수난 교단** 평신도들의 집단으로, 신비극 상연이 목표였다. 1402년에 파리에서 창립되었으며 샤를 6세는 이들의 특별 후원자였다.

크리스틴 드피상 Christine de Pisan(1363~1430). 여성 시인으로 『긴 배움의 길』이라는 책을 샤를 6세와 왕의 백부인 드 베리 공작에게 헌정했다.

235 **신은 최근에 그와 벤첼 황제의 회합을 주선했다** 샤를 6세는 1397년에 신성 로마 제국의 벤첼 황제와 만나 교회의 상태 및 통합에 대해 논의했다.

가끔 여왕이 죽으면 샤를 6세의 통치 기간 동안 1398년에 그의 조모가 죽었고 1409년에는 그의 딸이 죽었다.

236 **한 벌의 카드에 교황이 여럿** 이른바 교회 분열(1378~1417)은 샤를 6세가 치세 동안 마주친 난제 중 하나였다. 이 시기 동안엔 두 명의 교황이 다스렸다. 하나는 로마에서, 다른 하나는 아비뇽에서. 심지어 세 번째 교황이 피사에 있기도 했다.

아비뇽에 대해서는 잘 알았다 샤를 6세는 1389년에 아비뇽으로 여행을 가서 교황 클레멘스의 손님으로 며칠간 묵은 적이 있다.

237 **생드니 거리** 신비극이 열렸던 거리. 생폴 궁전은 1360년경부터 왕의 궁전으로 사용되었다.

아비뇽 기독교 시대였다 1309년부터 1377년까지 교황은 아비뇽에 거처를 갖고 있었다.

요한 22세 John XXII. 아비뇽에 거처했던 두 번째 교황. 1245년 생으로, 1316년에 교황이 되었고 1334년까지 교황 자리에 있었다. 이미 그 당시에 또 다른 제2의 교황과 대적하며 통치했다. 1378년부터 1417년까지는 교황이 늘 둘이었다. 하나는 아비뇽에 있었으며, 또 하나는 로마에 있었다.

239 **85년 묵은 성궤에서** 교황은 85세이던 1331년에 이 설교를 했다.

240 **나폴레오네 오르시니** Napoleone Orsini(1263~1342). 교황 요한 22세의 최대의 적대자.

야코프 폰 카오르 Jakob von Cahor. 교황 요한 22세의 독일식 속명.

리니 백작의 아들 피에르 드 뤽상부르 리니(1369~1387). 어렸을 때부터 이미 모범적인 기독교 신도로 칭송을 받았으며 금욕적이고 신앙심 깊은 성자로 묘사되었다. 열 살의 나이로 문학, 철학, 신학 경전을 연구했고, 열일곱 살에 추기경이 되었으나 이듬해에 죽었다.

243 **생드니 수도원** 파리 북쪽에 있는 수도원.

가스통 푀부스 Gaston Phoebus(1331~1391). 중세 프랑스의 귀족이자 군인, 그리고 작가.

가문을 영원히 떠나가고 있었다 가스통 푀부스는 우연찮게 아들을 죽였다.

246 **성 미카엘** 악마와 맞서 싸우는 대천사 미카엘(Michael)은 수난극에서 늘 등장한다.

247 **오랑주** Orange. 프랑스의 론 계곡에 있는 도시. 잘 보존되어 있는 일련의 로마 건축물로 유명하다. 2세기경에 지어진 원형 극장이 있다.

249 **솔직하게 말해 보자~이해할 수 없는 것이 여유를 갖고 제 힘을 모으고 있으니** 원고지 여백에 기록되어 있다.

비극의 여인 엘레오노라 두제(Eleanora Duse, 1859~1924). 이탈리아의 유명한 여배우. 릴케는 그녀의 연극을 보았으며 개인적으로 몇 차례 만난 바 있다.

250 **아직 어린 애에 불과한 몸으로** 엘레오노라 두제는 열다섯 살의 나이로 베로나에서 셰익스피어의 「로미오와 줄리엣」을 공연했다. 이 공연에서 그녀는 장미꽃을 한 다발 들고 나와 공연에 사용했다. 장미꽃을 가면으로 이용했다는 것은 말테의 해석이다.

252 **비블리스** Byblis. 불행한 사랑의 여인 비블리스 이야기는 오비디우스의 『변신 이야기』에 나온다. 그리스 신화 속의 인물인 비블리스는 쌍둥이 오빠 카우노스를 사랑했다. 그러나 오빠에게 사랑을 거절당하자 죽도록 괴로워한다. 오빠가 자신을 피해 먼 곳으로 도망치자, 그녀는 오빠를 찾아 세상을 헤매 다닌다. 그러던 중 리키아에 이르렀으나 탈진하여 숲에 쓰러진다. 그때 그녀가 흘린 눈물이 검은 참나무 아래 가서 샘이 된다.

포르투갈 여인 마리안나 알코푸라두를 말한다.

디 Die. 12세기 프로방스의 여성 시인.

클라라 당뒤즈 Clara d'Anduze. 13세기 프로방스의 여성 시인.

루이즈 라베 Louise Labé(1526~1566). 프랑스 르네상스 시대 여성 시인. 이 시인의 소네트 몇 편을 릴케가 번역했다.

마르셀린 데보르드 Marceline Desbordes(1786~1859). 배우이자 가수, 작가.

엘리자 메르쾨르 Élisa Mercoeur(1809~1835). 프랑스의 여성 시인.

[샤를로트] 아이세 Charlotte Aïssé(1694~1733). 네 살 때 콘스탄티노플의 노예 시장에 나왔으며, 프랑스 대사에 의해 파리로 가서 사교계의 꽃이 되었다.

253 **줄리 [드] 레피나스** Julie de Lespinasse(1723~1776). 사교계에서 활동하였으며 프랑스 계몽주의 지식인들과 친분이 많았다.

마리안 드 클레르몽 Marie-Anne de Clermont(1697~1741). 비밀리에 결혼한 연인이 사냥 도중 죽는 바람에 마음에 큰 상처를 받았다.

254 **클레망스 드 부르주** Clémence de Bourges(1535~1561). 루이즈 라베의 친구로서 그녀와 편지를 나눈 사이이다. 1556년에 그녀에게 자신이 쓴 시를 모두 헌정했다. 전해 오는 바에 따르면 그녀는 애인이 죽자, 그에 따른 상심으로 세상을 떴다고 한다.

255 **장 드 투르네** Jean de Tournes. 17세기 리옹의 출판업자.

조그만 책 앞에서 말한 루이즈 라베의 시집을 말한다.

디카, 아낙토리아, 기리노, 아티스 사포의 친구들로 그녀의 시에 등장한다.

256 **[요한 엘리아스] 리딩거** Johann Elias Ridinger(1698~1769). 주로 사냥 장면이나 짐승들을 소재로 하여 많은 작품 활동을 한 독일의 예술가.

우리에게 전해진 것이 몇 편 있다고 사포의 시 중 완벽한 형태로 전해지는 것은 두 편뿐이다.

257 **바로 그것이 아니던가** 그리스의 세계는 "사라지고 없어"진 것이

아니다. 릴케의 입장에서는 그리스의 세계는 아직 다 극복되지 않은 미래의 시작일 뿐이다. "인간이 이루어 낸 모든 작업을 새롭게, 그리고 동시에 수용하는 것", 이것은 "기성의 것"과 "아직 하지 못한 것"이 하나의 통합을 이루는 "전수(全數)"의 세계이다.

258 **갈레노스** Galenos. 2세기경 페르가몬 출신의 클라우디우스 갈레노스. 고대의 유명한 의사.

그녀 사포를 말한다.

263 **베네딕테 폰 크발렌** Benedicte von Qualen(1774~1813). 덴마크의 시인 옌스 바게센은 아내가 세상을 뜬 뒤 크발렌에게 청혼을 했으나 거절당했다.

267 **줄리 레벤틀로** 줄리 레벤틀로(1763~1816)는 그리스도를 향한 신앙심을 구현했다.

메히트힐트 [폰 마그데부르크] Mechthild of Magdeburg(1210~1282/1283). 신비주의자로 신적 체험을 글로 기록했다.

테레사 데 아빌라 Teresa de Ávila(1515~1582). 스페인의 가장 중요한 신비주의자.

복자 로사 데 리마 die Selige Rose von Lima(1586~1617). 페루의 신비주의자.

268 **사랑받는다는 것은 불타 사라지는 것~사랑한다는 것은 지속하는 것이다** 원고지 여백에 기록되어 있다.

아말리에 갈리친 Amalie Gallitzin(1748~1806). 볼테르 및 그 밖의 프랑스 계몽주의 학자들과 친분이 있었으며 철학적 성찰을 담은 글들을 많이 남겼다.

270 **부카니에** boucanier. 17~18세기에 중남미 서인도 지역에서 해적 활동을 한 해적 명칭. 토루트가섬에 근거지가 있었음.

데오다트 드 고종 Deodat de Gozon. 프랑스의 기사로, 용을 죽이면 안 된다는 금기를 깨고 로도스섬의 용을 죽여 벌을 받았다.

274 **레보** Les Baux. 프랑스 프로방스 지방의 지역 명칭. 보 가문은 이

곳에서 14~15세기에 전성기를 구가했다. 릴케는 편지에서 이 "가문 남자들의 잘생긴 풍모와 여성들의 아름다움"에 대해 말하고 있다. 석회암층이 많은 그 지역에는 또한 목동들이 많았던 걸로 릴케는 기억한다.

7과 3 릴케는 덴마크의 『말테의 수기』 번역자인 잉가 융한스에게 쓴 편지에서 이렇게 말한다. "이 가문은 동방에서 온 세 왕 중 하나인 벨사살왕에서 유래합니다. 그래서 가문의 문장에는 베들레헴의 구유 위에 떠 있는 별이 새겨져 있지요. 그런데 문장에 새겨진 별에서 나온 광선의 숫자가 16이었던 거지요. 그런데 미신을 잘 믿는 이 가문 사람들에게 16은 불행의 숫자였어요. 그래서 이들은 이 16이라는 숫자에 대항해서 행운의 숫자인 7을 가지고 싸움을 벌였어요. 자기들이 가진 소유물의 숫자를 7이나 7의 배수로 한 거지요."

시골 개선문 오랑주에 있는 기원전 49년에 세워진 개선문.

알리스캉 공동묘지 아를 근교에 있는 알리스캉(Alyscamps)은 고대 로마부터 중세에 이르기까지 유럽에서 가장 유명한 무덤이다.

276 **하나의 영혼을 참아 주는 신의 인내심** 이 구절의 출처가 어디냐고 물어온 폴란드의 번역자 비톨트 홀레비츠(Witold Hulewicz)에게 쓴 답에서 릴케는 이렇게 말한다. "아마도 성 테레사 데 아빌라였던 것 같습니다."

『말테의 수기』를 읽는 법

김재혁(고려대 독문과 명예 교수)

1

라이너 마리아 릴케(1875~1926)는 죽기 1년 전에 자신의 '묘비명'을 직접 자기 손으로 써 놓았다. 장미 가시에 찔려 죽었다는 신비스러운 시인의 죽음의 비밀과 함께 시인의 이름을 전 세계적으로 알리는 데 일조한 시이다.

장미여, 오, 순수한 모순이여,
겹겹이 싸인 눈꺼풀들 속
익명의 잠이고 싶어라.

위의 세 줄을 산문으로 풀어 쓰라고 하면, 아마 릴케라면 자기는 슬쩍 뒤로 빠지면서 덴마크의 젊은 청년 말테를 앞에 내세워, 별별 고생 다 시켜 가면서 '묘비명'의 세 줄을 몸으로, 마음으로 달팽이처럼, 그것도 파리의 가난한 골목에 뒹굴며 구불구불 그리게 만들었을 것이다. 상당히 모호한 위 시의 세 줄이 어떻게 해서 탄생했는지에 대한 뒷이야기를 이 소설 『말테의 수기』가 담고 있다는 말이다. 그래서 이 소설은 "장미" 이야기이고, "순수한 모순"의 숲 이야기이고, "겹겹이 싸인 눈꺼풀들"의 안쪽 이야기이며, "익명"이 되고 싶은 자의 이야기이고, 편한 "잠"이고 싶은 이야기이다. 말테는 "책갈피에서 장미 꽃잎"을 발견하며 거기에 숨겨진 사연을 상상하기도 하고, 「여인과 일각수」라는 벽걸이 양탄자를 보며 그림 속의 장미를 해석하기도 한다. 장미가 되고 싶은 마음속에는 그것을 그리워하면서도 거기에 다가설 수 없는 모순의 한계를 느끼는 말테의 갈등이 자리하고, 많은 것을 보고 배우고 싶은 열망은 "겹겹이 싸인 눈꺼풀들" 속에 감추어져 있고, 시인으로서 나를 감추고 누구에게나 읽히고 싶은 소망은 "익명의 잠" 속에 쉬고 있다. 이런 것들이 자꾸만 잉크가 번지듯이 번지며 속속들이 배어들어 가는 과정을 그리고 있는 것이 바로 이 『말테의 수기』이다. 그래서 우리는 언어가 아직 들어가 보지 못한 정신의 숲을 파헤치는 도끼로서의 언어에 대한 성찰을 하고, 자신의 고민을 털어놓으며 호소하는 말테의 혼을 만나게 된다. 『말테의 수기』를 손에 잡는 첫 순간부터 우리는 불안의 냄새를 느끼며 어디선가 바늘이 떨어져 머리를 찌를 것 같은 공포를 느낀다. 인간이 태생적으로 느끼는 불안은 이 책을 손에 잡게 만드는 중요한 끌림이다. 대도시 파리에서 청년 말테가 느끼는 불안은 이 소설의 첫

머리를 짙게 물들인다. 불안을 느끼는 것은 마음뿐만이 아니다. 후각과 청각, 촉각이 다 불안을 감지한다. 불안에서 출발하여 편안한 "익명의 잠"을 향한 고통스러운 여행기가 바로 이 책이다.

2

『말테의 수기』를 읽기 전에 릴케의 『신시집』에 실려 있는 시 중 「고대의 아폴로의 토르소」를 읽어 보는 것도 이 작품을 심도 있게 이해하는 데 도움이 될 것 같다.

안에서는 눈망울이 무르익어 갔을,
그 들어 보지 못한 머리를 우린 보지 못했다. 그러나
그의 시선이 뒤틀려 박혀 가만히 빛을 발하고 있는
그의 몸뚱어리는 커다란 가스등처럼 여전히

불타오르고 있다. 그렇지 않고서야 어찌 그 가슴의
만곡이 너의 눈을 부시게 할까, 또 살포시 뒤틀린
허리로부터 어찌 한 가닥 미소가
생식을 품은 가운데 그곳을 향해 갈 수가 있을까.

그렇지 않다면 이 돌덩이는 두 어깨의 투명한 추락

아래 짤막하고 볼품없는 모습으로 서 있으리라.
또 맹수의 가죽처럼 그렇게 반짝이지 못하리라;

또 별처럼 그렇게 제 모든 가장자리에서 빛을
내지도 못하리라: 너를 바라보지 않는 곳이란
한 군데도 없으니까. 너는 너의 삶을 바꿔야 한다.
(릴케, 『소유하지 않는 사랑』, 고려대학교 출판부)

　사람의 신체 중에서 머리와 팔다리가 떨어져 나간 조각상이 이 시의 대상이다. 보통은 얼굴이 있어야 그 아름다움의 단면을 가장 잘 볼 수 있는데 그것이 없어졌을 때 그 아름다움은 어디로 가나. 릴케는 토르소의 눈이 몸속으로 들어가 거기서 환하게 빛나며 아름다움을 발한다고 말한다. 팔다리, 머리가 없는 조각이 아름다워질 수 있는 것은 모든 것을 상상 속으로 집어넣었기 때문이다. 조각의 얼굴과 팔다리는 너무나 많은 것을 알려 주는 해설서 같은 것이다. 없어도 볼 수 있는 눈이 필요하다고 릴케는 말한다. 마지막 구절에서 "너는 너의 삶을 바꿔야 한다"고 밝히는 릴케의 눈에는 토르소의 아름다움이 그득히 빛난다. 그만큼 충격적인 예술 체험이 릴케 자신에게 새로운 삶을 살라고 강요한다. 그리하여 가슴이 토르소처럼 환히 빛나야 한다. 예술이라는 치명적인 매력에 걸려드는 것을 보통 사람들은 싫어한다. 그것이 주는 치명적 중독성 때문이다. 릴케는 이 소설을 통해 예술의 길을 가려면 어찌해야 하는가를 실감 나게 표현하고 있다. 그런데 이 소설은 확실하게 모든 것을 보여 주지 않고 토르소를 보여 준다. 따라서 상상력과 예민한 감식력을 동원하여 섬세하게 읽어 내야 한다. 『말테의 수기』 역시 하나의 토르소로 읽어야 한다. 다 채워지지 않은 것, 빈 것에 대한 독자의 상상력의 도전이 필요하다.

3

자신의 유일한 장편소설인 『말테의 수기』를 통하여 릴케는 문학적 모더니즘의 길을 확실히 개척한다. 이를 가능케 한 것은 무엇보다 혁신적인 서술 기법이다. 일기체로 쓰인 텍스트는 개별적으로 전혀 연관성이 없다. 전통적 서술 기법에서 완전히 벗어나는 일종의 몽타주 기법으로 하나하나의 인상이 전체 그림을 그려 준다. 독일 소설에서는 훗날 알프레트 되블린이 『베를린 알렉산더 광장』에서 구사하게 되는 기법이다. 내용상으로도 현실과 주체의 새로운 파악, 현대 세계에서의 인간의 위치에 대한 문화 비판적 성찰 등으로 이 소설은 새로운 면을 보인다.

시인은 사물과 대화하며 기억을 완성시키고 거기서 사물의 본모습을 새롭게 발견하여 독자에게 보여 준다. 『말테의 수기』는 이렇게 쓴 시인의 이야기이자 시를 쓰는 이야기이며, 시인으로서 어떻게 살아야 하고 사물은 어떤 시각에서 어떻게 보아야 하는가에 대한, 말테의 이야기인 동시에 릴케의 이야기이다. 사물 속으로 들어가 사물과 나눈 이야기들이기에, 거기엔 감흥이 있고 떨림이 있으며 사물이 건네주는 선물의 향취가 있다. 남들이 하는 이야기를 그냥 전해 주는 것이 아니라 자신의 눈과 가슴으로 느껴서 파악하는 것이라 이 소설에는 새로운 많은 눈들이 들어 있다. 이 소설을 읽는 것은 그러므로 눈들을 선물 받는 것이다. 마음속에 들어와 환히 빛나는 눈들이다. 눈을 많이 가진 자는 많은 것을 느끼기에 세상을 보는 눈이 달라진다. 그래서 눈으로 보는 이야기가 많이 등장한다. 눈으로 보는 것은 예술 행위의 기본이며 모든 감동은 거기서 시작한다.

시인으로서 말테는 보이는 것뿐만 아니라 보이지 않는 것까지 묘사하려 하며 그 묘사의 붓을 새롭게 가지려 한다. 그는 언어가 가질 수 있는 표현의 극한까지 나아가려 한다. 그런 그의 야망은 이른바 "다른 해석의 시기"로 지칭되는 대목에서 잘 나타난다. "내가 나의 손을 향해 쓰라고 명하면 나의 손은 내가 생각지 않은 말들을 써 내릴 그런 날이 올 것이다. 다른 해석의 시기가 밝아 오리라. 다른 것 위에 남아 있는 말은 하나도 없으리라. 모든 의미는 구름처럼 녹아 물처럼 흘러내리리라." 릴케는 그야말로 성서의 묵시록적 언어를 목표로 한다. 성숙한 언어, 색다른 언어를 구사하려면 우선 고독이 필요하다. 그리고 사물을 새롭게 볼 수 있는 예리한 눈이 필요하다. 거기에 그것을 무한의 세계로 끌어갈 수 있는 상상력이 필요하다.

통합적 세계는 아름다운 것에만 있지 않고, 역겹지만 피할 수 없는 삶의 이면에도 있다. 그것을 진정으로 노래하려면 그

속으로 들어가 헤엄치며 그 냄새를 맡고 그 질감을 느껴야 한다. 릴케가 보들레르를 읽고 거기서 많은 감명을 받고 나름의 글쓰기 방식으로 추구해야 할 것이 무엇인가, 그 계기로 삼은 것이 바로 이 소설이다. 역겨운 것의 묘사는 아름다운 것의 묘사에 앞서는 진실 찾기의 도구이다. "이처럼 경악스러운 것, 얼핏 보기에 역겹게만 보이는 것 속에서도 모든 존재 중의 존재를 보는 것이 그의 사명이었지요. 선택이나 거부는 있을 수가 없소. 플로베르가 『성 쥘리앙의 전설』을 쓴 것을 우연이라고 여기나요? 문둥병 환자 옆에 눕는 것을 스스로 감내하고 사랑의 밤의 따뜻한 심장 열기로 그를 감싸 줄 마음을 먹는 것이 결정적인 것이라는 생각이 드는군요."

　말테의 눈에 보이는 것은 모두 그의 해석의 대상이 된다. 파리에서 본 가난한 자들, 어린 시절, 읽은 책들, 역사 이야기 등등, 모두가 그의 해석의 현미경 아래 놓인다. 그의 현미경은 통상적 현미경이 아니라 삶의 진실을 찾는 특이한 굴절을 가능케 하는 현미경이다. 그래서 그는 끊임없이 위대한 사랑의 여인들을 노래한다. 개인적으로는 아벨로네를 노래하며 거기서 나아가 가스파라 스탐파, 알코푸라두, 엘로이즈, 사포 같은 여인들의 사랑 이야기로 확산된다. 사랑에 대한 그의 새로운 해석은 극단적인 것 같지만 실제로는 많은 부분 진실을 내포하고 있다. 그는 그 여인들의 사랑을 이렇게 노래한다. "사랑받는다는 것은 불타 사라지는 것, 사랑한다는 것은 아무리 써도 마르지 않는 기름처럼 밝게 빛나는 것이다. 사랑받는다는 것은 사라지

는 것이고, 사랑한다는 것은 지속하는 것이다." 상대의 영역을
침범하지 않으면서 고독한 가운데 상대가 자기완성에 이르도
록 두며 자신도 자기완성에 이르는 길, 그것이 말테가 가고 싶
어 하는 길이다.

4

　작품 마지막의 돌아온 탕아는 말테이며 시인이며 세계의 초
원을 누비며 영혼의 양들을 키우는 양치기이다. 집안의 지나친
사랑에 지쳐 집을 나간 그는 극단적인 고독을 추구하며 모든
것으로부터 자신을 막아 낼 수 있을 정도로 성장한다. 이제 그
는 출발한다. 돌아온 탕아는 고독을 찾아, 자신을 찾아 돌아온
말테이다. 때문에 릴케 연구권에서 말테가 작품 끝에 가서 죽
었느냐, 죽지 않았느냐를 놓고 벌이는 논쟁은 의미가 없다. 말
테는 릴케를 대신해서 시인으로 살아 있다. 돌아온 탕아는 곧
릴케의 이상형이다. 이렇게 보면 이 소설에 기록된 일체의 체
험과 회상과 독서는 모두 시인 릴케의 글쓰기에 대한 고민의
수기로 수렴된다. 방랑의 바닥이 깊어 많은 영혼들이 빠져 헤
매지만, 그들의 모습을 보고 모두가 공감할 수 있는 것은 거기
에 얽혀 있는 감동의 보편성 때문이다. 그래서 이 소설을 읽는
독자는 덴마크 귀족의 말예(末裔)로서 돈도 없고 가진 것도 없
고 아는 사람도 없는 말테가 파리에서 겪는 고통에 공감하고,

별개 에피소드로 이루어진 이 소설의 유일한 관통선이라 할 수 있는 말테의 내면의 갈등에 전율하기도 하면서 그가 한 사람의 시인으로 발전해 가는 과정을 목도하게 된다. 따라서 이 소설은 그림 그리듯 언어로 마음을 연습하는 책이자 글쓰기에 대한 이야기이고, 글로 마음속에 영화를 보게 만드는 스크린이며, 주위의 사물들에게 말을 걸어 사물들이 울거나 웃게 만드는 손짓이고, 보이지 않는 것을 보이게 만드는 요술 지팡이이며, 사람들이 많이 생각하는 것, 당연하게 생각하는 것에 대해 세심하게 따져 물어보는 질문의 책이며, 사람들이 갈라놓은 것을 붙여서 생각해 보게 하는 융화와 사랑의 포옹이자, 삶과 죽음은 하나이고, 살아 있는 것이나 죽은 것이나 다 존재한다고 보는 통 큰 그릇이고, 사람의 신체 부위 가운데 중요한 것은 보는 눈과 느끼는 심장임을 확인해 주는 스탬프이다. 그리고 무엇보다 "신은 사랑의 대상이 아니라 사랑의 방향"이라고 설파하는 잠언집이다. 완성을 향한 노력의 끝 간 데 없음은 작품 맨 마지막 문장에서 더욱 강조된다. "그는 이 세상에서 오직 한 분만이 그를 사랑할 수 있음을 느꼈다. 그러나 그분은 아직 그럴 생각이 없었다." 탕아에게 사랑을 줄 수 있는 사람은 단 한 분, 신뿐이다. 그러나 신은 아직 그럴 생각이 없다. 완성을 향해 나아가려면 한참 멀었다. 누구나 자신의 노력이 신에 의해 받아들여지기를 바라지만 그것은 쉽지 않다. 이렇게 소설은 삶이 목표가 아니라 방향임을 우리에게 말해 주면서 끝을 맺는다. 엄마가 말테에게 해 준 말이 기억난다. "인생에서는 초보자를 위한 학급 같은 것은 없어. 세상은 항상 우리에게 갑자기 가장 어려운 것을 요구하곤 해."

5

평소 친분이 있던 스웨덴의 교육 사상가 엘렌 케이 여사에게 보낸 1904년 4월 29일 자 편지에서 릴케는 "생성 중인 나의 책, 그것은 분명히 또 하나의 『사랑하는 신 이야기』가 될 것입니다"라고 말한다. 약간 표현을 달리해서 루 살로메에게는 "보다 큰 작업, 그것은 『사랑하는 신 이야기』의 제2부입니다"라고 쓴다. 또 『말테의 수기』를 프랑스어로 번역한 모리스 베츠와의 대화에서도 릴케는 『말테의 수기』를 애당초 『사랑하는 신 이야기』와 짝을 이루는 작품으로 구상했었다고 밝히고 있다.

『말테의 수기』를 쓰던 당시의 릴케의 관심사를 말해 주는 사실들이다. 『사랑하는 신 이야기』의 성공이 이번의 산문에서도 있기를 바라는 마음이 그 하나일 테고, 또 하나는 신 문제를 이번에도 거론해 보고 싶은 뜻일 것이다. 『사랑하는 신 이야기』의 조화롭고 따뜻한 세계와 러시아, 이탈리아의 이국적 세계 이야기가 동일하면서도 다른 양상으로 펼쳐질 것임을 암시한다. "제2부"라는 말에서 그런 느낌을 받는다. 아무튼 릴케의 관심사는 일단 "신"이라는 표현에서 공통분모를 갖는다. 그가 말하는 "신"의 정체는 다음의 릴케 편지를 보면 내면적인 것으로 이해된다. 『말테의 수기』가 출간된 후 1912년 1월 28일에 쓴 편지다.

　최근에 나는 말테를 직접 다시 읽기 시작했습니다. 읽을 때마다 그 거대한 존재의 소박함과 겸손함에 놀라움을 금치 못하겠습니다. 그 거대한 존재는 바깥으로 나오기 위해 극도로 보잘것없는 계기들까지도 이용하는 것 아니겠습니까?

　여기서 "거대한 존재"는 어린 시절의 말테가 겪었던 "무시무시한 것"의 다른 이름이다. 그의 내면에 존재하며 그와 인생을 함께 시작하여 그와 생사고락을 같이하는 존재이다. 문학의 길로 나선 릴케에게 이 "무시무시한 것"에 신에 버금가는 이름을 붙여 주어도 큰 무리는 없을 듯하다. 어린 시절의 에피소드 중에 책상에서 그림을 그리다가 떨어뜨린 색연필에 대한 일화가 이를 일깨워 준다. 색연필을 떨어뜨려 어두운 책상 밑에서 그것을 찾다가 맞닥뜨린 또 하나의 손, 그것은 무엇인가?

　나는 그중 하나가 내 손이라는 것을 깨달았고, 이제 내 손이 다시는 돌이킬 수 없는 일에 끼어들었음을 느꼈다. 나는 내 손에 대해 누릴 수 있는 모든 권한을 사용하여 내 손을 멈추게 하고 손바닥을 펴서 서서히 손을 빼냈다. 그러면서 다른 손에서 눈을 떼지 않았다. 그 손은 계속해서 뭔가를 찾았다. 그 손이 찾는 일을 그만두지 않을 것임을 나는 알았다.

인간이 자신을 표현하는 가장 큰 도구인 "손"이 이제 뭔가의 감화를 받았고 그 지시를 받게 되었다. 말테는 이제 그것의 지시와 명령을 어길 수가 없다. 그것이 뭔지 모르지만, 늘 말테의 세계를 사로잡으며 어떤 계기만 있으면 그 앞에 나타나려 한다. 글을 쓰는 말테에게 그것은 내부에서 명령하는 존재이자, 돌아온 탕아의 전설에서처럼 초월적으로 위치하여 방향을 알려 주는 존재임이 드러난다. 릴케의 글쓰기 행위는 언제나 신이라는 이름과 연결되어 나타난다. 1907년 8월 10일 자 편지에서도 릴케는 같은 취지의 언급을 한다.

점점 더 (그리고 행복하게도) 나는 과일의 씨와 같은 삶을 살고 있습니다. 과일의 씨는 자신의 모든 것을 주변에 정리해 두고, 자신을 떠나 자기 작업의 어둠 속에 있지요. 그리고 나는 그렇게 사는 것만이 나의 유일한 출구라는 점을 점점 더 확인하고 있습니다. 그렇지 않고서야 나를 둘러싼 시큼한 맛을 달콤한 맛으로 변용시킬 수 없지요. 이 달콤한 맛이 바로 내가 영원히 신에게 지고 있는 빚입니다.

"과일의 씨"와 같은 삶은 고독을 말하며, "행복하게"는 글쓰기 작업이 문제없이 진행되고 있음을 나타낸다. 그의 "유일한 출구"는 이렇게 글을 쓰며 고통을 예술로 변환시키는 것이다. "시큼한 맛을 달콤한 맛으로 변용시"키는 것, 그것이 바로 그의 존재 이유이며 이것을 그는 "신"에게 빚지고 있다고 밝힌다. 릴케의 많은 사유가 글쓰기로 수렴되는 현장을 우리는 목도할 수 있다. 따라서 『말테의 수기』에 나오는 미스터리한 부분들, 이를테면 유령 이야기나 섬뜩한 이야기들 역시 시인 릴케의 문학 행위와 연관을 맺고 있다. 이 모든 것을 다시 세 줄로 줄여서 써 보라고 릴케에게 요구하면 아마 이렇게 쓸 것이다.

장미여, 오, 순수한 모순이여,
겹겹이 싸인 눈꺼풀들 속
익명의 잠이고 싶어라.

6

릴케의 글쓰기 방식은 섬세한 사고의 편린까지 모두 이미지로 되살려 내는 데 있다. 『말테의 수기』에서 우리가 평소 느끼고는 있지만 표현해 내지 못했던 세밀한 생각들을 마치 공간에서 벌어지는 일처럼 묘사할 수 있는 것은 릴케만의 이미지 운용 능력에서 연유한다고 생각된다. 생각들을 공간에 위치시킴으로써 주관적인 내용들이 객관성의 옷을 입고 우리의 눈앞에 서는 것이다. 보통 『말테의 수기』를 같은 시기에 쓰인 『신시집』의 시들이 갖는 객관적 명료성에 비하여 어둡고 치명적인 고통으로 가득한 책이라고 평가하지만, 이 말에 전적으로 동의할 수 없다. 왜냐하면 이 책은 글쓰기에 대한 릴케 자신의 많은 고민을 담고 있기 때문이다. 『신시집』의 시들이 명료하다면 이 소설에 실린 에피소드들 역시 명료하다. 『신시집』의 시들이 사물을 이야기하는 것 같으면서도 뭔가를 환기한다면 여기의 에피소드들 역시 뭔가를 환기한다. 둘 다 상징주의적 관점에서 볼 수 있다는 말이다.

문제는 이러한 것들을 번역으로 어떻게 되살려 내느냐이다. 나는 이번 번역에서 추상적 사고를 공간적으로 이미지화하여 표현하는 릴케의 글쓰기 방식에 주목하였고 거기에 합당한 번역을 해 보려고 노력했다. 릴케의 사고를 더 잘 드러낼 수 있는 어휘를 찾기 위해 불과 몇 줄을 놓고 많은 시간을 보내기도 했다. 통사론적으로도 릴케의 세계를 반영하면서도 그것이 우리말로 글이 될 수 있도록 고민도 많이 했다. 『말테의 수기』는 결코 우울의 책만은 아니며, 오히려 그런 모든 부정적인 것을 아우르는 통합의 책이며, 그것들을 생각하고 문학으로 드러내고자 한 사고와 표현의 책이다.

릴케의 세계를 이해하는 데 예술적 표현 방식이나 주제 의식의 면에서 『말테의 수기』만큼이나 중요한 책은 없다고 생각한다. 작품으로서의 외면적 무대 세트의 내면, 아니 그 너머에서 연출을 하고 있는 릴케 자신의 모습이 자주 눈에 띄기 때문이다. 열정적인 그의 얼굴엔 가끔 위트를 발하는 미소가 번지기도 한다. 이 소설 곳곳에 배어 있는 위트와 기지에 나도 모르게 미소 짓게 된다.

이미 많은 번역이 나와 있음에도 감히 새롭게 번역에 도전한 까닭은 역자의 입장에서 뭔가 조금이라도 더 보여 줄 게 있다는 믿음에서였다. 릴케가 살아 있다면, 평소 외국의 번역자들에게 많은 도움을 주었던 그의 스타일로 보아 많은 질문을 하고 적절한 답을 받았겠지만, 그가 없어서 이런저런 서적의 도움을 받을 수밖에 없었다. 이번 한국어 판본이 부디 릴케의 마음에 들기를 기대한다. 이제 우리말로 새로 짠 릴케의 두루마리가 독자들 앞에 풀릴 차례다.

7

릴케의 『말테의 수기』를 손질하여 을유문화사에서 새로 출간한다. 출판사가 바뀌면서 번역을 다시 살펴볼 기회를 얻었다. 2010년 가을에 냈던 책을 처음부터 끝까지 모두 원문 대조해 가면서 확인했다.

이번 기회에 다시 느낀 것이지만 『말테의 수기』는 읽을수록 더욱 깊이 빠져드는 매력을 준다. 시각, 청각, 후각, 미각, 촉각 등 모든 감각을 동원하여 대상을 포착하고 감각 사이에 서로 소통하는 작가의 묘사 방식이 세상의 모든 것이 서로 연결되어 있는 듯한 느낌이 들게 한다. 이 작품은 릴케의 세계를 알기 위한 보고(寶庫)와 같다. 시로 이해가 잘 안 되면 그 설명의 뿌리를 이 작품에서 찾으면 된다. 이 작품이 완성되고 2년 뒤 릴케는 1912년 1월에 『두이노의 비가』를 시작한다. 두 작품에서 구가되는 주제의 연결점은 곳곳에서 드러난다. 무엇보다 사랑과 죽음, 어린 시절이 그러하다. 릴케는 이를 서사적 시각에서 얼마만큼 눈에 보이게 서술할 수 있는지 시도하고 있다. 각개의 에피소드마다 대상의 본질까지 드러내 보이려는 섬세한 묘사가 압권이다. 그의 묘사는 과거와 현재, 삶과 죽음 사이에 어떤 경계도 두지 않는다. 이 소설에서 우리는 모든 것이 열려 있는 상태를 경험하게 된다.

릴케는 한 편지에서 『말테의 수기』의 일화들은 역사적인 것이든 허구이든 독자의 마음에 무언가를 불러일으키는 "소환"의 역할을 한다고 말한다. 각개의 일화들은 모자이크처럼 사랑과 죽음 그리고 신을 둘러싼 작품 전체의 그림을 그리는 것이다.

2025년은 릴케 탄생 150주년 되는 해이다. 이를 기념하여 『말테의 수기』를 다시 깔끔하게 정리하여 세상에 선보일 수 있어서 마음이 홀가분하다. 찬찬히 거듭 읽어 보면 릴케의 세계가 점차 구름 걷히듯이 명료하게 다가올 것이다.

2025년 여름
김재혁

판본 소개

번역에 사용한 텍스트는 다음과 같다. Rainer Maria Rilke, *Werke. Kommentierte Ausgabe in vier Bänden*, Bd. 3. Hrsg. von Manfred Engel, Ulrich Fülleborn, Horst Nalewski und August Stahl, Insel Verlag. Frankfurt a. M. und Leipzig 1996.

라이너 마리아 릴케 연보

1875 12월 4일 아버지 요제프 릴케(1838~1906)와 어머니 조피(일명 피아. 친정 성은 엔츠, 1851~1931) 사이에서 당시 오스트리아 제국의 지배 아래 있던 체코의 프라하에서 태어나다. 12월 19일 성 하인리히 교회에서 르네 카를 빌헬름 요한 요제프 마리아 릴케라는 세례명을 받다.

1882~1884 프라하 가톨릭 재단의 피아리스트 수도회(1607년 설립)에서 운영하는 독일 초등학교에 다니다. 부모의 이혼(1884) 후에 어머니에 의해 양육되다.

1886 9월 1일에 국가 장학생으로 장크트 푈텐 육군 유년 학교에 입학하다. 이때 처음으로 시를 쓰기 시작하다.

1890 육군 유년 학교를 마친 뒤 메리슈-바이스키르헨 육군 고등 실업 학교로 진학하다.

1891 6월, 허약한 몸 때문에 육군 고등 실업 학교를 그만두고, 3년 과정의 린츠 상과 학교에 들어가다. 다음 해에 여기도 그만두다.

1892 5월, 주위로부터 법학을 공부하라는 권유를 받고 가을부터 프라하에서 대학 입학 자격을 취득하기 위해 혼자서 공부하다.

1893 이종사촌 누나인 기젤라의 소개로 발레리 폰 다비트-론펠트(일

명 발리)라는 소녀와 사귀며 첫사랑을 체험하다(1893~1895).

1894   프라하의 여러 문학 잡지에 시 작품을 다수 발표한 끝에 첫 시집 『삶과 노래』를 자비로 출간하다.

1895   우수한 성적으로 대학 입학 자격을 취득하다. 프라하의 카를-페르디난트 대학에서 겨울 학기부터 예술사, 문학사, 철학 등을 공부하다. 보헤미아 향토와 사람들을 노래한 두 번째 시집 『가신에게 바치는 제물』 출간.

1896   여름 학기부터 카를-페르디난트 대학의 법률 학부로 학부를 바꾸다. 단막극 「지금, 우리가 죽어 가는 시간에」가 상연되다. 뮌헨으로 가다. 뮌헨 대학에서 두 학기 동안 예술사(르네상스 예술), 미학, 다윈 이론 등을 공부하다. 10월에 팸플릿 『치커리』 마지막 호 발행.

1897   5월 12일 저녁 뮌헨에서 루 살로메(1861~1937)와의 운명적인 만남이 이루어지다. 가을부터 베를린 대학으로 옮겨 학업을 계속하다. 시집 『꿈의 왕관을 쓰고』가 출간되고, 드라마 「첫서리 속에서」가 프라하에서 상연되다.

1898   베를린, 피렌체 등지를 여행하다. 『피렌체 일기』를 비롯하여 많은 시들이 쓰이다. 이탈리아에 있을 때 화가 하인리히 포겔러를 처음으로 만나다. 『슈마르겐도르프 일기』를 쓰기 시작하다. 시집 『강림절』과 단편집 『삶을 따라서』 출간.

1899   부활절 무렵에 루 살로메 부부와 함께 첫 러시아 여행(4월 24일부터 6월 18일까지)에 나서다. 『기도시집』 제1부 '수도사 생활의 서'가 쓰이다. 『슈마르겐도르프 일기』를 계속 쓰다. 연말에 시집 『나의 축제를 위하여』와 산문 『사랑하는 신에 대해서 그리고 기타』 출간.

1900   5~8월, 루 살로메와 함께 두 번째 러시아 여행. 8월 26일에 독일로 돌아오다. 그다음 날 하인리히 포겔러의 초대로 북부 독일의 브레멘 근교에 있는 화가촌 보르프스베데로 가다. 여성 무용가 두제를

다룬 전기적 성격이 매우 강한 단막극『백색의 여왕』이 9월 말에 출간되다.『보르프스베데 일기』를 쓰기 시작하다.

1901 4월 28일에 조각가 클라라 베스트호프(1878~1954)와 결혼하다. 9월에『기도시집』제2부 '순례의 서'의 집필과 완성을 보다. 드라마 '일상생활'이 베를린에서 상연되다.『형상시집』의 초고를 베를린의 출판업자 악셀 융커에게 부치다. 12월 12일에 유일한 자식인 딸 루트가 출생하다.

1902 5월 보르프스베데의 화가들을 다룬 전기『보르프스베데』를 집필하다. 1902년 8월 28일부터 1903년 6월 말까지 처음으로 파리의 툴리에가(街) 11번지에 체류하다.『형상시집』출간, 게르하르트 하우프트만에게 헌정하다. 단편집『마지막 사람들』출간.

1903 파리의 로댕 집에 묵으면서 전기『로댕론』을 쓰다. 대도시 파리에서의 생활과 병으로 쇠잔해져 이탈리아의 휴양 도시 비아레조로 떠나다(3월 22일에서 4월 28일까지). 그곳에서『기도시집』제3부 '가난과 죽음의 서'를 단 며칠 만에 완성하다. 그 후 파리, 보르프스베데, 오버노일란트 등지에 체류. 9월에 로마로 떠나 다음 해 6월까지 그곳에 머물다.

1904 『말테의 수기』를 쓰기 시작하다. 엘렌 케이 여사의 초대로 로마를 떠나 덴마크의 코펜하겐을 거쳐 스웨덴으로 가다.

1905 10월 21일부터 11월 2일까지 첫 번째 강연 여행(드레스덴과 프라하에서『로댕론』강연).『기도시집』출간, 루 살로메에게 헌정하다.

1906 파리의 로댕 집에 기거하면서 비서 일을 보다. 두 번째 강연 여행. 3월 14일 프라하에 있는 아버지의 죽음. 사소한 일로 갈등이 생겨 로댕과 헤어지다.『신시집』의 많은 부분을 쓰다.『형상시집』의 증보판 출간.『기수 크리스토프 릴케의 사랑과 죽음의 노래』초판 출간.

1907 1906년 12월 4일부터 다음 해 5월 20일까지 카프리섬에 있는 디

스코폴리 별장의 손님으로 머물다. 5월 31일에 다시 파리로 가서, 6월 6일부터 10월 3일까지 카세트가(街) 29번지에 묵다(세 번째 파리 체류). 살롱 도톤에서 폴 세잔의 유작전(遺作展)을 보고 큰 감동을 받다. 『신시집』의 상당수 시를 쓰다. 10월 30일에서 11월 3일까지 세 번째 강연 여행(프라하, 브레슬라우, 빈 등지). 유명한 관상학자이자 저술가인 루돌프 카스너와 만나다. 11월 19일에서 30일까지 베네치아 체류(시 「베네치아의 늦가을」을 쓰다). 베네치아의 여자 친구 미미 로마넬리와 우정 관계를 맺다. 오버노일란트에서 새해를 맞다. 12월에 『신시집』 출간.

1908 베를린, 뮌헨, 로마(2월) 순으로 체류. 2월 29일에서 4월 18일까지 카프리섬의 디스코폴리 별장에 묵다. 나폴리와 로마 체류. 5월 1일부터 8월 31일까지 파리의 캉파뉴-프르미에르에 묵고 8월 31일부터 1911년 10월 12일까지는 파리의 바렌가(街) 77번지에 있는 호텔 비롱에 묵다. 여름에 『신시집 제2권』의 아주 많은 시를 쓰다. 11월에는 두 편의 『진혼곡』을 완성하다(그중 하나는 여성 화가 파울라 모더존-베커를 위한 것이고, 다른 하나는 요절한 시인 볼프 그라프 폰 칼크로이트를 위한 것이다). 1904년에 시작한 『말테의 수기』의 많은 부분을 성공적으로 집필하다. 파리에서 혼자 성탄절을 보내다. 『신시집 제2권』 출간, 로댕에게 헌정하다. 엘리자베스 브라우닝의 『포르투갈 여인의 소네트』를 번역하다.

1909 가을에 슈바르츠발트, 바트 리폴트자우, 파리 등지로 여행. 12월 13일에 마리 폰 투른 운트 탁시스 후작 부인을 만나다.

1910 아드리아 해안에 있는, 탁시스 후작 부인 소유의 두이노성(城)에 손님으로 가다. 5월 31일에 『말테의 수기』 출간.

1911 심리적으로 불안정한 시기를 겪다. 1910년 11월 19일부터 1911년 3월 29일까지 북아프리카 여행. 파리로 귀환. 탁시스 후작 부인의 차를 타고 10월 중순에 파리를 떠나 리옹, 볼로냐, 베네치아 등지를 거쳐 두이노성으로 가다. 1911/1912년 겨울 동안 두이노

성에 칩거하다. 게랭의 『켄타우로스』를 번역하다.

1912 10월 22일부터 다음 해 5월 9일까지 두이노성에 머물다. 『두이노의 비가』의 몇몇 「비가들」[제1비가, 제2비가와 다른 몇몇 「비가」의 단편(斷片)들]과 연작시 『마리아의 생애』를 쓰다. 『막달레나의 사랑』 번역.

1913 스페인 여행(톨레도, 코르도바, 세비야, 론다, 마드리드 등지). 여행 중 회교 경전인 코란을 읽다. 프로이트를 비롯한 정신 분석학자들과 만나다. 극작가 프란츠 베르펠과의 만남. 『제1시집』 출간. 『포르투갈 편지』 번역.

1914 베를린에서 여성 피아니스트 마그다 폰 하팅베르크[일명 벤베누타('환영의 여인'이라는 뜻)]를 만나다. 베네치아에서 벤베누타와 작별을 고하다. 6월 28일 제1차 세계 대전의 발발. 7월 19일 독일로 돌아간 뒤 파리에 있는 재산을 전부 잃다. 라이프치히에 있는 출판업자 키펜베르크의 집에 묵다.

1915 헤르타 쾨니히 여사의 집에 머물다. 그 집에 걸려 있던 파블로 피카소의 그림 「곡예사 일가」를 보고 깊은 감명을 받다. 가을에 어머니를 마지막으로 보다. 『두이노의 비가』의 네 번째 비가가 11월에 쓰이다. 같은 달에 제1차 세계 대전으로 징병 검사를 받고 징집되다.

1916 빈에서 1월에서 6월까지 군 복무. 전사 편찬 위원회 근무. 로다운에 사는 시인 호프만스탈을 방문하다. 화가 코코슈카, 카스너 등과 교제하다. 6월 9일에 군 복무에서 해방되다. 뮌헨으로 돌아가다.

1917 뮌헨, 베를린 체류. 7월 25일부터 10월 4일까지 베스트팔렌 지방에 있는 헤르타 쾨니히 여사 소유의 장원인 뵈켈에 체류하다. 12월 9일까지 베를린에 머물며 그라프 케슬러, 리하르트 폰 퀼만 등과 만나다.

1918 뮌헨 체류. 알프레트 슐러의 강연을 듣다. 인젤 출판사의 사장 키

펜베르크와 재회하고, 아이스너 및 톨러와 만나다. 혁명에 동조하다. 나중에 시인 이반 골의 부인이 된 클레르 슈투더와 교제하다. 『루이즈 라베의 스물네 편의 소네트』 번역.

1919 루 살로메와 재회. 릴케의 작품들이 불티나듯 팔리다. 6월 11일에 뮌헨을 떠나다. 스위스 강연 여행. 취리히, 제네바, 솔리오 등지에 체류. 빈터투어에서 라인하르트 형제 및 나니 분덜리-폴카르트와 만나다. 릴케가 '니케'라고 부른 이 여인은 그가 어려움에 처할 때마다 도움을 아끼지 않았으며, 그의 임종까지 지켜보게 된다. 『원초의 음향』 출간.

1920 제네바에서 발라디네 클로소브스카(일명 메를리네)와 만나다. 릴케는 그녀와 몇 년 동안 친밀한 우정 관계를 맺는다. 11월 12일부터 1921년 5월 10일까지 베르크암이르헬성(城)에 머물다. 이때 연작시 「C. W. 백작의 유고에서」를 쓰다.

1921 베르크에서 폴 발레리의 작품을 읽고 감명받아 그의 시집 『해변의 묘지』를 번역하다. 5월 20일에서 6월 28일까지 에토이 체류. 발라디네와 함께 스위스의 시에르에 도착하다. 6월 30일에 어느 쇼윈도에서 작은 뮈조성(城)을 찍은 사진을 발견하다. 7월에 처음으로 뮈조성을 찾아가다. 6월 26일에 뮈조성으로 이사하다. 친구인 베르너 라인하르트가 매입해서 릴케에게 제공한 뮈조성은 죽을 때까지 릴케의 안식처가 된다. 11월 8일에 발라디네가 떠나다. 발레 지방에서 첫 번째 겨울을 보내다.

1922 뮈조성에 머물며 2월에 『두이노의 비가』를 완성하다. 『오르페우스에게 바치는 소네트』의 집필 및 완성. 『젊은 노동자의 편지』를 쓰다.

1923 뮈조성에서 부르크하르트, 레기나 울만, 베르너 라인하르트, 카스너 등의 손님을 맞이하다. 8월 22일에서 9월 22일까지 쉐네크 요양소에 체류. 10월, 11월 동안 발라디네와 함께 뮈조성에 묵다. 『두이노의 비가』와 『오르페우스에게 바치는 소네트』 출간.

1924 발몽 요양소, 뮈조성 체류. 프랑스어로 시를 쓰다. 4월 6일에 폴 발레리와 처음으로 만나, 기념으로 뮈조성의 정원에 두 그루의 버드나무를 심다. 아내 클라라가 찾아오다. 5월 중순에 빈에 사는 처녀 에리카 미터러의 첫 번째 편지-시를 받다. 이것이 그녀와 릴케 사이에 계속된 '시로 쓴 편지'의 동기가 된다. 바트 라가츠에서 탁시스 후작 부인과 함께 보내다. 8월 2일에 다시 뮈조성으로 돌아오다. 9월에 로잔, 11월 초에 베른 체류. 11월 24일부터 다음 해 1월 6일까지 발몽 요양소에서의 두 번째 요양.

1925 1월 7일에서 8월 18일까지 생애 마지막으로 파리에 체류하다. 그의 작품(『말테의 수기』)을 번역한 모리스 베츠와 이야기를 나누다. 폴 발레리의 『시 작품』 번역.

1926 1925년 12월 20일 저녁부터 1926년 5월 말까지 발몽 요양소 체류, 6월 1일에 시에르의 뮈조성으로 가다. 프랑스어로 시를 쓰다 (「장미」, 「창문」). 프랑스어 시집 『과수원』 출간. 발레리의 대화체 산문 『유팔리노스, 또는 건축술에 대해서……』 번역. 9월 중순 앙티에서 발레리와 만나다. 11월 30일에 다시 발몽 요양소로 가다. 그곳에서 12월 29일 새벽 백혈병으로 영면(永眠)하다.

1927 1월 2일 릴케 자신의 유언에 따라, 라론에서 좀 떨어진 높은 언덕 위에 위치한 교회 뒤에 묻히다.

새롭게 을유세계문학전집을 펴내며

을유문화사는 이미 지난 1959년부터 국내 최초로 세계문학전집을 출간한 바 있습니다. 이번에 을유세계문학전집을 완전히 새롭게 마련하게 된 것은 우리가 직면한 문화적 상황에 적극적으로 대응하기 위해서입니다. 새로운 을유세계문학전집은 세계문학의 역할이 그 어느 때보다 중요해졌다는 인식에서 출발했습니다. 오늘날 세계에서 타자에 대한 이해는 우리의 안전과 행복에 직결되고 있습니다. 세계문학은 지구상의 다양한 문화들이 평등하게 소통하고, 이질적인 구성원들이 평화롭게 공존할 수 있는 문화적인 힘을 길러 줍니다.

을유세계문학전집은 세계문학을 통해 우리가 이런 힘을 길러 나가야 한다는 믿음으로 만들어졌습니다. 지난 5년간 이를 준비하기 위해 많은 노력을 기울였습니다. 세계 각국의 다양한 삶의 방식과 문화적 성취가 살아 있는 작품들, 새로운 번역이 필요한 고전들과 새롭게 소개해야 할 우리 시대의 작품들을 선정했습니다. 우리나라 최고의 역자들이 이들 작품 속 한 문장 한 문장의 숨결을 생생히 전하기 위해 심혈을 기울였습니다. 또한 역자들은 단순히 번역만 한 것이 아니라 다른 작품의 번역을 꼼꼼히 검토해 주었습니다. 을유세계문학전집은 번역된 작품 하나하나가 정본(定本)으로 인정받고 대우받을 수 있도록 최선을 다했습니다. 세계문학이 여러 경계를 넘어 우리 사회 안에서 주어진 소임을 하게 되기를 바라며 을유세계문학전집을 내놓습니다.

을유세계문학전집 편집위원단(가나다 순)
김월회(서울대 중문과 교수)
김헌(서울대 인문학연구원 교수)
박종소(서울대 노문과 교수)
손영주(서울대 영문과 교수)
신정환(한국외대 스페인어통번역학과 교수)
정지용(성균관대 프랑스어문학과 교수)
최윤영(서울대 독문과 교수)

을유세계문학전집

을유세계문학전집은 계속 출간됩니다.

을유세계문학전집 연표

1995 | **갈라테아 2.2**
리처드 파워스 | 이동신 옮김 | 108 |
국내 초역

1996 | **아메리카의 나치 문학**
로베르토 볼라뇨 | 김현균 옮김 | 17 |
국내 초역

1999 | **이상한 물질**
테라지아 모라 | 최윤영 옮김 | 92 |
국내 초역

2001 | **아우스터리츠**
W. G. 제발트 | 안미현 옮김 | 19 |
국내 초역
전미 비평가 협회상 브레멘상
「인디펜던트」 외국 소설상 수상
「LA타임스」「뉴욕」「엔터테인먼트 위클리」 선정
2001년 최고의 책

2002 | **야쿠비얀 빌딩**
알라 알아스와니 | 김능우 옮김 | 43 |
국내 초역
바쉬라힐 아랍 소설상
프랑스 툴롱 축전 소설 대상
이탈리아 토리노 그린차네 카부르 번역 문학상
그리스 카바피스상

2003 | **프랑스어의 실종**
아시아 제바르 | 장진영 옮김 | 95 |
국내 초역

2005 | **우리 짜르의 사람들**
류드밀라 울리츠카야 | 박종소 옮김 | 69 |
국내 초역

2016 | **망자들**
크리스티안 크라흐트 | 김태환 옮김 |101|
국내 초역